옛이야기 속 행복 찾기

최운식

보고사
BOGOSA

행복이란 무엇인가? 국립국어원에서 나온 『표준국어대사전』에 따르면, '행복은 생활에서 충분한 만족과 기쁨을 느끼어 흐뭇함, 또는 그러한 상태'를 말한다. 사람은 누구나 행복한 삶을 원하고, 불행한 삶을 원하지 않는다. 그래서 모든 사람은 행복을 찾기 위해 끊임없이 노력한다.

사람은 행복을 추구하는 존재이기에, 스스로 행복을 얻기 위해 노력한다. 그러면서 다른 한편으로는 여러 가지 고난을 극복하고 행복을 얻어 잘 사는 사람의 이야기에 관심을 갖고, 재미를 느끼며 이야기하게 된다. 그래서 우리의 조상들은 고난과 불행을 극복하고 행복을 쟁취하는 사람의 이야기를 많이 꾸며냈다. 이들 이야기의 주인공들은 각양각색의 인물들인데, 각자가 처한 처지에서 자기 나름의 지혜와 용기를 발휘하여 고난을 극복하고, 원하는 것을 얻어 행복하게 산다. 옛사람들은 이런 이야기를 즐겨 듣고 이야기하면서, 이를 통해 불행을 극복하고 행복을 얻는 지혜와 용기를 배우고, 때로는 대리만족을 얻기도 하였을 것이다.

옛이야기는 대부분 '~을 얻어(하여) 잘 살았다.'로 끝난다. 여기서 '~'에 해당하는 것은 주인공이 간절히 원하던 것이다. 옛이야기의 주인공을 보면, 가난한 사람은 '재물을 얻어' 잘 살고, 배우자가 없는 사람은 '배우자를 만나 혼인하여' 잘 산다. 자녀가 없어 애를 태우던 사람은 나중에 '자녀를 얻어' 기르며 행복을 누린다. 부모나 자녀 또는 배우자가 건강하지 못해 힘들어하던 사람은 온갖 정성과 노력을 기울인 끝에 '건강을 회복하여 수명대로' 살게 된다. 벼슬이나 명성을 구하는 사람은 '지위와 명예'를 얻어 행복하게 산다. 부모형제나 친척 또는 친구와 문제가 있어 속을 태우던 사람은 '원만한 인간관계'를 회복하여 즐겁게 산다. 이처럼 옛이야기의 주인공들이 추구(追求)하여 얻고자 하는 것은, 그가 처한 상황에 따라 다르다. 이를 간단히 정리하면, ① 재물, ② 배우자, ③ 자녀, ④ 건강과 수명, ⑤ 지위와 명예, ⑥ 원만한 인간관계이다. 이것은 우리 조상들이 용기와 지혜를 발휘하고, 정성과 노력을 기울여서 얻어야 한다고 생각하는 행복한 삶의 조건이다. 따라서 이러한 조건을 충족한 사람의 삶은 행복하고, 그렇지 못한 사람은 불행하다.

행복의 조건을 모두 갖추고 사는 사람이 있을까? 행복의 조건을 다 갖추고 살면 좋겠지만, 그렇지 못한 것이 과거는 물론 지금의 현실이기도 하다. 그래서 사람들은 예나 지금이나 행복의 조건을 하나라도 더 갖추기 위해 끊임없이 노력하며 산다. 우리의 조상들은 행복을 얻기 위한 노력을 게을리하지 않으면서, 그에 관한 이야기를 만들어 전파·전승해 왔다. 옛이야기를 보면, 주인공이 행복의 여러 조건을 모두 성취하는 경우도 있지만, 가장 절실한 한두 가지 목표를 성취해 가는 과정을 구체적으로 이야기하는 경우가 많다. 우리의 조상들은 이런 이야기를 주고받으며 즐거움을 느끼고, 교훈적인 의미를 마음에 새겼을 것이다.

옛이야기에서 주인공이 행복을 얻기 위해 겪는 역경과 고난, 이를 극복하는 불굴의 의지와 노력, 그를 돕는 사람이나 신이한 존재의 따뜻한 손길 등은 매우 다양하고, 흥미롭게 나타난다. 그래서 옛이야기는 옛날에는 말할 것도 없고, 현대에도 많은 사람의 사랑을 받으며 이야기되고 있다. 이제 옛이야기의 주인공이 행복한 삶을 얻기 위해 겪는 시련과 고통, 굳은 의지와 노력, 따뜻한 도움의 손길 등 다양한 모습을, 위에서 말한 여섯 가지 행복의 조건별로 나누어 살펴보려고 한다. 그 과정에서 우리는 조상들이 지녔던 행복관(幸福觀)과 함께 바른 삶의 자세와 지혜를 배울 수 있을 것이다. 이것은 현대를 사는 우리가 행복한 삶의 길을 찾는 데에 큰 도움을 줄 것이다.

이 책이 나올 수 있도록 집필의 동기를 부여해 준 최명환 교수, 출판을 해 준 보고사 김흥국 대표, 편집을 위해 애쓴 이순민·표지를 예쁘게 디자인해 준 손정자 선생께 감사한다.

2017.11.25.
의재 최운식 적음

목차

재물 얻기와 지키기

사람이 살아가는 데에 기본적으로 필요한 것은 의식주(衣食住)이다. 이것이 해결되지 않으면, 삶을 이어갈 수 없다. 그러므로 사람이 살기 위해서는 먼저 의식주 문제를 해결해야 한다. 그 다음에 사람답게 살아갈 수 있는 여러 가지 여건을 마련해야 한다. 그러기 위해서는 돈·옷·식량·토지·가옥·가구·귀금속 등 금전적 가치가 있는 재물이 필요하다.

재물은 사람이 살아가는 데에 없어서는 안 되는 소중한 것이므로, 옛이야기에도 재물에 관한 이야기가 많다. 재물에 관한 옛이야기를 보면, 어떻게 하면 가난을 면하고 부자가 되며, 부자가 된 뒤에는 그 재산을 어떻게 지키고, 유용하게 쓸 것인가가 나타난다. 이를 몇 가지 항목으로 나누어 살펴보겠다.

1. 가정의 화목

가정은 가까운 혈연관계에 있는 사람들의 생활 공동체로, 사회생활의 최소단위이다. 그리고 가족 간에 정서적으로 통하여 마음의 안식을 얻는 곳이다. 그러므로 가정의 화목 없이는 집안일은 물론, 집 밖의 일도 제대로 할 수 없다. 살림을 일으켜 가난을 벗어나기 위해서는 먼저 온 가족이 뜻을 같이하고, 힘을 합해야 한다. 이것은 누구나 알고 있는 일이다. 옛이야기에도 이를 강조하는 이야기가 있다.

가화만사성(家和萬事成)

옛날 어느 마을에 이 씨와 김 씨가 살았다. 두 사람은 식구도 같고, 논과 밭의 면적도 같아서 생활 형편이 비슷하였다. 그런데 몇 년 지나는 동안에 김 씨네는 해마다 살림이 늘어 부자가 되었는데, 이 씨네는 살림 형편이 나아지지 않았다.

어느 날, 이 씨가 자기 집에 놀러온 김 씨에게 말하였다.

"여보게, 전에는 자네나 나나 살림 형편이 비슷하였지 않나? 그런데 몇 년 사이에 자네는 부자가 되었는데, 나는 살림 형편이 나아지지 않으니, 무슨 연유인가? 부자 되는 비결을 좀 가르쳐 주게."

"내가 부자 되는 비결을 가르쳐 주면, 그대로 할 터인가?"

"암, 하고말고. 가르쳐 주는 대로 할 테니, 제발 좀 가르쳐 주게."

"자네 아들 며느리에게 '소를 끌고 지붕 위로 올라가라.', '소금 한 가마니를 집 앞의 연못물에 담갔다 가져오라.'고 해 보게."

이 말을 들은 이 씨가 자기 아들·며느리를 불러 소를 지붕으로 끌고 가라고 하니, 아들이 화를 내며 듣지 않았다. 소금 가마니를 연못물에 담갔다가 가져오라고 하니, 며느리가 웬 망령(妄靈, 늙거나 정신이 흐려서 말이나 행동이 정상을 벗어남.)이냐고 화를 내며 듣지 않았다.

이를 본 김 씨가 이 씨를 데리고 자기 집으로 갔다. 김 씨가 자기 아들과 며느리를 불러 소를 끌고 지붕으로 올라가라고 하였다. 아버지의 말이 떨어지기가 무섭게 아들은 소를 앞에서 끌고, 며느리는 뒤에서 밀며 지붕 위로 끌어올리려고 애를 썼다. 이를 본 김 씨가 그만 두게 하고, 광에 있는 소금가마니를 연못물에 담갔다가 가져오라고 하였다. 아들과 며느리는 두 말없이 소금가마니를 마주 들고 연못으로 갔다. 김 씨는 아들과 며느리를 불러 그만두라고 하였다.

김 씨는 정색을 하고, 이 씨에게 말했다.

"부자가 되려면 온 가족이 단결해야 하는 거야. 집안 살림을 맡은 가장이 식구들에게 무엇을 하라고 하면, 가족들이 합심하여 그 일을 해야지. 자네 네 가족처럼 아버지가 하는 말을 아들·며느리가 듣지 않으면 되겠나? 가장의 말을 잘 들으며 합심해야 집안이 조용하고 부자가 되는 거지. 자네 네 가족처럼 서로 자기의 주장을 내세우며 날마다 싸우면, 어떻게 부자가 되겠어!" 〈최운식, 『한국의 민담 2』, 시인사, 1999, 289~292쪽〉

위 이야기에서 김 씨의 아들과 며느리는 '아버지가 부지런하고 성실하며, 생각이 깊은 분'이라 믿고 있다. 그래서 소를 지붕으로 끌고 올라가라거나 소금가마를 연못물에 적셔 오라고 하는 것과 같은 불합리한 일을 시켜도, 거기에는 반드시 무슨 까닭이 있을 것이라는 생각에서 군말 없이 따른다. 이런 가정이기에 살림 형편이 점점 좋아져 부자가 되었던 것이다. 이 이야기는 부자가 되기 위해서는, 먼저 가정이 화목해야 하고, 가족이 가장을 중심으로 단결해야 함을 일깨워준다.

아이 어른

옛날, 어느 마을에 3대가 함께 사는 집이 있었다. 그 집에서는 자기 논은 물론 남의 논도 지었지만, 살림이 매우 옹색하였다.

어느 해 추석이었다. 그 해는 추석이 일러 논의 벼도 익지 않았고, 과일도 잘 익지 않았다. 그래서 그 집에서는 차례상을 제대로 차릴 수 없었다. 변변치 못한 제물 몇 가지를 차려 놓고 차례를 지낸 뒤에, 죄스러운 마음에 음복도 제대로 하지 못하고 앉아 있었다. 그때 열두 살 된 아이가 불쑥 말을 꺼냈다.

"우리 집엔 어른이 없어서 살림 형편이 이 모양입니다."

이 말을 들은 아버지가 꾸중 섞인 말투로 말하였다.

"할아버지가 계신데, 무슨 버릇없는 말이냐?"

아이는 아버지의 말이 끝나기가 무섭게 말하였다.

"할아버지는 어른 자격 없습니다."

할아버지가 겸연쩍게 웃으면서 말했다.

"아버지가 있는데, 무슨 말이냐?"

이 말을 들은 아이는 아버지도 어른 자격이 없다고 하였다.

할아버지가 누가 어른 자격이 있느냐고 물으니, 아이는 "제가 하면 할까 다른 사람은 못한다."고 하였다. 할아버지는 아이의 말대로 날을 잡아 사당에 고유(告由, 중대한 일을 치른 뒤에 그 내용을 사당이나 신명에게 고함.)하고, 온 가족이 모인 자리에서 어린 손자가 그 집의 가장임을 밝혔다.

어린 가장은 취임식에서 세 가지 실천 사항을 발표하고, 온 가족이 지킬 것을 다짐하게 하였다.

"첫째, 조석은 제때에 모여서 먹는다. 만약 그 자리에 없는 사람은 그 끼니를 굶는다. 둘째, 밖에 나갔다가 들어올 때에는 빈손으로 대문을 들어오지 않는다. 셋째, 날마다 잘 때에는 이 집안의 발전을 위하여 얼마나 기여하였는가를 스스로 반성한다."

가족들은 어린 가장의 실천 사항을 대수롭지 않게 여겼으나, 막상 실천하려고 하니 쉽지 않았다. 그래서 처음 얼마 동안은 끼니를 굶는 식구도 있었다. 그러나 이에 익숙하게 되니, 하루 종일 부엌일에 매달려 있던 여자들이 일찍 일을 마치고, 다른 일을 할 수 있게 되었다. 밖에 나갔던 식구들은 검불, 쇠똥, 돌멩이, 나뭇가지, 빈병 등 무엇이든 들고 들어와 쌓아놓게 되었다. 그래서 쇠똥이나 검불은 거름으로 쓰고, 나뭇가지는 땔감으로 썼다. 돌멩이는 집을 고치는 데에 쓰고, 재활용할 수 있는 물건은 재활용을 하였다. 그리고 온 식구가 집안을 위해 무엇을 할 것인가를 생각하게 되었다. 그래서 집안 분위기가 활기차고, 의욕이 넘치게 되었다.

그 다음 해 추석이 되었다. 가족들은 지난 한 해의 일을 돌이켜 보고, 그 아이를 다시 가장으로 뽑았다. 아이는 사양하지 않고 받아들이며, 전에 말한 세 가지를 실천하자고 하였다. 다시 1년이 지난 뒤에는 살림의 틀이 잡히고, 형편도 나아졌다. 임기를 마친 어린 가장은 아버지께 가장의 역할과 권한을 넘겼다. 〈이훈종, 『한국의 전래소화』, 동아일보사, 1969, 16~18쪽〉

이 이야기는 한 가정이 잘 되려면, 가장이 앞날을 헤아려 내다보는 능력과 실천력을 갖추고 있어야 하고, 온 가족이 가장을 중심으로 일치단결해야 함을 말해준다. 이것은 크고 작은 조직이나, 한 나라를 이끌어가는 지도자와 그 구성원의 경우도 마찬가지일 것이다.

가정이 화목하려면, 가장에 대한 가족의 신뢰가 절대적이다. 가장이 가족들의 신뢰를 얻기 위해서는 가족을 사랑함은 물론, 부지런하고 성실해야 하며, 집안을 이끌어 갈 방향이 있어야 한다. 가장이 가족을 사랑하지 않고 자기만 알며, 게으르고 성실하지 못하거나, 생각이 깊지 못하면 가족들은 가장을 신뢰하지 않는다. 그런 가정은 가족들이 자기의 주장만을 앞세울 것이니, 불화가 잦을 것이다. 이런 집에 재물의 복이 들어오지 않음은 말할 것도 없다. 가정의 화목과 가족의 단결이 부자 되는 비결이다.

2. 근검절약

'근검(勤儉)'은 부지런하고 검소함을, '절약(節約)'은 함부로 쓰지 아니하고 꼭 필요한 데에만 써서 아낀다는 뜻의 말이다. 이 두 낱말을 합한 근검절약의 뜻을 사전에서 찾아보면 '부지런하고 알뜰하게 재물을 아낌'이다. 이것은 예부터 모든 사람이 지켜야 할 생활규범으로 전해 왔다.

근검절약에 관한 옛사람들의 가르침을 살펴보면, 공자(孔子)는 『논어(論語)』「학이(學而)」에서 나라를 다스리는 사람이 지켜야 할 덕목으로 '쓰임새를 아끼고, 백성을 사랑하라(節用而愛人).'고 하였다. 중국 남송의 유학자 주희(朱熹, 1130~1200)는 "재산이 풍족할 때 아껴 쓰지 않으면, 가난해진 뒤에 후회한다(富不儉用貧後悔. 명심보감 존심편)."고 하여 넉넉할 때에도 근검절약할 것을 강조하였다.

다산(茶山) 정약용(丁若鏞)은 유배지에서 아들에게 보낸 편지에서 "너희에게 넘겨 줄 재산이 없구나. 삶을 넉넉히 하고 가난을 구제할 수 있는 두 글자를 주니, 소홀히 하지 말라. 한 글자는 '부지런할 근(勤)'이요, 또 한 글자는 '검소할 검(儉)'이다. 이 두 글자는 좋은 전답(田畓, 밭과 논)보다도 낫고, 평생 써도 다 쓰지 못할 것이다."(정약용 저, 박석무 역, 『유배지에서 보낸 편지』, 창작과 비평사, 2011)라고 하였다.

민간에 널리 전해 오는 옛이야기에서도 근검절약을 강조한다. 그런데 그 표현이 아주 쉬우면서도 절실하게 느껴진다.

부자가 되는 비결

옛날에 아주 절친하게 지내는 두 친구가 있었다. 한 사람은 부자로 잘 살고, 다른 한 사람은 몹시 가난하였다. 가난한 사람은 부자 친구를 부러워하였다.

하루는 가난한 사람이 부자인 친구에게 말했다.

"여보게, 어떻게 하면 부자가 되는지 그 비결을 좀 가르쳐 주게."

"비결이랄 게 무어 있나? 부지런히 일하고, 알뜰하게 살림하면 되지."

"나도 부지런히 일하며 사는데, 도무지 살림 형편이 나아지지 않으니 답답하네. 그러지 말고 부자 되는 비결을 좀 가르쳐 주게."

어느 날, 가난한 친구가 부자 친구에게 또 부자 되는 비결을 가르쳐 달라고 졸랐다. 그러자 부자는 부자 되는 비결을 가르쳐 준다면서 그를 산으로 데리고 올라갔다. 부자는 큰 소나무를 가리키며 나무 위로 올라가라고 하였다. 그는 부자 되는 비결을 가르쳐 준다는 바람에 나무 위로 올라가며 말했다.

"어디까지 올라가면 되는가?"

"자네 떨어져 죽지 않을 만큼 올라가게."

그는 높이 올라간 뒤에 큰 소리로 말했다.

"더는 못 올라가겠네."

"됐어. 그럼 그 가지에 매달려서 한 손을 놓게."

그가 한 손을 놓자 부자가 말했다.

"한 손을 마저 놓을 수 있겠는가?"

"안 돼! 한 손마저 놓으면 떨어져 죽네!"

그때 부자 친구가 큰 소리로 말했다.

"이제 부자 되는 비결을 말해 줄 터이니 잘 들게. 들어온 돈은 지금 자네가 나뭇가지를 잡고 있는 것처럼 움켜쥐고 쓰지 말고, 죽게 되었을 때만 쓰게. 그게 부자 되는 비결일세. 아주 쉬운 일이야!"

〈최운식, 『한국의 민담 2』, 시인사, 1999, 293~294쪽〉

이 이야기에서 부자는 손에 들어온 돈은 한 손으로 나뭇가지를 잡고 있는 것처럼 꽉 잡고 쓰지 말라고 한다. 근검절약이 부자가 되는 비결임을 강조하여 말해 준 것이다. 돈을 잘 쓰면 사람 좋다는 평은 듣겠지만, 돈을 모으지 못한다. 돈이 있으면서도 써야 할 때 쓰지 않으면, '인색한 수전노(守錢奴, 돈을 모을 줄만 알아 한번 손에 들어간 것은 도무지 쓰지 않는 사람)'라는 평을 듣게 된다. 돈은 꼭 필요한 곳에는 써야 하고, 그렇지 않은 곳에는 쓰지 말고 아껴야 한다. 그런데 돈을 써야 할 경우와 쓰지 않아도 될 경우를 가리는 일은 간단한 일이 아니다. 자기의 수입에 맞춰서 적정한 기준을 마련하고, 그에 맞게 써야 한다. 그 기준을 마련할 때에 근검절약하는 정신을 그 바탕에 두어야 함은 물론이다.

짚신을 오래 신는 비결

어떤 사람이 친구에게 짚신 한 켤레를 가지고 얼마나 신느냐고 물었다. 보름밖에 못 신는다고 하자, "어떻게 신기에 보름밖에 못 신느냐?"고 다시 물었다.

"짚신을 벗어서 들고 가다가 맞은편에서 사람이 오면, 그 앞에서는 신고 가다가 그 사람이 지나가고 나면 벗는다."

그러자, 그 사람이 말했다.

"그러니까 보름밖에 못 신지. 나는 사람을 만나면, 그 사람이 지나갈 때까지 그냥 신고 서 있어. 그 뒤에는 다시 벗고 가지."

〈최운식, 『한국구전설화집 4』, 민속원, 2002, 281~282쪽〉

짚신은 짚으로 짜서 얽은 신발로, 예로부터 전해 오는 신발 중 가장 대중적인 신발이다. 재래 신발의 대표라고 할 수 있는 짚신은 고무신이 나오기 전까지만 해도 우리 민족 대다수가 신던 신발이었다. 짚신은 짚을 쉽게 구할 수 있고, 조금만 노력하면 만드는 법을 익힐 수 있었으므로, 서민들 사이에서는 자급자족(自給自足, 필요한 물자를 스스로 생산하여 충당함.)하는 것이 보편화되어 있었다. 그러나 짚신을 직접 만들기 어려운 양반이나 중인, 상공업에 종사하는 사람들은 사서 신었다. 그래서 짚신을 삼아 팔아서 생계를 유지하는 사람도 있었다. 그런데 서민들의 일상생활과 관련이 깊은 짚신은 쉬이 닳기 때문에 짚신을 삼는 일이나, 팔고 사는 일은 많은 사람들의 관심사였다.

위 이야기에서 두 친구는 짚신을 오래 신는 비결을 자랑한다. 한 사람은 길을 걸을 때 짚신을 벗어 들고 가다가 저쪽에서 오는 사람이 보이면 신고 간다. 짚신을 아끼려고 벗어들고 다닌다는 말을 듣지 않으려고 남이 볼 때에는 신는다고 한다. 그런데 다른 한 사람은 사람을 만나면 짚신을 신고 서 있다가 그 사람이 지나가면 벗어서 들고 간다고 한다. 뒷사람은 남의 눈을 의식하여 짚신은 신되 움직이지 않음으로써 짚신을 닳지 않게 한다. 두 사람 모두 짚신을 아끼는 비법을 가지고 있는데, 뒷사람의 방법이 더 철저하고 지독하다. 이것은 절약을 강조하기 위해 만든 우스개 이야기인데, 절약 정신이 지나치다 하겠다.

위 이야기에 등장하는 두 인물을 특정 지역 사람으로 이야기하기도 한다. 「개성 사람과 수원 사람」(임동권, 『한국의 민담』, 서문당, 1972, 55쪽)을 보면, 개성깍쟁이와 수원깍쟁이가 함께 길을 가는데, 두 사람 다 짚신을 벗어서 허리에 차고 걷는다. 조금 뒤에 앞에서 이름 있는 집 예쁜 처녀가 걸어왔다. 이를 본 개성깍쟁이는 짚신을 신고 걷다가 그 처녀가 다 지나가자 다시 벗고 걸었다. 그런데 수원 수원깍쟁이는 짚신을 신고 가만히 서 있다가 그 처녀가 지나가자 다시 벗고 걸었다. 이것은 수원깍쟁이가 개성깍쟁이보다 더 철저하고 지독함을 드러내기 위해 만든 이야기이다.

자린고비

충주의 자린고비는 부자이면서 돈을 쓰지 않아 인색하기로 소문난 사람이다. 그는 식구들이 밖에 나갔다가 들어올 때에는 무엇이든 가지고 들어오게 하였다.

어느 날, 그는 쉬파리가 장독에 앉았다가 날아가는 것을 보았다. 그는 쉬파리의 뒷다리에 묻은 된장이 아까워 "이놈아, 내 된장 내놓고 가거라!" 하고 소리치며 쫓아갔다. 30리를 쫓아간 그는, 드디어 쉬파리를 잡아 뒷다리에 묻은 된장을 빨아먹었다.

자기 집 앞에 조기장수가 오자, 그는 조기를 살 것처럼 값을 물으며 사뭇 만져 간과 비늘을 손에 묻혔다. 집에 들어가서는 손을 씻은 뒤에 며느리에게 그 물로 국을 끓이라고 하였다. 조기장수는 화가 나서 비늘이 떨어진 조기를 내던졌다. 그는 그것을 주어다가 천장에 매달아 놓았다.

밥을 먹을 때에는 매달은 조기를 한 번씩만 쳐다보라고 하였다. 어린아이가 두 번을 쳐다보자 "밥도둑을 두 번이나 쳐다보면 안 된다."고 야단을 쳤다.
〈최운식, 『옛날 옛적에』, 민속원, 2008, 18~19쪽〉

자린고비는 근검절약이 지나쳐 인색한 사람이라고 비난을 받았다. 그러나 근검절약이 부자 되는 비결임을 역설적으로 강조해 준다.

근검절약은 고금동서(古今東西)를 막론하고 지켜야 할 생활규범이고, 부자가 되는 비결이다. 이는 아무리 강조하여도 부족함이 없을 것이다. 부지런히 일하여 돈을 벌면서 근검절약하면, 부자 될 날이 반드시 오리라고 믿는다.

3. 굳은 의지와 지혜

가난을 자기의 운명으로 여기며 신세한탄이나 하는 사람, 남에게 도움을 청하여 당장의 고통을 면해보려고 하는 의존적인 사람은 가난에서 벗어날 수 없다. 가난한 사람이 가난을 면하려면, 가난을 벗어나겠다는 굳은 의지와 노력, 그리고 지혜가 있어야 한다. 가난하지는 않으나 재산을 늘려 부자가 되겠다는 사람 역시 마찬가지이다.

옛이야기를 좋아하던 서민들은 가난 극복의 의지와 지혜를 담은 이야기를 많이 만들어 전파·전승해 오면서 가난 극복의 의지를 불태웠으며, 위로를 삼기도 하고, 용기와 지혜를 얻어 실천에 옮기기도 하였을 것이다.

가난한 동생의 성공

옛날 어느 마을에 형제가 살았는데, 형은 부자로 잘 살았으나 동생은 무척 가난하였다. 섣달이 다 가고 설이 다가오는데, 동생은 설날 아침거리도 없었다. 동생은 생각다 못해 형을 찾아가서 쌀을 좀 달라고 하였다. 그런데 형은 빈정대며 주지 않았다. 동생은 형의 태도가 괘씸하고 분하여, 눈물을 흘린 뒤 집으로 와서 아내에게 말했다.

"형에게 기대려 했던 내가 잘못이오. 먼 곳으로 가서 어떻게든 살아봅시다."

그는 아내를 재촉하여 보따리를 싼 뒤에 아이 둘을 데리고 고향을 떠났다. 네 식구가 정처 없이 걷다 보니, 날이 저무는데 잘 곳이 없었다. 잘 곳을 찾아 헤매던 그의 가족은 연자방앗간을 발견하고, 안으로 들어가 밥도 굶은 채 웅크리고 앉아 있었다. 얼마 뒤에 그 앞을 지나던 마을 노인이 인기척을 듣고 들어와, 무슨 일로 여기 있느냐고 물었다.

"정처 없이 길을 가다가 날이 저물었으므로, 여기서 하룻밤 지내려고 합니다."

"추운 겨울에 여기서 잘 수는 없으니, 우선 우리 집으로 갑시다."

그는 가족을 데리고, 노인의 집으로 가서 하룻밤을 지냈다.

이튿날 아침, 노인은 그가 집을 떠나 떠도는 사정을 들은 뒤에 말했다.

"그렇다면 형에게 기댈 것 없이 나하고 같이 사세. 마침 우리 집 행랑채가 비었으니, 거기에서 살면서 우리 집 일을 좀 해 주게."

그의 가족은 노인의 집에 살면서 그는 농사일을 하고, 그의 아내는 집안일을 맡아서 하였다. 그들 내외는 열심히 일하면서 새경(머슴이 주인에게서 한

해 동안 일한 대가로 받는 돈)은 장리(돈이나 곡식을 꾸어 주고, 받을 때에는 한 해 이자로 본디 곡식의 절반 이상을 받는 변리)를 놓아 늘렸다.

5년 뒤에 그는 그동안 모은 돈을 밑천으로 장사를 시작하였다. 그는 소금 장사, 곡식 장사, 과일 장사, 약초 장사를 하여 많은 돈을 벌었다. 그는 새로 집을 짓고, 논과 밭을 많이 사서 농사를 지으며 부자로 살았다.

부자가 된 그가 잘 차려 입고 형을 찾아가니, 형이 반갑게 맞이하였다. 그는 형에게 그동안 지낸 일을 이야기한 뒤에 이렇게 말했다.

"그때 형님께서 저에게 쌀 몇 되를 주었더라면, 저는 형님께 기대는 마음 때문에 이렇게 부자가 되지 못했을 것이오. 그때 형님이 저에게 쌀쌀히 대했기 때문에 제가 이를 악물고 일을 하여 부자가 될 수 있었습니다. 정말 고맙습니다."

〈최운식, 「구비전승」, 『경기민속지 I』, 용인 경기도박물관, 1998, 828~829쪽〉

이 이야기에서 동생은 형에게 의지하려는 마음을 버리고, 자기 힘으로 살아보겠다는 굳은 각오와 결심을 하고 고향을 떠난다. 그는 추운 겨울에 잠잘 곳도 없는 최악의 상황에 직면한다. 거기서 따뜻한 마음을 가진 노인을 만나 하룻밤을 쉰 그는 그 집에서 머슴살이를 하고, 그의 아내는 식모살이를 한다. 그들 내외는 부지런하고 성실함을 인정받아 그 집에서 5년을 살면서, 새경은 장리로 늘렸다. 그는 그 돈을 밑천으로 소금 장사, 곡식 장사, 과일 장사, 약초 장사를 하여 많은 돈을 벌었다. 이 이야기는 의존적인 태도에서 벗어나, 고난 극복의 의지를 가지고, 꾸준히, 성실하게 노력할 때 살 길이 열린다는 것을 말해 주고 있다.

10년을 헤어져 산 부부

옛날에 고 도령이라는 사람이 남의 집 머슴살이를 하였는데, 너무 가난해서 사십 가까이 되도록 장가를 못 가고 있었다. 그는 일도 잘 하고, 마음씨가 착하였으므로, 동네 사람들이 주선하여 그 동네의 가난한 집 처녀와 혼인하게 하였다.

혼인 첫날밤에 신부가 말하였다.

"오늘 밤을 지내고 날이 밝는 대로 헤어져서, 당신은 공부를 하여 과거에 급제를 하시오. 나는 열심히 일을 해서 돈을 벌어 놓겠습니다. 10년 후에 다시 만납시다."

그는 신혼 초에 헤어진다는 것이 너무 섭섭하여 거절을 했지만, 신부의 결심이 확고하여 그대로 따를 수밖에 없었다.

이튿날 집을 나온 그는 이름 있는 절에 가서 주지 스님께 자기의 사정을 이야기하고, 글을 가르쳐 달라고 하였다. 스님은 하루에 나무 아홉 짐씩 하여 절의 땔나무를 대면, 저녁에 글을 가르쳐 주겠다고 하였다. 그는 낮에는 나무를 하고, 밤에는 스님의 가르침을 받으며 열심히 공부하였다. 9년이 되자, 스님은 그에게 과거를 보라고 하였다. 그가 10년을 채우게 해 달라고 사정하니, 스님은 허락하고 더욱 열심히 가르쳐 주었다.

그는 10년을 공부한 뒤에 한양으로 가서 과거에 급제하고, 고을 원이 되어 부임하게 되었다. 자기 집 가까이 온 그는 사령들을 주막에 머물러 있게 하였다. 혼자 거지 차림으로 자기가 살던 마을에 가니, 전에 없던 큰 기와집이 있었다. 마을 사람들에게 그게 누구네 집인가 물으니, "그 집은 고 도령의 부인이 돈을 벌어 새로 지은 집인데, 고 도령은 10년째 소식이 없다."고 하였다. 그가 그 집 사랑에 가서 보니, 10살쯤 된 아이가 독선생을 모시고 공부하고 있었다. 그가 아이에게 말을 거니, 아이는 자기 어머니에게 가서 거지가 왔다고 하였다.

아이의 어머니는 사랑에 나와서 그를 보고, 반갑게 맞이하였다. 그가 10년 동안 남의집살이를 하다가 왔다고 하였건만, 그녀는 그에게 준비해 두었던 새 옷을 입히며 환대하였다.

이틀을 지낸 뒤에 그는 사령들이 머물고 있는 곳으로 가서 관복으로 갈

아입고, 자기 집으로 가서 부인과 아들을 다시 만났다. 그 뒤에 이들 부부는 행복하게 살았다. 〈최운식, 『한국구전설화집 6』, 민속원, 2002, 351~358쪽〉

이 이야기에서 남주인공은 머슴살이를 하였지만, 부지런하고, 일을 잘하였으며, 마음씨가 착하였다. 이를 아는 마을 사람들이 신붓감을 소개하고, 혼인비용을 추렴하여 혼례를 치르게 해 주었다. 신부는 첫날밤을 지낸 뒤에 10년을 기약하고 헤어져서 잘 살 수 있는 기반을 마련하자고 한다. 그가 첫날밤을 지내고 헤어지는 것이 싫어서 거절하니, 신부는 그렇다면 헤어지자고 하였다. 그는 그녀의 제안을 거절하면 어렵게 얻은 색시와 헤어질 수 없는 절박한 상황에서, 그녀의 제안을 받아들인다. 그가 절에서 보여준 부지런하고 성실한 태도는 스님의 마음에 감동을 주었다. 스님은 그를 가르치는 일에 심혈을 기울여, 그로 하여금 과거에 급제하고도 남을 실력을 쌓게 하였다. 그는 무난히 과거에 급제하고, 고향으로 돌아간다.

그는 거지 차림으로 고향에 돌아와 아내가 10년 동안 아들을 낳아 기르면서 돈을 모아 부자가 된 것을 안다. 그는 아내에게 과거에 떨어져서 남의집살이를 하다가 왔노라고 거짓말을 하며 아내의 태도를 살핀다. 아내의 변함없는 사랑과 곧은 마음을 확인한 그는 관복으로 갈아입고, 사령들과 함께 와서 자신의 성공을 아내에게 보여준다.

이 이야기에서 부부는 10년 동안 헤어져 살면서 각자 피나는 노력을 한다. 여주인공은 재산을 불리면서, 첫날밤에 잉태된 아들을 잘 기른다. 남주인공은 열심히 공부한 뒤에 과거에 급제하여 벼슬을 얻는다. 그래서 일반 백성의 고달픈 삶의 조건인 가난 문제와 신분 문제를 해결함과 동시에 아들을 잘 길러 자식 문제도 해결한다. 이 이야기는 부부가 뜻을 정하고 노력하면, 행복의 기틀을 마련할 수 있다는 것을 말해 준다.

『청구야담(靑邱野談)』권18의 「영산업부부이방(營産業夫婦異房)」에도 부부가 10년을 기약하고 각방을 쓰면서 살림을 일으킨 이야기가 실려 있다. 상주의 김생(金生)이 머슴살이를 하다가 뒤늦게 혼인하였다. 부부는 윗방 문을 봉하고 각방을 쓰면서, 남편은 짚신을 삼고, 아내는 길쌈을 하였다. 밤이면 밭에 구덩이를 팠다. 섣달이 되자 주머니를 지어서 동네 머슴들에게 나눠주고, 그 값은 개똥 한 섬으로 정하였다. 파놓은 구덩이를 개똥으로 메우고, 보리를 심어 많은 양을 수확하였다. 또 거기에 담배를 심어 팔아서 많은 돈을 받았다. 이렇게 6~7년을 지내고 보니, 큰 부자가 되었다. 그러나 처음에 작정한 대로 죽으로 끼니를 때웠다. 9년을 마치는 섣달 그믐날, 남편이 밥을 해서 먹자고 하니, 아내는 10년을 기약하였으니, 1년만 더 참으라고 한다. 10년을 채운 뒤에 남편이 동침을 요구하자, 아내는 "이미 부자가 되었는데, 누추한 집에서 동침할 수는 없지 않느냐?"고 하면서, 조금만 더 기다리라고 한다. 부부는 서둘러서 새 집을 짓고 이사한 뒤에 동침하였다. 부부는 나이가 많았으므로 출산을 못하고, 양자를 얻어 기르며 행복하게 살았다. 이 이야기에서도 부부가 10년 동안 각방을 쓰면서 살림을 일으켜 부자가 되는데, 아내가 주도적인 역할을 한다.

이제 가난한 양반이 돈을 벌어 부자가 된 이야기를 살펴보겠다.

소금 장사로 돈을 번 선비

옛날 서울의 한곳에 양반의 후예이나 무척 가난한 김 선비가 살았다. 그는 남동생과 함께 부모를 모시고 이리저리 다니며 빌어먹다가, 남양 땅으로 가서 산기슭에 오두막을 짓고 살았다. ㄱ 마을에 평민 장 씨가 딸을 데리고 살았는데, 그 역시 찢어지게 가난하였다.

나이 삼십이 넘도록 혼인을 못한 김 선비가 장 씨를 찾아가 딸을 아내로 맞게 해 달라고 하였다. 이 말을 들은 장 씨는 가난뱅이 선비에게 딸을 줄 수 없다고 거절하였다. 이를 안 딸이 아버지께 말했다.

"김 도령이 가난하기는 하지만, 그래도 양반이니 우리들보다야 낫지 않 겠습니까? 가난함과 넉넉함, 죽는 것과 사는 것은 정해진 복이라고 하지 만, 마음먹기에 따라 달라질 수 있는 것이니, 김 도령과 혼인하게 해 주 십시오."

딸의 말을 옳게 여긴 장 씨는 김 도령을 불러 혼인을 허락하였다. 별로 준비할 것이 없는 김 선비와 장 씨의 딸은 서둘러 혼인을 하였다.

어느 날, 신부가 신랑에게 말했다.

"대장부가 입에 풀칠하기 위해 거지 노릇을 하고 있으니, 장차 어쩔 셈 이오?"

"농사일은 못 배웠고, 나무하고 풀베기도 손방(아주 할 줄 모르는 솜씨)이 니, 동냥 말고 무엇을 하겠소."

신부는 시집올 때 가지고 온 무명 두 필을 주며, 장에 가서 팔아 10냥은 양식과 면화를 사고, 나머지는 돈으로 가지고 오라고 하였다. 그는 아내 의 말대로 하고, 30냥의 돈을 가지고 돌아왔다.

아내는 남편에게 30냥을 주면서 말했다.

"소금을 굽는 사람을 찾아가서 30냥을 맡기고, 이자 대신 3년 동안 소금 을 대주면 원금은 받지 않겠다고 약정하시오. 소금 굽는 사람이 좋아하 며 약정에 따를 것이오. 그리고 소금 짐을 지고 100리 안팎을 다니면서 소금 장사를 하되, 값은 당장 받으려 하지 말고 외상을 남겨 두어 단골을 삼으시오."

그는 아내의 말대로 하여, 3년이 지난 뒤에는 외상을 합하여 3천 냥의 돈을 모았다.

3년 뒤, 아내는 다시 30냥을 주면서 다시 소금 굽는 사람과 약정을 하되, 이번에는 동생의 몫까지 대 달라고 하라고 하였다. 그는 아내의 말대로 하여 동생과 함께 소금 장사를 하여 많은 이득을 얻었다. 그의 아내는 길쌈을 하여 많은 돈을 저축하였다.

나중에 그는 말을 사서 말의 등에 소금을 싣고 다니며 장사를 하였다. 그의 말이 새끼를 낳았는데, 그 새끼는 아주 좋은 말이었다. 그 동네의 부자인 이 선달이 그 말이 명마인 것을 알고, 좋은 논 두 마지기를 줄 터이니, 그 말을 달라고 하였다. 부인은 논 대신에 산 밑에 있는 묵정밭을 달라고 하였다. 김 선비 내외는 집터로 좋은 그 밭에 집을 짓고 이사하여 행복하게 살았다.

<《동패낙송(東稗洛誦)》 권상, 이우성·임형택 편역, 『이조한문단편집』 1, 일조각, 1973, 43~49쪽>

이 이야기에서 김 선비의 아내 장 씨가 세상 돌아가는 이치를 꿰뚫어 보는 안목과 지혜는 참으로 놀랍다. 책을 읽는 것밖에는 할 줄 아는 것이 없던 김 선비는 총명한 아내의 판단과 격려에 힘입어, 당시에 천하게 여기던 소금장수 노릇을 성실하게 함으로써 부자가 되어 여생을 편히 살았다. 이 이야기는 고난을 극복하겠다는 의지와 지혜, 실천력이 있으면, 어떤 어려움도 극복할 수 있다는 것을 말해 준다.

장사하여 돈을 벌려면 성실하고 지혜로워야 하지만, 배포도 있어야 한다. 지혜로우면서도 배포가 커서 큰돈을 번 인삼장수의 이야기를 소개한다.

배포 큰 인삼장수

옛날에 이리저리 떠돌며 건달 노릇을 하던 사람이 마음을 고쳐먹고 장사를 시작하였다. 그는 빚을 내어 큰돈을 마련한 다음, 중국 사람들이 좋아하는 인삼을 개성·금산 등지로 다니면서 사들였다. 그는 또 도라지를 많이 사서 인삼과 함께 배에 싣고, 중국으로 갔다.

그가 인삼을 많이 싣고 온 것을 안 중국 상인들은 인삼을 헐값에 사기 위해 자기들끼리 모여서 회의를 하였다.

"우리가 하나같이 인삼을 사지 않겠다고 하면, 많은 비용을 들여서 온 저 사람이 인삼을 그대로 싣고 갈 수는 없고, 난처해 할 것이오. 그때 가서 값을 깎아 싼값에 사기로 합시다."

그가 중국 상인을 만나 인삼을 사라고 하니, 한 근에 열 냥 하는 인삼을 한 냥에 팔면 살까 그렇지 않으면, 사지 않겠다고 하였다. 다른 상인을 만나도 똑같은 말을 하였다. 그는 중국 상인들이 인삼 값을 깎으려고 담합한 것을 짐작하고, 이렇게 소문을 내고 다녔다.

"인삼을 제값을 받고 팔지 못할 바에는 차라리 불에 태워 버리겠다."

중국 상인들은 사람을 시켜 그의 동정을 살폈다.

이튿날 아침, 그는 자기가 타고 온 배 한가운데에 커다란 화로를 가져다 놓고, 장작불을 피웠다. 그는 가져간 도라지 한 주먹을 불에 던지면서 큰 소리로 외쳤다.

"내가 이 인삼을 다 태우고 가면, 중국 사람들은 1년 동안 조선 인삼 구경을 못할 것이다."

그는 둘레를 살피면서 도라지를 한 주먹씩 불에 던졌다. 중국 사람들이 멀리서 보니, 꼭 인삼을 태우는 것 같았다. 그의 이러한 행동은 하루 종일 계속되었다.

이튿날, 그가 다시 도라지를 태웠다. 이를 본 중국 상인들이 다시 모여 회의를 하였다.

"저 사람이 어제 하루 종일 인삼을 태웠는데, 오늘 또 태우는 것을 보니 큰일 아니오. 그냥 두었다가는 저 사람 말대로 1년 동안 조선 인삼을 구하기 어려울 것 같소. 저 사람이 부르는 값을 주고 사는 것이 좋겠소."

중국 상인들이 그를 불러 처음에 말한 대로 한 근에 열 냥을 줄 터이니, 인삼을 팔라고 하였다. 그는 불에 태운 물건의 값까지 쳐주지 않으면 팔지 않겠다고 하고는, 배로 돌아가 계속해서 도라지를 불에 던졌다. 다급해진 중국 상인들은 한 근에 30냥을 줄 터이니, 제발 태우지 말라고 사정을 하였다. 그는 값을 더 올려 불러 한 근에 50냥씩 받고 팔아 큰돈을 벌었다.

〈최운식, 『한국의 민담 1』, 시인사, 1999, 367~374쪽〉

이 이야기에서 주인공은 건달 노릇을 하다가 무역에 뜻을 두고, 중국 사람들이 잘 사가는 인삼의 유통 과정, 중국 상인들의 상술과 행태를 미리 파악하였다. 그런 뒤에 개성과 금산에서 나는 인삼과 겉모양이 비슷한 도라지를 다량 구매하여 배에 싣고 중국으로 간다. 중국 상인들은 조선 사람이 싣고 온 인삼을 헐값으로 사려고 짬짜미(남모르게 자기들끼리만 짜고 하는 약속이나 수작)를 한다. 그는 이를 깨기 위해 인삼을 태워 버릴망정 헐값으로는 팔지 않겠다면서 도라지를 태운다. 그래서 중국 상인들의 기를 꺾고, 짬짜미를 무색하게 만들어 인삼을 예상보다 더 비싼 값에 팔아 많은 이득을 챙긴다.

이 이야기는 거래를 할 때에는 사전 대비를 철저히 함은 물론, 지혜와 배포가 있어야 함을 강조하고 있다. 무역 전쟁을 치르고 있는 현대인에게 많은 것을 일깨워 준다.

남다른 지혜와 배포를 가지고 재산을 늘리되 지켜야 할 기본선이 있다. 이를 보여주는 이야기가 있다.

농사와 곡식 장사로 부자가 된 선비

옛날 서울에 대대로 벼슬을 하던 집 자손인 최 선비가 살았다. 그는 일찍이 문장으로 이름을 떨쳤으나, 과거에 여러 번 낙방하고, 살림 형편도 아주 어려워졌다.

어느 날, 최 선비는 살던 집을 판 돈 500냥을 가지고, 부모님과 처자·

남녀 종 5명과 함께 청주로 내려갔다. 청주에는 제위답(祭位畓, 제사 비용을 마련하기 위해 마련한 논) 10결(結, 논밭 넓이의 단위)과 초가 7칸, 노비 10여 명, 소 3마리가 남아 있었다. 그는 노비들을 불러서 말했다.

"내가 10년을 기약하고 치산(治産)하여 부자가 되려고 한다. 내 말을 따르는 자에게는 큰상을 주겠지만, 순종하지 않는 자는 죽음을 면치 못하리라."

그해 충청도 지방은 풍년이 들어서 곡식 값이 아주 쌌다. 그는 서울 집을 판 돈 500냥으로 곡식을 사서 저장해 두었다. 그 이듬해 봄에 그는 몸소 삽을 들고, 들로 나가 일꾼을 지휘하여 200석을 추수하였다. 이해 역시 풍년이어서 곡식 값은 지난해보다 더 헐했다. 그는 제위답을 모두 팔아 3천 냥을 받은 다음, 그 돈으로 곡식을 사들였다. 곡식은 지난해 사들인 것을 합하여 모두 4천 석이 넘었다.

그 이듬해에는 가뭄과 홍수가 겹쳐 흉년이었다. 봄이 되자, 먹을 것이 없어 쓰러지는 사람이 많았고, 곡식 값은 10배 이상으로 뛰었다. 나이 든 종들이 곡식을 팔자고 하였으나, 그는 듣지 않고 동네 노인들을 불러오게 하였다. 그는 노인들에게 굶어 죽을 지경에 이른 사람이 얼마나 되는지 조사해 오라고 하였다.

그는 500여 농가에 식구 수대로 양식을 나눠주어 굶주림을 면하게 해주었다. 그리고 오곡의 종자를 대주고, 소를 팔아 버린 집에는 소를 사주며 농사일에 힘쓰게 하였다. 그는 땅을 모두 팔아 버렸으므로, 남의 땅을 많이 빌려서 부지런히 농사를 지어 100여 석을 수확하였다.

500여 농가에서는 추수를 끝낸 뒤에, 어떻게 하면 그의 은혜에 보답할 수 있을까를 의논하였다. 마을 사람들은 그가 나눠준 4천 석의 곡식이 지난해의 곡가로 4만 냥이 되었으니, 6만 냥으로 갚자고 하였다. 그는 처음에는 마을 사람들이 가져온 곡식을 사양하였으나, 노인들이 간곡하게 말하는 바람에 받기로 하였다.

그는 그 이듬해 봄에 그 곡식을 모두 팔아 9만 냥을 받았고, 그 돈으로 다시 곡식을 사 두었다가 그 이듬해 봄에 팔아 18만 냥을 받았다. 그 후로는 돈이 너무 많아 곡식을 매입하기도 어렵고, 곡식 역시 많아 돈으로 바꾸기도 곤란하였다. 그는 마을 사람 중 장삿속을 아는 사람에게 밑천을 대주며 장사를 시켰다.

10년이 되자, 최 선비는 애초에 노비들과 약속했던 대로 큰 부자가 되었다. 그는 노비들에게 상으로 각기 큰돈을 주었다.

〈계서야담(溪西野談). 이우성 외, 『이조한문단편집 상』, 일조각, 1973, 3~8쪽〉

이 이야기에서 벼슬길이 막힌 최 선비는 '양반은 벼슬을 해야 한다'는 고정관념을 버리고, 농사와 장사에 전념한다. 그는 놀라운 솜씨로 재산을 증식하여 부자가 된다. 그러나 흉년으로 굶는 사람들을 보고는 양식을 나눠주고, 오곡의 종자를 대주며, 소를 사주어 기르게 하여 삶의 기틀을 잡아주는 등 대인군자(大人君子, 말과 행실이 바르고 점잖으며 덕이 높은 사람)의 풍모를 보인다. 이러한 그의 태도는 많은 농민들의 마음을 감동시켰다. 농민들은 감사하는 마음이 스스로 우러나 그가 베푼 은혜에 보답하였다. 결과적으로 그는 농민들의 마음을 얻고, 많은 재물도 얻었다. 그는 재산이 많아지자 장삿속을 아는 사람들에게 밑천을 대주며 장사를 시켜 부를 지킨다. 이러한 최 선비의 행동은 우리들에게도 많은 것을 일깨워 준다.

4. 사람이나 신이한 존재의 도움

옛이야기의 주인공은 다른 사람, 또는 신이한(神異, 신기하고 이상한) 존재의 도움을 받아 부자가 된다. 옛이야기에는 신(神) 또는 신이한 능력을 지녔다고 믿거나 신성하게 여기는 여러 존재들이 등장한다. 이들을 모두 신이한 존재라고 통칭(統稱)한다. 옛이야기에서 도움을 주는 사람이나 신이한 존재는 개별적으로 도움을 주기도 하지만, 서로 연계하여 주인공을 도와주기도 한다.

착한 일하여 부자 된 머슴

옛날에 시골 주막에서 머슴살이 하며 짚신을 삼아 팔던 총각이 서울로 갔다. 그가 종로 길가에 짚신을 펼쳐놓고 사갈 손님을 기다리는데, 한 처녀가 와서 따라오라고 하였다. 처녀는 그를 외딴집으로 데리고 가서 말하였다.
"나는 가까운 곳에 있는 대갓집 딸의 몸종이오. 나의 주인이 시집갈 때가 가까워 오니, 나에게 좋은 사람과 혼인하여 살라고 하였습니다. 그래서 신랑감을 찾던 중 당신을 만났으니, 혼인하여 함께 삽시다."
그는 그녀와 혼인하고, 그녀의 집에서 살았다.
그의 아내는 주인에게서 돈을 꾸어다 주면서 장사를 해 보라고 하였다. 그는 헐값에 사서 비싼 값에 팔면 많은 이득이 될 거라는 생각에서 헌 옷을 많이 샀다. 그는 헌 옷을 팔러 다니다가 헐벗은 사람들을 보고는, 그대로 나눠 주고 빈손으로 돌아왔다. 주인은 그의 아내에게 빌려간 돈을 갚으라고 재촉하였으나 갚지 못하자, 그녀를 붙잡아 가뒀다. 이를 본 그는 도망하여 이리저리 떠돌았다.
그는 산길을 걷다가 한 노인을 만났다. 노인은 그의 딱한 사정 이야기를 듣고는, 사냥하러 나간 세 아들이 돌아올 때까지 자기 집에서 함께 지내자고 하였다. 며칠 뒤에 아들들이 돌아오니, 노인은 당나귀 뒤에 보퉁이를 매 주면서 타고 산을 내려가라고 하였다.
그가 노인의 말대로 당나귀를 타고 눈을 감고 있었다. 얼마 뒤에 당나귀가 멎은 곳에서 눈을 뜨니, 자기 집 앞이었다. 그가 돌아온 것을 본 대갓집에서는 그의 아내를 풀어 만나게 해 주었다. 내외가 노인이 준 짐을 풀어

보니, 많은 양의 녹용과 산삼이 있었다. 그것은 헐벗는 사람을 구제한 그의 선행에 대한 상으로 산신령이 준 것이었다. 그는 그것을 팔아 주인집 빚을 갚고, 부자가 되어 잘 살았다.

〈최운식, 『한국구전설화집 10』, 민속원, 2005, 401~403쪽〉

위 이야기의 주인공은 시골에서 머슴살이를 하면서 틈틈이 짚신을 삼아서 내다가 팔만큼 부지런하고 성실하며, 잘 살아보려는 의지가 강한 청년이다. 그는 길 가던 세 선비가 '서울로 가서 짚신을 팔면 잘 팔릴 것'이라고 하는 말을 듣고, 서울로 간다. 서울에 가서 짚신을 팔던 그는 대갓집 여종의 눈에 들어 그녀와 혼인한다. 그가 세 선비로부터 서울에 가면 잘 살 수 있을 것이라는 조언을 들은 것과 대갓집 여종과 혼인한 것은 그의 부지런함과 성실함, 잘 살려는 의지를 가진 청년에게 주는 행운이었다. 그는 그 행운을 더 큰 행복을 얻기 위한 발판으로 삼는다.

그는 아내가 빌려다 준 돈으로 헌옷을 사다가 파는 장사를 시작한다. 그러나 그는 거지를 비롯하여 헐벗은 사람을 보고는 측은한 마음이 발동하여 옷을 공짜로 나눠준다. 이 청년에게는 부지런함과 성실함에 더하여 측은지심(惻隱之心)이 있었다. 이것은 더불어 사는 행복한 세상을 만드는 데에 없어서는 안 되는 중요한 마음이다. 이 청년은 이런 마음까지 지니고 있었기에 산신령의 도움을 받아 산삼과 녹용을 얻어 부자가 되는 큰 행운을 얻었다.

맹자(孟子)는 『맹자』(卷三 公孫丑章句上)에서 사람은 본성에서 우러나오는 네 가지 마음 즉 사단(四端)이 있다고 하였다. 첫째가 측은지심(惻隱之心, 불쌍히 여기는 마음)인데, 인의예지(仁義禮智) 가운데 인(仁)에서 우러나 온다. 그 다음은 수오지심(羞惡之心, 옳지 못함을 부끄러워하고 착하지 못함을 미워하는 마음)인데, 의(義)에서 우러나온다. 그 다음은 사양지심(辭讓之心, 겸손히 남에게 사양하는 마음)인데, 예(禮)에서 우러나온다. 그 다음은 시비지심(是非之心, 옳고 그름을 가릴 줄 아는 마음)인데, 지(智)에서 우러나온다. 이 네 가지 마음을 가지고 덕을 이루는 것이 사람이 해야 할 도리이다. 우리 조상들은 덕을 이루면 반드시 복을 받는다고 믿었다.

세 가지 부탁

옛날에 어느 가난한 청년이 옥황상제(玉皇上帝)께 가난한 이유를 물어보려고 길을 떠났다. 그는 여러 날 동안 길을 가다가, 어느 섬에서 용왕을 만났다. 용왕은 옥황상제께 다녀오는 동안 세 가지 부탁을 들어주어야 할 것이라고 말했다.

그는 하늘과 맞닿아 보이는 산을 향해 가다가, 큰 기와집에 사는 노인을 만났다. 그가 옥황상제를 만나러 간다고 하니, 노인은 오래도록 앓고 있는 외아들을 살릴 수 있는 방도를 알아다 달라고 하였다. 또 얼마를 가다가 만난 부자 여인은 자기가 결혼하기만 하면, 남편이 죽는 이유를 알아다 달라고 하였다. 또 한참 길을 가다가 이무기를 만났다. 이무기는 용이 못 되는 이유를 알아봐 달라고 하였다. 그가 허락하니, 이무기는 그에게 등에 타라고 하였다. 그가 등에 타니, 바람처럼 날아 바로 하늘나라에 이르렀다.

그는 옥황상제를 만나 "제가 못 사는 이유를 알고 싶어서 왔습니다." 하고 말했다. 옥황상제는 "네가 올 줄 알았다. 오면서 부탁받은 일을 해결하면 된다."면서 이렇게 말했다.

"용은 여의주(如意珠)가 두 개인 때문에 용이 못 되니, 하나를 버리면 된다고 하여라. 외아들이 죽어가는 부자는 금주춧돌 때문이니, 그걸 빼내면 된다고 전하여라. 결혼만 하면 남편이 죽는 여자는 여의주를 가져야 된다고 일러 주어라."

그는 자기가 가난한 이유는 묻지도 못하고, 서둘러 지상으로 내려왔다.

그가 이무기를 만나 여의주가 두 개라서 용이 못 된다고 하니, 이무기는 여의주 하나를 그에게 주고, 용이 되어 하늘로 올라갔다. 부자 노인을 만나 금주춧돌 때문이라고 하니, 노인은 금주춧돌을 빼어 그에게 주었다. 여인을 만나서 여의주를 가진 남자와 살면 된다고 하니, 여인은 여의주 있는 남자가 어디 있느냐며 낙심하였다. 그는 "내게 이무기가 준 여의주가 있으니 함께 살자."고 하여 결혼하였다.

〈최운식, 『한국의 민담 2』, 시인사, 1999, 163~167쪽〉

위 이야기의 주인공은 하루하루의 삶에 지쳐 허덕이다가 옥황상제를 만나 자기가 가난한 이유를 묻겠다고 길을 떠난다. 옥황상제가 누구이고, 어디에 있기에, 그는 자기의 운명을 말해 줄 수 있다고 믿었을까?

옥황상제는 흔히 도가(道家)에서, '하느님'을 이르는 말이다. 옥황(玉皇), 옥제(玉帝), 옥황대제(玉皇大帝)라고도 한다. 도가사상을 바탕으로 하여 형성된 도교(道敎)에서는 옥황상제를 '가장 높은 신'으로 추앙하며, 하늘의 중심에서 우주만물을 지배한다고 믿는다. 한국무속에서는 옥황천존(玉皇天尊)이라 하여, 전통적인 하늘의 신으로 섬긴다. 중국에서 형성된 도가사상과 도교는 삼국 시대에 우리나라에 전래되어 신선사상과 함께 널리 퍼졌다. 그래서 삼국 시대 이래의 문학, 사상, 신앙 면에는 유(儒)·불(佛)·도(道) 삼교사상이 뒤섞여 공존하였다. 그에 따라 옛이야기나 고소설에는 옥황상제와 신선 이야기가 많이 있다.

옥황상제가 있는 곳은 천상(天上)이다. 옥황상제는 하늘나라에 있으면서 선관(仙官)과 선녀(仙女)의 옹위(擁衛, 좌우에서 부축하며 지키고 보호함.)를 받으며, 우주만물을 주관한다. 지상의 모든 신들을 지휘하고, 인간의 운명을 주관한다. 옥황상제가 있는 천상은 인간이 쉽게 갈 수 없는

곳이다. 그러나 신선이나 도사, 학·용·말·구름과 같은 신이한 존재의
도움을 받으면 갈 수 있다.

위 이야기의 주인공은 이무기가 태워다 주어서 천상으로 올라가 옥황
상제를 만난다. 옥황상제는 지극히 존귀한 존재여서 인간이 쉽게 만날
수 없다. 그러나 특별한 사연을 지닌 인간은 만나 주는 아량을 가지고
있다. 위 이야기의 주인공은 옥황상제를 만나 자기가 가난한 이유를
따져 보겠다는, 좀 엉뚱하기는 하지만, 적극적인 의지를 가진 청년이다.
그의 행동을 지켜본 옥황상제는 그의 용기와 의지를 갸륵하게 여겨 만
나 주었다.

그가 옥황상제를 만나러 가는 길에 만난 부자 노인·과부·이무기는
외아들의 병이 낫지 않는 이유, 결혼만 하면 남편이 죽는 이유, 용이
되지 못하는 이유를 알아봐 달라고 부탁한다. 자기가 뜻한 바를 이루
지 못하고 고통을 겪을 때 그 연유를 알고 싶은 것은 인지상정(人之常
情, 사람이면 누구나 가지는 보통의 마음)이다. 그는 이러한 마음을 잘 알기
에 천상에 가는 길이 멀고 험난하여 경황(景況, 정신적·시간적인 여유나
형편)이 없는 중에도 그들의 부탁을 들어주겠다고 약속한다. 이로 보
아 그는 남을 배려하는 착한 마음을 가진 사람이다. 옥황상제는 그가
운명을 개척하고 잘 살아보겠다는 굳은 의지를 가지고 노력하고, 남
을 배려하는 착한 마음을 가진 것을 알았다. 그래서 그가 오는 동안에
만난 세 인물이 당한 어려움의 원인과 해결할 방도를 알려준다. 세 인
물의 고난 해결책은 곧 그의 행운과 연결된다.

옥황상제가 알려준 세 인물의 고난 해결책은 깊은 의미를 지니고 있
다. 첫째, 부자의 금주춧돌은 매우 귀중한 것이지만, 없어도 되는 것이
다. 주춧돌은 기둥을 받치면 그만이니 꼭 금괴여야 할 필요가 없다.

금주춧돌은 사치스럽고 호화로워 부를 과시하는 데에 필요할 뿐이다. 부자는 가난한 사람을 배려하지 않고, 부를 과시하면서 사치스럽고 호화로운 생활을 하고 있었기 때문에 외아들의 병이 낫지 않았다. 부자가 금주춧돌을 빼어 그에게 주자, 외아들의 병이 나았다.

둘째, 이무기가 가진 두 개의 여의주 역시 탐욕을 뜻한다. 여의주(如意珠)는 무엇이든 뜻하는 대로 만들어 낼 수 있다고 하는 영묘(靈妙, 신령스럽고 기묘함.)한 구슬이다. 이무기는 여의주 하나만 있어도 용이 되어 하늘로 올라갈 수 있는데, 두 개를 가지고 있었다. 누구나 갖고 싶어 하고, 가진 사람은 뜻한 바를 이룬다는 영묘한 구슬을 둘씩이나 가지고 있었으니, 욕심이 지나쳤다. 이무기는 그의 말을 듣고, 여의주 하나를 그에게 주자마자 용이 되어 하늘로 올라갔다.

셋째, 여의주를 가진 남자를 만나야 한다는 말은 제대로 된 배우자를 만나야 한다는 뜻이다. 과부는 그동안 자기에게 맞는 배우자를 만나지 못한 탓에 불행을 겪었다. 그녀는 마음이 급하였거나 음욕에 끌려 적합한 배우자가 아닌데도 혼인한 탓에 배우자를 잃는 고통을 당하였다. 그는 자기가 여의주를 가지고 있음을 과부에게 알리고, 청혼하여 혼인한다. 여의주를 가진 남자는 어떤 남자인가? 이 이야기의 주인공처럼 잘 살아보겠다는 굳은 의지와 실천력을 가진 사람, 남의 아픔을 살피고 도와주는 착한 마음을 지닌 사람이다. 그는 여의주를 가진 남자가 되었으므로, 과부와 혼인하고, 부자로 행복하게 살았다.

옛이야기에는 도깨비 이야기가 많으므로, 먼저 도깨비의 성격과 정체에 관해 간단히 살펴보겠다. 도깨비는 동물이나 사람의 형상을 한 잡된 귀신의 하나이다. 비상한 힘과 재주를 가지고 있어 사람을 홀리기도 하고, 짓궂은 장난이나 심술궂은 짓을 하기도 한다. 도깨비의 성

격과 특징은 삼국 시대 이래로 전해 오는 옛이야기나 도깨비를 풍요
기원의 대상으로 삼는 도깨비신앙을 통해서 알 수 있다.

도깨비의 형체는 사람의 모습과 비슷하지만, 특이한 체형으로 나타나
기도 한다. 보는 각도에 따라서 한없이 커 보이기도 한다. 도깨비는 대개
의 이야기에서 남성으로 나타나는데, 노래하고 춤추기를 좋아한다. 도
깨비가 출현하는 장소는 대개 숲속·외딴집·물가·공동묘지 등으로 마
을 외부 공간이고, 출현하는 시간은 어두운 밤이다.

도깨비의 성격을 간단히 살펴보겠다(김종대, 『한국의 도깨비 연구』, 국학자
료원, 1994, 51~54쪽). 도깨비는 첫째, 신이한 능력을 지니고 있으며, 착한
사람과 악한 사람을 구별하여 상벌을 내리기도 한다. 둘째, 부(富)를 창조
하는 능력이 뛰어나다. 셋째, 사람과 사귀기를 좋아하여 남자와는 친구
로 지내며, 여자와는 성관계를 맺는다. 넷째, 사람을 골탕 먹이려는
심술성과 속이지 못하는 우직성(愚直性)을 지닌다. 다섯째, 개고기와 메
밀묵을 좋아하고, 말의 피를 싫어한다.

도깨비의 정체를 알아보기 위해 도깨비를 체험하였다는 사람의 이야
기를 적어 보겠다(최운식, 『한국구전설화집 6』, 민속원, 2002, 182~196쪽 참조).
마을에서 힘이 세어 장사 소리를 듣는 사람이 밤늦도록 놀음을 하여
돈을 다 잃고 집에 오는데, 키가 큰 사람이 길을 막고 비켜주지 않았다.
그는 화가 나서 쓰러뜨리고, 풀줄기로 나무에다가 꽁꽁 묶어 놓았다.
이튿날 그가 그곳에 가보니, 사람이 아니고 빗자루였다고 한다. 빗자루
대신에 도리깨, 피 묻은 옷이라고 하는 이야기도 있다.

도깨비불을 보았다는 사람도 있는데, 도깨비불의 색깔은 파랗고 촛불
이 뚝뚝 떨어지듯이 번지는 모습이었다고 한다. 한 50년 전에 친구들과
여럿이서 도깨비불을 보았다는 사람의 말에 의하면, 도깨비불은 커다란

도깨비불 한 개에서 네 개가 나오고, 또 거기에서 각각 꼬리를 물고 불이 튀어 나왔다. 그렇게 나온 불들이 나중에는 400~500개가 되면서 온 산이 불바다가 되었다. 그 모습은 꼭 아이들이 쥐불놀이하는 것과 비슷했다고 한다. 도깨비불은 봄에 모를 심을 때 많이 나타났는데, 나중에는 굿을 해서 도깨비불이 나타나는 것을 막았다고 한다.

은방망이 금방망이

옛날에 형제가 살았는데, 형은 장가들어서 잘 살았다. 동생은 가난하여 나무를 해다가 팔아서 끼니를 이으며, 어머니를 모시고 살았다. 어느 가을날, 동생이 산에 가서 나무를 하느라고 갈퀴로 가랑잎을 긁고 있는데, 개암 한 알이 보였다. 그는 "이건 어머니 드려야지!" 하고 주워서 주머니에 넣었다. 잠시 후 개암이 또 나오자, 차례로 형님·형수님 드린다면서 주머니에 넣고, 그 다음에 자기 것이라면서 주머니에 넣었다.

그가 나무를 한 짐 해 가지고 내려오는데, 산속으로 너무 깊이 들어간 탓에 길을 잃었다. 그는 날이 저물었으므로, 하룻밤 지낼 곳을 찾다가 큰 집 한 채를 발견하였다. 집 안으로 들어가 보니 빈집이었다. 그 집에서 쉬고 있는데, 한밤중에 도깨비들이 떼로 몰려왔다. 그가 얼른 다락에 숨어서 보니, 도깨비들이 방망이 두 개를 꺼내놓고, "금 나와라 뚝딱! 은 나와라 뚝딱!" 하니까, 금이 나오고, 은이 나왔다. 또 옷과 먹을 것 나오라고 하니, 말하는 대로 다 나왔다. 도깨비들은 새 옷을 입고, 음식을 먹은 뒤에 노래 부르며 춤을 추었다. 그가 배가 고파 주머니에서 개암 하나를 꺼내어 깨무니, '딱!' 하는 소리가 다락에 울려서 아주 크게 들렸다. 그 소리에 놀란 도깨비들이 조용하였다. 그가 다시 하나를 꺼내어 깨무니, 도끼비들은 "산신령님이 노하셨나 보다!"고 하면서, 도망가자고 하였다. 다시 하나를 꺼내어 깨무니, 도깨비들은 방망이도 놔둔 채 도망하였다.

그는 은방망이와 금방망이를 가지고 돌아와서 어머니께 지난 일을 이야기하였다. 그가 방망이를 놓고, 원하는 것을 나오라고 하니, 말하는 대로 모두 나왔다. 그는 필요한 것을 다 얻어 새 집을 짓고, 큰 부자로 살았다.

　욕심쟁이 형이 동생을 찾아와 부자 된 내력을 캐물었다. 동생의 말을 들은 형은 도깨비방망이를 얻으려고 동생이 갔던 곳으로 나무를 하러 갔다. 그는 개암이 나오자, "이건 내가 먹어야지!" 하면서 자기 먹을 것부터 챙겼다. 그는 빈집으로 가서 도깨비들을 만났는데, 도깨비들은 지난번에 속아서 빼앗긴 방망이 내놓으라면서 때렸다. 그래서 형은 도깨비한테 매만 맞고 돌아왔다. 〈최운식, 『한국의 민담 2』, 시인사, 1999, 122~125쪽〉

　이 이야기는 널리 알려진 이야기로, 많은 사람들이 '도깨비' 하면, 이 이야기가 떠오른다고 한다. 이 이야기에서 도깨비는 원하는 것은 무엇이든지 얻을 수 있는 '도깨비방망이'를 가지고 있어, 부를 창조할 수 있는 능력을 지닌 신이한 존재이다.

　이 이야기에는 형과 아우의 마음씨나 선악에 대한 설명은 없다. 그러나 개암이 나왔을 때 하는 행동으로 보아 동생은 부지런하고 효심이 있으나, 형은 그렇지 않음이 확연히 드러난다. 이 이야기에서 부지런하고 성실하며 효심이 강한 동생은 복을 받아 부자가 된다. 그러나 욕심쟁이인 형은 동생의 행동을 따라했다가 도깨비한테 매를 맞는다. 이 이야기에서 도깨비는 인간의 선악을 판단하여 상벌을 내리는 부의 신과 같은 존재로 나타난다.

　옛이야기에는 위 이야기처럼 악한 사람이 선한 사람의 행동을 모방하였다가 벌을 받는 이야기가 많은데, 받는 벌의 종류와 강도는 상황에 따라 다르다. 「혹부리 영감」에서는 도깨비가 착한 혹부리 영감의 혹은 떼어 주지만, 탐욕스런 영감에게는 혹을 하나 더 붙여 준다.

남문 안 주점

전에 어떤 사람이 남대문 안에 술집을 열었다. 개점 첫날 이른 아침에 첫 손님으로 상제(喪制, 부모나 조부모가 세상을 떠나서 거상 중에 있는 사람) 차림의 남자가 들어와 해장국에 술 한 잔을 달라고 하였다. 상제는 내다 준 것을 다 먹고는, 해장국과 술을 더 달라고 하였다. 더 갖다 주니, 다 먹고는 돈이 없으니 이담에 갚겠다고 하였다. 주인은 거리끼는 기색 없이 그러라고 하였다. 그 상제가 나간 뒤에 술꾼들이 구름처럼 몰려들어 진종일 밥 먹을 겨를도 없이 술을 팔았다.

이튿날 새벽에 가게 문을 열자, 그 상제가 또 들어와서 전날과 같이 행동하였다. 그날도 주인은 거리끼는 기색 없이 그러라고 하였다. 상제가 나간 뒤에 술꾼들이 어제처럼 밀려왔다. 주인은 그가 도깨비일지도 모른다는 생각에서, 그 뒤부터는 각별히 대접하였다.

얼마 후, 그 상제는 돈 200냥을 들고 와서 외상값이라면서 주고 갔다. 상제는 그 뒤로도 종종 그렇게 했고, 술도 잘 팔려서 1년 만에 많은 돈을 벌었다. 주인이 그에게 "술장수를 접고, 다른 일을 할까 하는데, 어떨까요?" 하고 물으니, 상제는 좋다고 하였다.

주인이 가게를 팔려고 내놓으니, 술이 잘 팔린다는 소문을 듣고, 눈독을 들이던 선혜청(宣惠廳, 조선 시대에, 대동미와 대동목, 대동포 따위의 출납을 맡아보던 관아) 사령(使令, 조선 시대에, 각 관아에서 심부름하던 사람)이 그 집을 샀다.

사령이 개업 첫날 새벽에 문을 여니, 한 상제가 들어와 해장국에 술 한 잔을 달라고 하였다. 상제는 갖다 준 것을 다 먹고는 해장국과 술을 더 달라고 하였다. 상제는 다시 갖다 준 해장국과 술을 다 먹고서는, 돈이 없으니 내일 갚겠다고 하였다. 사령은 화가 나서 "새로 낸 가게에 와서 외상술이 어디 있느냐?"며 빨리 돈을 내라고 하였다. 상제가 "돈이 없는 걸 어떻게 하겠소!" 하니, 사령은 "돈이 없거든 상복이라도 집히고 가시오." 하고, 상복을 벗기려 하였다. 상제는 "상복을 너 푼 술값에 잡는단 말이야?" 하면서 욕을 하였다. 사령이 상제를 붙잡아 때려주고, 상복을 벗기려고 달려드니, 상제는 욕을 하면서 달아났다. 사령이 상제를 뒤쫓아 한 모퉁이를 돌아섰을 때 한 상제가 나타났다. 사령은 그 상제를 붙잡아 다짜고짜로 방립(方笠, 상제가 쓰던 대나무로 만든 갓)을 벗기고, "남의 마수에 와서 돈도 안 내고 술을 마시고는 욕까지 하니 무슨 버릇이냐?"고 욕을 하면서, 뺨을 마구 때렸다. 그리고는 상복을 벗겨 가지고 방립과 함께 옆에 끼고서 갔다.

그 상제는 벼슬을 하는 양반이었다. 큰집에 가서 기제(忌祭)를 지내고 혼자 집으로 가다가 뜻밖의 변을 당한 것이었다. 그 상제는 다시 큰집으로 가서 방금 당한 일을 이야기하였다. 그 집에서는 하인을 술집으로 보내어 상복과 방립을 찾고, 술장수를 잡아다가 형조로 보냈다. 형조에서 그를 법에 따라 귀양을 보내니, 그 술집에는 손님이 없어 망하고 말았다.

〈성수패설(醒睡稗說). 이우성 외, 『이조한문단편집 상』, 일조각, 1973, 81~83쪽)

이것은 조선 후기에 한문으로 쓰인 『성수패설(醒睡稗說)』에 실려 있는 이야기이다. 이 이야기에서 술집을 처음에 운영한 사람과 뒤에 운영한 사람은 손님을 대하는 태도가 확연히 다르다. 첫 번째 주인은 배고픈 사람에게는 돈을 받지 않고도 술과 해장국을 주는 넉넉한 마음, 가난하고 힘든 사람을 배려하는 착한 마음을 가진 사람이다. 이를 확인한 도깨비는 그에게 장사가 잘 되게 해 주고, 가끔씩 외상값이라 하여 큰돈을 가져다주어 부자가 되게 해 준다. 그러나 두 번째 주인은 돈을 벌려는 욕심에 사로잡혀 배고픈 사람의 사정 따위는 생각해 줄 여유가 없었다. 그는 술값을 내지 않은 상제가 입은 상복이라도 잡겠다는 생각에서 도망가는 상제를 따라가다가 지나가는 상제를 붙잡아 때리고, 상복을 빼앗았다가 큰 벌을 받았다.

이 이야기에서도 도깨비는 재물의 신 역할을 하면서 착한 사람에게는 복을 주고, 악한 사람에게는 벌을 내린다. 이 이야기는 음식장사를 할 때에 어떤 마음을 가져야 할 것인가를 일깨워 준다. 그러면서 착한 사람은 복을 받고, 악한 사람은 벌을 받는다는 권선징악적(勸善懲惡的)인 의식을 심어 준다.

도깨비 덕에 부자가 된 가난뱅이

예전에 충청도 공주에 전 씨가 아주 가난하게 살았다. 어느 날, 그는 장에 갔다가 날이 저문 뒤에 돌아오다가 냇둑에 앉아, 추석에 아이들한테 추석빔 하나 사줄 수 없이 가난한 형편을 탄식하였다. 그때 한 사람이 나타나, 그와 함께 걸으며 위로의 말을 하였다. 그의 집까지 온 그 사람은 보따리 하나를 주면서, 며칠 후에 올 터이니 그때까지 맡아 달라고 하고 갔다. 그의 아내는 그 보따리 속에 무엇이 있나 끌러 보자고 하였으나, 그는 남의 물건에 손을 대면 안 된다며 제지하였다.

며칠 후, 그 사람이 돌아와 맡긴 보따리를 달라고 하였다. 그 사람은 그가 보따리에 손도 대지 않은 것을 보고, 고개를 끄덕였다. 그 사람은 보따리에 있던 돈을 꺼내 주면서 논을 사라고 하였다. 그는 그 돈으로 논 80마지기를 샀다. 그 사람은 그에게 "모레 올 터이니, 메밀묵을 쑤어 달라."고 하였다. 그는 그 사람이 도깨비인 것을 알아차렸다. 그 뒤에도 그는 도깨비가 주는 돈으로 논을 사서 부자가 되었다.

그는 도깨비와 친하게 지냈다. 그런데 도깨비가 밤중에 안방에 들어와 그의 아내에게 말을 거는 둥 아주 귀찮게 하므로, 멀리해야겠다고 생각하였다. 그는 이웃사람이 알려준 대로 집 둘레에 백마의 피를 뿌렸다.

자기를 멀리하려고 하는 것을 눈치 챈 도깨비는 농사짓는 것을 방해하였다. 나중에는 논을 떠가겠다고 네 귀퉁이에 말뚝을 박고 법석을 떨었으나, 논을 떠가지는 못하였다. 〈최운식, 『한국구전설화집 6』, 민속원, 2002, 170~173쪽〉

위 이야기에서 도깨비는 사람의 모습으로, 추석이 되어도 아이들에게 추석빔도 해 줄 수 없는 가난을 탄식하는 사람에게 나타나 위로의 말을 해 주고, 함께 걸어서 그의 집까지 간다. 도깨비는 그가 사는 형편을 살펴본 뒤에, 그에게 가지고 있던 보퉁이를 주며 자기가 올 때까지 맡아 달라고 한다. 그 보퉁이에는 논 80마지기(한 마지기는 볍씨 한 말의 모 또는 씨앗을 심을 만한 넓이로, 지방마다 다르나 논은 약 150~300평, 밭은 약 100평 정도이다.)를 살 수 있는 큰돈이 들어 있었다. 그는 보퉁이 속에 무엇이 있는지 풀어보자는 아내의 말을 일축하고, 손도 못 대게 한다. 남의 물건에 손을 대서는 안 된다는 곧은 마음이 그대로 나타난다. 며칠 뒤에 다시 와서 그의 정직함을 확인한 도깨비는 보퉁이에서 돈을 꺼내 주며, 논을 사라고 한다. 도깨비는 그를 부자가 되게 해주고, 그와 친하게 지낸다. 그에게 메밀묵을 쑤어 달라고 하여 먹기도 하고, 그의 가족과 접촉하기도 한다.

그는 도깨비 덕에 부자가 되었지만, 계속하여 도깨비와 가까이 지내는 것에 부담을 느낀다. 그래서 도깨비를 멀리할 방법을 강구한다. 한 친구가 도깨비는 백마의 피를 싫어하니, 백마를 잡아 머리를 문 앞에 놓고, 그 피를 문과 집 둘레에 뿌리라고 일러 주었다. 그가 그 친구의 말대로 하려고 마음먹고 돌아올 때 도깨비가 나타나서, "내 덕에 부자가 되고서 배신하려느냐?"고 한다. 그는 배신하지 않겠다고 거짓말을 한 뒤에 돌아와 백마를 잡아 피를 뿌렸다.

이를 본 도깨비는 화가 나서 그의 논에 자갈을 잔뜩 집어넣어 농사를 짓지 못하게 하였다. 이를 본 그는 꾀를 내어 "논에 돌을 넣으면 내가 무서워할 줄 아는가? 쇠똥이나 개똥을 넣어놓으면 몰라도." 하고 외쳤다. 그 이튿날 아침에 논에 가서 보니, 논에 쇠똥과 개똥이 가득하였다.

도깨비는 배신한 그에 대한 화풀이로 그의 집 가마솥의 쇠뚜껑을 솥에 넣어 못 쓰게 하였다. 그래도 직성이 풀리지 않자, 그의 논을 떠가겠다고 도깨비 떼를 몰고 와서, 논의 네 귀퉁이에 말뚝을 박고 떠가려고 하였으나, 실패하였다고 한다.

위 이야기에서 도깨비는 가난한 신세를 탄식하는 그에게 나타나 위로하고, 정직성을 시험한 뒤에 많은 돈을 주어 논을 사게 한다. 이로 보아 도깨비는 신이한 능력을 지닌 재물신의 성격을 지닌다. 도깨비는 신의 성격을 지니면서도 사람과 교제하기를 좋아하여 주인공과 친하게 지내고 싶어 한다. 그런데 주인공은 신의 성격을 지닌 도깨비와 오랜 동안 가까이 지내는 것을 꺼린다. 그래서 집 둘레에 도깨비가 싫어하는 백마의 피를 뿌린다. 배신을 당한 도깨비는 복수를 다짐하지만, 땅을 떠갈 수 없어 그대로 물러선다. 이 이야기의 전반부에서 친근하고 자상한 신의 성격을 지녔던 도깨비는 후반부에 와서 우직하고 무능한 존재가 되었다. 그러나 가난하고 힘없는 사람에게 친근하게 다가와 위로해 주고, 정직한 사람에게 복을 가져다주는 도깨비는 많은 사람들의 마음속에 친근하게 남아 있다.

지네의 도움으로 부자 된 사람

옛날에 한 사람이 너무도 가난하여 아버지 제삿날에 메(제사 때 신위 앞에 놓는 밥)를 올릴 쌀을 구할 수가 없자, 자살을 결심하였다. 그는 밤에 새끼줄 한 발을 가지고 뒷산으로 갔다. 그가 큰 소나무에 올라가 목을 매려고 하는데, 나무 밑에서 한 여인이 죽지 말고 내려오라고 하였다. 그녀는 그에게 "제사 지낼 물건과 곡식을 집에 가져다 놓았으니, 어서 가서 제사를 지내고, 내일 산속에 있는 기와집으로 오시오." 하고 말했다.

그 날 밤, 그는 집으로 가서 아버지 제사를 정성껏 지냈다. 이튿날, 그는 여자가 오라는 산속의 기와집으로 갔다. 그는 목숨을 살려준 그녀와 함께 지내면서 가끔씩 집에 다녀오곤 하였다.

어느 날, 그가 집에 다녀오는데, 한 남자가 나타나 "함께 있는 여자는 지네요. 당신을 죽이려고 하니, 담뱃진을 얼굴에 뿌려 죽이시오."라고 말했다. 그는 담뱃진을 입에 가득 물고, 집으로 가서 여자 얼굴에 뿌리려고 하다가 자기의 죽을 목숨을 살려주고, 그동안 가족들을 보살펴 준 일을 생각하여 담뱃진을 뿌리지 않고 삼켰다.

생기를 되찾은 여인이 그에게 말했다.

"나는 옥황상제의 딸인데, 언니와 자주 싸우고, 사고를 쳤어요. 그러자 아버지가 나는 지네로, 언니는 구렁이로 변신시켜 인간계로 보내면서, '인간과 함께 지내면서 수도하고 오라.'고 하셨어요. 당신에게 나를 죽이라고 하던 남자는 나의 승천을 방해하는 언니입니다. 나는 내일 승천합니다."

이튿날, 그녀는 하늘로 올라갔다. 그는 그녀가 남겨준 재물을 가지고 부자가 되어 잘 살았다. 〈최운식, 『한국구전설화집 10』, 민속원, 2005, 383~386쪽〉

이 이야기에서 주인공은 아버지 제삿날에 메를 올릴 수 없을 정도로 가난한 처지를 비관하여 자살을 결심하고, 소나무에 목을 매려고 한다. 그때 한 여인이 그의 자살 결행(決行)을 막고, 필요한 것들을 보내어 아버지 제사를 지내게 해 준다. 그리고 그의 가족들이 불편 없이 살게 해준다. 그는 한 남자로부터 자기를 살려준 여인의 정체가 지네이니, 담뱃진을 얼굴에 뿌려 죽이라는 말을 듣는다. 그는 담뱃진을 입에 물고 가서 그녀의 얼굴에 뿌리려다가 마음을 바꿔 담뱃진을 삼켜버린다. 그는 결정적인 순간에 '자기의 목숨을 살려주고, 가족을 보살펴준 은인을 죽여서는 안 된다.'는 올곧은 판단을 하였다.

그 여인은 옥황상제의 딸로, 지네의 형상을 지니고 있었다. 자매 사이에 다툼이 심한 것을 본 옥황상제는 두 딸을 구렁이와 지네의 탈을 씌워 인간계로 보냈다. 아버지는 두 딸을 인간계로 보내면서, 인간과 접촉하면서 도를 깨달으면 다시 선계로 부르겠다고 하였다. 옥황상제가 딸들이 인간과 접촉하면서 깨우치길 바라는 도는 무엇일까? 지네의 탈을 썼던 여인은 죽으려고 하는 주인공을 살리고, 그의 가족을 진심으로 보살폈다. 그 여인의 진실한 마음은 그의 마음속에 각인(刻印) 되었다. 그래서 그는 여인의 정체가 지네라는 것을 알면서도, 죽이지 않는다. 불쌍한 사람, 힘들고 어려운 지경에 처한 사람을 도와주고 보살피는 일은 사람이 지녀야 할 올곧은 마음이다. 이런 마음을 가진 사람이 많아질 때 이 세상은 살기 좋은 세상이 될 것이다. 지네여인은 이런 마음을 행동으로 옮겼기에, 그 다음날 옥황상제의 부름을 받아 승천할 수 있었다. 주인공 남자는 은혜를 입은 사람을 배반하지 않는 곧은 마음을 지녔기에 복을 받아 부자가 되어 잘 살았다.

충청북도 오송 지역에 전해 오는 「지네 장터」(최운식, 『다시 떠나는 이야기 여행』, 종문화사, 2007, 411~414쪽)에서는 지네가 사람들에게 해를 끼치는 사신(邪神)으로 등장한다. 뒤에서 논의할 「거지 형제」(최운식 외, 『한국구전 설화집 7』, 민속원, 2002, 125~128쪽)에서도 지네는 부잣집 외동딸에게 병을 주는 사신(邪神)이다. 그런데 이 이야기에서는 가난한 사람을 도와주고 승천하는 옥황상제의 딸로 등장하여 이채롭다.

개구리가 가져다 준 복

예전에 부부가 살았는데, 아내가 남편에게 장사하여 돈을 벌어오라고 하면서 베 몇 필을 주었다. 남편은 아내가 주는 베를 팔아서 장사를 하려고 서울로 향했다. 그는 얼마를 가다가 큰 통에 개구리를 가득 넣어 가지고 가는 노인을 만났다. 그는 노인과 함께 가다가 노인이 하자는 대로, 가지고 있는 베를 노인의 개구리와 바꿨다.

그는 서울로 가면서 개구리에게 무엇을 먹일까 걱정하다가, 노인이 하던 말이 생각나서 개구리를 논에다 쏟아 놓았다. 개구리들은 사방으로 흩어져 버렸다. 그는 개구리를 부르며 어서 가자고 하였다. 그때 노란 개구리 한 마리가 나타나, 네모진 물건 하나를 물어다 주었다.

그는 그것을 가지고 서울로 가다가, 어느 부잣집 앞 고목나무 아래에서 쉬었다. 그 사람이 개구리가 준 것을 귀에다 대고 들으니, 나무 위에서 짖는 까마귀 소리가 "5대 독신 외아들이 배나무 동티(땅, 돌, 나무 따위를 잘못 건드려 지신을 화나게 하여 재앙을 받는 일)에 죽는구나!" 하는 말로 들렸다.

그가 그 부잣집에 가서 알아보니, 외아들이 죽어가고 있었다. 그가 주인에게 배나무를 벤 일이 있느냐고 물으니, 그렇다고 하였다. 그가 배나무 벤 자리에 가서 동티잡이를 하니, 죽어가던 아이가 살아났다. 그 집에서는 그 사람에게 많은 돈을 주어 잘 살게 해 주었다.

〈최운식, 『한국구전설화집 4』, 민속원, 2002, 417~420쪽〉

이 이야기의 주인공은 개구리가 배고플 것을 걱정하는 착한 마음을 가진 사람이다. 그의 착한 마음 덕에 풀려난 개구리는 보은의 뜻으로 그에게 귀한 물건을 준다. 그는 그 물건 덕으로 까마귀가 지저귀는 소리를 알아듣고, 죽어가는 부자의 외아들을 살린다. 그는 그 공으로 많은 돈을 받아 부자가 되었다. 그는 개구리와 까마귀의 도움으로 부자가 되었는데, 이것은 착한 사람이 받는 복이다.

이 이야기에서 개구리와 까마귀는 착하고 순박한 주인공을 도와주는 신이한 동물이다. 이들이 주인공을 돕는 동물로 등장하는 것은 무슨 연유일까? 먼저 개구리에 관해 살펴본다. 개구리는 물과 뭍을 마음대로 오가고, 겨울잠을 자며, 다산(多産)이고, 삶의 변화과정이 뚜렷하다. 그래서 예로부터 신이한 존재로 여겼다.

제3장에서 논의할 금와왕 이야기에서는 개구리가 왕권의 신성을 상징적으로 나타낸다. 『한국구비문학대계』 7-1에 실려 있는 「개구리의 아들로 태어난 아이」를 보면, 처녀가 연못에서 빨래를 하다가 개구리와 교접하여 아들을 낳았다. 그 아이는 헤엄을 아주 잘 쳤다. 이를 안 한 스님이 물속에 있는 미륵불의 오른쪽 귀에 주머니를 걸어 달라고 하였다. 소년은 미륵불의 귀에 스님이 준 것 대신 자기 아버지의 유골이 든 주머니를 걸었다. 그 뒤에 소년은 하는 일마다 잘 되어 부귀영화를 누렸다고 한다. 이 이야기에서 개구리는 연못을 지키는 수신(水神), 또는 수신의 사자를 상징한다. 따라서 그 아이는 수신의 아들로, 신이한 능력을 지닌다.

『삼국사기』 권13 「고구려본기 1」에는 "유리왕 29년(서기 10년) 여름 6월, 모천(矛川)가에서 검은 개구리와 붉은 개구리가 무리를 지어 싸웠는데, 검은 개구리가 이기지 못하고 죽었다. 이것을 보고 논의하던 사람이 '검은 색은 북방의 색이니, 북부여가 파멸할 징조'라고 하였다(二十九年 夏六月 矛川上有黑蛙與赤蛙群鬪 黑蛙不勝死 議者曰 黑北方之色 北扶餘破滅之徵 也)."는 기록이 있다. 그 후 정말로 유리왕의 아들인 대무신왕이 서기 22년 동부여를 공격하여 대소왕을 죽이고 고구려에 병합시켰다. 이 기록은 개구리가 예언적 기능을 하고 있음을 말해 준다.

이집트 사람들이 생명과 번식을 관장한다고 믿는 신 헤케트(Heqet)는 개구리이거나 개구리 머리를 한 여신이다. 헤케트은 곡식의 씨앗이 썩어 싹이 돋아나는 상태를 상징하고, 매일 아침 태양의 탄생을 돕는 역할을 함으로, 아이의 분만을 돕는 산파역의 여신이기도 하다. 나일강이 범람할 때 개구리가 미리 나타나는데, 그해에는 풍년이 들었으므로, 개구리는 풍요의 상징으로 인식하고 있다. 서양에서는 개구리를 그 자체의 변신 과정 때문에 재생의 상징으로 인식하고 있다(『한국문화상징사전 1』, 동아출판사, 1992. 참조).

『리그베다』는 기원전 10세기에 기록된, 인도의 가장 오래된 서적으로, 10권 1,028시구로 구성된 서적이다. 여기에는 자연신 숭배를 시작으로 당시 사회상, 천지창조, 철학, 전쟁, 풍습, 의학 등의 내용이 기록되어 있다. 여기에 개구리를 대지 모신(母神)의 사제로 보고, 그를 찬양하는 노래가 수록되어 있다. 멕시코 원주민 중에는 개구리를 인류에게 생명을 주고, 죽은 기운을 없애는 '생명의 여신'으로 보는 부족이 있다(『한국문화상징사전 1』, 동아출판사, 1992. 참조).

신라 고분에서 출토된 토우(土偶)가 장식된 목긴항아리에는 뱀에 물린 개구리의 형상이 보인다. 또 토기에 장식되었던 것으로 보이는 토우도 있다. 토기 항아리에 개구리를 쫓는 뱀의 모습을 만들어 붙인 것도 있다. 개구리가 잡아먹힘은 다산, 풍요, 벽사(辟邪)를 상징하는 것으로 보인다. 이때의 뱀은 지신을 상징한다. 신사임당의 초충도(草蟲圖)에는 여러 화초를 중심으로 벌, 나비, 귀뚜라미 등 곤충과 함께 개구리가 그려 있다. 여기서 개구리는 평안과 풍요를 상징한다. 선비들의 문방생활에 긴요한 연적은 개구리 모양으로 만든 것이 많다. 이것은 개구리가 상서롭고, 행운을 가져다주는 것으로 믿었기 때문이다(『한국문화상징사전 1』, 동아출판사, 1992. 참조).

우리 속담에 '개구리 올챙이 적 생각 못 한다.'는 말이 있다. 이 말은 형편이나 사정이 전에 비하여 나아진 사람이 지난날의 미천(微賤, 신분이나 지위 따위가 하찮고 천함.)하고 어렵던 때의 일을 생각지 아니하고, 처음부터 잘난 듯이 뽐냄을 비유적으로 이르는 말이다. '우물 안 개구리'는 넓은 세상의 형편을 알지 못하는 사람을 비유적으로 이르는 말이다.

견식이 좁아 저만 잘난 줄로 아는 사람을 비꼬는 말로 쓰기도 한다.

『이솝우화』에는 소의 큰 몸집을 부러워하던 개구리가 그 흉내를 내다가 배가 터져 죽었다는 이야기가 있다. 이때의 개구리는 분수를 모르는 어리석은 존재를 상징한다. 『구약성경』「출애굽기」에서 모세가 이집트에서 행한 표징으로 나오는 개구리는 생명력과 재생의 상징이 아닌, 혐오의 대상이 된다. 『신약성경』「요한계시록」제16장 13~14절에는 "용의 입과 짐승의 입과 거짓 예언자의 입에서 개구리와 같이 생긴 더러운 영 셋이 나오는 것을 보았습니다. 그들은 귀신의 영으로서"라는 구절이 있다. 여기서 개구리는 이적을 행하는 악마의 영으로, '불순한 정신', '거짓말과 허영'을 뜻한다. 이처럼 개구리는 부정적인 의미로 쓰이기도 하였다.

지금까지 살펴본 바와 같이 개구리는 부정적인 의미로 쓰이기도 하였으나, 대개는 왕권의 신성성을 드러내고, 예언적 기능을 하며, 생명의 여신·풍요와 다산·평안과 행운을 상징하는 것으로 나타난다.

개구리는 예로부터 신이한 동물로 신성시하였다. 옛사람들이 개구리를 신이한 동물로 인식한 것은 개구리를 '달동물(lunar animal)'(김열규, 『한국민속과 문학연구』, 일조각, 1971, 81쪽)로 보았기 때문이라고 할 수 있다. 달은 그믐이 되면 사라졌다가 다시 떠올라 점점 커져서 보름달이 되고, 보름달은 다시 작아져 사라졌다가 다시 떠오른다. 이처럼 달은 '기울고 참'을 반복하는 재생력(再生力)을 지니고 있고, 생명의 근원이 되는 물을 주관하며, 출산에 특별한 기능을 하는 여성의 주재자이다. 그래서 고대인들은 달을 최고의 생산력을 지닌 존재로 숭앙하였다. 그런데 동물 중에는 형태와 습성이 달의 속성을 지닌 것으로 볼 수 있는 것이 있다. 개구리는 물속으로 들어가 없어졌다가 다시 물 표면으로 나타나며, 겨울잠을 잔다. 뱀도 겨울잠을 자고 허물을 벗으며, 곰 역시 겨울잠을 잔다. 이러한 동물들은 모두 달의 재생력과 관련이 있으므로, '달동물' 이라는 이름이 붙여졌다(최운식, 『한국서사의 전통과 설화문학』, 민속원, 2002, 83쪽). 따라서 생산력을 지닌 최고의 존재로 신성시하는 달을 닮은 달동물은 매우 신성한 존재로 인식되었다. 이러한 인식이 개구리를 신성시하는 이야기나 풍습을 낳게 하였다.

까마귀에 대한 한국인의 의식 역시 다양하다. 『삼국유사』권1에는 이름이 까마귀를 뜻하는 「연오랑 세오녀(延烏郞細烏女)」이야기가 실려 있다. 연오와 세오 부부는 동해 바닷가에 살았다. 신라 아달라왕 4년(A.D. 157)에 바닷가에서 해조(海藻, 바다에서 나는 조류를 통틀어 이르는 말)를 뜯던 연오는 큰 바위를 보고 올라앉았더니, 그 바위가 움직여 일본으로 갔다. 일본 사람들은 그를 신이한 인물로 보아 왕으로 모셨다. 남편을 기다리던 세오가 바닷가에 가서 남편의 신발을 보고 바위에 오르니, 그 바위가 움직여 남편 연오가 있는 곳으로 갔다. 일본 사람들은 세오를 왕비로 모셨다. 그 무렵 신라에서는 해와 달이 빛을 잃어 온 세상이 캄캄해졌다. 왕이 일관(日官, 길흉을 점치는 사람)에게 그 연유를 물으니, 일관은 태양의 정(精)인 연오와 세오가 일본으로 간 때문이라고 하였다. 신라의 왕은 사신을 보내어 두 사람을 데려오라고 하였다. 사신이 연오를 만나 신라로 돌아가자고 하니, 연오는 하늘의 뜻으로 이곳에 와 왕이 되었으므로, 돌아갈 수 없다고 하였다. 그리고 세오가 해와 달의 정기를 모아 짠 비단을 주면서, 가지고 가서 하늘에 제사를 지내라고 하였다. 사신이 비단을 가지고 돌아와 영일만(迎日灣) 언덕에 제단을 만들고 제사를 지내니, 해와 달이 전과 같이 되었다. 이에 왕은 그 비단을 국보로 삼고, 비단을 넣어둔 임금의 창고를 귀비고(貴妃庫), 하늘에 제사 지낸 곳을 영일현(迎日縣) 또는 도기야(都祈野)라고 했다. 이 이야기에서 연오와 세오로 나타난 까마귀는 '태양의 정(精)'을 상징한다.

고구려 고분인 쌍영총, 무용총, 각저총 등의 벽화에는 태양을 상징하는 원 안에 다리가 세 개인 까마귀 즉 삼족오(三足烏)가 그려져 있다. 까마귀는 태양을 상징하는데, 다리가 셋인 것은 태양의 본질을 이루고 있는 남성적 상징이 3이기 때문이라 하겠다.

『삼국유사』 권1 「사금갑(射琴匣)」조에도 까마귀와 관련된 이야기가 실려 있다. 신라 21대 소지왕이 천천정(天泉亭)에 가는데, 까마귀와 쥐가 나타났다. 쥐가 왕에게 까마귀를 따라가라고 하였다. 왕의 명을 받은 말 탄 군사가 까마귀를 따라 피촌(避村)에 다다르니, 돼지 두 마리가 싸우고 있었다. 군사는 이를 보다가 까마귀를 놓치고, 길에서 헤매고 있었다. 그때 연못에서 한 노인이 나와 봉서(封書, 겉봉을 봉한 편지)를 주었다. 겉봉에 "이를 떼어 보면 둘이 죽을 것이고, 떼어 보지 않으면 한 사람이 죽을 것이다."라고 쓰여 있었다. 왕은 두 사람 죽는 것보다는 한 사람 죽는 것이 낫다는 생각에서 봉서를 뜯지 않으려 하였다. 이때 일관이 "두 사람은 서민이요, 한 사람은 왕을 가리킵니다." 하므로 뜯어보았다. 거기에는 '사금갑(射琴匣, 금갑을 쏘라.)'이라고 적혀 있었다. 왕이 급히 궁으로 돌아와 금갑을 쏘니, 사통(私通)하던 중과 궁주(宮主, 비빈과 왕녀에게 주던 봉작)가 화살을 맞고 죽었다. 그 후로 신라에서는 첫째 번 돼지날·쥐날·말날에는 모든 일을 삼가고, 정월 보름을 오기일(烏忌日)이라 하여 까마귀에게 약밥으로 제사를 지냈다. 여기서 까마귀는 나쁜 일을 알려 주는 신의 사자이다.

『삼국사기』 권14 「고구려본기」에서는 까마귀가 국가를 상징한다. 북부여의 대소왕(對素王)이 고구려와 전쟁을 하고 있을 때 머리 하나에 몸이 둘인 까마귀를 얻었다. 이를 본 한 신하가 "까마귀는 검은 색인데, 붉은 색으로 변하였고, 머리 하나에 몸이 둘이니, 두 나라가 하나로 뭉칠 기회입니다. 고구려를 정복할 것입니다."라고 말했다. 왕은 기뻐하며 까마귀를 고구려로 보냈다. 이를 받아 본 왕은 "검정은 북방의 색이고, 붉은 색은 남방의 색이다. 붉은 까마귀는 상서로운 것이다."라고 말하면서 기뻐하였다. 얼마 뒤에 고구려는 북부여를 병합하였다. 이 이야기에서 까마귀는 고구려를 상징한다.

전에는 민간에서 제사를 지낸 뒤에 젯밥과 나물 등을 대문 앞이나 울타리 곁에 놓아두었다. 이것을 '까마귀밥'이라 하는데, 이것은 까마귀가 저승에 있는 조상에게 음식을 가져다주기를 바라는 마음에서 한 것이다. 이때의 까마귀는 저승을 오가는 사자를 상징한다. 유교를 숭상하던 조선 시대에는 까마귀가 충, 효, 지조(志操) 등으로 비유되었다. 까마귀가 죽음이나 좋지 않은 일이 일어날 징조를 보이는 새로 표현되기도 하고, 간신(奸臣)의 상징으로 표현되는 경우도 있다.

위에서 살펴본 바와 같이 까마귀는 태양의 정, 신의 사자로 신의 뜻을 알려주는 역할을 한다. 앞에 적은 「개구리가 가져다 준 복」에서 까마귀는 주인공에게 부잣집 외아들이 병이 나서 죽게 된 사연을 알려 주는 신이한 새이다. 부잣집 외아들이 병이 난 이유는 신의 영역에 속하는 일이어서 보통 사람으로서는 알 수 없는 일이다. 까마귀는 주인공을 도우려는 신의 뜻에 따라 외아들이 병이 난 까닭을 까마귀의 말로 지저귄다. 주인공은 개구리를 살려 주고, 그 답례로 받은 신이한 물건을 매개로 까마귀의 말을 알아듣는다. 이 이야기에서 개구리와 까마귀는 신이한 동물로, 착한 마음을 가진 주인공을 도와 그가 많은 재물을 얻어 잘 살도록 도와주었다.

5. 재산의 관리

재산을 모으는 일도 중요하지만, 모은 재산을 관리하고 지켜나가는 일 또한 그에 못지않게 중요하다. 재산을 모아 부자가 되고, 그 재산을 지켜가는 데에는 바깥주인의 역할이 크지만, 그에 못지않게 안식구들에 의한 집안의 살림살이가 중요하다. 우리의 조상들은 이를 깨닫고, 이와 관련된 흥미로운 이야기를 만들어 전파·전승해 왔다.

볍씨 한 알

옛날에 한 부자가 아들 3형제를 길러 장가들인 뒤에 함께 살았다. 그는 어떻게 하면 아들들이 조상으로부터 물려받은 재산을 잘 지킬 수 있을까를 생각하였다. 어느 날, 그는 며느리들을 차례로 불러서 "아주 소중한 것이니 받아라." 하면서, 종이에 싼 것을 하나씩 주었다. 큰며느리가 받아 가지고 나와서 보니, 볍씨 한 알이었다. 큰며느리는 시아버지가 노망이 든 모양이라고 생각하고, 이를 버렸다. 둘째 며느리 역시 시아버지가 노망이 들었나 보다 생각하고, 까서 먹어 버렸다.

셋째 며느리는 볍씨 한 알에 깊은 뜻이 있을 것이라고 생각하였다. 그녀는 말총을 뽑아 올무를 만들어 놓은 다음, 그 안에 볍씨를 놓아두었다. 조금 있으니까, 참새 한 마리가 그 볍씨를 먹으러 왔다. 그녀는 얼른 올무의 끈을 잡아당겨 참새를 잡았다. 그때 마침, 이웃집 노파가 약에 쓰려고 한다면서 달걀 하나를 주고, 참새를 가져갔다.

그녀는 그 달걀에 먹으로 표시를 한 다음, 다른 달걀과 함께 어미닭이 품게 하였다. 병아리가 깬 다음, 그녀는 그 병아리를 자기 몫으로 잘 길렀다. 그 병아리가 자라 어미닭이 되어 알을 낳으니, 그 알을 모아서 팔아 새끼 돼지 한 마리를 사서 길렀다. 그 돼지가 자라 새끼를 낳은 뒤에는 그 새끼를 동네 사람들에게 나눠주어 기르게 한 뒤에, 이익을 반분하였다. 돼지를 판 돈으로는 소를 사서 기르고, 소가 여러 마리가 된 뒤에는 동네 사람들에게 나눠주어 기르게 하고, 이익을 반분하였다. 이렇게 하여 10년을 지내고 보니, 큰돈이 되었으므로 그 돈으로 논 닷 마지기를 샀다.

어느 날, 부자는 세 며느리와 아들을 불러 앉히고, 10년 전에 준 볍씨를 어떻게 하였느냐고 물었다. 첫째 며느리는 버렸다고 하고, 둘째 며느리는 까서 먹었다고 하였다. 셋째 며느리는 논문서를 가져왔다. 그는 셋째 며느리를 크게 칭찬한 뒤에 말했다.

"재산은 남자보다도 안에서 살림을 잘 해야 느는 법이다. 내가 준 볍씨를 첫째와 둘째는 가볍게 생각하고 버렸지만, 셋째는 그것을 불려 논을 샀다. 이로 보아 이 재산을 지킬 사람은 셋째라고 생각한다. 그러니 셋째만 남고, 첫째와 둘째는 집을 나가서 재주껏 벌어먹고 살다가 10년 뒤에 들어오너라. 내가 유서를 대들보 위에 올려놓고 죽을 터이니, 그날 와서 뜯어보아라."

첫째와 둘째 아들 내외는 아무 말도 못 하고, 보따리 하나씩을 챙겨 들고 집을 나섰다. 그들은 10년 동안 이리 저리 떠돌며 남의 집 허드렛일을 해주고 밥을 얻어먹기도 하고, 머슴살이하기도 하고, 장사를 하기도 하였다. 그러는 동안에 어떻게 하면 돈을 벌 수 있는가를 터득하였다. 그동안에 아버지는 세상을 떠났다.

10년 후에 첫째와 둘째가 집으로 와서 아버지 제사를 지낸 뒤에 유서를 뜯어보았다.

"첫째와 둘째는 나가서 고생 많이 하였다. 셋째는 많은 재산을 지키며 사느라고 정말 애썼다. 내가 남긴 재산은 셋이서 똑같이 나누어 갖고, 의좋게 살아라."

삼형제는 아버지의 유언대로 재산을 나누어 갖고 의좋게 살았다.

〈최운식, 『옛날 옛적에』, 민속원, 2008, 16~17쪽〉

위 이야기에서 첫째와 둘째 며느리는 시아버지가 소중한 것이라면서 준 볍씨 한 알을 우습게 생각하여 버리거나, 까서 먹고 만다. 부잣집 며느리로 아쉬운 것 없이 사는 두 며느리의 입장에서는 시아버지가 준 볍씨 한 알이 소중하게 여겨지지 않았다. 셋째 며느리는 시아버지가 준 볍씨 한 알에 담긴 깊은 뜻은 몰랐다. 그러나 시아버지가 소중한 것이라면서 줄 때에는 어떤 뜻이 있을 것이라고 생각하였다. 그래서 버리지 않고 궁리하다가 말총을 뽑아 올무를 만들어 놓고, 그 안에 볍씨를 두었다. 그때 마침 참새가 그 볍씨를 먹으려고 오는 것을 보고, 올무를 당겨 참새를 잡는다. 그 참새가 밑천이 되어 '달걀→병아리→어미닭→돼지→소→논'으로 바뀌며 큰 재산이 되었다. 이것은 농가에서 재산을 증식할 때 흔히 쓰던 방법이다. 볍씨 한 알처럼 하찮은 것일지라도 가볍게 여기지 않고 머리를 써서 재산 증식의 밑천으로 삼아 큰 재산을 만든 셋째 며느리의 지혜와 치밀한 계획, 이를 실천하는 끈질긴 노력은 매우 탁월하다.

이를 본 아버지는 3대째 내려오는 많은 재산을 지킬 사람은 세 아들 중 셋째라고 판단한다. 그래서 경제적인 안목이나 재산을 지킬 능력이 없는 첫째와 둘째 아들·며느리를 내쫓아 10년 동안 많은 고초를 겪으며, 경제적 안목과 실천력을 기르게 한다. 이 이야기에서 부자 아버지가 아들·며느리를 보는 혜안(慧眼), 경제적 안목과 실천력이 없는 아들·며느리를 훈련시키는 방법은 놀랄 만하다.

며느릿감 고르기

옛날 어느 농촌에 3대를 내려오는 큰 부자 박 씨가 살았다. 그는 아들 하나를 두어 정성껏 길렀다. 그가 청년이 된 아들의 됨됨이와 관상을 보니, 많은 재물을 지켜 갈 인물이 못 되었다. 이 일로 오랫동안 근심을 하던 그는, 며느리를 잘 얻으면 아들이 많은 재산을 지키며 살아갈 수 있을 것이라는 생각을 하게 되었다.

그는 궁리 끝에 여기저기에 광고문을 써 붙였다.

"누구든지 외딴집에 와서 남녀 하인과 쌀 서 말을 가지고 석 달을 지내는 처녀가 있으면, 며느리로 맞아들이겠다."

그가 써 붙인 광고문을 보고, 많은 처녀들이 지원해 왔다. 이들은 굶기도 하고, 죽을 쑤어 먹기도 하면서 석 달을 견디려고 애를 썼다. 그러나 모두 견디지 못하고 중도에 돌아가고 말았다.

이웃마을에 사는 가난한 양반 이 씨의 딸이 이 소문을 들었다. 그녀는 아버지를 졸라 그에게 연락하게 한 뒤에 외딴집으로 갔다. 그녀는 여자 하인에게 세 사람이 배불리 먹을 수 있도록 밥을 넉넉히 지으라고 하였다. 남녀 하인들은 전에 왔던 처녀들과 달리 밥을 넉넉하게 지으라는 말을 듣고 매우 의아하게 생각하였다. 그녀는 사흘 동안 배불리 밥을 지어 먹게 한 뒤에, 남녀 하인에게 말하였다.

"사흘 동안 잘 먹고 쉬었으니, 힘이 없어서 일을 못 하지는 않을 거야. 너는 산에 가서 나무를 해다가 장에 가서 팔아 오고, 너는 나물을 뜯어다가 팔아 오너라."

그녀는 동네에 바느질거리가 있는가 알아 봐서 얻어 오게 하여, 스스로 삯바느질을 하였다. 이렇게 하여 들어오는 돈으로 식량과 찬거리를 사 오게 하였다. 이렇게 석 달을 지내고 나니, 세 사람이 배불리 먹고도, 쌀이 한 가마 이상 밀려 있었다.

그는 석 달이 되는 날 외딴 집에 가서 그녀를 만나보고, 크게 기뻐하였다. 그는 그녀를 보내고, 이 씨를 만나 청혼하였다. 그는 그녀를 며느리로 맞이한 뒤에 자기 재산 반을 갈라 이 씨에게 주었다.

〈최운식, 『한국의 민담 2』, 시인사, 1999, 285~288쪽〉

이 이야기에는 부잣집 며느릿감이 어떤 조건을 갖춰야 하는가가 잘 나타나 있다. 첫째, 돈을 쓰기만 할 것이 아니라, 벌 수 있는 지혜와 능력을 지닌 사람이어야 한다. 둘째, 경제적인 안목과 아랫사람을 다룰 줄 아는 사람이어야 한다. 셋째, 형편과 처지, 능력과 적성에 맞게 일을 할 줄 아는 사람이어야 한다. 넷째, 스스로 할 수 있다고 믿고 실천하는 사람이어야 한다.

이 이야기에 나오는 박 부자가 며느릿감 고르는 지혜와 이에 부응하는 이 씨 딸의 경제적인 안목과 실천력은 현대를 사는 우리들에게도 많은 것을 생각하게 해 준다. 이 이야기와 앞의 이야기는 현대의 기업인들이 자녀들에게 기업을 물려주려고 할 때에 참고해야 할 점이 있는 이야기라 하겠다.

나도 계집 있다

옛날에 한 농부가 섣달 그믐날 사랑방에서 자리를 매고 있었다. 아들과 며느리는 설떡을 하느라고 아침부터 분주하게 움직였다. 점심때가 되었는데도 안에서는 떡을 먹으라는 말이 없고, 외출한 부인 역시 돌아오지 않았다. 얼마 후, 아들·며느리가 자기 아이를 불러들이더니, 떡을 조청에 찍어 맛있게 먹는 것 같았다. 그는 배도 고프고 몹시 속이 상했지만, 아무 말도 못하고 고드랫돌만 넘기고 있었다.

잠시 뒤에 외출했던 부인이 돌아왔다. 부인은 아들 내외와 손자가 떡을 먹는 것을 보고, 아버지께도 떡을 갖다 드렸느냐고 물었다. 아들과 며느리는 깜빡 잊었다고 하였다. 부인은 아들 내외를 꾸짖고는, 얼른 떡과 조청을 가지고 사랑으로 갔다. 그가 치밀어 오르는 화를 참으며 떡을 먹고 있을 때, 아들이 마당으로 나오는 소리가 들렸다. 그는 방문을 확 열어젖히고 소리쳤다.

"너만 계집 있는 줄 아니? 나도 계집 있다!"

그는 설을 쇠고 나서 아내에게 논과 밭을 모두 팔아 가지고, 먼 데로 이사 가자고 하였다. 아내가 깜짝 놀라 그 까닭을 물으니, 그는 이렇게 말했다. "아들·며느리는 믿을 것이 못 돼. 내가 집에 있는데도 떡을 해서 저희들 만 먹고, 나는 주지 않았어. 지금도 저러는데, 더 늙으면 얼마나 학대할 것인가 생각해 봐. 내가 기운 있을 때 다른 곳으로 가서 자리 잡아 살고, 저희들은 저희들대로 살라고 해야 돼."

그는 살던 집만 남기고, 전답을 모두 팔아서 돈을 챙겨 가지고 멀리 떠났다. 아들 내외는 그가 간 곳을 어렵게 수소문하여 찾아가서 고향으로 돌아가자고 간청하였다. 그러나 그는 번번이 거절하였다. 그렇게 3년을 지내는 동안 농사지을 땅이 없는 아들 내외의 생활은 말이 아니었다. 굶어 죽을 지경에 이른 아들 내외가 다시 그를 찾아가 진심으로 잘못을 빌고, 고향으로 돌아가 자고 청하였다. 얼마 뒤 그는 아들 내외의 청을 받아들여 다시 고향으로 돌아왔다. 그는 아들 내외가 먹고 살 만큼의 논과 밭을 사서 주고, 나머지 돈은 자기가 가지고 마음대로 쓰면서 살았다고 한다.

〈최운식, 『한국의 민담 2』, 시인사, 1999, 242~244쪽〉

이 이야기는 자녀들이 자기 부부와 자식은 소중하게 여기면서도, 부모님을 잘 모시지 못해 섭섭하게 해 드리는 일이 많음을 지적하고 있다. 또 부부의 소중함을 일깨우면서, 노후의 재산 관리를 어떻게 해 야 할 것인가를 생각하게 한다.

얼마 전에 KBS TV에서 방영하는 시니어토크 「황금연못」 프로그램을 보았다. 50명의 노인이 모인 자리에서, 가지고 있는 노후자금이나 부동 산을 자녀들에게 나눠주는 것이 좋은가, 끝까지 가지고 있다가 죽은 뒤에 상속받게 하는 것이 좋은가를 놓고 토론하였다. 나눠주는 것이 좋다는 사람은 "자녀들이 필요로 할 때 나눠주어 힘을 펴게 해 주는 것이 좋겠다.”고 하였다. 반대 의견을 가진 사람은 “노년의 품위를 유지하며 살아야 하고, 자녀들이 부모에게 관심을 갖게 하려면 재산을 가지고 있어야 한다.”고 하였다. 그 날 모인 사람들의 의견은 ‘생전의 증여’보다는 ‘사후의 상속’ 의견이 더 많았다.

옛사람들도 이 문제에 관심이 많았던 모양이다. 「나도 계집 있다」는 이에 대한 명쾌한 답을 제시하였다. 이 이야기가 말해 주는 것은 세 가지이다. 첫째, 재산이 있어야 자녀가 부모에게 관심을 갖는다. 둘째, 자녀가 생활할 수 있는 만큼의 재산은 미리 나눠준다. 셋째, 남은 재산은 자기가 가지고 관리하면서 쓰다가 남으면 상속한다.

「충주 자린꼽재기」(최운식, 『한국의 민담 1』, 시인사, 1999, 269~271쪽)의 주인공 충주 자린고비는 근검절약이 지나쳐 조롱의 대상이 된다. 어느 날, 대전에 사는 노인 몇 사람이 그를 놀려 줄 요량으로 찾아갔다. 노인들은 그와 인사를 나누고는, 눈물을 흘리며 슬피 울었다. 그가 깜짝 놀라 우는 까닭을 물으니, 한 노인이 대답하였다. 오는 길에 상여를 보았는데, 상여 양쪽으로 시신의 손이 나와 있었다. 그 연유를 물으니, 죽은 사람이 부자였지만, 아무 것도 가지고 가지 못하는 것을 생각하고는, 관의 양쪽에 구멍을 내어 자기가 빈손으로 왔다가 빈손으로 간다는 사실을 여러 사람에게 알리도록 하라고 하였다고 한다. 오다가 만난 상여 생각을 하니, 공수래공수거(空手來空手去, 빈손으로 왔다가 빈손으로 감.)하는 인생이 하도 무상하여 운다고 하였다.

이 말을 들은 자린고비는 깊이 깨달은 바 있어서, 노인들을 며칠 묵게 하면서 후히 대접하고, 갈 때에는 노자까지 주었다. 그 후로 자린고비는 가난한 사람을 돕는 일에 재물을 아끼지 않았다고 한다. 근검절약으로 돈을 모으고, 그 돈을 불쌍한 사람을 위해 쓴 자린고비의 모습은 우리들에게 많은 것을 생각하게 한다.

300년 동안 대대로 부(富)를 이어온 경주 최 부잣집에는 오래 전부터 전해 내려오는 가훈(家訓)이 있었다(전진문, 『경주 최 부잣집 300년 부의 비밀』, 황금가지, 2004). 그것은 "①과거를 보되 진사 이상은 하지 마라. ②재산은 만 석 이상 지니지 마라. ③과객(過客)을 후하게 대접하라. ④흉년에는 땅을 사지 마라. ⑤며느리들은 시집온 후 3년 동안 무명옷을 입어라. ⑥사방 100리 안에 굶어 죽는 사람이 없게 하라."이다. 이것은 벼슬을 이용한 부정축재, 재산의 독점, 남의 약점을 이용한 재산 증식을 하지 말 것이며, 지나는 길손과 가난한 이웃을 돌보는 마음을 가지고 근검절약하라는 가르침이다. 이런 가훈이 있었기에 경주 최 부잣집은 300여 년간 부를 유지할 수 있었던 것이다. 최 부잣집은 독립운동에 많은 자금을 제공하였고, 남은 재산은 영남대학교의 전신인 대구대학과 청구대학에 기증하고, 역사에서 사라졌다.

배우자 얻기와 부부 화목

사람이 태어나서 성인이 되면, 배우자를 만나 혼인하여 가정을 이루는 것이 행복으로 가는 첫째 관문이다. 배우자를 만나지 않고는 행복한 삶에서 중요한 자리를 차지하는 자녀를 낳을 수도 없다. 예로부터 배우자를 얻어 혼인하는 일을 인륜지대사(人倫之大事)라 하여 중요하게 여긴 것도 이런 때문이리라.

『예기(禮記)』에는 '혼례는 두 성바지가 의좋게 만나 위로는 종묘(宗廟)를 섬기고, 아래로는 자손만대에 가문을 잇게 하는 것'이라 하였다. 조선 중기의 문인 박인로(朴仁老, 1561~1642)는 「오륜가(五倫歌)」 25수 중 부부유별(夫婦有別) 제5장에서 "부부 있은 후에 부모형제 생겼으니 / 부부 곧 아니면 오륜이 갖추어지겠느냐 / 이 중에 생민(生民)이 비롯하니 부부 크다 하리라."라고 부부의 중요성을 노래하였다.

배우자를 얻는 일은 예나 지금이나 쉽고 간단한 일이 아니다. 배우자를 만나는 계기를 보면, 당사자끼리의 만남이나 중매에 의해 순탄하게 혼인에 이르는 경우가 많지만, 많은 우여곡절(迂餘曲折)을 겪는 경우도 종종 있다. 옛이야기는 흥미와 교훈적 의미를 담아 꾸며낸 이야기이므로, 우여곡절 끝에 배우자를 만나 혼인하는 이야기가 주를 이룬다. 순탄한 혼인 이야기는 흥미와 관심을 끌 수 없기 때문에 옛이야기의 소재가 되기 어렵다.

1. 배우자에 대한 의식

한국인의 배우자에 대한 인식은 어떠하였을까? 한국인은 예로부터 혼인할 배필은 하늘이 미리 정해놓았다고 하면서, 하늘이 정해 놓은 인연, 즉 '천생연분(天生緣分)'을 찾아 혼인하는 것이 가장 복스러운 혼인이라고 하였다. 그래서 잘 어울리는 한 쌍의 부부를 보면, '천생연분'이라고 한다. 이것은 사람의 운명은 하늘이 정해준 것이라는 운명론과 맞닿아 있다. 운명론의 입장에서 보면, 혼인하려는 사람은 하늘이 정해 놓은 배필을 찾아야 행복하고, 그렇지 못하면 원만한 가정생활을 이어갈 수 없다.

천생연분이 있다면, 그 연분을 맺어 주는 일은 누가, 어떻게 하는 것일까? 중국의 옛 문헌인 『속유괴록(續幽怪錄)』에 '노인이 달 아래 앉아 부부의 인연을 맺어 준다.'고 하는 '월하노인(月下老人)' 이야기가 있다.

월하노인

당나라 태종 때 위고(韋固)라는 사람이 있었는데, 장가가려고 애를 썼으나 마땅한 상대를 찾지 못하였다. 어느 날, 그가 송성(宋城)의 어느 여관에 묵었다. 그때 함께 묵는 사람이 마땅한 처녀를 소개해 주겠다고 하면서, 다음 날 용흥사에서 만나자고 하였다.

그가 채 밝기도 전에 용흥사에 가니, 달빛 아래에 어떤 노인이 계단에 앉아서 책을 보고 있었다. 그가 무슨 책이냐고 물으니, 노인은 배필이 될 사람의 발목에 붉은 실을 묶어놓고, 그 이름을 적은 장부라고 하였다. 그가 자기의 배필이 될 사람이 어디 있느냐고 물으니, 노인은 아랫동네에 사는 채소장수의 딸로, 세 살배기 어린아이라고 하였다.

그가 아랫마을에 가서 보니, 노인의 말대로 노파가 아이를 업고 있었다. 그는 불현듯 '저 아이를 없애면 다른 사람과 혼인할 수 있을 것'이라는 생각이 들었다. 그래서 여관집 하인에게 돈을 주고, 그 아이를 죽이라고 하였다. 하인은 그 아이의 미간을 찔렀으나, 상처만 입히고 죽이지는 못하였다.

그로부터 14년 후, 그가 중매로 혼인을 하였는데, 색시는 미간(眉間)에 꽃장식을 하고 있었다. 그 연유를 물으니, 어렸을 때 어떤 사람이 자기를 칼로 찔러 생긴 흉터를 가리기 위해서라고 하였다. 그는 색시가 14년 전에 자기가 죽이려고 하였던 아이인 것을 알고, 지난 일을 이야기하였다. 두 사람은 아들과 딸을 낳고, 잘 살았다.

이 이야기에 나오는 노인은 이름을 알지 못하기 때문에 '월하노인'이라고 부르는데, 줄여서 '월로(月老)'라고 하기도 한다. 남녀의 인연을 맺어 주는 노인을 '월하빙인(月下氷人)'이라고도 하는데, 같은 뜻이다.

중국 월하노인의 이야기는 일찍이 우리나라에 전해 왔다. 그래서 이와 비슷한 이야기가 민간에 전해 오는데, 중국의 이야기보다 더 흥미롭다.

천생연분

옛날에 한 젊은이가 산길을 걷다가 날이 저물어 한 오두막집에 가서 주인을 찾았다. 얼마 후에 한 노파가 나와서, "이곳은 인간이 왕래를 못하는 곳인데, 누가 와서 찾느냐?"면서 들어오라고 하였다.

밤이 깊어 그는 잠자리에 들었는데, 노파의 거동이 이상하게 느껴져서 자는 척하고 누워서 노파의 행동을 지켜보았다. 노파는 상 위에 붉은 보자기를 펴놓더니, 실을 한 바람씩 끊어서 방바닥에 놓으며, "아무 데 사는 누구는 아무 데 사는 누구와 배필이 되어라." 하고 중얼거렸다. 그가 벌떡 일어나서 "지금 무엇을 하는 겁니까?" 하고 물으니, 노파가 말하였다.

"나는 인간의 배우자를 정해 주는 할미인데, 내가 이 실을 두 사람의 발목에 묶어 놓으면, 두 사람의 인연이 결정되는 것이야."

"그러면 내 짝이 될 사람은 어디 있나요?"

"자네 짝은 아직 어린애야. 궁금하면 내일 아침에 찾아가 봐."

이튿날 아침, 그가 노파가 말한 곳으로 찾아가 보니, 정말 한 여인이 어린아이를 업고 있었다. 그는 그 아이가 30이 다 된 자기의 배필이라고 생각하니 기가 막혔다. 그 순간 '저 아이가 없어진다면 새로운 배필이 정해지겠지.' 하는 생각이 머리를 스쳤다. 그래서 그는 큰 돌을 집어 그 아이의 머리를 힘껏 내리치고는 도망하였다.

그 후로 그는 과거에 급제하여 고을 원이 되었다. 그러나 그때까지 적당한 혼처가 나타나지 않아 혼인을 하지 못하였다. 얼마 뒤에 마을 유지의 중매로 혼인을 하게 되었는데, 초례청에 나온 신부가 이마에 띠를 두르고 있었다. 신부는 신방에 들어와서도 머리의 띠를 풀지 않았다. 그가 그 연유를 묻자, 신부는 이마에 있는 흉터를 가리기 위해서라고 하였다. 그가 이마에 흉터가 생긴 연유를 물으니, 신부는 자기가 어렸을 때 자기 마을을 지나가던 젊은이가 돌로 때려서 생긴 것이라고 하였다. 그 사람은 천생연분인 여인을 없애려 하였던 자기의 어리석음을 깨닫고, 그 여인과 함께 잘 살았다.

〈최운식, 『한국의 민담 2』, 시인사, 1999, 136~139쪽〉

위 이야기에서 부부의 인연을 맺어 주는 노파는 보통 사람이 아니고, 신이한 존재이다. 노파는 여러 가지 사항을 고려하여 배필이 될 사람의 발목에 실을 매어 놓는다. 이렇게 실로 이어놓은 사람이 천생연분이다. 한 번 정해진 인연은 나이나 신분, 국적이 다를지라도 반드시 이루어진다고 한다. 맺어놓은 남자와 여자의 가문이 원수지간일지라도 두 사람의 인연은 맺어지고야 만다고 한다.

중국의 월하노인이 남녀의 발목에 매는 실은 붉은색 실이라고 한다. 이에 비해 우리나라 이야기의 노파가 발목에 맬 때 쓰는 실은 청실과 홍실이라고 한다. 그래서 우리나라에서 부부의 인연을 나타낼 때에는 청실홍실을 쓴다.

우리나라의 전통혼례에서는 납채(納采, 신랑의 사주단자를 신부 집으로 보냄.) 때 사주를 적은 봉투에 싸릿대를 끼우고 청실홍실로 맨 다음, 청홍 보자기에 싸서 신부 집으로 보낸다. 납폐(納幣, 신부 집에 보내는 예물. 보통 함이라고 함.) 때도 청단은 홍색 종이 또는 보자기로, 홍단은 청색 종이 또는 보자기로 싸고, 각각 중간을 청홍실로 나비매듭을 한다. 혼례 당일 혼례를 위한 초례상(醮禮床)에도 소나무나 대나무 또는 사철나무를 꽂은 화병을 양쪽에 놓고, 그 사이에 청실홍실을 걸어놓는다. 이때의 청실홍실은 부부 인연을 상징적으로 나타낸다. 청실홍실은 허난설헌(許蘭雪軒)이 지은 규방가사인 「규원가(閨怨歌)」에서도 소재로 이용되었다.

요즈음 우리 둘레에는 나이가 들도록 적당한 혼처를 찾지 못하여 혼인을 하지 못하는 사람이 많이 있다. 그 사람은 아직 하늘이 맺어 준 배필을 찾지 못한 때문이니, 열심히 찾아야 한다. 세상의 부부들 중에는 두 사람을 맺어 준 '월하노인'에게 감사를 드리는 사람이 있는가 하면, 월하노인을 원망하는 사람도 있을 것이다. 월하노인이 원망스러울 때에는 한 발 뒤로 물러나 양보하고, 상대방을 이해하려고 하는 노력이 필요하리라. 그러다 보면, 서로를 이해하면서 조금씩 변화하게 될 것이다. 그러면 월하노인의 중매가 고맙게 느껴질 때가 올 것이다.

2. 배우자를 얻는 계기

사람이 자라 성인이 되면, 배우자감을 찾게 된다. 배우자가 될 사람을 하늘이 미리 정해 놓았다고 하는 천정연분설(天定緣分說)을 믿더라도, 배우자감이 어디에 사는 누구인지 모르니, 열심히 찾아야 한다. 남자와 여자가 같은 학교에서 공부하고, 같은 직장에서 일하며, 여러 가지 일로 대면할 기회가 많은 현대에는 당사자가 직접 만나 사귀다가 혼인하는 경우가 많다. 그렇지 않으면, 아는 사람의 도움을 받아 배우자감을 만나 사귀다가 혼인한다.

남녀의 사회생활이 제한적이던 옛날에는 남녀가 어떻게 만나 혼인 하였을까? 옛이야기의 주인공들은 본인의 의지와 선택에 의해서 만나 기도 하고, 다른 사람 또는 신이한 존재의 도움으로 배우자를 만나 혼 인하였다.

가. 본인의 의지와 선택

본인의 의지에 따라 배우자를 선택한 이야기의 주인공으로 먼저 떠 오르는 인물은 온달과 혼인한 고구려의 '평강공주'와 신라의 선화공주 와 혼인한 백제의 '서동'이다.

온달과 평강공주

고구려 평강왕(平岡王) 때 외모는 우습게 생겼지만, 마음씨는 고운 온달이 밥을 얻어다가 어머니를 봉양하며 살았다. 사람들은 그를 '바보 온달'이라고 불렀다.

평강왕은 어린 공주가 울기를 잘하니, 농담으로 말하곤 하였다.

"네가 노상 울어서 내 귀를 시끄럽게 하니, 자란 다음에도 사대부(士大

夫)의 아내 노릇은 못할 것 같다. 바보 온달에게 시집보내아겠다.”

공주가 16세가 되자, 왕은 공주를 귀족인 상부 고 씨(高氏)에게 시집보내려고 하였다. 공주는 왕명을 따르지 못하겠다면서, 이렇게 아뢰었다.

“대왕께서는 항상 ‘너는 반드시 온달의 아내가 될 것이다.’라고 말씀하셨습니다. 그런데 이제 와서 무슨 까닭으로 말씀을 고치십니까? 필부도 식언(食言)하지 않는데, 지존(至尊)이신 왕께서 식언하시렵니까? 왕자(王者)는 농담이 없다 하였습니다. 지금 대왕의 명령은 그릇된 것이니, 감히 받들지 못하겠습니다.”

이 말을 들은 왕은 노하여 말했다.

“나의 명령을 따르지 않는 너는 단연코 내 딸이 될 수 없다. 같이 살아서 무엇 하느냐. 너 갈 데로 가거라.”

공주는 어머니가 주는 값진 패물을 많이 가지고 대궐에서 나와, 온달의 집을 물어 찾아갔다. 공주가 온달의 앞 못 보는 늙은 어머니께 찾아온 내력을 말하였다. 어머니는, 아들이 주림을 참지 못하고 산으로 느티나무 껍질을 벗기러 갔다고 하면서, 귀인이 살 곳이 못 되니 돌아가라고 하였다. 공주가 산 아래로 내려가다가 느티나무 껍질을 지고 오는 온달을 만나, 자기의 뜻을 말하였다. 공주의 말을 들은 온달은 ‘어린 여자의 행동이 아니니, 사람이 아니고 여우나 귀신일 것’이라면서, 돌아보지 않고 가버렸다.

공주는 온달의 집 사립문 밖에서 자고, 다음날 아침에 다시 들어가 모자에게 자세히 말을 하였다. 온달이 의아하여 결정을 못 하고 있을 때, 어머니가 말했다.

“우리 아들은 아주 천하여 귀인의 배필이 될 수 없고, 우리 집은 매우 가난하여 귀인의 살 곳이 못 되오.”

이 말을 들은 공주가 말하였다.

“옛 사람의 말에, ‘한 말 곡식도 방아 찧을 수 있고, 한 자의 베도 재봉할 수 있다.’고 하였습니다. 반드시 부귀한 사람만이 같이 살 수 있는 것은 아니지 않습니까?”

공주는 가지고 간 패물을 팔아 집과 논밭을 마련한 뒤에 노비를 들였다. 집안 살림도구를 두루 갖추고, 소와 말을 사들였다. 처음 말을 사들일 적에 공주는 온달에게 말했다.

"아무쪼록 상인의 말은 사지 말고, 국마(國馬)로 기르다가 병들고 여위어 버림을 당한 것을 가려서 사오세요."

온달은 공주의 말대로 하였다. 공주가 그 말을 잘 기르니, 살찌고 장대하여졌다.

온달이 그 말을 타고, 해마다 3월 3일에 열리는 전국사냥대회에 나가 많은 짐승을 잡아 왕을 놀라게 하였다. 후주(後周)의 무제(武帝)가 쳐들어오자 온달이 나가 싸워 큰 공을 세웠다. 왕은 온달을 사위로 맞이하고, 대형(大兄) 벼슬을 주었다.

그 후 온달은 위엄과 권세가 날로 성하여 영화를 누렸다.

〈『삼국사기』 권45 열전 제5 온달〉

『삼국사기』에 실려 있는 이 이야기는 역사적 인물인 온달과 평강공주의 혼인담을 문학적으로 형상화한 이야기로, 장면·성격·심리 묘사가 아주 잘 되어 있다. 이 이야기는 『신증동국여지승람(新增東國輿地勝覽)』, 『명심보감(明心寶鑑)』에도 실려 있고, 구전으로 전해 오다가 채록되기도 하였다.

이 이야기에서 평강공주는 귀족인 상부 고 씨와의 혼인을 마다하고, 자기의 배우자를 찾아 나선다. 공주가 왕명을 거역한 것은 무슨 연유였을까? 공주는 어렸을 때 아버지인 왕으로부터 '온달에게 시집보낸다.'는 말을 수없이 들으며 자랐다. 그래서 그녀의 머릿속에는 '온달의 아내가 된다'는 것이 각인(刻印)되어 있었을 것이다. 그러므로 고 씨에게 시집간다는 것은 자기의 마음속에 품어 온 생각과 달랐기 때문이었다. 그 다음으로 생각할 수 있는 것은 상류층인 상부 고 씨의 아들과 혼인하여 기득권에 안주하기보다는 미천하지만, 타고난 자질이 우수한 사람을 찾아 내조(內助)하여 능력을 발휘하게 하려는 진취적인 생각 때문이었을 것이다.

평강공주는 미천하여 바보라고 놀림을 받으며 사는 온달의 아내가 되어 살림을 일으키고, 말 고르는 법을 가르치는 등 내조를 한다. 온달은 공주의 내조에 힘입어 말 타는 법, 활 쏘는 법을 익히고, 무술도 연마하였다. 그는 갈고 닦은 실력을 발휘하여 전국사냥대회에서 우승하여 널리 이름을 알리고, 후주(後周)가 쳐들어왔을 때에는 큰 공을 세웠다. 그러자 왕은 "네가 과연 내 사위로구나!" 하고 그를 사위로 인정하고 벼슬을 내린다. 드디어 온달은 왕으로부터 사위로 인정을 받았고, 미천한 온달과 혼인하였다는 이유로 딸 대접을 받지 못하던 평강은 다시 공주의 자리를 회복하였다. 이로써 평강공주는 자기의 의지로 배우자를 선택하고, 성공시켜 내조의 모범을 보인 여인이 되었다.

바보로 불리던 온달(溫達, ?~590)은 과연 바보였을까? 『삼국사기』에 "온달은 외모가 남다르고, 가난해 밥을 빌어 어머니를 봉양하였으며, 다 떨어진 옷과 해진 신발을 신고 거리를 왕래"하였으므로, 사람들이 '바보 온달'이라고 하였다고 한다. 이 기록으로 보면, 온달은 '지능이 부족하여 정상적으로 판단하지 못하는 사람'을 뜻하는 사전적 의미의 '바보'가 아니다.

연세대학교 원주캠퍼스 역사문화학과 지배선 교수는 『백산학보』 제89호(2011)에 실린 논문 「사마르칸트와 고구려의 관계에 대하여」에서 "온달은 우즈베키스탄 사마르칸트[康國] 왕국에서 건너온 왕족의 아들일 가능성이 크다."고 하였다. 그에 따르면, 온달은 교역을 위해 고구려에 온 사마르칸트인 아버지와 고구려인 어머니 사이에서 태어난 다문화가정의 자녀이다. 당시의 사마르칸트 용사들은 성질이 용맹하여 죽음을 당연한 것으로 받아들였으므로, 전투할 때 그들 앞에 나설 적이 없을 정도로 용맹하였다고 한다. 사마르칸트 사람들은 용맹해 말 타기를 잘할 뿐 아니라, 어려서부터 상술(商術)을 배우기 위해 타국으로 여행하였다. 그들은 고구려는 물론이고, 신라와 백제까지 자기들의 상권(商圈)으로 삼았다고 한다. 이러한 정황으로 보면, 온달은 중앙아시아 실크로드에 자리 잡고 있던 사마르칸트 사람으로, 교역을 위해 고구려에 왔다가 정착한 인물이다. 그는 평강공주와 혼인하여 공주의 내조를 받으며 고구려의 문화와 풍습을 익힌 뒤에 고구려의 상류사회로 진출한 인물이다.

온달은 양강왕(陽岡王)이 즉위한 뒤에 신라에게 빼앗긴 계립현(鷄立峴)과 죽령(竹嶺) 서쪽의 땅을 회복하기 위해 싸우다가 '아단성(阿旦城, 지금의 서울 광진구 아차산)'에서 전사하였다. 온달이 죽은 뒤에 운구(運柩)하려고 하니, 시신이 움직이지 않았다. 그래서 공주가 관을 어루만지며 위로의 말을 하니, 관이 움직여 장사지냈다고 한다.

서동과 선화공주

백제 제30대 무왕(武王)의 이름은 장(璋)이다. 그의 어머니는 과부가 되어 서울 남쪽 연못가에 집을 짓고 살았는데, 못 속의 용과 관계하여 장을 낳았다. 그의 어릴 때 이름은 서동(薯童)이다. 그는 재주와 도량이 커서 헤아리기 어려웠다. 그는 항상 마를 캐다가 파는 것을 생업으로 삼았으므로, 사람들이 서동이라고 하였다.

그는 신라 진평왕의 셋째 딸 선화공주가 빼어나게 아름답다는 말을 듣고, 머리를 깎고 신라 서울로 갔다. 거기에서 그는 마을 어린이들에게 가지고 간 마를 나눠 먹이니, 마을 어린이들이 친해져서 그를 따르게 되었다. 그때 그는 동요를 지어 아이들이 부르게 하였는데, 그 내용은 이러하다.

　선화공주님은 남몰래 짝 맞추어 두고,
　서동 방을 밤에 몰래 알을 안고 간다.

　이 노래가 서울에 가득 퍼져서 대궐 안에까지 들렸다. 백관들은 임금께 자꾸 간(諫)하여 공주를 먼 곳으로 귀양 보내게 하였다. 공주가 떠나려고 하자, 왕후는 순금 한 말을 노자로 주었다.
　공주가 귀양지로 갈 때 서동이 나타나 절하면서 모시고 가겠다고 하였다. 공주는 그가 어디서 온 누구인지 모르지만, 우연히 믿고 좋아하였다. 이에 서동은 공주를 따라가면서 몰래 정을 통했다. 공주는 그 뒤에 서동의 이름을 알고, 동요의 영험(靈驗, 사람의 기원대로 되는 신기한 징험)함을 믿었다.

〈『삼국유사』 권2 무왕조〉

　이 이야기는 서동과 선화공주의 사랑이야기이다. 충청남도 부여 남쪽에는 '궁남지(宮南池)'라고 하는 연못이 있고, 그 안의 섬과 같은 곳에 '포룡정(抱龍亭)'이라는 정자가 있다. 서동의 어머니가 용과 교통하여 서동을 낳은 일을 말해 주는 이곳에 서면, 순박하면서도 지혜가 많은 서동이 살아올 것만 같은 느낌이 들기도 한다.
　이 이야기에서 「서동요」는 서동이 그렇게 되기를 바라는 마음을 담아 지은 일종의 주가(呪歌)이다. 고대인들은 언어는 주술적인 힘을 지니고 있다고 믿는 '언어주술관(言語呪術觀)'과 '동요는 신의 뜻이 담긴 노래'라는 의식을 지니고 있었다. 당시의 대신들과 왕은 「서동요」가 서동이 선화공주를 꾀기 위하여 지어서 퍼뜨린 노래인 줄 모르고, 신이한 존재가 지은 주술적인 노래로 받아들였다. 그래서 선화공주를 내쫓은 것이다. 백제 총각 서동은 마를 나눠 주어 아이들의 환심을 얻고, 「서동요」를 퍼뜨려 대궐 깊숙한 곳에 있는 선화공주를 대궐 밖으로 끌어낸다. 그런 뒤에 함께 가다가 정을 통하고, 아내로 맞이하였다. 서동이 신라의 선화공주를 아내로 맞이한 것은 자기가 원하는 배우자를 맞이하기 위한 적극적인 의지에 따른 행동인데, 그 지략이 돋보인다.

서동은 선화공주를 만날 때까지 금의 가치를 몰랐다. 그는 선화공주가 가져온 금을 보고, 자기가 마를 캐던 곳에 흙과 함께 잔뜩 쌓아놓은 금의 가치를 알았다. 그는 용화산 사자사의 지명법사(知命法師)의 신통력을 빌려 많은 금을 신라 진평왕에게 보냈다. 이 일로 진평왕은 서동을 사위로 인정하고, 편지를 보내어 안부를 물었다. 그 뒤에 서동은 인심을 얻어 왕위에 오르니, 그가 백제 무왕이라고 한다.

역사적으로 볼 때, 이 이야기의 주인공 서동은 무왕(武王)이 아니고, 선화공주도 진평왕의 딸이 아니다. 백제의 무왕과 신라의 선화공주가 혼인한 사실도 없다. 무왕 이야기는 무왕이라는 역사적 인물을 성화(聖化)시키기 위하여, 구전되고 있던 이야기를 차용하여 꾸민 이야기이다. 그 과정에서 권위와 지존(至尊)의 상징이면서, 신이한 존재인 용에게 인간성을 부여하여, 신이한 출생을 하게 하였다. 불교적 요소가 가미된 것은 당시의 문화적 여건 때문일 것이다.

「온달과 평강공주」와 「서동과 선화공주」에서 평강공주와 선화공주는 왕녀로, 귀한 신분의 인물이다. 그러나 온달과 서동은 공주가 대궐에서 쫓겨나지 않았더라면, 만나기조차 어려운 낮은 신분의 인물이었다. 따라서 두 사람은 처가의 인정을 받지 못하였다. 그러나 온달이 평강공주의 내조에 힘입어 전국사냥대회에서 일등을 하고, 외적이 쳐들어왔을 때 큰 공을 세웠다. 그제야 왕은 "네가 과연 내 사위로구나!"

하고 칭찬하며, 사위로 인정하였다. 서동 역시 지명법사의 도움을 받아 많은 금을 신라로 보내니, 진평왕은 서동을 사위로 인정하였다. 이것은 조건 면에서 기우는 혼인을 하였을 경우에는 무언가를 보여야만 처가로부터 인정받을 수 있다는 것을 보여준다. 이러한 일은 현대사회에서도 그대로 적용되는 일이다. 따라서 두 이야기는 조건 면에서 기우는 혼인을 하였을 경우에는 어떻게 하는 것이 좋은가를 일깨워준다.

본인의 의지와 선택에 의해 배우자를 찾은 인물은 왕이나 공주처럼 존귀한 신분의 인물만 있는 것이 아니라, 평범한 인물에도 많이 있다. 옛이야기에서 일상적인 인물의 혼인 이야기를 찾아보겠다.

제 복에 사는 딸

옛날에 한 부자가 딸 삼형제를 두었다. 하루는 심심하여 딸들을 하나씩 불러다가 "너는 누구 덕에 먹고 사느냐?"고 물었다. 큰딸과 둘째딸은 아버지 덕에 먹고산다고 대답하였으나, 막내딸은 제 복에 먹고산다고 하였다. 이 말을 들은 아버지는 괘씸하여 막내딸을 내쫓았다.

집에서 쫓겨나 이리저리 떠돌던 막내딸은 어느 산길을 가다가 날이 저물었다. 불이 반짝이는 집을 찾아가 하룻밤 재워 주기를 청하니, 한 노파가 나와서 들어오라고 하였다. 그 집은 노파가 숯구이 아들과 사는 오두막집이었다. 그녀는 그 집에서 노파와 함께 잤다. 이튿날, 그녀가 노파와 함께 점심밥을 지어 가지고, 노총각이 숯 굽는 데를 가보니, 숯가마의 이맛돌이 금덩이었다.

그녀는 총각에게 숯가마의 이맛돌을 지고, 서울에 가서 팔아 오라고 하였다. 그녀는 노총각이 받아온 돈으로 아랫마을에 팔려고 내놓은 논밭을 사게 하였다. 그리고 좋은 집터를 구하여 새로 집을 짓고, 그 총각과 혼인하여 잘 살았다.

그녀는 친정집이 망하여 아버지 어머니가 밥을 얻어먹으러 다닌다는 말을 들었다. 그녀는 목수를 시켜 자기 집 대문이 열리고 닫힐 때마다 자기의 이름을 부르는 소리가 나게 하였다. 그리고 하인들에게 자기 집에 오는 사람을 눈여겨보라고 하였다. 어느 날, 한 노인 부부가 밥을 얻으러 왔다가 대문 소리를 듣고, 무어라고 중얼거리며 나갔다. 그녀가 하인의 말을 듣고 달려 나가 보니, 자기 아버지·어머니였다. 그녀는 부모를 모시고 잘 살았다.　　　　　〈최운식, 『한국의 민담 2』, 시인사, 1999, 298~302쪽〉

이 이야기는 「쫓겨난 여인 발복 설화」로 널리 알려진 이야기인데, 비슷한 이야기가 전국 각지에 전해 온다. 이 이야기의 막내딸은 "누구 덕에 먹고 사느냐?"는 아버지의 질문에 자기 복으로 먹고 산다고 대답한다. 이를 못마땅하게 여기는 아버지는 그녀를 집에서 쫓아낸다. 그녀는 부자 아버지 밑에서 살면 호의호식(好衣好食)하고, 나중에는 아버지가 골라주는 배우자와 혼인하게 될 것을 잘 안다. 그러나 그녀는 이를 거부한다. 그녀는 부모에게 예속되어 그 덕에 사는 것이 아니라, 스스로의 노력과 자기의 복으로 살 수 있다는 신념을 가졌기에 이를 거부한 것이다.

그녀는 숯구이 총각보다는 나은 가정에서 성장하며 안목을 넓혔기 때문에, 총각이 가까이 두고도 알아보지 못했던 금덩이를 식별할 수 있는 안목과 생활의 지혜를 지니고 있었다. 그래서 숯가마의 이맛돌을 팔아오게 하여 그 돈으로 논밭을 사고, 새로 집을 지은 뒤에 그 총각과 혼인하였다. 그래서 아버지에 의존하여 살던 언니들과는 달리 자기의 운명을 개척하고, 행복하게 산다. 그녀의 부모는 복 많은 딸을 내쫓은 벌로 가난뱅이가 되어 구걸하러 다니다가 딸을 만난다. 그녀는 자기를 내쫓은 부모지만, 어려움에 처한 것을 알고, 잘 모시고 살았다.

남에게 의존하지 않고 스스로의 노력과 지혜로 자기의 운명을 개척하며 살겠다는 용기와 신념, 사람의 도리를 다하며 살겠다는 각오와 실천은 매우 중요하다. 가정교육이나 학교교육에서는 이를 중요시하여야 한다. 핵가족 시대에 살고 있는 요즈음의 어린이들은 부모의 과잉보호를 받으며 자라고 있다. 이러한 분위기에서 자란 어린이들이 자신의 앞날을 개척해 나갈 용기와 신념을 가질 수 있을까 걱정된다.

약혼녀의 하녀와 혼인한 사람

서울에 사는 김 참판이 충청도 온양에 사는 맹 진사의 딸을 며느리로 맞이하기로 혼약을 맺었다. 김 참판의 아들은 자기가 데리고 살 사람이 어떤 사람일까 궁금하였다. 그래서 몰래 온양으로 갔다.

그는 맹 진사 댁 담장 밖에서 하루 종일 맹 진사의 딸과 그녀의 몸종이 하는 행동을 살펴보았다. 진사의 딸은 외동딸로 곱게 자라서 그런지 버릇이 없고, 제멋대로였다. 그가 보기에는 그녀의 하녀가 오히려 자기의 색시감으로 적합하였다.

그는 서울로 돌아온 뒤에 곰곰 생각한 끝에 '김 참판의 아들은 다리병신'이라는 소문을 퍼뜨려 맹 진사 댁으로 들어가게 하였다. 이 소문을 들은 맹 진사 댁에서는 외동딸을 절름발이한테 시집보내고 싶지 않았다. 그러나 파혼하지 못한 채 혼인날이 다가오자 딸을 급히 외가로 보내고, 대신 하녀를 신부로 꾸몄다. 맹 진사 댁에서는 초례청에 들어서는 총각이 절름발이가 아닌 것을 보고, 헛소문이었음을 알았다. 그러나 멀리 보낸 딸을 데려올 수 없어, 하녀를 딸로 꾸며 초례청에 내보내어 혼례를 올렸다.

상전을 대신하여 신방에 든 하녀는 죄스러움에 어쩔 줄을 몰라 쩔쩔맸다. 이를 본 신랑은 하녀에게, "이것은 내가 꾸민 일이니 부담 갖지 말고, 일평생 같이 살자."고 하였다. 〈최운식, 『한국구전설화집 5』, 민속원, 2002, 586~589쪽〉

이 이야기에서 김 참판의 아들은 부모님이 정하여 준 배우자감의 사람됨을 미리 알아보고, 그녀보다는 그녀의 몸종이 자기의 아내로 적합한 인물임을 직감한다. 어른들이 맺어 놓은 혼약을 깨뜨리기가 쉽지 않음을 아는 그는 거짓 소문을 낸다. 거기에 넘어간 신부의 부모는 속임수를 쓰기로 하고, 딸 대신 하녀를 초례청에 서게 한다. 혼례를 마친 하녀는 신방에 들면서 번민에 빠진다. "내가 아가씨의 배우자와 신방에 드는 것은 아가씨를 배반하는 것이 아닌가! 어른들의 명을 거역할 수도 없고, 어찌하면 좋단 말인가!" 하녀가 혼란스러워 하는 것을 알아차린 신랑은 자기가 꾸민 일임을 밝히고, 신부를 설득하여 함께 산다.

이 이야기에서 김 참판의 아들은 자기의 의지와 선택으로 자기에게 맞는 신부를 맞이하였다. 맹 진사의 딸과 하녀는 함께 자라면서 공부하고, 예의범절을 익히면서 정을 나눠 온 사이이다. 그래서 두 여자는 신분상으로는 상전과 하녀의 관계이지만, 학식과 교양, 예의범절 면에서 차이가 없었다. 그는 외동딸로 자라 제멋대로이고, 자기만 아는 이기적인 진사 딸보다는 양보하고 섬기는 마음을 가진 하녀가 배우자감으로 더 적격임을 안 것이다. 부모가 맺은 혼약을 파기하지 않으면서 적합한 인물을 아내로 맞이한 김 총각의 의지와 지혜가 놀랍다.

상자 속의 물건 알아맞히기

옛날에 중국 천자가 조선에 명인(名人, 어떤 분야에서 기예가 뛰어나 유명한 사람)이 있는가를 시험해 보려고 석함(石函) 속에 달걀을 넣고 봉하여 보내면서, 무엇인가 알아맞히라고 하였다. 임금은 이것을 황 정승에게 처리하라고 하였다.

황 정승이 이 문제를 풀지 못해 고민하고 있을 때, 젊은 선비 하나가 황 정승의 집에 와서 묵어가기를 청하였다. 황 정승은 그를 사랑방에서 지내게 하였다. 황 정승이 이 일을 해결하지 못해 식음(食飮)을 진폐하고 있으니, 외동딸이 사랑방에 와 있는 선비에게 물어보는 게 좋겠다고 하였다.
　황 정승이 선비를 불러 이 문제를 해결할 수 있겠는가 물었다. 이에 선비는 "외동따님과 혼인하게 해주면, 해결해 드리겠습니다." 하고 말했다. 황 정승이 혼인을 하게 해 줄 터이니, 문제 해결 방안을 알려달라고 하자, 선비는 "혼례를 올리고, 신방을 치른 뒤에 말씀드리겠습니다." 하였다. 황 정승은 서둘러 혼례를 올리고, 신방을 치르게 하였다. 그 다음 날 아침에 선비는 그 상자를 살펴본 뒤에 글을 지었다.

團團石中物(단단석중물)　단단한 돌 가운데의 물건은
半白半黃金(반백반황금)　반은 희고, 반은 황금빛이네.
夜夜知時鳴(야야지시명)　밤마다 시간을 알아 가르쳐주려 하나
函中未吐聲(함중미토성)　함 속에 있어 소리를 토하지 못하네.

　황 정승은 이 글을 임금께 바쳤고, 임금은 이를 중국 천자에게 보냈다. 이를 본 중국 천자는 조선에도 명인이 있음을 알고, 조선을 깔보지 못하였다. 〈최운식, 『한국의 민담 1』, 시인사, 1999, 343~347쪽〉

　이 이야기에서 황 정승은 국가의 체면이 걸린 중요한 문제를 해결하지 못해 노심초사(勞心焦思, 몹시 마음을 쓰며 애를 태움.)한다. 이때 황 정승 집에 찾아온 젊은 선비는 황 정승이 고민하고 있는 나랏일을 풀어줄 능력을 지닌 비범한 인물이다. 황 정승의 딸은 그가 비범한 인물임을 알아보고, 아버지께 그 일의 해결을 그에게 부탁하도록 권면한다. 그는 황 정승의 부탁을 받자 외동딸과 혼인하게 해 주면, 그 문제를 풀겠다고 하고, 황 정승은 그의 제안을 받아들인다. 그는 혼례를 올리고, 첫날밤을 지낸 뒤에 글을 지어 석함 속의 물건이 '달걀' 또는 '닭'임을 알려

준다. 그래서 나라의 체면과 위신을 지켜 중국으로 하여금 조선을 깔보
지 못하게 하고, 정승의 외동딸을 아내로 맞이하였다.

젊은 선비가 어디서 온 누구인지, 어떤 신분의 사람인지 모른다. 그러
나 그는 뛰어난 지혜와 통찰력을 지녔기에 나라를 위해 공을 세우고,
정승의 딸을 아내로 맞이하였다. 정승의 딸은 지인지감(知人之鑑, 사람을
잘 알아보는 능력)을 지녔기에 지혜롭고 총명한 배우자를 만났다. 이 이야
기는 사물을 통찰하는 안목과 지혜를 가진 사람은 좋은 배우자를 만날
수 있고, 행운을 잡을 수도 있음을 말해 준다.

이와 비슷한 이야기가 여러 곳에서 전해 오는데, 그 중에는 젊은 선
비가 신라 시대의 문장가인 고운(孤雲) 최치원(崔致遠) 선생이라고 하는
이야기도 있다. 이것은 재주가 비상한 이 이야기의 주인공을 신라 시
대의 대문장가로, 중국에도 이름을 떨친 최치원과 관련지은 것이라
하겠다.

대감의 딸과 혼인한 소금장수 아들

옛날에 한 사람이 먹고살기가 어려워 소금 장사를 하였다. 그 사람은 소
금 짐을 지고 이리 저리 다니며 팔아 근근이 살면서도 아들은 서당에 보내
어 공부를 시켰다. 몇 년을 공부한 뒤에 소금장수의 아들은 과거를 보러
길을 떠났다.

한양에 도착한 그는 어느 허름한 팥죽집에 숙소를 정하였다. 그가 장안
구경을 하다가 용하다는 점쟁이한테 점을 치니, '아무 날 아무 시에, 어느
대감 집에 들어가면 좋은 일이 있을 것'이라고 하였다. 그는 자기가 묵는
집주인 노파의 딸이 바로 그 대감 딸의 몸종임을 알았다. 그는 주인집 딸
의 주선으로, 점쟁이가 말한 날에, 그 대감 집에 몰래 들어갔다.

그 대감은 이튿날 치를 과거의 시관(試官)으로 뽑힌 사람인데, 자기가 생

각하고 있는 문제를 외동딸에게 말하면서 글을 지어 보라고 하였다. 딸이 글을 지으니, 대감은 장원급제할 글이라고 칭찬하면서, 그녀가 아들이 아님을 한탄하였다. 그는 방문 밖에 숨어서 대감과 딸의 이야기를 모두 들은 뒤에, 그 집을 **빠져** 나왔다.

그 다음날, 그가 과거 시험장에 가니, 시험 문제는 전날 밤에 들은 그대로였다. 그는 대감 딸이 지었던 글귀에 자기의 생각을 섞어 글을 지어 제출하였다. 시관은 그의 글을 보고, 흡족해 하면서 장원으로 뽑았다. 대감은 그를 만나보고, 사위로 삼기로 하였다. 그러나 그의 부친이 소금 장사를 하는 사람임을 알고는, "외동딸을 소금장수의 며느리로 줄 수 없다."면서 혼인을 차일피일(此日彼日, 이 날 저 날 하고 자꾸 기한을 미룸.) 미루고 있었다.

이를 눈치 챈 그의 부친이 대감을 자기 집으로 초대하였다. 대감은 마음이 내키지 않았지만, 거절하기도 어려워 마지못해 그의 집으로 갔다. 그 집에서는 여러 가지 음식을 차려 내놓았는데, 모든 음식에 간을 하지 않아 싱거워서 먹을 수가 없었다. 대감이 음식을 먹지 못하고 머뭇거리고 있자, 주인이 조심스럽게 말을 하였다.

"아무리 좋은 재료로 만든 음식도 소금이 없으면, 맛을 낼 수가 없지요. 그러니 소금은 꼭 필요한 것입니다. 세상에는 높은 벼슬을 하는 사람도 있어야 하지만, 소금장수도 있어야 합니다. 그래야 조화롭게 사는 것 아닐까요? 이 상을 물리고 간을 한 음식을 들여올 터이니, 맛을 보시지요." 대감이 새로 들여온 상의 음식을 먹어 보니, 참으로 맛이 있었다.

대감은 그동안 자기의 생각이 지나치게 편협하였음을 깨닫고, 마음을 고쳐먹었다. 대감은 딸의 혼인을 서둘러 그를 사위로 맞이하였다.

〈최운식, 『옛날 옛적에』, 민속원, 2008, 74~75쪽〉

이 이야기에서 소금장수의 아들은 자기의 실력과 점쟁이의 도움으로 과거에 장원급제하였다. 시관으로서 그의 시지(試紙)를 본 대감은 그를 장원으로 뽑고, 그의 사람됨을 보고서 그를 사위로 삼으려 한다. 대감은 사윗감은 마음에 드나 그의 아버지가 소금 장사를 하는 것이 마음에 걸려 혼인을 미룬다. 이를 안 그의 아버지가 대감을 초대하여 소금을 넣지 않은 음식과 넣은 음식을 번갈아 맛보게 하면서 대감을 설득한다. 그래서 대감이 마음을 돌려 혼인을 허락하게 하였다.

이 이야기에서 선비의 아버지는 생활의 방편으로 소금 장사를 하면서도 아들을 서당에 보내어 공부하게 하고, 과거에 응시하게 한다. 이런 정황으로 보아 선비의 아버지는 몰락한 양반이었던 것 같다. 그 사람은 벼슬자리에 있는 양반들의 우월감이나 편벽된 생각이 잘못되었음을 꼬집으면서, 직업에는 귀천이 없고, 각자의 형편과 능력에 맞는 일을 하면서 조화를 이룰 때 살기 좋은 사회가 됨을 설파(說破, 어떤 내용을 듣는 사람이 납득하도록 분명하게 드러내어 말함.)한다. 그 사람의 세상을 보는 바른 안목과 주관은 아들의 혼인을 성사시킴은 물론, 세상을 깨우치는 역할을 하였다.

백면서생의 혼인

옛날에 시골에 살던 백면서생(白面書生, 한갓 글만 읽고 세상일에는 전혀 경험이 없는 사람)이 과거를 보러 서울에 가다가, 길에서 아주 예쁜 여자가 지나는 것을 보았다. 그는 한눈에 반하여 그 여자의 뒤를 따라갔다. 그 여자는 멀지 않은 곳에 있는 큰 기와집 뒤뜰의 연못 가운데에 있는 초당으로 들어갔다.

날이 저문 뒤에 그는 담을 넘어 들어가 초당의 문을 두드렸다. 초당에서 글을 읽고 있던 여인은 깜짝 놀라서, "누구요? 여긴 어떻게 들어오셨소?" 하고 물었다.

"나는 서울로 과거를 보러 가는 사람인데, 당신의 모습에 반하여 발이 떨어지지 않아 이렇게 찾아왔소. 나와 인연을 맺으면 어떻겠소?"

그 여자는 그 집 딸로, 청상과부(靑裳寡婦, 젊어서 남편을 잃고 홀로된 여자)가 되어 별당에서 글을 읽으며 지내고 있었다. 그녀는 그를 방 안으로 들어오게 한 뒤에 자세히 보니, 기품이 있어 보이고, 문장과 교양 면에서도 통하는 바가 있었다. 그래서 밤늦도록 이야기하다가 동침하였다.

이튿날 아침, 이 사실을 안 그녀의 아버지는 양반집에서 이런 일은 있을 수 없다며 두 사람을 죽이려 하였다. 그는 죽기 전에 마지막으로 시 한 수를 짓게 해 달라고 하였다. 양반이 허락하니, 그가 시 한 수를 지어 바쳤다. 양반이 그 시를 받아 읽어보니, 형식에 맞을 뿐더러 내용 면에서 아주 빼어난 시였다. 양반은 그의 인품과 재주가 사윗감으로 손색이 없음을 알고, 과거를 보도록 하였다.

그는 과거에 급제한 뒤에 그녀와 혼인하여 잘 살았다.

〈최운식 외, 『한국구전설화집 6』, 민속원, 2002, 409~411쪽〉

시골 선비는 서울로 과거를 보러 가다가 길에서 만난 여인에게 반하여, 다짜고짜로 그 여자를 찾아가 자기의 심정을 토로한다. 여인은 그의 외모와 인품, 글공부를 많이 하여 쌓은 실력을 알아본 뒤에 바로 인연을 맺는다. 그녀의 아버지는 그의 인품과 실력을 인정하고, 그가 과거에 급제한 뒤에 그를 청상과부인 딸과 혼인하게 한다. 이 이야기에는 마음이 끌리는 사람을 직접 찾아가 심정을 고백하고, 구애하는 선비의 적극성과 남자의 인품과 실력을 확인하고 마음을 허락하는 여인의 지혜로운 행동, 선비의 인품과 실력을 보고 청상과부인 딸을 혼인시킨 아버지의 결단력이 잘 나타난다. 이러한 적극적인 행동과 지혜로운 결정은 현대인이 참고할 만하다.

양가집 처녀와 혼인한 머슴

시골에서 머슴살이를 하는 총각이 나이 들어 장가를 가려고 하였으나, 그에게 시집온다는 처녀가 없었다. 그는 좋은 색시를 만나 혼인하기 위해서는 시골에 그대로 있어서는 안 되겠다고 생각하였다.

그는 새경으로 받은 돈을 가지고 인천으로 가서 하숙을 정하였다. 그는 좋은 옷을 사서 입고, 매일 기차를 타고 서울을 오르내리며 영어로 된 책을 읽는 시늉을 하였다. 이를 눈여겨 본 한 여대생이 그의 멋진 모습에 마음이 끌려 가까이 다가왔다. 그는 대학생 행세를 하며 그녀와 사귀다가 돈이 떨어지자, 고향으로 돌아왔다.

그는 고향으로 돌아와 다시 머슴살이를 하며 지냈다. 얼마 후, 그는 서울에 사는 여대생의 편지를 받았다. 자기 손으로 답장을 쓸 수 없는 그는, 마을에 사는 유식한 청년에게 부탁하여 답장을 멋있게 써서 보냈다.

몇 차례 서신이 오고간 뒤에 그 처녀가 시골로 그를 찾아와 혼인하자고 하였다. 그가 자기는 일자무식(一字無識, 글자를 한 자도 모를 정도로 무식함.)으로, 머슴살이하는 형편이라고 사실대로 말하자, 여인은 그런 것은 문제가 되지 않는다고 하면서 혼인을 하였다. 혼인한 뒤에 그 여자는 남자에게 글을 가르치고, 세상 돌아가는 형편을 가르치며 잘 살았다고 한다.

〈최운식, 『한국구전설화집 4』, 민속원, 2002, 449~452쪽〉

위 이야기는 필자가 충청남도 서산 지방에서 채록한 이야기인데, 최근의 실정에 맞게 변개되어 매우 흥미롭다. 시골에서 머슴살이하던 총각은 시골에서는 배우자감을 만날 수 없음을 안다. 그래서 새경으로 받은 돈을 몽땅 가지고 서울로 가서 가짜 대학생 노릇을 하면서 여대생을 사귀어 마침내 혼인한다. 좋은 배우자를 만나기 위한 농촌총각의 의지와 지혜, 수완과 배짱이 매우 놀랍다. 시골총각의 외모와 언변, 진솔함에 마음이 끌려 배우자로 선택하고, 혼인한 뒤에 내조하여 행복하게 산 여인 역시 매우 지혜로운 여인이다. 현대판 평강공주라고 할 수 있겠다.

신부의 신랑 고르기

옛날에 술을 좋아하는 시골 양반이 딸의 혼인을 같은 날로, 세 군데나 약속을 하였다. 혼인날이 임박하자, 아버지는 자기의 잘못을 깨닫고, 큰 걱정을 하였다. 이 사실을 안 딸은 걱정하지 말라며 아버지를 위로하였다.

혼인날이 되자 세 신랑이 들이닥쳤다. 신부는 세 신랑을 한자리에 모이게 한 뒤에 사정을 이야기하고, 자기가 세 사람 중에서 한 사람을 골라 혼인예식을 올리겠다고 하였다.

그녀는 신랑을 한 사람씩 따로 만나 각자의 장점과 직업 등을 물었다. 한 사람은 좋은 학교를 나온 공무원이라고 하고, 다른 한 사람은 장사를 하고 있다고 하였다. 그런데 남은 한 사람은 자기의 괴춤을 훌떡 내리고는, "나는 이것 밖에 없소." 하고 말했다.

신부는 망설임 없이 세 번째 남자를 선택하였다. 그녀는 그와 혼인하여 잘 살았다. 〈최운식, 『한국구전설화집 4』, 민속원, 2002, 446~448쪽〉

이 이야기에서 신부는 있을 수 없는 큰 실수를 한 아버지를 원망하지 않고, 위로한다. 그리고 자기가 직접 신랑감을 골라 혼인함으로써 사태를 수습하려고 한다. 그녀는 신랑감들을 직접 만나 그들의 말을 들어본 뒤에, 맨몸밖에는 없다는 사람을 선택한다. 좋은 직장을 가진 사람이나 장사하는 사람도 좋지만, 솔직하고 담백하며, 용기와 지혜가 있는 사람을 고른 것이다. 당장의 편안함보다는 장래의 발전 가능성에 무게를 둔 선택이라 하겠다.

위에서 살펴본 바와 같이 옛이야기의 남녀주인공들은 다른 사람이나 신이한 존재의 도움 없이 자기의 의지로 행동에 나서서 배우자를 선택한다. 이것은 스스로 운명을 개척해 나가겠다는 의식의 발로(發露, 숨은 것을 겉으로 드러냄.)라 하겠다. 자기가 직면한 어려운 상황에 맞서서 배우자를 선택한 주인공의 의지와 지혜, 상황 대처 능력은 현대인에게 좋은 가르침을 준다.

나. 사람의 도움

서로 모르고 지내온 남자와 여자가 혼인을 하는 데에는 중매하는 사람이 있어야 한다. 중매를 하는 사람은 신랑 될 사람과 신부 될 사람의 나이, 성격, 직업, 집안 형편 등의 조건을 찬찬히 따져 본 뒤에 혼담을 진행하기 마련이다. 따라서 중매를 부탁할 때에는 부모나 당사자가 원하는 조건을 말해야 한다. 그런데 혼인 조건이 까다로우면 혼담이 이루어지기 어렵다.

정자 좋고 물 좋고 경치 좋은 자리

옛날에 외동딸을 둔 아버지가 딸을 아주 귀하게 길렀다. 딸이 자라 시집갈 나이가 되자, 아버지는 이 세상에서 제일 훌륭한 사위를 맞이하고 싶었다. 그래서 사방으로 혼처를 알아보았지만, 적당한 혼처가 없어 딸을 시집보내지 못하였다. 딸은 점점 나이를 먹어 노처녀 소리를 듣게 되었다. 그러나 아버지가 생각을 바꾸지 않으니, 별 도리가 없었다.

어느 날, 아버지가 사윗감을 알아보려고 나가려는데, 딸이 작은 보퉁이 하나를 아버지께 드리며 말했다.

"아버지, 점심 도시락이어요. 이 도시락을 가지고 다니시다가 '정자 좋고, 물 좋고, 경치 좋은 곳'에서 잡수세요. 꼭 그런 곳에서 잡수셔야 해요."

길을 걷던 아버지는 점심때가 되자 점심 먹을 자리를 찾기 시작하였다.

그런데 산이 좋으면 물이 시원치 않고, 산도 좋고 물도 좋은 곳엔 정자가 없었다. 아무 곳에서나 점심을 먹을까 생각도 하였지만, 딸이 당부하던 말이 생각나서 그러지도 못하였다. 그는 해가 질 무렵까지 그런 곳을 찾았으나, 세 가지가 다 좋은 곳은 찾지 못했다. 그래서 점심 도시락을 그대로 들고 왔다.

해가 질 무렵에 집에 돌아온 아버지께 딸이 물었다.

"아버지 점심 잡수셨어요?"

"아니다. 네가 말한 산 좋고, 물 좋고, 정자 좋은 곳을 찾지 못해 점심을 먹지 못하였다."

이 말을 들은 딸이 말했다.

"아버지, 경치 좋고, 물 좋고, 정자 좋은 곳은 찾기 힘들 거예요. 어느 한 가지가 좋으면 다른 한 가지가 좀 부족하겠지요."

딸의 말을 들은 아버지는 크게 깨달았다. 그래서 가까운 곳에서 착하고 성실한 청년을 골라 사위로 맞이하였다.

〈최운식 외, 『한국구전설화집 10』, 민속원, 2005, 313~315쪽〉

이 이야기에서 아버지는 이 세상에서 가장 훌륭한 사위를 얻고 싶어 하였다. 이것은 혼기(婚期)에 이른 아들과 딸을 가진 부모의 공통된 마음일 것이니, 탓할 수 없다. 그러나 모든 조건을 구비한 사람을 고집할 경우, 자녀의 혼기를 놓치게 된다. 이러한 아버지의 그릇된 생각을 일깨워준 딸의 지혜가 소중하게 느껴진다.

두더지 혼인

옛날 한 두더지가 세상에서 가장 훌륭한 사윗감을 구하려고 했다. 두더지는 하느님이 가장 존귀하다고 생각하여 하느님께 가서 혼인을 청하였다. 이에 하느님이 말했다.

"내가 비록 만물을 다스리고 있으나, 해와 달이 없으면 내 덕을 드러낼 수가 없다."

이에 두더지가 해와 달을 찾아가 혼인을 청하니, 해와 달이 말했다.

"내가 비록 만물을 비추나, 나를 가리는 구름은 어쩔 수 없다. 구름이 나보다 더 낫다."

그래서 두더지는 구름을 찾아가 혼인을 청하니, 구름이 말했다.

"내 비록 해와 달을 가릴 수 있으나, 바람이 불면 흩어질 수밖에 없다. 그러니 바람이 나보다 훌륭하다."

두더지가 다시 바람을 찾아가 부탁하니, 바람이 말했다.

"내가 구름을 흩어뜨릴 수 있는 것은 사실이나, 밭 가운데 있는 돌부처는 아무리 힘을 써도 움직일 수 없다. 돌부처가 나보다 낫다."

두더지가 다시 돌부처를 찾아가 부탁하니, 돌부처가 말했다.

"내 비록 바람을 무서워하지 않지만, 두더지가 내 발 아래를 파헤치면 나는 넘어질 수밖에 없다. 두더지가 나보다 훨씬 강하다."

이에 두더지는 "우리들처럼 짧은 꼬리와 날카로운 주둥이를 가진 존귀한 존재는 없다."고 스스로 자랑하여 말하였다. 그리고 두더지와 혼인하였다.

〈홍만종(洪萬宗), 『순오지(旬五志)』〉

이것은 많은 사람들이 처음에는 높은 조건을 붙여 혼처를 구하지만, 결국에는 비슷한 사람과 혼인하는 것을 빗대어 표현한 이야기이다. 이와 비슷한 이야기가 고대 인도의 『판차탄트라』, 중국의 『응해록(應諧錄)』, 일본의 『사석집(沙石集)』에도 기록되어 있다. 우리나라에서는 홍만종(洪萬宗)의 『순오지(旬五志)』(1678)의 기록이 가장 오랜 것이고, 구전 자료도 다소 채록되었다.

며칠 전 KBS 시니어토크 프로그램에 72세의 노총각이 나와서 젊은이들에게 당부한다면서 하던 말이 생각난다. 젊은 시절에 사업을 시작하였는데, 한동안은 일에 매여 혼인할 생각을 하지 못하였다고 한다. 사업이 어느 정도 자리 잡은 뒤에 혼인을 하겠다고 하니, 혼인하자는 사람이 잇달아서 나타났다. 그는 더 좋은 조건의 혼처가 있을 것이라는 생각에 거절하고 다시 찾곤 하였다. 그러다가 나이가 들고 보니, 혼담이 끊어져 지금까지 총각으로 살고 있다고 하였다. 그는 노년의 고독을 겪지 않으려면 혼인을 해야 하고, 너무 까다로운 조건을 걸지 말라고 하였다.

중매에 의한 혼인은 대개 순탄하게 이루어지므로, 옛이야기의 소재가 되기 어렵다. 따라서 주변 인물의 지혜나 속임수, 우연에 의해 인연을 맺는 이야기가 많이 전해 온다.

노총각 장가보낸 아이

옛날 어느 마을에 먼 지방 출신의 총각이 머슴으로 들어왔다. 그 총각은 가족과 친척이 없는데다가 가난하여, 서른이 다 되도록 장가들지 못하였다. 그 마을에 사는 한 부자의 딸은 여러 번 중매가 들어왔으나 모두 싫다고 하여, 서른 살이 다 되도록 시집을 가지 못하였다. 처녀는 아버지께 딴채를 지어 달라고 졸라 거기에서 기거하였다.

어느 날, 그 마을에 엿장수가 오니, 많은 사람이 엿을 사서 먹었다. 노총각이 머슴살이하는 집주인의 어린 아들이 노총각에게 엿을 사달라고 하였다. 그가 아이에게 엿을 사서 주니, 아주 맛있게 먹었다. 얼마 후 다시 엿장수가 왔을 때, 주인집 아이는 그에게 "엿을 사주면 장가들게 해 주겠다."고 하였다. 그는 아이의 말을 장난의 말로 여기며, 다시 엿을 사주었다.

그 이튿날 아침, 아이는 대동샘으로 물을 길러 온 부잣집 딸에게 말했다. "아가씨, 우리 머슴을 좀 일찍 깨워서 보내고, 일찍 물을 길러 오시지 그랬어요. 늦게 오니까, 물이 말라서 괴려면 한참 기다려야겠네요."
노처녀는 동네 사람들이 있는 자리에서 하는 아이의 맹랑한 말에 화를 내며, 한 대 때리려고 하자, 아이는 잽싸게 도망을 하였다. 아이는 그 다음 날 아침에도 대동샘에 와 많은 사람들 앞에서 똑같은 말을 하고 달아났다.

아이는 노총각에게 "내일 아침 일찍 처녀가 물을 길러 나오거든, 얼른 처녀 방에 몰래 들어가서 이불 속에 누워 있으라."고 하였다. 그는 처녀의 집 개구멍으로 들어가 있다가, 처녀가 물을 길러 간 뒤에 방으로 들어가 이불 속에 누워 있었다.

얼마 후, 주인집 아이와 노처녀가, '그가 그녀의 방에 있다'거니, '그가 내 방에 있을 리가 없다'거니 하고, 큰 소리로 다투면서 들어왔다. 처녀가 아이의 말대로 방에 들어가 이불을 걷고 보니, 그가 누워 있었다. 그가 처녀에게 잘못했다고 사과하며 나가는 광경을 동네 사람들이 지켜보았다.

처녀는 아무리 변명해도 소용이 없자, 그와 혼인하기로 하였다. 그는 노처녀와 혼인하여 잘 살았다. 〈최운식 외, 『한국구전설화집 6』, 민속원, 2002, 406~408쪽〉

이 이야기에서 주인집 아이는 동네사람들이 머슴과 부잣집 딸이 서로 좋아하여 잠자리를 같이 하는 것으로 보이게끔 일을 꾸민다. 이런 일을 계기로 두 사람은 혼인한다. 타지에서 온 머슴이 부잣집 딸과 혼인을 하게 된 것은 순전히 주인집 아이의 지혜에 의한 것이다.

아주 지혜롭고, 영리한 주인집 아이는 자기 집에서 머슴살이를 하는 노총각의 부지런하고 성실함을 보았다. 그는 동네에 엿장수가 오자 머슴에게 엿을 사달라고 한다. 가난한 머슴이 주인집 아이에게 주전부리인 엿을 사주는 것은 쉬운 일이 아니다. 그러나 머슴은 아이의 청을 거절하지 않고, 엿을 사 준다. 아이는 이것으로 노총각의 심성을 다시 확인한 뒤에 부잣집 딸인 노처녀와 맺어주려고 꾀를 낸다. 떠돌이 머슴이 부잣집 딸과 혼인한 것은 아이의 장난에 의한 것처럼 보인다. 그러나 실은 그의 부지런하고 성실하며, 인정 있는 성품이 가져온 복이다.

위 이야기에 나오는 어린아이처럼 옛이야기에는 어린아이가 어려운 문제를 해결하는 지혜를 지닌 경우가 많이 있다. 이것은 순수한 마음을 지닌 어린아이가 사물을 편견 없이 제대로 관찰할 수 있고, 이를 바탕으로 사태를 해결하는 지혜를 발휘할 수 있다고 믿는 민중의 의식에 의한 것이라 하겠다.

대신 장가가서 복 터진 사람

옛날 어느 마을에 가난한 양반 송 씨가 아들·딸과 함께 살았다. 송 씨는 나랏돈을 빌려 쓰고 갚지 못해 옥에 갇혔다. 송 씨의 아들은 아버지가 곧 처형될 것이라는 말을 들었다. 그는 생각다 못해 도움을 청하려고 아버지의 친구 김 진사를 찾아갔다. 김 진사는 그를 불러들여 사정 이야기를 듣고는, 자기를 도와주면 아버지의 빚을 갚아주겠다고 하였다. 그래서 그는 김 진사의 집에서 집안일을 도우면서 며칠을 지냈다.

김 진사에게는 아들이 하나 있는데, 문둥병에 걸렸다. 김 진사는 이 일이 다른 사람에게 알려지지 않게 하려고, 대밭 가운데에 따로 아들의 거처를 마련하여 지내게 하고 있었다. 김 진사는 아들을 장가들이고 싶던 차에 혼담이 들어왔는데, 중매쟁이한테 아들을 보일 일이 걱정이었다. 김 진사는 그에게 이런 사정을 이야기하면서, 아들을 대신해 중매쟁이를 만나라고 하였다. 그는 아버지를 살리려는 마음에서 이를 수락하고, 대신 중매쟁이를 만나 김 진사의 아들 행세를 하였다. 그 후 혼담이 성사되어 김 진사의 아들은 홍 진사의 딸과 약혼을 하였다.

김 진사는 좋다는 약을 다 구하여 쓰며 아들의 병 치료에 힘썼다. 그러나 혼인날이 다가오는데, 아들의 병은 차도가 없었다. 김 진사는 하는 수 없이 그에게 아들을 대신해 혼례를 치르되, 신방에서는 곱게 밤을 지내고 오라고 하였다. 그는 신방에 들자 대야에 물을 떠오게 하여 가운데에 놓고, 신부에게 말했다.

"이 물은 강과 같소. 강을 넘지 말고, 오늘 밤을 지냅시다."

이를 이상하게 여긴 신부가 그 연유를 추궁하였다. 그는 할 수 없이 그간의 사정을 이야기하고, 자기는 후행으로 온 김 진사의 방으로 가겠다고 하였다. 신부는 자기 아버지께 말씀드려 그의 아버지가 쓴 나랏돈은 갚아줄 터이니 걱정하지 말라고 하면서, 적극적인 행동으로 그를 꾀어 동침하였다.

일이 틀어진 것을 안 김 진사는 집으로 돌아갔다. 신부 집에서는 급히 돈을 마련하여 송 씨의 빚을 갚아 주었다. 그는 신부를 데리고 자기 집으로 와서 잘 지냈다.

그의 누이는 동생이 장가를 가고, 아버지의 빚도 갚게 된 것은 김 진사의 덕이라고 생각하였다. 그래서 자원하여 병중인 김 진사의 아들에게로 시집을 갔다. 그녀는 신랑의 병을 낫게 하려고 애를 썼으나, 효과가 없었다.

이를 비관한 그녀는 죽으려고 준비해 간 비상을 물에 타 놓고 마시려고 하였다. 그때 일이 생겨 잠깐 밖에 나갔다가 들어가니, 신랑이 그 물을 먹고 쓰러져 있었다. 그녀가 당황하여 어쩔 줄을 모르고 있을 때, 신랑의 몸에서 물이 흐르고, 작은 벌레 같은 것이 기어 나왔다. 얼마 뒤에 신랑이 정신을 차렸는데, 병이 깨끗이 나았다. 그녀는 신랑과 오래오래 잘 살았다.

〈최운식 외, 『한국구전설화집 6』, 민속원, 2002, 425~429쪽〉

이 이야기에서 송 씨의 아들은 나랏돈을 빌려 쓰고 갚지 못해 처형될 위기에 처한 아버지를 구하기 위해, 아버지의 친구인 김 진사를 찾아간다. 김 진사는 친구의 나랏빚을 갚아주는 조건으로, 병든 자기 아들의 사기 혼인에 그를 끌어들인다. 그는 김 진사 아들을 대신하여 중매쟁이를 만나 혼약이 성립되게 하고, 대리 신랑으로 혼인예식을 올린 뒤에 신방에 든다. 그는 김 진사의 요구대로 첫날밤을 곱게 지내고, 신부를 데리고 갈 작정이었다. 그러나 그는 신부의 추궁에 진실을 밝히고, 신부의 적극적인 행동에 끌려 동침한다. 그는 신부의 도움으로 아버지의 빚도 갚고, 장가도 들게 되었다. 그가 이렇게 큰 복을 받게 된 것은 아버지의 위급함을 해결하려는 지극한 효심과 김 진사를 도우려는 착한 마음이 있었기 때문이라 하겠다.

그의 누이는 동생이 아버지를 살리고, 홍 진사의 딸과 혼인을 하게 된 것은 김 진사의 공이라 생각한다. 그녀는 김 진사의 은혜를 입은 것이라 생각하고, 김 진사가 동생을 사기 혼인에 이용하려 하였던 것은 따지지 않는다. 그래서 은혜를 갚는 뜻에서 김 진사의 병든 아들과 혼인하기를 자원한다. 그녀는 은혜를 알고, 은혜를 갚기 위해서는 자기의 희생도 감수하겠다는 착한 마음을 가졌다. 그녀의 착한 마음은 남편의 병을 낫게 하는 이적을 일으켰다.

보쌈당해서 장가간 청년

옛날 어느 산골에 한 총각이 홀어머니를 모시고 살았다. 그는 어머니가 돌아가시자, 어머니의 시신을 묶어서 지게에 지고 산으로 갔다. 그는 지게를 산등성이에 받쳐놓고 쉬면서, 어머니를 어디에 묻을까 살펴보았다. 그때 작대기를 잘못 건드리는 바람에 지게가 쓰러져 시신이 아래로 굴러갔다. 그는 굴러가던 시신이 멈춘 곳을 파고, 어머니의 시신을 매장하였다. 그때 답산(踏山, 묏자리를 잡으려고 산을 돌아봄.)하던 지관(地官, 풍수설에 따라 집터나 묏자리 따위의 좋고 나쁨을 가려내는 사람)이 그 자리를 보니, 빼어난 명당이었다.

어머니를 여읜 그는 마음이 허전해서, 정처 없이 길을 떠났다. 어느 마을에 이르렀을 때 날이 저물기 시작하였다. 그는 소복(素服, 하얗게 차려입은 옷. 흔히 상복으로 입는다.)하고 물을 긷는 여인에게 "이 마을에서 하루 묵을 곳이 있겠습니까?" 하고 물었다. 그 여인이 자기 집으로 가자고 하므로, 그는 그녀를 따라갔다. 그녀는 그에게 저녁밥과 술을 대접한 뒤에, 안 방에서 자라고 하고는 밖으로 나갔다.

그는 안방에서 옷을 다 벗고 잠자리에 들었다. 그때 갑자기 낯선 사람들 이 달려들더니, 그를 자루에 넣어 어깨에 메고 갔다. 이웃마을에 사는 부 자 홀아비가 젊은이들에게 돈을 주고, 젊은 과부를 보쌈해 오라고 시킨 것 이다. 과부는 자기가 보쌈당할지도 모른다는 생각에서 총각을 안방에 재 운 것이었다. 이를 모르는 젊은이들은, 과부가 안방에서 자고 있는 줄 알 고 그를 보쌈해 갔다.

부자 홀아비는 젊은이들이 자기가 시킨 대로 과부를 보쌈해 온 것으로 알고, 아주 기뻐하였다. 홀아비는 딸을 안방으로 들여보내면서 과부의 마 음을 안돈시킨 뒤에, 오늘밤은 딸과 함께 자라고 하였다. 딸은 어머니로 잘 모실 터이니 안심하라고 말하고, 이불 속으로 들어갔다. 총각이 자기 품으로 들어오는 딸을 그대로 두었을 리 없었다. 이튿날 아침, 총각이 지 내온 일을 다 들은 부자 홀아비는 그 총각을 사위로 삼아 함께 잘 살았다.

〈최운식 외, 『한국구전설화집 6』, 민속원, 2002, 412~418쪽〉

'보쌈'은 옛날에 민간에서 행해지던 풍습의 하나로, 두 가지의 경우 가 있었다. 하나는 가난하여 혼기를 놓친 총각이나 홀아비가 과부를 밤에 몰래 보에 싸서 데려다가 아내로 삼던 일이다. 다른 하나는 귀한 집 딸이 둘 이상의 남편을 섬겨야 될 사주팔자인 경우에, 밤에 외간 남자를 보에 싸서 잡아다가 딸과 재우고 죽이던 경우이다. 이렇게 한 뒤에 그 딸은 과부가 될 액운을 면하였다고 하여, 안심하고 다른 곳으 로 시집을 갔다고 한다.

위 이야기에서 가난한 총각이 부잣집 딸과 혼인하게 된 것은 부자 홀아비가 새 아내를 얻기 위해 제멋대로 행한 과부 보쌈 때문이다. 전에 과부를 보쌈할 때에는 과부에게 넌지시 신호를 보내어 보쌈이 있을 것이라는 사실을 알아차리게 하였다고 한다. 과부는 홀아비가 자기를 보쌈하려고 하는 것을 눈치 채고 있었다. 그녀는 보쌈당하지 않으려고 총각을 자기 집으로 데리고 가서, 안방에서 자게 하였다. 그래서 총각이 자기 대신 보쌈을 당하게 하였다. 이 일로 총각은 뜻하지 않게 부잣집 딸과 혼인하는 행운을 얻었다. 그의 행운은 우연의 일치인 것 같아 보인다. 그러나 이야기를 찬찬히 읽으면, 그의 행운은 어머니를 잘 모시다가 돌아가신 뒤에 명당에 묻은 보응으로 얻은 것이다.

다. 신이한 존재의 도움

옛이야기의 남녀 주인공 중에는 신 또는 신이한 능력을 지닌 존재의 도움을 받아 인연을 맺는 경우가 많이 있다. 사람의 힘으로는 도저히 이루어질 수 없는 사람들이 인연을 맺도록 해주는 존재로는 신·신선·용왕·도깨비 등과 같은 신이한 존재이거나, 호랑이·소·산돼지·노루와 같이 옛사람들이 신성하게 여기던 동물이다.

용녀와 혼인한 거타지

신라 제51대 진성여왕의 막내아들 양패(良貝)가 사신이 되어 당나라로 가게 되었다. 양패는 백제의 해적들이 진도에서 길을 막는다는 말을 듣고는, 궁수(弓手) 50명을 뽑아 데리고 갔다.

배가 곡도(鵠島, 지금의 백령도)에 도착했을 때 풍랑이 크게 일어나 열흘 동안이나 그곳에 머물러 있었다. 양패가 일관을 시켜 점을 치니, "섬에 신령스런 연못이 있으니, 그곳에 제사를 지내는 것이 좋겠다."고 하였다. 제사를 지낸 날 밤 양패의 꿈에 한 노인이 나타나, "활을 잘 쏘는 사람 하나를 섬에 남겨 두면 순풍을 만날 것"이라고 하였다. 그래서 누구를 남겨 둘 것인가를 의논하다가, 나무 조각에 이름을 써서 물에 던져, 가라앉는 사람이 남기로 하였다. 궁수 거타지(居陀知)의 이름이 가라앉았다. 거타지가 배에서 내리니, 배가 거침없이 나아갔다.

거타지가 섬에 올라 근심에 싸여 서 있으니, 홀연히 한 노인이 연못에서 나와 말했다.

"나는 서해의 신인데, 해가 뜰 때마다 중이 내려와 다라니(陀羅尼, 번역하지 아니하고 음 그대로 외는 불경)를 외면서 못을 세 바퀴 돕니다. 그러면 내 자손들이 물 위로 떠오르고, 그 중이 내 자손의 간장을 빼어 먹곤 하였소. 이제 남은 것은 우리 부부와 딸뿐이오. 내일 아침에도 또 올 것이니, 그 중을 활로 쏴주시오."

거타지가 대답하고, 숨어서 기다렸다.

이튿날 해가 뜰 무렵에 과연 중이 와서 주문을 외우고, 늙은 용의 간을 빼어 먹으려 했다. 이때 거타지가 활로 쏘아 맞히니, 중은 늙은 여우로 변하여 땅에 쓰러져 죽었다. 그러자 노인이 물에서 나타나 감사의 인사를 하며 말했다.

"공의 은혜를 입어 내 목숨을 보전하게 되었소. 내 딸을 아내로 삼아 주시오."

"주신다면 마다하지 않겠습니다. 진실로 원하던 바입니다."

노인은 딸을 한 송이의 꽃으로 변하게 하여 거타지의 품속에 넣어 주었다. 그리고 두 마리의 용에게 거타지를 모시고 먼저 간 배를 따라가서, 그 배를 호위하여 당나라에 가라고 하였다. 용의 옹위를 받으며 오는 배를 본 당나라에서는 신라 사신 일행을 환대하였다.

신라 사신들은 무사히 임무를 마치고 돌아왔다. 고국으로 돌아온 거타지는 꽃송이를 꺼내어, 여자로 변하게 한 뒤에 함께 살았다.

〈『삼국유사』 권2 진성여대왕 거타지조〉

이 이야기에서 거타지는 활을 쏘는 실력이 뛰어난 궁수이다. 서해의 용왕은 신통력을 지닌 신이한 존재인데도, 천 년 묵은 여우의 횡포를 막을 수 없었다. 용왕은 거타지의 활솜씨가 빼어난 것을 알고, 그를 택하여 천 년 묵은 여우를 물리치게 한다. 용왕은 자기의 목숨을 구해준 거타지의 은혜를 갚으려는 마음에서 자기의 딸을 그의 아내로 준다. 그래서 거타지는 용녀를 아내로 맞이하였다.

용은 못·강·바다와 같은 물에서 사는 상상의 동물로, 뭇 동물이 가진 최상의 무기를 모두 갖추고 있다. 민간에서 용은 구름과 비를 만들고, 땅·바다·강과 하늘에서 자유로운 활동을 할 수 있는 능력을 지닌, 신이한 존재로 믿어왔다. 민간신앙에서 용은 비를 가져오는 우사(雨師, 비를 맡은 신)이고, 물을 관장하고 지배하는 수신(水神)이며, 사귀(邪鬼)를 물리치고 복을 가져다주는 선신(善神)이다. 그래서 용을 대상으로 용신제나 용왕굿이 행해지고, 비가 오지 않을 때에는 기우제를 지냈다. 용은 그 모습을 마음대로 바꿀 수 있고, 자유자재로 그 모습을 보일 수도 있고, 숨기기도 한다.

옛이야기에서 용은 신이한 능력을 가진 존재, 또는 지존(至尊)의 왕을 상징한다. 또 왕비, 왕자, 공주, 또는 존귀한 신분의 인물을 비유적으로 표현하기도 한다. 용왕의 딸은 아버지로부터 신이한 능력을 물려받은 여인이다. 거타지가 용녀와 혼인하였다는 것은 많은 사람이 부러워하며, 바라는 혼인을 하였음을 뜻한다. 거타지가 이러한 혼인을 하게 된 것은 무인도에 홀로 남아서 도술을 부리는, 천 년 묵은 여우를 활로 쏘아 맞힐 만한 활솜씨와 담력을 지녔기 때문에 가능하였다.

이 이야기는 『삼국유사』에 실려 있는 내용이니, 고려 시대 이전부터 전해 오는 이야기임이 틀림없다. 이 이야기는 『고려사(高麗史)』「고려세계(高麗世系)」에 실려 있는 고려 태조 왕건의 할아버지인 작제건(作帝建) 이야기와 비슷하다. 작제건 이야기는 다음과 같다.

당나라 황족인 선종(宣宗)이 천하를 유람하던 중 신라 땅에 와서 보육 (寶育)의 집에 머물렀다. 보육의 딸 진의(辰義)는 선종의 터진 옷을 꿰매 주었는데, 그것이 인연이 되어 임신하여 아들 작제건을 낳았다. 어머니 진의는 작제건이 자라자, 아버지 선종이 두고 간 활과 화살을 주었다. 작제건은 활쏘기를 잘하여 신궁(神弓)이라는 말을 들었다. 그는 아버지 가 당나라 황족이라는 말을 듣고, 아버지를 만나러 배를 타고 당나라로 향했다. 그런데 그가 탄 배가 어느 섬을 지날 때 풍랑이 일어 가지 못하 였다. 한 노인이 선장에게 나타나, 궁수를 두고 가라고 하므로, 작제건 을 내려놓고 갔다. 섬에 홀로 남은 작제건은 서해용왕의 부탁을 받고 활로 중을 쏘니, 중은 여우로 변하여 죽었다. 용왕은 자기의 딸을 작제 건의 아내로 주었다. 작제건은 아버지를 찾아 당나라로 가던 길을 포기 하고, 고국으로 돌아와 용녀와 함께 살았다. 그가 아들을 낳았는데, 그가 왕건의 아버지 왕륭(王隆)이다.

작제건 이야기는 『삼국유사』에 실려 있는 거타지 이야기를 차용하여 고려 태조 왕건의 가계를 성스럽게 꾸민 것이다. 이런 작업을 통하여 작제건은 당나라 황족의 아들, 신궁으로 불릴 만큼 활을 잘 쏘는 사람, 용녀를 아내로 맞이한 인물로, 신성성을 지니게 되었다. 따라서 왕륭을 비롯한 그의 후손은 용의 후손으로, 용이 지닌 신이성을 지닌 고귀한 혈족이 되었다. 이로써 작제건은 거타지와 함께 고난을 이기고 악마를 퇴치한 뒤에 존귀한 여인과 혼인한 영웅의 모델이 되었다.

베틀바위

경북 의성군 의성읍 치선리 선암 마을 뒷산 중턱에 큰 바위가 있는데, 그 바위를 '베틀바위'라고 한다. 베틀바위에는 아주 흥미로운 전설이 전해 온다.

옛날에 베틀바위가 있는 바로 아래 마을에 '갑숙'이라는 처녀가 홀어머니를 모시고 살았다. 그녀는 아주 가난하여 남의 집에 가서 베를 짜주고, 삯을 받아서 겨우 생계를 유지하면서도, 어머니를 지성으로 모셨다. 그런데 어머니가 갑자기 병이 나서 자리에 눕게 되었다. 그녀는 온갖 약을 구해서 어머니께 드렸지만, 효험이 없었다.

어느 날, 그녀는 용하다는 의원을 찾아가 약을 지어 가지고 오는 길에 날이 저물었다. 어둠을 헤치며 집으로 돌아오는데, 길가에 한 노파가 쓰러져 신음하고 있었다. 그녀는 병든 노파를 그냥 두고 올 수가 없어, 업고 와서 어머니 옆에 눕히고, 지성으로 간호하였다. 밤새도록 두 사람을 간호하느라고 잠을 자지 못한 그녀가 새벽녘에 깜박 잠이 들었다가 깨어 보니, 노파가 온데간데없었다. 그런데 이상하게도 그 노파가 간 후에 어머니의 병이 씻은 듯이 나았다.

갑숙이는 그 다음날부터 다시 베를 짰다. 그녀의 베 짜는 솜씨는 아주 뛰어났으므로, 칭송이 자자하였다. 이 소문을 들은 임금님은 갑숙이와 궁궐에서 베를 짜는 직녀(織女)들이 솜씨를 겨루어 보게 하였다. 직녀들이 가지고 온 베틀은 아주 좋은 것인데, 그녀의 베틀은 아주 보잘것없는 것이었다.

많은 사람들이 베 짜기 시합을 보려고, 베틀을 설치해 놓은 산 중턱으로 몰려들었다. 베 짜기 시합이 시작되어 한참 베를 짜고 있는데, 난데없이 갑숙이가 구해 준 노파가 나타나 그녀의 베틀을 세 번 두드렸다. 그러자 그녀의 베틀이 열 개로 변하고, 하늘에서 선녀들이 내려와서 열 개의 베틀에 앉아 베를 짜 주었다. 시합이 끝난 뒤에 보니, 그녀가 짠 베가 직녀들이 짠 것보다 훨씬 곱고 잘 짜어 있었다.

임금님은 크게 기뻐하며, 그녀에게 왕비가 되어 줄 것을 청하였다. 그녀는 홀어머니를 두고 왕비가 될 수 없다고 거절하였다. 그녀의 효심에 감동한 임금님은 그녀의 어머니가 평생 먹고 살 수 있는 재물을 마련해 주고, 그녀를 왕비로 삼았다. 〈최운식, 『다시 떠나는 이야기 여행』, 종문화사, 2007, 168~172쪽〉

위 이야기에서 갑숙이의 효성에 감동한 신은 병든 노파의 모습으로 나타나 그녀의 마음을 다시 한 번 시험한다. 갑숙이가 지극한 효성과 함께 어려움을 당한 사람을 돌보는 따뜻한 마음을 지니고 있음을 확인한 신은, 어머니의 병을 낫게 해 준다. 그리고 이어서 벌어진 베 짜기 시합에서 이기고, 마침내 왕비가 되게 해 준다.

이 이야기는 고난이 닥쳤을 때 이를 이겨내려는 의지와 신념을 가지고 노력할 것을 강조하는 한편, 지극한 효성과 불우한 이웃을 돕는 착한 마음을 가진 사람은 반드시 복을 받는다는 것을 일깨워 준다.

우렁이 각시

옛날에 집안 형편이 어려워 장가도 못 간 젊은이가 혼자 살고 있었다. 어느 날, 그는 논에서 일을 하다가, "이 농사를 지어서 누구랑 같이 먹고 살지!" 하고 신세타령을 하였다. 그러자, 어디선가 예쁜 여자 목소리로 "누구랑 먹고 살아. 나랑 같이 먹고 살지." 하는 소리가 들렸다. 그가 깜짝 놀라 주위를 살펴보았으나, 아무도 없었다. 그래서 다시 한 번 큰 소리로 같은 말을 하자, 먼저와 똑같은 목소리가 또 들려 왔다. 그가 소리 나는 쪽으로 가보니, 커다란 우렁이가 하나 있었다. 그는 우렁이를 집으로 가지고 와서 물 항아리에 넣었다.

그 이튿날, 그가 논에서 일을 하고 돌아와 보니, 맛있는 반찬이 가득 차려진 밥상이 놓여 있었다. 그 다음날에도 밥상은 물론이고, 빨래까지 말끔

하게 되어 있었다.

그 다음 날 아침, 그는 일하러 나가는 척하고, 울타리 밖에 숨어서 집 안을 살펴보았다. 한참 뒤에 물 항아리에서 우렁이가 나오더니, 젊은 아가 씨로 변하여 밥상을 차려놓았다. 그런 뒤에, 그의 옷을 빨았다. 그는 달려 가 아가씨의 손목을 꽉 잡고, 혼인하자고 하였다. 그녀는 좀 기다려 달라 고 하였으나, 그는 서둘러 혼인하였다. 그는 그녀와 혼인한 뒤에 전보다 더 열심히 일하며 행복하게 살았다.

어느 날, 임금이 사냥을 나왔다가 빼어난 미모의 우렁이 각시를 보았다. 임금은 그의 아내를 빼앗으려고 그에게 내기를 하자고 하였다. 내기를 해 서 그가 이기면 나라의 반을 그에게 주고, 그가 지면 아내를 내놓으라고 하였다. 그는 싫다고 하였으나, 왕은 내기를 강행하였다.

먼저, 큰 산을 둘로 나누어 나무 베기 내기를 하자고 하였다. 그가 걱정 을 하자, 아내가 편지 한 장을 써서 가락지에 매어 주며, 바다에 빠뜨리라 고 하였다. 그가 아내의 말대로 하자, 갑자기 바다가 갈라지면서 큰 길이 하나 생겼다. 그가 그 길을 따라 가니, 용궁이 나왔다. 우렁이 각시의 친정 아버지인 용왕이 그에게 뒤웅박을 하나 주므로, 그는 그것을 가지고 나왔 다. 왕은 군사는 물론, 그의 마을 사람들까지 동원하여 나무를 베었다. 그 가 뒤웅박의 뚜껑을 열자, 그 속에서 조그만 사람들이 도끼와 톱을 들고 나와 나무를 베고, 뒤웅박 속으로 다시 들어갔다. 그래서 그는 나무 베기 내기에서 이겼다.

나무 베기에서 진 임금은 말을 타고 강을 건너는 시합을 하자고 하였다. 그가 다시 용왕을 찾아가니, 못생긴 말 한 필을 주었다. 그는 그 말을 타고 강을 훌쩍 넘었지만, 임금이 탄 말은 강을 뛰어넘지 못했다.

임금은 다시 배를 타고 강을 건너는 시합을 하자고 했다. 그가 탄 배는 단숨에 목적지까지 닿았지만, 임금이 탄 배는 바다 한가운데에서 뒤집혀 임금도 죽고 말았다.

이것을 본 군사들과 백성들은, 마음씨 나쁜 임금이 하늘의 벌을 받아 죽었다고 좋아하였다. 그리고 그를 죽은 임금 대신 임금으로 모시기로 했다. 그는 임금이 되어서도, 농부였을 때와 똑같이 부지런히 일하며 나라를 다스려, 부자이면서 강한 나라를 만들었다.

〈최운식 외, 『한국구전설화집 6』, 민속원, 2002, 207~213쪽〉

이 이야기에서 착하고 부지런한 노총각은 우렁이에서 나온 여인과 혼인하였다. 우렁이에서 나온 여인은 용왕의 딸로, 인간계가 그리워 우렁이 속에 들어 있다가 부지런하고 성실한 총각을 선택하여 인연을 맺었다. 그는 좀 기다려 달라는 여인의 청을 무시하고 서둘러 혼인하였다. 그는 때를 기다리지 않은 벌로 아내를 빼앗으려는 임금과 아내를 걸고 내기를 해야 했다. 우렁이 각시는 그를 용궁으로 보내어 용왕의 도움을 받게 한다. 임금은 첫 번째 나무 베기 내기에서 이기려고 군사는 물론 그가 사는 마을 사람들까지 동원하여 나무를 베게 한다. 그는 고립무원(孤立無援, 고립되어 구원을 받을 데가 없음.)이어서 혼자 나무를 벨 수밖에 없었고, 질 것이 뻔하였다. 그때 용왕이 준 뒤웅박에서 도끼와 톱을 들고 나온 작은 사람들이 달려들어 나무를 베어, 그가 이기게 한다. 두 번째 말달리기 내기에서 임금은 나라에서 제일 좋은 말을 타고 달리는데, 그는 용왕이 준 못생긴 말을 타고 달렸다. 그러나 용왕이 준 말은 신이한 능력을 지닌 말이었기 때문에 강을 훌쩍 뛰어넘어, 내기에서 이겼다. 세 번째 배타기 내기에서 임금은 제일 빠르고 좋은 배를 타고 달렸지만, 용왕의 조화로 일어난 풍랑을 이기지 못하고, 물에 빠져 죽고 말았다. 길에서 만난 백성의 아내를 빼앗으려던 포악한 왕은 결국 바다에 빠져 죽고 말았다. 그는 군사들과 백성들의 추대를 받아 왕이 되어 잘 살았다.

그가 우렁이 각시와 혼인하고, 왕이 될 수 있었던 것은 전적으로 그의 부지런함과 성실함 때문이었다. 부지런하고 성실함은 바른 삶, 행복한 삶의 기본 요건이다. 그런데 세상에는 부지런히 일하지 않고 게으름을 피우면서 다른 사람을 속이고, 남이 가진 것을 빼앗아 자기의 욕심을 채우려고 하는 사람이 너무도 많다. 삶의 기본 요건을 갖추지 않고서는, 바른 삶·행복한 삶을 살 수 없다.

이와 비슷한 「우렁이 색시」(최운식, 『옛날 옛적에』, 민속원, 2008, 224~225쪽) 이야기에서는 임금이 길에서 만난 우렁이 색시의 미모에 반하여, 그녀를 끌고 간다. 우렁이 색시는 끌려가면서 남편을 향해 "3년 동안 춤추기, 달리기, 거짓말하기 실력을 쌓으라."고 한다. 대궐에 끌려간 우렁이 색시는 3년을 지낸 뒤에 임금에게 거지잔치를 열어달라고 한다. 거지잔치에 참여한 그는 3년 동안 갈고 닦은 실력을 발휘하여 춤을 춘다. 이를 본 우렁이 색시가 환하게 웃자, 임금은 그녀를 기쁘게 하려고 그와 옷을 바꿔 입고 춤을 춘다. 그 순간에 그는 달려와 왕좌에 앉는다. 거짓말 실력이 뛰어난 그는 "거지잔치가 끝났으니, 모두 대궐 밖으로 내쫓으라."고 한다. 그래서 그는 왕이 되어 우렁이 색시와 행복하게 산다. 포악한 왕은 지금까지 지은 죗값으로 거지가 되고 말았다.

「우렁이 각시」와 「우렁이 색시」의 남편은 아내를 빼앗으려는 포악한 왕을 만나 고난을 겪었다. 그러나 「우렁이 각시」의 주인공은 용왕의 도움으로 이를 극복한다. 「우렁이 색시」의 주인공은 아내를 빼앗긴 뒤에 3년 동안 절치부심(切齒腐心, 몹시 분하여 이를 갈며 속을 썩임.)하며 갈고 닦은 춤추기, 달리기, 거짓말하기 실력을 발휘하여 이를 극복한다. 두 이야기는 부지런하고 성실하게 바른 삶을 살 때 좋은 배우자를 만나 행복하게 살 수 있으며, 어려움이 닥쳤을 때에는 용기를 잃지 말고 맞서 싸우면 이길 수 있음을 말해 준다.

위에 적은 「우렁이 각시」와 「우렁이 색시」에서 우렁이 속에 들어 있던 여인은 용왕의 딸, 또는 옥황상제의 딸이다. 우렁이가 이 세상에 온 용왕이나 옥황상제의 딸이 몸을 의탁하는 동물로 선택된 것은, 우렁이를 '달동물'로 보아 신성시하는 의식이 있었기 때문일 것이다. 우렁이는 딱딱한 껍질과 단단하고 편편한 모자를 둘러쓴 것과 같은 입을 가졌다. 주로 논이나 연못의 진흙이 많은 곳에서 산다. 겨울 동안은 흙 속에 들어가 지내고, 봄이 되면 나와서 기어 다닌다. 껍데기는 달팽이처럼 둥글며, 나사 모양으로 돌아 끝이 뾰족하다. 체내수정(體內受精, 모체 안에서 이루어지는 수정)을 하고, 난태생(卵胎生, 난생동물이지만, 개체가 알이 아니고 유생의 형태로 태어남.)을 한다. 이러한 특성은 달의 속성과 비슷하므로, 달팽이를 달동물로 인식하였을 것이다. 위 이야기는 달팽이를 달동물로 여겨 신성시하는 의식을 바탕으로 만들어졌다.

거지 형제

옛날 어느 마을에 일찍 부모님을 여의고, 거지 노릇을 하는 형제가 살고 있었다. 형은 욕심이 많고, 동생은 마음씨가 곱고 착했다. 형은 동생과 함께 밥을 얻으러 다니는 것이 싫어서, 서로 다른 마을에 가서 밥을 얻어 오자고 하였다. 형은 기와집이 많은 마을로 가면서, 동생에게는 초가집이 많은 마을로 가라고 하였다. 그러나 형은 밥을 얻지 못해 빈손으로 왔다. 동생은 많은 음식을 얻어 가지고 와서, 형에게 먹으라고 하였다.

다음 날, 형은 초가 마을로 가면서, 동생에게 기와집이 많은 마을로 가라고 하였다. 그런데 그 날도 동생은 많은 음식을 얻어 왔으나, 형은 빈손으로 왔다. 형은 화가 나서 동생의 눈을 멀게 한 뒤에 내쫓았다.

동생은 눈이 아프고 보이지 않는데다가, 억울하고 분하여 견딜 수 없었다. 산 속을 헤매던 그는 차라리 죽는 것이 낫겠다는 생각이 들어, 칡덩굴로 목을 매려고 하였다. 그때 숲 속에서 이야기 소리가 들렸다. 그가 가까이 가서 들으니, 도깨비들이 모여서 여러 가지 이야기를 하고 있었다. 도깨비들은 눈 먼 사람이 눈을 뜨게 하는 방법, 사람을 죽게 하는 지네를 물리치는 방법, 수맥(水脈)이 있는 곳, 산삼이 많은 곳에 관해 이야기하였다.

그가 먼저 도깨비들이 눈을 뜨게 하는 샘이 있다고 한 곳으로 가서 보니, 정말 옹달샘이 있었다. 그가 그 옹달샘의 물로 눈을 씻고, 옆에 있는 복숭아나무 잎으로 눈을 문지르니, 정말로 눈이 밝아졌다.

그 다음에 그는 산 아래 마을의 부잣집으로 갔다. 그가 밥 좀 달라고 하니, 머슴이 밥을 가져다주면서, 주인의 외동딸이 죽어 가고 있어 걱정이라고 하였다. 그가 주인을 만나 아기씨의 병을 낫게 하겠다고 하니, 주인은 그의 말을 따르겠다고 하였다. 그는 가마솥에 기름을 끓이게 한 뒤에, 장정 몇을 데리고 지붕으로 올라갔다. 그가 장정을 시켜 기와를 벗기고 살펴보니, 커다란 지네가 있었다. 그 지네를 잡아 기름 가마에 넣어 끓여 죽이니, 주인 딸의 병이 씻은 듯이 나았다. 주인은 좋아서 어쩔 줄 몰라 하며, 그를 사위로 삼았다. 그는 부잣집 사위가 되어 그 집에서 함께 살았다.

그는 마을 사람들이 먹을 물이 모자라 곤란을 겪는 것을 보았다. 그는 도끼비들이 하던 말이 떠올라, 마을 사람들에게 느티나무 밑을 파 보라고 하였다. 그러자 물줄기가 솟아올라, 마을 사람들이 먹을 물 걱정을 하지 않게 되었다.

그는 마을 사람들을 데리고, 도깨비들이 말한 대로, 인적이 드문 산골짜기로 갔다. 거기에는 산삼이 아주 많았다. 그는 마을 사람들과 함께 많은 산삼을 캤다. 그는 산삼을 골고루 나눠 주어, 마을 사람들이 모두 잘 살게 해주었다.

어느 날, 그가 마당에 있는데, 거지 하나가 밥을 얻으러 왔다. 그가 자세히 살펴보니, 바로 자기 형이었다. 그는 형을 안으로 모신 다음, 그동안의 일을 모두 이야기하고 함께 살자고 하였다. 형은 자기 잘못을 뉘우치고, 동생과 함께 잘 살았다. 〈최운식 외, 『한국구전설화집 7』, 민속원, 2002, 125～128쪽〉

위 이야기에서 형은 욕심이 많고 이기적인 데 비하여 동생은 마음씨가 곱고 착하다. 형제가 밥을 빌러 나가면, 동생은 기와집이 많은 부자 마을을 가든, 초가집이 많은 서민마을을 가든, 밥을 얻어 온다. 그러나 형은 어느 마을에서도 밥을 얻어 오지 못한다. 착한 동생의 말이나 행동은 다른 사람의 마음을 움직인 때문이고, 탐욕스런 형은 동냥을 가서도 그대로 나타나 다른 사람의 마음을 움직이지 못한 때문이라 하겠다.

마침내 형은 동생의 눈을 멀게 한 뒤에 내쫓았다. 동생은 억울하고 분하여 자살하려고 죽을 자리를 찾다가 도깨비들의 대화를 듣는다. 그것은 신이한 존재가 착한 동생에게 주는 행운이었다. 그는 죽음의 문턱에서 도깨비의 도움을 받아 시력을 회복한다. 그리고 부잣집 딸의 병을 고쳐주고, 그 집의 사위가 된다.

그는 마을 사람들이 물이 부족하여 고생하는 것을 알고, 이를 해결하려고 노력한다. 이때 그의 머리를 스친 것은 전에 들은 도깨비들의 대화였다. 그는 느티나무 밑에 수맥이 있다던 말을 떠올리고, 그곳을 파게 하여 물 부족 문제를 해결한다. 그리고 사람들을 데리고 산삼이 많이 있다는 곳을 찾아가 산삼을 캔 뒤에, 여러 사람들에게 골고루 나눠 주어, 모두 잘 살게 한다.

이 이야기에서 착한 동생을 돕는 것은 도깨비이다. 도깨비는 동물이나 사람의 형상을 한 잡된 귀신의 하나이다. 신이한 능력을 지니고 있으며, 착한 사람과 악한 사람을 구별하여 상벌을 내리는 부(富)의 신과 같은 존재이다. 이에 관하여는 앞에서 살펴보았으므로, 긴 설명은 생략한다.

의지할 곳 없는 거지가 부잣집 사위가 된 것은 엄청난 행운이다. 그가 이런 행운을 얻게 된 것은 마음씨가 곱고 착하였기 때문이다. 그의 마음씨가 곱고 착한 것은 마을 사람들을 위해 우물을 파고, 산삼을 골고루 나눠 주는 데서 다시 한 번 증명된다. 악한 형은 되는 일이 없어 거지 신세를 면하지 못하고, 동생의 집에까지 밥을 빌려 왔다가 동생을 만난다. 그는 자기의 눈을 멀게 하고, 내쫓기까지 한 형을 용서하고, 함께 산다. 여기에서 동생의 곱고 착한 마음은 절정을 이룬다. 이에 형도 자기의 잘못을 뉘우친다. 이처럼 이 이야기에는 착한 사람은 다른 사람 또는 신이한 존재의 도움을 받아 행복하게 살지만, 악한 사람은 불행에서 벗어날 수 없다는 것을 말해 준다.

우리나라 옛이야기의 구성을 보면, 대개 착한 사람은 복을 받고, 악한 사람은 벌을 받는다. 이것은 옛이야기에 '선의 승리'를 믿는 민중의식이 바탕에 깔려 있기 때문이다. 이런 의식은 한국인만이 아니라, 인류가 보편적으로 지니고 있는 의식이다. 사람들은 선한 사람이 고통을 겪고, 악한 사람이 부와 귀를 누리는 것을 보면서 공분(公憤)을 느끼고, 선의 승리에 대한 열망(熱望)을 갖게 되었다. 그 열망은 그에 대한 믿음으로 변하여 마음속에 간직되었을 것이다.

이와 관련이 있는 성현(聖賢)의 가르침을 살펴보겠다. 공자는 『공자가어(孔子家語)』 「재액편(在厄篇)」에서 "착한 일을 하는 사람은 하늘이 복으로 보답하고, 착하지 못한 일을 하는 사람은 하늘이 재앙으로 갚는다(爲善者 天報之以福 爲不善者 天報之以禍)."고 하였다. 평생을 올바르게 살았지만, 고통을 받는 사람을 볼 때 선행에 대한 보답은 없는 것인가 궁금할 때가 있다. 이에 대해 공자는 사람이 보답하지 않더라도 '하늘'이 반드시 보답한다고 하였다. 여기서 말하는 하늘은 땅위의 푸른 공간이 아니라, 전지전능(全知全能, 어떠한 사물이라도 잘 알고, 모든 일을 다 행할 수 있는 능력)하면서도 인격적인 면모를 갖춘 조물주를 뜻한다. 이런 분이 선악을 분별하여 바르게 심판하여 주신다니, 참으로 든든한 일이다. 『주역(周易)』

「상경(上經)」에서는 곤(坤)을 설명하면서 "착한 일을 쌓는 집에는 반드시 넘치는 경사가 있고, 착하지 않은 일을 쌓는 집안에는 반드시 넘치는 재앙이 있다(積善之家必有餘慶 積不善之家 必有餘殃)."고 하였다.

또 인과응보(因果應報)라는 말이 있다. 선(善)을 행하면 선의 결과가, 악(惡)을 행하면 악의 결과가 반드시 뒤따른다는 말이다. 이것은 불교 윤리의 기본이 되는 사상인데, 한자성어가 되어 널리 쓰인다. 이것은 선행과 악행의 결과가 부처님의 섭리에 따라 자연스레 나타난다는 말이다. 우리는 이러한 말들을 수없이 들으며 살아왔다. 이러한 가르침은 선의 승리에 대한 열망과 믿음을 견고하게 해 주는 기능을 하여 왔을 것이다.

노루가 잡아준 집터

옛날에 남의 집 머슴살이를 하는 총각이 소에 길마(짐을 실으려고 소의 등에 안장처럼 얹는 제구)를 얹어 가지고, 먼 산으로 나무를 하러 갔다. 그가 길마를 내려놓고 나무를 하는데, 노루 한 마리가 급히 달려와 길마 속으로 숨었다. 그는 노루가 포수에게 쫓기는 것을 알고, 윗저고리를 벗어 길마에 걸쳐놓아 노루가 보이지 않게 하였다. 조금 뒤에 포수가 달려와 노루가 달아나는 것을 보았느냐고 물었다. 그가 못 보았다고 하자, 포수는 점을 해 보더니, 노루가 길마재로 갔다면서, 길마재가 어디냐고 물었다. 그가 엉뚱한 곳을 가리키니, 포수는 그쪽으로 달려갔다. 포수가 간 뒤에 노루는 반대 방향으로 뛰어갔다.

그 날 저녁 무렵, 그가 나무를 해 가지고 와서 마당을 쓸고 있는데, 노루가 와서 그의 옷을 물고 끌었다. 그가 노루를 따라 산으로 가서 한 곳에 이르니, 노루가 발로 땅에 무엇을 그리는 시늉을 하였다. 그가 노루에게 "여기에 묘를 쓰라는 것이냐?"고 물으니, 아니라고 하였다. "집을 지으란 말이냐?"고 물으니, 그렇다고 하였다.

이듬해 봄에 그는 새경을 받아 그 자리에 오두막집을 짓고, 짚신을 삼아 팔면서 살았다. 그로부터 몇 달이 지난 어느 날, 젊고 예쁜 여인이 지나다가 갑자기 쏟아지는 비를 피하여 그의 집 처마 밑으로 왔다. 그런데 날이 저물도록 비가 그치지 않으므로, 그 여인은 그의 집에서 저녁밥을 먹고, 하루를 묵게 되었다. 그 여인은 그의 진실하고 부지런한 모습을 보고, 그에게 말했다.

"나는 서울 재상의 딸인데, 혼인한 지 얼마 안 되어 남편이 죽어서 친정에 와서 살았습니다. 그런데 부모님이 청상과부로 사는 제 모습이 보기 싫다고 하시면서, 멀리 가서 마음대로 살라고 하셨습니다. 그래서 지향 없이 다니다가, 여기까지 왔습니다. 내가 당신의 아내가 되어 함께 살면 어떻겠습니까?"

그는 그 여인을 아내로 맞아들이고, 아내가 가져온 돈으로 집을 새로 짓고, 많은 땅을 사서 부자가 되었다. 연년생으로 아들 삼형제를 낳았는데, 그들이 같은 날 과거에 응시하여 모두 급제하였다. 그의 성은 서씨였는데, 그가 이렇게 잘 된 것은 집터가 좋았기 때문이라 하였다. 나라에서는 노루가 잡아 주었다는 그의 집터가 너무 좋아 그대로 두면 안 되겠다고 하여, 그를 다른 곳으로 이사하게 하고, 그 자리를 공원으로 만들었다. 그 공원이 지금 대구에 있는 달성 공원이라고 한다.

〈최운식, 『한국의 민담 2』, 시인사, 1999, 106~109쪽〉

이 이야기에서 총각은 머슴살이를 하면서 주인집의 일을 열심히 하는 부지런한 사람이고, 포수에게 쫓겨 길마 밑에 숨은 노루를 숨겨주는 따뜻한 마음을 가진 사람이다. 그의 근면·성실함과 따스한 마음은 노루의 마음을 감동시켰다. 그래서 노루의 도움으로 집터를 잡아 집을 짓고 살다가, 비를 피해 들어온 재상가의 딸과 혼인하여 잘 산다. 노루는 산속에 살면서 산의 형편과 이치를 잘 아는 동물로, 신이성이 부여된 동물이다. 총각의 근면 성실함과 착한 마음씨를 잘 아는 산신령은 노루를 보내어 그의 사람됨을 한 번 더 시험하였다. 노루가 숨은 길마 위에 옷을 걸쳐 놓아 사냥꾼의 의심을 사지 않고 따돌린 것은, 그가 위급한 상황에 처한 노루를 돕는 따뜻한 마음을 가지고 있으며, 상황에 맞게 행동하는 재치를 가진 사람임을 확인시켜 주었다. 이에 산신령은 노루를 통해 좋은 집터를 잡게 해 주었다. 이 이야기에는 어려움을 당한 이웃을 도와줄 줄 아는 사람, 부지런하고 성실한 사람은 복을 받는다고 하는 의식과 은혜를 입었으면 반드시 갚아야 한다는 의식이 바탕에 깔려 있다.

그가 노루가 잡아준 집터에 집을 짓고, 짚신을 삼아 팔면서 생활하다가 비를 피해 온 재상가의 여인과 인연을 맺은 것은 순전히 집터가 좋았기 때문이다. 그 집터는 즉시 발복(發福, 운이 틔어서 복이 닥침.)할 명당(明堂)이었다. 이 이야기는 집터가 좋으면, 그 집에 사는 사람이 잘 되고, 묏자리가 좋으면 그 후손이 잘 된다는 풍수신앙(風水信仰)이 바탕에 자리 잡고 있다.

'풍수(風水)'는 바람을 갈무리하고, 물을 얻는다는 뜻의 '장풍득수(藏風得水)'를 줄인 말이다. 이를 '감여(堪輿)', '지리(地理)', '지술(地術)' 또는 '풍수지리(風水地理)'라고도 한다. 우주만물의 생성과 발전·변화를 주관하는 큰 기운인 '생기(生氣)'는 바람을 타면 흩어지고, 물을 만나면 멈추게 된다. 그러므로 바람을 막아 갈무리하고, 물을 얻는 데서 생기가 응결(凝結)한다는 뜻에서 '풍수'라는 말이 생겼다.

풍수설은 '생기론(生氣論)'과 '감응론(感應論)'을 근간으로 한다(최운식, 『한국인의 삶과 문화』, 보고사, 2006, 121~123쪽 참조). 인간과 만물의 운명을 지배하는 생기는 바람·구름·비로 나타나기도 하지만, 그 주류는 땅속에 흘러들어서 대지의 만물을 길러주고 있다. 땅의 생육력(生育力)은 토양 자체가 아니라, 땅속을 흐르는 생기의 작용에 의한 것이다. 생기는 사람의 몸속에서 피가 핏줄을 따라 흐르듯이 땅속에서 지맥(地脈)을 따라 흐르고 있는데, 그것에 의해 사물이 생겨난다. 생기가 흐르다가 멈추는 곳이 명당인데, 그 위에 집을 지으면 그 집에 사는 사람이 생기에 감응(感應)되어 발복한다. 그 위에 조상의 뼈를 묻으면 생기가 그 뼈에 작용하여, 그 뼈와 관계가 깊은 자손에게 감응하여 자손이 발복한다. 명당에 집을 지어 발복하는 경우를 '양택풍수(陽宅風水)'라 하고, 묘를 써서 자손이 발복하는 경우를 '음택풍수(陰宅風水)'라 한다. 「노루가 잡아준 집터」에서 머슴살이하던 총각이 노루가 잡아준 집터에 집을 지은 뒤에 발복하였다고 한 것은 양택풍수설에 바탕을 둔 구성이다.

위 이야기에서 길 가다가 총각의 집에서 비를 피한 여인의 정체가 매우 흥미롭다. 그 여인은 재상가의 딸로, 시집간 지 얼마 안 되어 과부가 된 여인이다. 그녀는 재혼을 용납하지 않던 전통사회의 관습에 따라 죽은 남편에 대한 절의(節義)를 지키며 평생을 혼자 살아야 할 운명이었다. 자녀도 없이 혼자 살아야 하는 수절 과부의 슬픔과 고통은 너무 커서 말로 다 표현할 수 없을 지경이다. 청상과부로 친정살이를 하고 있는 딸을 보며 마음 아파하던 그녀의 아버지는, 그녀를 멀리 떠나보내며 새 삶을 찾으라고 한다. 아버지는 그녀가 병으로 죽었다고 하고는, 장례를 치른다. 이러한 아버지의 행동은 양반가에서는 재혼할 수 없다는 비인간적인 관습을 깨뜨리려는 적극적 행동은 아니다. 그러나 딸로 하여금 자결하거나 수절해야 하는 고통에서 벗어나 새 삶을 찾게 한, 진보적인 결정임에는 틀림이 없다.

청상과부가 된 양반가의 여인을 아버지나 오라버니가 멀리 떠나보내어 새 삶을 찾게 하는 이야기는 많이 있다. 위 이야기처럼 젊은 여인을 무작정 떠나보내어 자기의 삶을 개척하게 하는 이야기도 있고, 똑똑하고 성정(性情)이 바른 평민 또는 하인과 짝을 지어 떠나보내는 이야기도 있다. 이런 일이 조선 시대 양반가에서 실제로 많이 있던 일인지, 아니면 꾸며낸 이야기 속의 사건 구성인지는 확실히 알 수 없다. 그러나 사실일 개연성(蓋然性, 절대적으로 확실하지 않으나 아마 그럴 것이라고 생각되는 성질)이 있는 이야기여서 간과(看過)할 수 없다.

소가 맺어준 연분

옛날에 어떤 사람이 동네 친구들과 놀음을 하다가 돈을 모두 잃었다. 그가 과부로 사는 형수에게 가서 돈을 꿔 달라고 하니, 형수는 자기와 동침하면 돈을 주겠다고 하였다. 그는 형수의 유혹을 물리치고 나와서, 자녀도 없이 수절하고 있는 형수의 딱한 처지를 생각하였다. 그는 형수를 개가시키려고 마음먹고, 젊고 착실한 동네 머슴을 형수 집으로 보내며, 형수가 하자는 대로 하라고 일렀다.

시동생에게 거절을 당한 형수는 같은 동네에서 시동생과 살 수 없음을 알고, 마을을 떠나려고 마음먹고 짐을 꾸리고 있었다. 그때 마침 젊은 총각 머슴이 찾아오자, 그녀는 많은 돈을 가지고 같이 떠나자고 하였다. 머슴은 시동생의 부탁을 받은 바가 있으므로, 쾌히 승낙하였다.

머슴은 그녀를 소에 태우고, 많은 돈이 든 자루를 소의 등에 얹었다. 그리고 "친구에게 작별 인사를 하고 올 터이니, 잠깐 소고삐를 잡고 있으시오." 하고, 작별 인사를 하러 갔다. 그 사이에 소가 멀리서 보이는 불빛을 따라 걸어가는데, 그녀는 소가 가는 대로 두었다. 머슴이 그 자리에 다시 와 보니 소와 그녀가 보이지 않았다.

밤새 걸은 소는 날이 밝을 무렵에 한 농가 앞에 이르러 울었다. 그 집

주인이 소의 울음소리를 듣고 달려 나와 보니, 얼마 전에 자기가 팔은 어미 소였다. 그 집 주인은 상처(喪妻)한 뒤에 빚을 갚기 위해 그 소를 팔은 터였다. 집 안에 있던 송아지도 어미 소의 울음소리를 듣고 달려 나와 반겼다. 두 사람은 소가 맺어준 연분으로 알고, 같이 잘 살았다.

〈최운식 외, 『한국구전설화집 6』, 민속원, 2002, 403~405쪽〉

이 이야기에서 독수공방(獨守空房, 여자가 남편 없이 혼자 지내는 것)하던 형수는 노름하다가 돈을 잃고 돈을 꾸러 온 시동생의 약점을 구실로, 통정할 것을 요구한다. 이것은 그녀의 고독이 절정에 이르렀음을 말해 준다. 시동생은 형수의 의중을 알아차리고, 형수를 젊고 착실한 머슴과 짝지어 멀리 보내려고 하였다. 돈이 많은 형수는 머슴과 먼 지방으로 가서 잘 살 수 있을 것이라는 계산이었다. 그러나 머슴이 여인과 돈을 소에 태워놓고, 고향 친구에게 작별 인사를 하러 간 사이에 소는 쉬지 않고 걸었다. 소가 자기를 길러서 판 옛 주인의 집으로 감으로써 소에 타고 있던 과부는, 그 집 홀아비와 인연을 맺게 되었다. 소가 새 주인과 옛 주인이 인연을 맺도록 도와준 것이다. 머슴은 부잣집 과부와 인연이 닿지 않았던 모양이다.

소는 예로부터 우리 민족과 깊은 관계를 맺어 왔다. 『삼국지(三國志)』 「위지동이전(魏志東夷傳)」을 보면, 부여에서는 소를 비롯한 가축들을 기르고, 이를 관직의 이름으로 썼다고 한다. 그리고 나라에 큰일이 있을 때에는 소를 잡아 하늘에 제사를 지내고, 발굽의 상태를 보아 점을 쳤다고 한다. 이것은 아주 오랜 옛날부터 소를 길렀고, 소를 신성시하였음을 알 수 있게 해준다.

소는 힘이 세면서도 온순하고, 일을 잘 하여 농경생활과 관련이 깊다. 소의 뿔은 반달의 모양이므로, 달처럼 생산력(生産力)을 지닌 것으로 보아 신성시하였다. 입춘에 나무나 흙으로 만든 소[木牛, 土牛]를 가지고 밭 가는 놀이를 하고, 소먹이놀이나 소놀이굿을 하는 것은 이러한 관념에서 나온 것이라 하겠다. 소를 신성시하던 관념은 후대로 내려오면서 차츰 약화되기는 하였지만, 소를 사랑하고 아끼며, 함부로 대하지 않고, 영물시(靈物視)하거나, 조상의 환신(還身, 환생한 몸)으로 보는 관념은 최근까지도 이어지고 있다.

소는 주인을 위하여 열심히 일할 뿐만 아니라, 용기와 의리를 지니고 있다. 소의 용기와 의리에 관한 이야기는 많이 있지만, 경북 구미의 「의우총(義牛塚)」 이야기만 간단히 살펴보겠다.

호랑이와 싸워 주인을 살린 소

경북 구미시 산동면 인덕리 문수마을에 소의 용기와 의리를 기리는 의우총이 있다. 이곳은 지금은 도로변이지만, 전에는 아주 깊은 두메였다.

조선 시대에 이 마을에 사는 김기년이라는 농부가 이른 새벽에 암소를 몰아 산 밑에 있는 밭을 갈았다. 그런데 난데없이 호랑이가 나타나 소에게 달려들었다. 그가 작대기를 가지고 호랑이를 막으니까, 호랑이가 그에게 달려들었다. 이를 본 소가 달려들어 싸워 호랑이를 죽이고, 주인을 구하였다. 그는 많은 상처를 입었지만, 소는 아무런 상처도 입지 않았다.

그는 호랑이에게 입은 상처를 치료받다가 죽었다. 그는 죽기 전에 아들에게 유언을 하였다.

"내가 호랑이의 밥이 되지 않고 살아온 것은 소의 덕분이다. 내가 죽은 뒤에 소를 잡아먹지 말고, 내 무덤 옆에 묻어다오."

그가 살아 있는 동안 소는 전과 다름없이 밭도 갈고, 논도 갈면서 부지런히 일하였다. 그런데 그가 죽고 나니, 소가 그의 무덤 앞에 와서 슬픈 눈물을

홀리면서 울부짖다가 그만 죽었다. 그래서 소를 그 옆에 묻고, '의우총'이라
하였다. <최운식, 『함께 떠나는 이야기 여행』, 민속원, 2004, 68~74쪽>

이 이야기에서 착하고 순하여 부지런히 일만 하던 소는, 자기를 구하
려고 호랑이에게 달려들었다가 위험에 처한 주인을 구하기 위해 호랑
이와 용감하게 싸워 주인을 구하였다. 소는 주인이 호랑이와 싸울 때
입은 상처로 죽게 되자, 따라 죽음으로써 주인에 대한 의리를 지켰다.

의우총은 무덤만 있었고, 의우의 행적은 구전되어 왔다. 그런데 1630
년 선산 부사로 부임한 조찬한(趙纘韓)이 「의우기(義牛記)」를 짓고, 화공
을 시켜 8폭의 「의우도(義牛圖)」를 그리게 하였다. 그것을 그가 편찬한
『의열도(義烈圖)』에 넣음으로써 잊히지 않고, 전해 오게 되었다. 조찬한
부사는 「의우도」 서(序)에서 "이 짐승은 겉모습은 소이지만, 그 속은
충의의 선비와 같다."고 하였다. 당시에 화공이 그린 8폭의 의우도는
지금 대리석에 조각되어 의우총 뒤에 붙어 있다.

구미시 선주동에는 또 다른 의우총이 있다(최운식, 『함께 떠나는 이야기
여행』, 민속원, 2004, 77쪽). 그 마을에 사는 과부가 어미 잃은 송아지를
정성껏 길러 큰 황소가 되었다. 그 집에서는 황소를 먹일 수 없어, 장에
가서 팔았다. 몇 년 후 소를 정성껏 길러 판 노파가 죽었다. 그 날부터
황소는 먹이를 먹지 않고 울더니, 노파의 무덤으로 달려가 울다가 죽었
다. 마을 사람들은 그 소의 무덤을 만들고, 뒤에 의우비를 세웠다. 이
이야기에서 소는 어미 잃은 자기를 정성으로 길러 준 옛 주인의 은혜를
잊지 않고 있다가, 옛 주인이 죽자 따라 죽었다. 옛 주인에 대한 의리를
지켰다는 점에서 산동면 인덕리의 의로운 소와 다를 바 없다.

현대인의 합리적 사고에서 보면, 소가 호랑이와 싸우고, 의리를 지

키기 위해 주인을 따라 죽은 것을 허무맹랑한 이야기로 생각하기 쉽다. 그러나 소를 영물(靈物)로 생각하던 옛사람의 관점에서 보면, 이것은 아주 자연스러운 일이라 하겠다. 이러한 의식이 바탕에 깔려 있기 때문에 「소가 맺어준 연분」의 과부와 홀아비는 소가 맺어준 인연을 하늘이 맺어준 인연이라 생각하고, 그대로 받아들였다. 이와 비슷한 이야기는 많이 있다.

인연(人緣)과 천연(天緣)

옛날에 어떤 청년이 장가가서 혼례를 올리고, 신방에 들기 전에 뒷간에 갔다가 호랑이에게 업혀 갔다. 그는 호랑이 등에 업힌 채 정신을 잃었는데, 호랑이는 그를 어느 집 후원에다가 내려놓았다. 그 집 딸이 밖에서 들어오다가 후원에 누워 있는 그를 보고서, 사촌오빠가 술에 취해 누워 있는 것으로 알고 자기 방으로 데려다 눕혔다.

날이 밝을 무렵에 그 집 처녀가 보니, 방에 있는 사람은 사촌오빠가 아니라 낯선 남자였다. 그도 정신을 차려 보니, 낯선 처녀의 방이었다. 그는 자기가 호랑이 등에 업혀온 이야기를 하고, 그 처녀와 인연을 맺었다. 그가 먼저 혼례를 올린 집으로 가서 사정 이야기를 하니, 그 집에서는 죽은 줄 알았던 사위가 살아왔다며 반겼다.

그와 인연을 맺은 두 여인은 누가 본처인가를 다투게 되었다. 한쪽은 먼저 혼례를 올렸으니 자기가 본처라고 하고, 다른 한쪽은 먼저 합궁(合宮)하였으니 자기가 본처라고 주장하였다. 양가에서는 원님에게 송사(訟事)하였으나, 원님은 판결을 내리지 못한 채 차일피일 미루다가 과만(瓜滿, 벼슬의 임기가 끝남.)하여 떠났다.

새로 부임한 16세의 원님은 사건의 진상을 파악한 뒤에 이렇게 판결하였다.

"騎馬成婚(기마성혼, 말을 타고서 혼인한 것)은 인연(人緣)이오, 騎虎成婚(기

호성혼, 호랑이를 타고서 혼인한 짓)은 친연(天緣)이라. 천연은 인연에 우선하
는 것이니, 호랑이를 타고 가서 맺은 색시가 본부인이 된다."

〈최운식, 『한국의 민담 2』, 시인사, 1999, 140~143쪽〉

이 이야기는 호랑이가 사람들의 삶에 직·간접적으로 많은 영향을
끼치던 시기를 배경으로 하였다. 장가가서 혼례를 올리고 신방에 들기
전에 뒷간에 갔던 신랑은 호랑이에게 업혀가 엉뚱한 집 처녀와 인연을
맺은 뒤에, 혼례를 치른 처가에 나타나 지난 일을 이야기한다. 그 집에
서는 첫날밤을 지내기도 전에 행방불명이 되었던 신랑이 나타나니, 크
게 반겼다.

두 여인은 한 남편을 섬기는 것을 운명으로 받아들이겠다고 하면서
도, 누가 본부인인가를 가리고 싶었다. 그래서 원님에게 송사하였다.
나이든 원님은 이를 판결하지 못하고 떠나고, 새로 부임한 16세의 원님
은 명쾌한 판결을 내린다. 말을 타고 가서 맺은 인연(因緣)은 사람이
매어준 인연(人緣)이고, 호랑이를 타고 가서 맺은 인연은 하늘이 맺어준
천연(天緣)이다. 천연은 인연에 우선하니, 호랑이가 맺어준 인연이 더
중하다고 판결한다. 이러한 판결을 내린 원님의 나이를 16세라고 한
것은 매우 흥미롭다. 16세는 지혜가 번득이는 나이, 세상의 때가 묻지
않은 나이를 뜻한다. 따라서 16세의 원님은 경력은 짧으나, 지혜가 넘쳐
바르고 현명한 판단을 내릴 수 있는 원님이란 의미를 내포하고 있다.

원님이 호랑이가 맺어준 인연을 중시하는 판결을 내린 배경은 무엇일
까? 호랑이는 우리 민족의 건국신화인 「단군신화」에서부터 등장한다.
설화나 민화(民畵) 속에서 호랑이는 무서운 호랑이, 익살스런 호랑이,
정이 철철 넘치는 호랑이, 신이한 호랑이로 나타난다. 신이한 호랑이는

산신, 또는 산신의 사자(使者)로 나타나기도 하고, 구체적인 설명 없이 신이한 존재로 나타나기도 한다.

호랑이가 신이한 존재로 나타나는 경우로는 먼저 『고려사』 「세계(世系)」에 실려 있는 고려 태조 왕건의 선조인 호경(虎景) 이야기를 꼽을 수 있다. 호경이 친구들과 사냥을 갔다가 날이 저물어 굴 안에서 밤을 지내게 되었다. 그런데 밤중에 커다란 호랑이가 굴 앞에 와서 사람들을 노려보며 으르렁거렸다. 겁에 질린 사람들은, 한 사람이 굴 밖으로 나가 호랑이의 밥이 됨으로써 여러 사람이 호랑이에게 해를 당하지 않도록 하자고 하였다. 그 의견에 모두 찬동하였으나, 누가 굴 밖으로 나갈 것인가를 정할 수가 없었다. 그래서 굴 안에 있는 사람이 각각 겉옷을 벗어 던져서 호랑이가 무는 옷의 임자가 나가기로 하였다. 모든 사람이 웃옷을 벗어 던지니, 호랑이가 호경의 옷을 물었다.

호경이 굴 밖으로 나가자, 호랑이는 간 곳이 없었다. 잠시 후에 굴이 무너져 굴 안에 있던 사람이 모두 죽었다. 호경은 마을 사람들과 함께 죽은 사람들을 장사하고, 산신에게 제사를 지냈다. 그때, 갑자기 불이 꺼지더니, 큰 소리가 들렸다. "나는 이 산을 다스리는 산신령이오. 호경을 굴 안에서 구해낸 것도 나였소. 나는 혼자 지내기가 외로워 호경과 부부의 인연을 맺고자 데려 가니, 그리 아시오." 사람들이 다시 불을 밝히고 보니, 호경은 간 곳이 없었다. 이것은 산신령이 호랑이의 모습으로 나타난 예이다.

「효녀와 산신령」(최운식, 『한국의 민담 2』, 시인사, 1999, 197~200쪽) 이야기에서도 산신령이 호랑이의 모습으로 나타나, 눈 속에서 병든 어머니께 드릴 잉어를 찾는 소녀에게 잉어를 잡아 준다. 고소설 「전우치전」에서는 전우치가 친구를 위해 과부를 훼절(毁節, 절개나 지조를 깨뜨림.) 시키려 하자, 호랑이가 니다나 전우치를 꾸짖는나. 이 호랑이는 신이한 존재로서, 저승사자인 강림의 화신이다. 고소설 「장화홍련전」에서 계모의 아들 장쇠는 장화를 재촉하여 물에 빠지게 하고, 돌아오는 길에 호랑이에게 물려 죽는다. 이때의 호랑이는 신이한 존재로서 징벌자 역할을 하고 있다. 이러한 이야기에는 호랑이를 신성한 존재로 보고, 신앙의 대상으로 삼으려는 민중의 의식이 반영되어 있다. 위 이야기에서 발랄한 16세 원님이 이러한 판결을 내린 배경에는 호랑이를 신이한 존재로 보는 한국인의 의식이 밑받침되어 있다.

두 공주를 아내로 맞이할 꿈

옛날에 일찍 부모를 여읜 한 소년이 대감 집에 몸을 의탁하고, 잔심부름을 하며 어깨너머로 글공부를 하였다. 몇 년 뒤, 대감의 아들이 과거에 급제하고 지방 고을 수령으로 나가게 되었다. 그는 젊은 원을 따라가서 원의 어린 아들을 돌보게 되었다.

어느 더운 여름날, 그는 고목나무 그늘에 있는 평상에 어린아이를 재우고 옆에 누워 있다가 깜박 잠이 들었다. 그때, 그는 청룡과 황룡을 타고 하늘로 올라가는 꿈을 꾸었다. 잠에서 깬 그는 크게 기뻐하며 혼자 중얼거렸다.
"참 좋은 꿈이다. 이 꿈이 실현되면 얼마나 좋을까! 이 꿈이 실현되도록 해야지."

그때, 대청에 앉아 이 모습을 지켜본 원은 그를 불러, "무슨 꿈을 꾸었기에 그리 좋아하느냐?"고 물었다. 그는 '좋은 꿈을 누구에게 말하면, 그 꿈의 효과가 없어진다.'는 말을 들은 적이 있기에, 아무 꿈도 꾸지 않았다고 하였다. 원은 그가 바른 대로 말하지 않는 것이 괘씸하여 옥에 가두고, 며칠날까지 말하지 않으면 죽이겠다고 하였다. 그는 옥에 갇혀 있으면서도 꿈이 실현될 날이 올 것이라고 믿었다.

어느 날, 그가 있는 옥 안으로 생쥐 한 마리가 들어왔다. 그는 둘레에 아무 것도 없었으므로, 손바닥으로 생쥐를 때려잡았다. 조금 뒤에 생쥐 한 마리가 또 들어오자, 그는 다시 생쥐를 죽였다. 그 뒤에도 생쥐가 이어서 들어왔는데, 그는 들어오는 대로 죽였다. 얼마 뒤에는 큰 쥐 한 마리가 들어와서 생쥐들이 죽어 있는 모습을 보고 나가더니, 작은 자막대기 하나를 가지고 왔다. 큰 쥐가 자막대기로 죽은 생쥐의 몸을 이리저리 재면서 문지르니, 죽었던 생쥐가 살아나 밖으로 나갔다. 죽은 쥐를 모두 살리는 것을 본 그는 큰 쥐를 쫓고, 그 자막대기를 손에 넣었다.

며칠 후, 원님 앞에 불려간 그는 이렇게 말했다.

"제가 혼자 기뻐하며 좋아한 것은 길에서 이 자막대기를 주웠기 때문입니다."

원이 그 자[尺]를 받아서 살펴보니 별 것이 아니었으므로, 그를 방면하였다.

원의 집에서 나온 그는 서울로 가서 이리저리 떠돌다가 공주가 급사하였다는 말을 들었다. 그는 대궐로 가서, 자기가 죽은 공주를 살릴 수 있다고 하였다. 그는 공주의 시신이 있는 방으로 가서 다른 사람을 모두 내보내고, 자막대기로 공주의 몸을 이리저리 재며 문지르니, 공주가 살아났다. 임금님은 크게 기뻐하고 치하한 뒤에, 그를 공주와 혼인하게 하였다.

얼마 뒤에 중국 천자의 딸이 죽자, 왕은 그에게 중국으로 가서 중국 공주를 살리라고 하였다. 그는 자를 가지고 중국으로 가서 죽은 공주를 살렸다. 중국 천자는 공주를 그와 혼인시켰다. 그는 두 공주와 함께 행복하게 살았다.

어느 날, 중국 공주는 금대야에 물을 떠 가지고 와서 오른쪽 발을 씻어주고, 조선 공주는 은대야에 물을 떠 가지고 와서 왼쪽 발을 씻어주었다. 그때, 그는 청룡과 황룡을 타고 하늘로 오르는 꿈을 꾸던 때의 기분을 다시 느꼈다.

〈조희웅, 『한국구비문학대계 1-4』, 한국정신문화연구원, 1981, 88~91쪽〉

위 이야기에서 소년은 대감 집에서 잔심부름을 하며 사는 가난뱅이이다. 그는 대감 아들의 시중을 들면서 어깨너머로 열심히 공부하는 부지런함과 학구열을 지닌 소년이었다. 그는 어깨너머로나마 열심히 공부하였기 때문에 세상살이에 대한 기본적인 지식과 교양을 갖추었다. 그는 나이가 들어 고을 원이 된 대감 아들을 따라가서 원의 어린아이를 돌보며 지내는 볼품없는 삶을 살지만, 자기의 앞날에 대한 생각을 많이 하였다. 그가 청룡과 황룡을 타고 하늘로 올라가는 꿈을 꾼 것은 이러한 생각을 반영한 것이다. 그는 꿈을 꾸고 기뻐하면서, 즐겁고 보람 있는 삶에 대한 꿈을 간직하고, 이의 실현을 다짐하였다. 그의 상전인 원은 그가 기뻐하는 모습을 보고, 이유를 물었다. 그는 좋은 꿈의 내용을 남에게 말하면 영험성이 떨어진다는 말이 생각나서 바로 고하지 않았다. 그 일로 그는 옥에 갇히고 말았다. 기쁜 표정을 지은 이유를 바로 말하지 않은 것을 문제 삼는 상전의 횡포가 정도를 벗어났다.

그러나 꿈 실현의 전조(前兆)가 되는 사건이 바로 그 옥에서 일어난다. 그는 옥에서 쥐를 통해 죽은 목숨을 살리는 영검한 자를 얻는다. 그는 그 자를 가지고 서울에 가서 공주를 살리고, 조선 왕의 부마가 된다. 그의 행운은 여기서 그치지 않는다. 중국 황제가 급사한 공주를 살리고자 조선에 도움을 청하고, 왕은 자기의 딸을 살린 그를 중국으로 보낸다. 그는 중국에 가서 황제의 딸을 살리고, 중국 황제의 부마가 된다.

이 이야기의 주인공은 힘들고 어려운 상황을 참고 견디며, 역경을 이겨낼 실력을 기르고, 때를 기다렸다. 그러자 자기도 알지 못하는 곳에서 행운의 손길이 뻗쳐와 조선 왕의 부마가 되고, 이어서 중국 황제의 부마가 되었다. 이 이야기는 미래에 대한 높은 꿈을 가지고, 당면한 시련을 참고 견디면서, 그 꿈의 실현을 위해 노력하면, 그 꿈은 반드시 이루어진다는 것을 일깨워주고 있다.

주인공에게 죽은 사람을 살리는 신통한 자를 가져다주는 쥐는 어떠한 존재인가? 함경남도 함흥지역에서 큰 굿을 할 때 부르는 무가(巫歌)인 「창세가(創世歌)」(최운식 외, 『한국의 신화』, 시인사, 1988, 211쪽)에서 쥐는 불과 물의 근원을 알려주는 신이한 존재이다. 하늘과 땅이 생길 적에 나신 미륵님이 불과 물의 근원을 몰라 생식(生食)을 하였다. 미륵님이 생쥐에게 불과 물의 근원을 물으니, 생쥐는 "금덩산에 들어가서 한쪽엔 차돌을 들고, 한쪽엔 시우쇠를 들고 툭툭 치니 불이 일어났고요, 소하산에 들어가니 샘물이 솔솔 나오는 물의 근본이 있었지요." 하고 대답한다. 이렇게 하여 미륵님이 불과 물의 근원을 안 후에 인간을 점지하였다. 그 상으로 쥐는 천하의 뒤주를 차지하였다고 한다.

황해도 서흥(瑞興)의 「서도신사(鼠島神祀)」 전설은 쥐가 신앙의 대상이었음을 보여준다(『한국문화상징사전 1』, 동아출판사, 1992, 538쪽). 옛날 서흥에 외적이 침입하였다. 그때 한 승려가 흰 쥐로 변해 외적의 진으로 들어가 활과 화살을 모두 쏠아 적을 패주하게 하였다. 그러나 쥐로 변신한 승려는 곧장 나장산(羅帳山) 암혈로 들어가 죽었다. 이에 사람들은 그를 서도의 신으로 삼아 제사하였다고 한다.

이처럼 쥐는 신이한 존재로 신앙의 대상이었고, 다산(多産)의 동물이어서 다산의 상징이었다. 쥐에 대한 이러한 의식이 있었기에 옛이야기의 향유층은 쥐를 남의 것을 훔치는 부정적인 의미보다는 죽은 목숨을 살리는 신통한 자를 가지고 있는 신이한 동물로 표현한 것이다.

라. 재혼

한 번 혼인하였다가 홀로된 사람의 재혼은 생활 형편이 좋은 양반이나 평민에게는 그리 어려운 일이 아니었다. 그러나 여러 가지 정황

으로 재혼이 어려운 사람도 있었다. 이러한 사람의 재혼은 둘레 사람
이 책략을 쓰거나, 신이한 존재의 도움이 있어야 가능하였다.

시아버지 장가들인 며느리

옛날에 한 퇴위재상(退位宰相)이 아내를 여의고, 늦게 둔 외아들을 장가들
여 함께 살았다. 그런데 아들이 대를 이을 아이를 낳기도 전에 갑자기 병을
얻어 죽었다. 대감은 며느리에게 좋은 자리가 있거든 언제든지 재혼하라고
하였다. 이 말을 들은 며느리는, 아버님을 홀로 남겨두고 떠나는 일은 없을
것이라고 하였다.

어느 날 밤, 그녀는 시아버지의 방에 들어가, 시아버지의 허리춤에 손을
넣어 정력(精力)이 살아있음을 확인한다. 그녀는 시아버지를 재혼시키기로
마음먹고, 재혼시킬 방법을 여러 가지로 궁리하였다. 그녀는 과년한 아들·딸
과 함께 사는 이웃마을의 숯쟁이 노인을 찾아가서 말했다.

"제가 재혼을 하려고 하는데, 홀로 계신 시아버님을 모실 사람이 없어
걱정입니다. 댁의 따님을 저의 아버님과 혼인하게 해 주시면, 제가 댁의
아드님과 혼인하여 살겠습니다."

이 말을 들은 노인은 천한 신분과 가난 때문에 혼인을 못한 채 나이만
늘어가는 아들과 딸의 혼인 문제가 해결되고, 대감의 호의로 재산을 얻을
수 있을 것이라는 생각에서 이 제안을 받아들이기로 하였다.

노인은 그녀와 약속한 날에 딸을 그녀의 집으로 보냈다. 그녀는 노인의
딸을 목욕시키고, 곱게 단장시킨 뒤에, 시아버지의 방에 들어가서 취할 행동
을 자세히 알려준 뒤에 안방에서 기다리게 하였다. 그녀는 잘 차린 주안상을
들고 대감의 방으로 들어가 약주를 권하여 술에 취하게 한 뒤에, 처녀를
방으로 들여보냈다. 시아버지는 그 여인을 받아들여 즐거운 밤을 지냈다.

젊은 여인을 맞이한 대감은 즐거운 하루하루를 보냈다. 그녀는 그 여인
을 시어머니로 깍듯이 모셨다. 그리고 시아버지를 설득하여 노인에게 좋

은 논과 밭을 떼어주어 잘 살게 해 주었다. 노인이 그녀에게 약속대로 아들과 혼인하라고 하자, 그녀가 노인에게 말했다.

"어르신의 따님이 우리 시아버님 부인으로 들어왔으니, 어르신은 내 외할 아버지요, 아드님은 내 외삼촌입니다. 제가 어찌 시외숙과 혼인하여 살겠습니까? 제가 잠깐 잘못 생각하여 그랬습니다. 이제 댁의 생활 형편이 좋아졌으니, 아드님은 좋은 혼처를 구하여 장가보내심이 좋을 듯합니다." 노인은 그녀의 말대로 아들을 다른 여인과 혼인하게 하였다.

새로 맞이한 젊은 시어머니는 곧바로 태기가 있어 첫 아들을 낳고, 얼마 안 있어 둘째 아들을 낳았다. 그로부터 20여 년의 세월이 흐르고 보니, 20이 넘은 시동생 둘도 장가를 들어 각각 아들을 낳았다.

어느 날, 그녀는 온 가족이 모인 자리에서 장조카를 양자로 달라고 하였다. 가족들은 그녀의 말에 모두 찬성하였다. 그녀는 시아버지와 새시어머니를 지성으로 모시고, 양자의 효도를 받으며 잘 살았다.

〈최운식, 『한국구전설화집 5』, 민속원, 2002, 599~603쪽〉

이 이야기에서 외아들의 죽음을 맞이한 대감과 청상과부가 된 며느리의 심정은 말로 표현할 수 없을 만큼 슬프고, 아팠을 것이다. 대감이 오랫동안 식음을 전폐하고 누워있자, 청상과부가 된 며느리는 "아버님이 이러고 계시면 저는 어찌하란 말입니까? 마음을 다잡고 기운을 차리십시오."라고 한다. 이 말을 들은 대감은 억지로 마음을 다잡고, 몸을 추슬렀다. 대감은 사회통념상 양반가의 며느리는 개가할 수 없다는 것을 알면서도, 며느리에게 "수절할 명분도, 희망도 없으니 개가하라."고 한다. 며느리는 그런 일은 없을 거라면서, 시아버지를 지성으로 봉양한다.

이 이야기에서 며느리는 아주 지혜롭고, 책략이 뛰어난 여인이다. 양반의 딸로 태어나 양반가의 며느리가 된 그녀는 자기가 개가하는 일도 쉽지 않은데다가, 개가하였을 때 양가가 받을 비난과 가문의 위신 추락을 감당하기 어려웠다. 그래서 그녀는 시아버지를 재혼시키기로 결심한다. 그러기 위해서는 먼저 시아버지의 정력을 확인해야 했다. 그녀는 시아버지의 방에 들어가 누워 있는 대감의 허리 밑으로 손을 넣어 시아버지의 성기가 힘 있게 일어서는 것을 확인한다. 무리한 일이기는 하지만, 정확한 방법을 택한 것이다. 그녀는 시아버지를 재혼시킬 결심을 하고, 이를 실천에 옮긴다.

그녀는 하인처럼 부리는 숯구이노인을 찾아가 "노인장의 딸을 시아버지의 후실로 보내면, 제가 노인장의 며느리가 되겠습니다."하고 말한다. 과년한 아들과 딸을 둔 노인은 아들과 딸의 혼인 문제도 해결하고, 대감의 호의로 논밭을 얻으면 생활 형편이 나아질 것이라 생각하여, 그녀의 제안을 받아들인다. 그녀는 노인의 딸을 단장시켜 할 일을 이른 뒤에, 주안상을 차려 가지고 시아버지 방에 들어가 술을 권한다. 며칠 전에 자기의 허리춤에 손을 넣었던 며느리가, 주안상을 들고 들어와 술을 권하는 것을 본 대감은 소스라치게 놀란다. 대감은 며느리의 행동을 두고 보겠다는 생각에서 권하는 대로 술을 마셨다. 대감은 몹시 취했지만, 긴장의 끈을 놓지 않고 누워 있으니, 며느리가 나간 뒤에 노인의 딸이 들어왔다. 대감은 며느리의 뜻을 알아차리고, 고맙게 받아들였다. 며칠 뒤 며느리는 시아버지와 젊은 새시어머니의 혼인예식을 조촐하게 올렸다. 며느리의 권유를 받은 대감은 노인에게 많은 재산을 나눠주었다.

그녀는 노인을 찾아가 이제 "노인장은 나의 외할아버지이고, 아드님은 나의 외삼촌이 되었습니다. 내가 외삼촌과 혼인할 수는 없지 않습니까?"라고 하여 자기가 전에 한 말을 취소할 수밖에 없음을 말한다. 그리고 "이제는 살림 형편이 나아졌으니, 좋은 혼처가 있을 것입니다." 하고, 다른 혼처를 구하도록 설득한다. 이처럼 그녀는 가능성 있는 대안을 제시하여 일을 해결한다.

며느리는 새시어머니를 정성껏 모시면서 새시어머니가 낳은 두 아들, 즉 시동생 둘을 잘 보살피면서 시동생이 장성하여 다시 아들 낳기를 기다린다. 20여 년이 걸린 긴 기다림이다. 그래서 첫째 시동생이 낳은 아들, 즉 장조카를 양자로 받아들여 잘 길러 효도를 받으며 살았다. 그녀는 양반의 딸은 개가하면 안 되고, 양자는 같은 씨족 중 조카뻘 되는 항렬에서 골라야 한다는 사회적 관습을 지켰다. 두 가지 관습을 지키기 위한 그녀의 책략과 기다림이 참으로 놀랍다.

자살하려다 새장가간 사람

옛날에 가난한 선비가 살림살이는 돌보지 않고 글만 읽었다. 그의 아내는 남편을 원망하지 않고, 남의 집 일을 해 주기도 하고, 바느질품을 팔면서 근근이 살았다. 선비는 살아갈 방도를 찾아보려고 집을 떠나 며칠을 돌아다녀 보았으나, 가난을 면할 길이 없었다.

다시 집으로 돌아온 그는 자기의 무력함을 비관하여 죽을 결심을 하고, 질긴 끈 한 발을 가지고 산으로 올라갔다. 그가 고목나무에 올라가 끈을 걸고 목을 매려고 하는데, 어떤 사람들이 횃불을 들고 오더니, 그 나무 아래에 떡시루를 놓고 고사를 지냈다. 그는 자기가 지금 죽으면, 고사 지내는 것에 방해가 될 것 같아서 죽지 않고 내려왔다. 그가 가만히 보니, 젊고 예쁜 여인이 좋은 남편감을 구해 달라고 빌고 있었다.

빌기를 마친 여인은 그를 보자, 신령님이 보내주신 인연이라며 반가워하였다. 그녀는 그가 공부도 많이 하였고, 외모도 멋진 사람이므로, 마음에 들었다. 그녀는 돈은 많으나 남편이 없어, 반듯한 남편 만나기를 기도한 사람이니, 함께 살자고 하였다. 그가 좋다고 하니, 그 여인은 그를 자기 집으로 데리고 가서 함께 살았다.

그 여인은 그와 함께 그 사람의 집으로 가서 그의 본부인을 모셔다가 함께 살았다. 본 부인은 죽은 줄 알았던 남편을 만나 함께 잘 살았다.

〈최운식 외, 『한국구전설화집 6』, 민속원, 2002, 422~424쪽〉

이 이야기에서 선비는 글공부는 많이 하였으나, 생활면에서 무능하여 가난을 면할 길이 없음을 비관하여 죽을 결심을 한다. 그가 산속에 있는 고목에 올라가 목을 매려고 할 때 한 여인이 떡시루를 이고, 그 나무 밑에 와서 고사를 지낸다. 그는 고사 지내는 여인의 정성에 방해가 될 것이라는 생각에서, 나무에 목을 매는 것을 단념하고 내려와서 그 여인을 만난다. 그 여인은 재산은 많으나 남편 없는 것이 한스러워 고목 밑에 와서 정성스레 기도하였다. 이것은 고목에는 신이 있으므로, 목신(木神)에게 기도하면 소원을 이룰 수 있다고 믿는 민간신앙에 의한 것이다.

가난한 선비가 목을 매어 죽으려고 하였던 고목은 신령스러운 나무였던 것 같다. 목신은 죽음을 각오한 선비와 기도하는 여인이 결정적인 순간에 그 나무 밑으로 오도록 발걸음을 이끌어 인연을 맺게 해주었다. 그 목신의 영검성에 의해 세 사람이 새 삶을 찾았다. 선비는 죽음의 순간에 여인을 만나 새장가를 갔고, 기도하던 여인은 반듯한 신랑을 만나는 소원을 이루었다. 선비의 본부인은 죽은 줄 알았던 남편을 만나고, 남편을 독점하지는 못하게 되었으나 가난에서 벗어나 안락한 생활을 할 수 있게 되었다.

아버지 장가들인 아들

그전에 한 홀아비가 일곱 살 된 아들과 함께 살았다. 아들이 아버지에게 장가들라고 하자, 아버지는 쓸데없는 말 하지 말라고 하며, 농담으로 받아넘겼다.

아이는 이웃에 사는 젊은 과부한테 가서, 자기 아버지 음경(陰莖)이 팔뚝만 하다고 하였다. 과부는 무안해서 쩔쩔매며, 제발 그런 말을 하지 말라고 하였다. 아이는 그 다음날에도, 또 그 다음날에도 과부를 찾아가서 같은 말을 하였다.

하루는 과부가 부끄럽고 창피하여 제발 그 말 좀 그만하라며 화를 냈다. 아이는 인절미 한 말을 해 주면 안 하겠다고 하였다. 과부는 아이의 입을 막을 생각으로, 인절미 한 말을 해주었다. 아이는 그 떡을 동네 집집마다 돌리면서, '이 떡은 과부 아주머니와 우리 아버지의 혼례떡'이라고 하였다. 마을 사람들은 그 아이의 말을 사실로 믿었다.

그동안 말도 섞지 않고 지내던 두 사람은 동네 사람들이 다 알고 수군대는 바람에 혼례를 올리고, 함께 살았다.

<최운식, 『한국한국구전설화집 5』, 민속원, 2002, 596~598쪽>

이 이야기에서 소년은 아버지를 이웃집 과부와 재혼시키기 위해 책략을 꾸민다. 그는 먼저 아버지께 "재혼하시는 것이 좋겠습니다."라고 말하여 아버지의 마음을 움직여 놓는다. 그 다음에는 "우리 아버지의 성기가 크고 힘이 좋다."고 하여 독수공방하는 과부의 마음을 흔든다. 과부는 부끄럽고, 창피스러워 낯이 뜨거워지는 말을 매일 와서 하는 소년의 입을 막으려고 화를 내며 야단친다. 소년은 이를 기화로 인절미를 해 달라고 하고, 과부는 이를 받아들인다. 소년은 과부가 해준 떡을 동네사람들에게 돌리며, 자기 아버지와 과부가 혼인한 떡이라고

말한다. 남녀 간의 애정문제가 여러 사람의 입에 오르내리면, 그 소문을 주워 담을 수 있는 방법을 찾기는 어렵다. 소년의 아버지와 이웃집 과부는 그 소문대로 혼례를 올린다.

「아버지를 장가들인 꼬마 아들」(최운식, 『한국한국구전설화집 4』, 민속원, 2002, 455~457쪽)의 꼬마 아들은 아버지에게 새벽마다 과부의 집 문 앞에 가 있으라고 하고는, 그 집 문 앞에 가서 "아버지!" 하고 부른다. 과부는 "왜 여기 와서 너의 아버지를 찾느냐?"고 꾸중을 한다. 꼬마는 과부에게 "날마다 우리 아버지가 여기 와서 주무시는 것을 내가 아는데, 왜 아버지가 여기에 안 계신다고 하십니까?" 하고 따진다. 과부가 화가 나서 때려주려고 문 밖으로 달아나는 꼬마를 뒤쫓았다. 그 틈에 대문 뒤에 숨어 있던 아버지는 안방으로 들어가 이불 속에 누워 있었다. 한참 달아나던 꼬마가 돌아서며, "우리 아버지가 정말 방 안에 안 계신가 가서 볼까요?" 한다. 과부가 꼬마와 함께 방에 들어가 보니, 꼬마의 아버지가 이불 속에서 자고 있었다. 일이 이쯤 되자 과부는 꼬마의 아버지와 재혼할 수밖에 없었다.

위의 두 이야기에서 홀아비의 어린 아들은 이웃집 과부를 새어머니로 모시기 위해 꾀를 낸다. 세상에 물들지 않아 지혜가 넘치는 어린 소년의 책략이 성공을 거둠에 따라 고독하게 살아가던 홀아비와 과부는 재혼하여 행복하게 사는 행운을 얻었다.

3. 원만한 부부

세상의 많은 부부들은 금실이 좋아 원만한 관계를 유지하며 행복하게 산다. 그러나 생활고에 시달리거나, 성격이 맞지 않아 티격태격하는 부부도 적지 않다. 옛이야기의 주인공들은 부부 사이의 문제를 어떻게 해결하였을까? 우리들이 배울 점은 없을까?

서해 최북단에 위치한 섬 백령도에 '침 뱉는 재'라고 하는 고개가 있다. 백령중·종합고등학교가 있는 북포 2리에서 북포 1리를 가려면 작은 고개를 넘어야 하는데, 이 고개 이름이 '침 뱉는 재'이다. 이 고개에는 안타깝고 슬픈 전설이 전해 온다.

침 뱉는 재

옛날에 이 마을에 사는 한 선비가 혼인을 하였다. 혼인해서 살면 자기 가족을 부양해야 할 텐데, 선비는 살림에는 신경을 쓰지 않고, 계속 글만 읽었다. 먹고 살기가 힘드니, 부인이 품팔이를 하거나 길쌈을 하여 팔아서 근근이 생활하였다.

어느 가을날, 아내는 마당에 나락을 널어놓고 나가면서 남편에게 말했다. "나는 김을 매러 가니, 혹시 비가 오면 나락을 들여놓으시오." 남편이 알았다고 하였으므로, 아내는 안심하고 가서 김을 맸다. 그런데 좋던 날씨가 갑자기 변하여 비가 억수같이 쏟아졌다. 아내는 나락 걱정을 하다가 '남편한테 아침에 부탁을 했으니까, 곡식을 들여놓았겠지.' 하고, 계속 김을 맸다.

저녁때가 되어서 집에 들어와 보니까, 널었던 곡식이 다 떠내려가 버리고 아무 것도 없었다. 아내는 슬피 울다가 "저런 남자를 믿고 살아서 무슨 낙을 보겠나? 지금이라도 내가 나가야겠다." 생각하고, 남편에게 말했다. "나는 당신하고 더 이상 살 수가 없으니 나가야겠소." 그러나 남편은 나가지 말라고도 안 하고, 그대로 있었다.

몇 해가 지난 어느 날, 집을 나온 아내는 과거에 급제하여 어사화(御賜花, 문무과에 급제한 사람에게 임금이 하사하던 종이꽃)를 꽂고 오는 행차를 보았다. 그녀가 자세히 보니, 자기의 전 남편이었다. 그녀는 자기의 잘못을 크게 깨닫고, 전 남편 앞에 엎드려 울면서, 자기를 용서하고 다시 받아달라고 하였다.

이를 본 전 남편은 물을 한 동이 떠오라고 하였다. 여인이 물을 한 동이 길어다 놓으니까, 그 물을 마당에다 쏟아 버린 뒤에 말했다.

"이 물을 동이에다 다시 주워 담으시오."

여인은 물을 조금은 쓸어 담았지만, 엎질러진 물을 다 담을 수는 없었다. 이를 본 전 남편이 말했다.

"이미 이렇게 엎질러진 물인데, 이제 다시 어쩌겠소?"

전 남편이 떠난 뒤에 이 여자는 물을 다 쓸어 담지 못한 것이 아쉽고, 억울하였다. 그녀는 사람들이 침을 뱉어 채워주면 남편한테 용서를 받을지도 모른다는 생각에서 그 고개에다가 동이를 놓고서, 지나는 사람에게 침을 뱉게 하였다. 그래서 그 재를 '침 뱉는 재'라고 한다.

〈최운식 외, 『백령도』, 집문당, 1997, 114~116쪽〉

이 이야기는 다른 지방에서도 널리 전해 오는 이야기이다. 다른 지방의 이야기에서는 여인이 본 행차가 전남편의 신래(新來, 과거에 급제한 사람) 행차가 아니라, 원님의 부임 행차인 경우가 많다. 전남편이 엎질러진 물을 주워 담아 보라고 하는 대신에 사기그릇을 깨뜨린 뒤에, 그릇을 다시 붙여 보라고 하였다는 이야기도 있다. 이 이야기에서 '한 번 저지른 실수는 수습하지 못함', 또는 '다시 어떻게 수습할 수 없을 만큼 일이 그릇되었음'을 이르는 '엎질러진 물', 또는 '깨어진 그릇'이라는 속담이 생겼다고 한다. 이와 비슷한 이야기가 중국 주나라의 정치가이며 병략가인 강태공(姜太公)과 그의 아내 마 씨의 일이라고 전해 오기도 한다.

이 이야기에서 남편은 글공부에 전념한다. 그는 비가 와서 마당에 널어놓은 곡식이 떠내려가는 것도 모르고 공부만 한다. 그는 혼인하였으나 먹고 사는 일에 무능하고, 아내의 고통에 무관심하였다. 아내는 남편의 무능과 무관심이 서럽고 괴로웠으나, 참고 견디려 애를 쓴다. 그러나 곡식 멍석이 떠내려가도 모르고 책만 읽는 것을 보고, 장래성이 없다고 판단한다. 그래서 집을 뛰쳐나갔으나, 그녀의 형편은 나아지지 않았다. 그녀는 들에서 일하다가 전 남편의 호사스런 행차를 보고, 자기가 복을 차버린 것을 후회한다. 그러나 이미 '엎질러진 물'이 된 것을 어찌할 수 있겠는가! 이 이야기는 공부하는 사람의 태도가 어떠해야 하는가, 눈앞의 고통과 시련을 이겨내지 못하고 자기의 위치를 벗어난 사람의 말로가 어떻게 되는가를 깊이 생각하게 해 준다.

영감님 수염 뽑은 할머니

옛날에 한 처녀가 성질이 괴팍하고 사납다고 소문이 나서 나이가 차도록 시집을 가지 못했다. 이 말을 들은 한 총각이 그 처녀와 혼인하겠다고 나섰다.

그는 첫날밤에 신부가 잠든 사이에 똥을 눠 신부의 속옷 속에 넣어 놓았다. 잠에서 깬 신부가 부끄러워 어쩔 줄을 모르자, 신랑은 아무렇지 않은 듯이 위로했다.

"어젯밤에 몹시 고단했던 모양이구려. 이 일은 내가 누구에게도 말하지 않을 터이니, 너무 부끄러워하지 마시오."

이 말을 들은 신부는 자기의 잘못을 감싸주는 그의 너그러운 마음씨와 따뜻한 말에 감동되기도 하였고, 그의 뜻을 거스르면 자기의 부끄러운 일을 발설할 것만 같아서 성질을 죽이고 살기로 결심하였다. 그래서 성질을 부리지 않고, 남편의 말에 순종하며 살았다.

그들 내외는 자식을 낳아 성혼시킨 뒤에 회갑을 맞이하게 되었다. 환갑상을 받은 뒤에 그는 지난 일을 회고하며, 마음 놓고 아내에게 첫날밤의 일을 이야기하였다. 이 말을 듣고 분을 참지 못한 아내는 달려들어 그의 수염을 다 뽑았다. 〈최운식, 『한국의 민담 2』, 시인사, 1999, 384~385쪽〉

이 이야기에서 남주인공은 성질이 괴팍하고 사나워서 시집을 못 가고 있는 색시를 길들여 살 자신이 있다고 호언장담(豪言壯談, 호기롭고 자신 있게 말함.)하고, 스스로 청혼하여 그녀와 혼인하였다. 그는 첫날밤에 자기가 눈 대변을 색시의 속옷 속에 넣어 둠으로써 색시의 기를 꺾어놓아 성질을 부리지 못하게 하였다. 아내는 첫날밤에 똥을 싼 사실을 발설하지 않을 터이니 걱정 말라는 남편의 마음이 한없이 고마웠다. 그녀는 자기가 성질을 부리면 남편이 홧김에라도 이 사실을 발설하여 시댁 식구와 동네 사람들에게 알려질 것이 두려워 평생 기를 펴지 못하고, 순종하며 살았다. 남편은 정말 꾀가 많고, 지혜로운 사람이다. 그 꾀에 넘어가 성질을 죽이고, 순종하여 가정의 평화를 지킨 아내 역시 현명하고, 지혜로운 여인이다.

이 이야기에서 남편은 환갑 잔칫날에 지난날을 회고하면서 첫날밤의 일을 발설하는 실수를 범한다. 그 바람에 평생 기죽어 산 아내의 화풀이로 수염이 뽑히는 수모를 당한다. 남편이 '부부 사이에도 지켜야 할 비밀은 무덤까지 가지고 가는 것이 현명하다.'는 것을 미처 생각하지 못한 때문이다. 남편의 행동에서는 혼자만 아는 비밀을 발설하고 싶은 욕구와 이를 억압해야 가정의 평화를 유지할 수 있다는 당위적인 의지 사이의 갈등이 있었음을 드러낸다. 그동안 속아 살았다는 것을 안 아내는 평생 기죽어 산 분풀이로 남편의 수염을 다 뽑았다. 아내의 이런 행동에서는 자기의 괴팍한 성격을 억제하며 살도록 꾀를 쓴 남편의 지혜로운 행동에 감사하면서도, 억압된 분노를 억제하지 못하고 분출하는 인내심의 한계를 보인다.

부부가 함께 살면서 부딪히는 큰 문제 중의 하나는 부모님을 모시는 일이다. 이것은 요즈음처럼 혼인하면 분가하여 사는 핵가족 시대에도 적지 않은 문제인데, 혼인한 부부가 부모님을 모시고 사는 것을 당연한 것으로 여기던 시대에는 매우 심각하였을 것이다. 옛이야기 중에 불효하는 며느리를 일깨운 아들, 불효하는 아들을 일깨운 며느리 이야기가 흥미롭다.

시아버지를 팔려다가

옛날에 한 농부가 혼인을 하였는데, 아내가 홀로 된 아버지를 잘 모시지 못했다. 그는 아버지를 잘 모시라고 아내에게 타이르며 몇 년을 살았다. 그러나 아내의 태도는 아이 엄마가 된 뒤에도 조금도 달라지지 않았다.

어느 날, 장에 다녀온 그가 아내에게 "오늘 장에서 별 희한한 일을 다 보았네!" 하고 말했다. 아내는 몹시 궁금해 하면서, 무슨 일이냐고 물었다. 그는 아주 진지한 표정으로 이렇게 말했다.

"오늘 장에서 어떤 늙은이를 사고파는 것을 보았는데, 그 값이 대단히 비싸더군. 우리 아버지도 살만 쪘으면, 비싼 값에 팔아서 부자가 될 텐데. 말라서 팔 수가 없겠어."

"그게 정말이오? 우리 아버지도 살만 찌면 팔 수 있나요?"

"그럼, 문제없지."

"어떻게 하면 살찌게 되나요?"

"몇 달 동안만 하루 세 끼씩 더운 진지를 해 드리고, 마음 편케 해 드리면, 틀림없이 살찌지. 그러면 그때 가서 팔 수 있을 거야."

이 말을 들은 그의 아내는 그날부터 시아버지를 살찌게 하여 팔 욕심으로, 하루 세 끼 더운밥을 지어 드렸다. 그리고 수시로 간식거리도 마련하

여 드렸다. 그리고 전처럼 시아버지께 일을 하지 않는다거나 불결하다는
불평도 하지 않았다. 옷도 자주 빨아 드리고, 마음을 편케 해 드리려고 애
를 썼다. 시아버지는 며느리의 태도가 달라진 것을 보고, 틈틈이 아기를
보살폈다. 그리고 집 안 청소를 하는 한편, 며느리의 부엌일도 거들어 주
었다. 그리고 동네 사람들에게 며느리 칭찬을 하였다. 그러는 동안에 시아
버지는 건강도 좋아져, 살이 찌게 되었다. 아울러 시아버지와 며느리 사이
에 깊은 정도 생겼다.

　몇 달이 지난 어느 날, 그는 아내에게 아버지가 이만큼 살쪘으니, 다음
장날에는 아버지를 팔아야겠다고 하였다. 그러자 그의 아내는 "아버님이
안 계시면 나는 살림을 할 수 없어요."하면서 시아버지를 팔지 못하게 하
였다. 그리고 평생 시아버지를 잘 모셨다고 한다.

〈최운식, 『한국의 민담 2』, 시인사, 1999, 226~227쪽〉

　부부끼리는 사랑을 바탕으로 하여 정신적으로나 육체적으로 가까워
졌으므로, 잘 지낼 수 있다. 그러나 그 부모까지 사랑하고 공경하는 일은
쉬운 일이 아니다. 그래서 시부모와 며느리 사이에는 사랑과 이해·공경
하는 마음이 수반하지 않으면, 원만한 관계를 유지하기 어렵다. 특히
시어머니와 며느리 사이에는 크고 작은 문제가 얽혀 불화가 잦다. 이를
잘 조정하여 가정의 평화를 유지하는 일은 남편의 몫이다.

　며느리가 시부모님께 효도하는 마음을 갖게 하는 것은 우격다짐으
로 되는 일이 아니다. 시부모나 며느리 중 어느 한쪽이 일방적으로 노
력해서 되는 일도 아니다. 며느리를 사랑하는 시부모의 마음과 시부
모님을 공경하는 며느리의 마음이 한데 어우러질 때 생기는 것이다.
위 이야기에서 남편은 지혜로 아내를 깨우쳐 아내로 하여금 마음을
고쳐 효도하게 하였다. 이 이야기는 며느리가 시부모 모시는 것을 큰

짐으로 생각하는 분위기가 고조되는 현대에 사는 우리들에게 많은 것을 생각하게 한다.

남편 불효를 고쳐준 아내

예전에 한 홀아비가 아들을 장가들인 뒤에 살림 일체를 아들에게 맡겼다. 아들은 자기 아내나 자식은 끔찍이 여기면서도, 아버지께는 잘못하는 일이 한두 가지가 아니었다.

어느 날, 아버지가 절친한 친구의 별세 소식을 듣고, 아들에게 조위금으로 낼 돈을 달라고 하였다. 하지만 경제권을 쥔 아들은 돈이 없다며 주지 않았다. 이를 본 며느리가 밖으로 나가는 남편에게 애교를 부리면서, 친정집에 일이 있어 다녀와야 하니, 돈을 좀 달라고 했다. 그러자 아들은 선선히 돈을 내 주었다. 며느리는 그 돈을 시아버지께 드리며, 상가(喪家)에 다녀오시라고 하였다.

저녁때가 되어 남편이 집에 돌아와 보니, 아내는 울면서 짐을 챙기고 있었다. 이를 본 남편이 깜짝 놀라 아내에게 무슨 일이냐고 묻자, 아내가 말했다.

"당신하고 더 살아 봐야 좋은 일 없을 것 같아, 집을 나가려고 짐을 챙기는 중이오."

"집을 나가다니? 대체 무슨 일이오?"

"당신 오늘 아침에 어떻게 하였소? 아버님께서 초상집에 가지고 갈 부의금을 좀 달라고 하시니까, 돈 없다고 했지요? 그런데 내가 돈을 달라고 하니까 주었지요? 없다던 돈이 금방 어디서 나서 주었소? 당신이 아버님께 그렇게 하면 되겠소? 당신과 계속 살다가는 우리 아이가 당신과 똑같은 아들이 될 게 뻔하오. 그런 일 생기기 전에 갈라서는 것이 좋겠소."

아내의 말을 듣고 크게 깨달은 남편은 아내를 붙잡아 앉히고, 용서를 빌었다. 그 뒤로 남편은 아버지를 정성으로 모셨다고 한다.

〈최래옥, 『한국구비문학대계』 5-1, 한국정신문화연구원, 1980, 21~22쪽〉

위 이야기에서 남편은 아내와 자식은 끔찍하게 여기면서노 아버지는 함부로 대하고, 그 마음을 헤아리지 못한다. 아내는 보따리를 싸서 집을 나가겠다고 하면서 남편의 잘못을 지적한다. 아내의 지적을 받은 남편은 크게 깨달아 마음을 고쳐 효도한다. 아내의 착하고 효성스런 마음과 지혜가 놀랍다.

부모님을 정성으로 모시는 일은 한편으로는 자식 된 도리를 행하는 것이다. 다른 한편으로는 자기의 자녀에게 부모를 어떻게 모셔야 하는가를 가르치는 산 교육이기도 하다. 자녀는 자기 부모가 할머니·할아버지를 어떻게 모시는가를 보고 배워서 그대로 할 것이다. 자기 부모를 잘 모신 사람은 자기 자녀로부터 효도를 받을 것이고, 그렇지 못한 사람은 그에 상응하는 대접을 받을 것이다. 그러고 보면, 효도는 자기의 노후를 위한 투자라고 할 수도 있다. 늙어서 많은 이윤을 얻을 수 있도록 젊어서 많이 투자하는 사람이 지혜로운 사람이다. 우리는 이 이야기를 통하여 이러한 지혜를 배워야겠다.

부부관계가 원만하려면 잘못된 언행이나 습관을 고쳐야 한다. 그래서 서로 길들여지고 닮아져야 가정에 평화가 온다. 어느 한쪽의 성격이 강하여 주장이 세면, 집안이 평안할 수 없다.

마누라 버릇 고치기

옛날에 한 남자가 혼인하여 사는데, 순하기만 하던 아내가 아이 셋을 낳고 난 뒤에는 남편의 말을 고분고분 따르지 않고 대들기 일쑤였다. 그는 더 늦기 전에 마누라 버릇을 고쳐야겠다고 생각하고, 장에 가서 아내 몰래 미숫가루와 엿, 곶감과 대추 등을 사다가 사랑방 벽장에 감춰두었다.

어느 날 아침, 그가 아내에게 무슨 말을 하니, 아내는 그의 말을 거스르며 역정을 냈다. 그는 안방 문을 닫고 나오며 말했다.

"에이, 마누라의 저런 모습을 보느니, 차라리 죽어 버리는 것이 낫겠다."
사랑방으로 온 그는 방문을 걸어 잠그고, 나오지 않았다.

점심때가 되자 아내가 사랑방 문 앞에 와서 밥을 먹으라고 하였지만, 그는
대꾸도 하지 않았다. 저녁때에도 마찬가지였다. 그 다음날에도 똑같이 하였
다. 아내는 마음속으로 '배가 고프면 나와서 밥을 먹겠지.' 하고 기다렸으나,
사흘이 되어도 남편은 나오지 않았다. 나흘이 지나고 나니, 아내는 남편이
굶어 죽기로 결심한 것 같아 걱정이 되기 시작하였다. 그래서 문고리를 붙잡
고 울며, 다시는 그러지 않을 터이니 제발 나와서 밥을 먹으라고 하였다.
그래도 그는 꼼짝도 하지 않았다. 일주일이 되는 날, 장인·장모까지 와서
"딸이 마음을 고쳐먹고, 가장을 잘 모시기로 하였으니, 제발 나와서 밥을
먹으라."고 사정하였다. 그제야 그는 간신히 몸을 추스르는 척하면서, 방문
고리를 벗겼다. 그 후로 그의 아내는 전처럼 남편의 말에 순종하며 잘 살았다.

어느 날, 그는 장에 갔다가 공처가로 소문난 친구를 만났다. 공처가는
그를 조용한 술집으로 끌고 가서 술을 사며, 어떻게 해서 마누라 버릇을
고쳐놓았느냐고 물었다. 그는 웃으며 그 친구에게 말했다.

"밥을 먹지 않고 죽겠다고 하였더니, 과부가 되기는 싫었던지 잘못했다
고 빌더군."

이 말을 들은 공처가는 집에 가자마자 아내에게 내 말에 순종하겠다고
약속하지 않으면, 굶어 죽어버리겠다고 하면서 사랑방으로 가서 문을 잠
갔다. 이를 본 공처가의 아내는 "어디, 며칠이나 견디나 두고 보자."고 하
면서 코웃음을 쳤다.

하루가 지나고 이틀이 지나니, 공처가는 배가 고파 견딜 수 없었다. 사흘
째 되는 날 저녁, 아내는 사랑방 문 앞에 와서 고기를 구우며 냄새를 피웠다.
공처가는 더 이상 참지 못하고 문을 열고 나와서 아내 앞에 무릎을 꿇고,
다시는 그런 짓을 하지 않겠다고 약속을 한 뒤에 밥을 얻어먹었다.

〈이훈종, 『한국의 전래소화』, 동아일보사, 1969, 28~32쪽〉

위 이야기에서 첫 번째 남자는 아내의 못된 비릇을 고칠 방법을 궁리하던 끝에 '단식투쟁(斷食鬪爭)'을 결심한다. 그는 미리 비상식량을 준비해 놓고, 단식에 들어간다. 아내는 남편이 굶어 죽을지도 모른다는 위기감에서 잘못했다고 하면서, 단식 중단을 애원한다. 그는 철저한 준비 끝에 시작한 단식이기에 완전한 승리를 거두었다.

두 번째 남자는 아무 준비 없이 단식에 돌입한다. 그러나 그는 사흘을 넘기지 못하고 아내에게 굴복하고 만다. 아내의 기를 꺾으려다가 오히려 되잡히고 말았다. '사흘 굶어 담 아니 넘을 놈 없다', '사흘 굶으면 못할 일이 없다'는 속담처럼 먹지 않고는 아무 일도 할 수 없다.

이 이야기에 등장하는 두 남자 중 첫 번째 남자는 아내의 기를 꺾고 버릇을 고친 반면, 두 번째 남자는 오히려 아내에게 되잡히고 말았다. 이 이야기는 아내의 기를 꺾기가 쉽지 않다는 것을 말해 주는 한편, 무슨 일이든 치밀한 계획과 준비가 있어야 하고, 그렇지 못할 경우에는 오히려 손해를 본다는 것을 일깨워주고 있어 흥미롭다.

이 이야기를 대하니, 1960년대에 가수 최희준 씨가 불러 유행하던 노래 「엄처시하(嚴妻侍下)」의 노랫말이 떠오른다. "열아홉 처녀 때는 수줍던 그 아내가 첫 아이 낳더니만 고양이로 변했네. 눈 밑에 잔주름이 늘어 가니까 무서운 호랑이로 변했네. 그러나 두고 보자 나도 남자다. 큰 소릴 쳐보지만 나는 공처가 -." 이 노래의 노랫말에는 신혼 때에 남편에게 고분고분하고 순종적이던 아내가 아이를 낳고, 나이가 들어가면서 변하는 모습이 축약되어 있다. 남자는 아내의 기를 꺾어놓겠다고 큰 소리를 쳐보지만, 별다른 방안이 없어 공처가임을 자백한다.

세상에 공처가 아닌 사람이 있을까? 조선 광해군 때의 학자이며 문장가인 유몽인(柳夢寅, 1559~1623)이 쓴 『어우야담(於于野談)』 권1에 이런 글이 실려 있다. 전에 한 장군이 10만 명의 장졸(將卒)을 거느리고, 막막한 들판에서 훈련을 하고 있었다. 어느 날, 그는 연병장의 동서에 붉은 깃발과 푸른 깃발을 세워 놓고 말했다. "누구든지 아내를 무서워하는 사람은 붉은 깃발 앞에 서고, 무서워하지 않는 사람은 푸른 깃발 아래에 서라." 잠시 후 연병장을 둘러보니, 모든 장졸이 붉은 깃발 앞에 섰는데, 계급도 높지 않은 병사 한 사람이 푸른 깃발 앞에 서 있었다. 그는 마음속으로 '장군인 나도 아내를 무서워하는데, 저 병사는 아내를 무서워하지 않는다고 하니, 참으로 대견한 일'이라고 생각하며 불러서 물었다. "자네는 정말로 아내를 무서워하지 않는가?" 이 말은 들은 병사는, "아내가 늘 말하기를 '남자들 셋이 모이면 반드시 여색을 논하게 되니, 세 남자가 모인 곳에 당신은 절대 가지 마시오.'라고 하였습니다. 오늘 10만의 장졸이 모두 다 저쪽으로 가는 것을 보고, 아내의 말을 어기지 않으려고 이쪽에 와서 섰습니다." 하고 말하였다 한다. 이 이야기는 세상에 공처가 아닌 사람은 없다는 것을 말해 준다. 나이가 들수록 아내의 의견이 강해지고, 남편은 차츰 기가 꺾여 공처가가 되는 것은 자연스러운 일인지도 모른다.

요즈음에 유행하는 말 중에 '남자는 세 여자의 말을 잘 들으면 편하다.'는 말이 있다. 젊어서는 어머니, 나이 들어서는 아내, 운전할 때는 내비게이션(navigation)에서 안내하는 여자의 말을 잘 들으라는 말이다. 위 이야기에 나오는 첫 번째 남자처럼 언행을 반듯하게 하고, 기회가 될 때마다 좋은 방법으로 아내의 기를 꺾으면서 살면, 공처가의 비애를 맛보지 않으면서 원만한 부부 관계를 유지할 수 있을 것이다.

참을 인(忍) 자 점괘

옛날에 한 사람이 하도 곤궁해서 아내를 홀로 두고 돈을 벌기 위해 먼 곳으로 갔다. 그는 남의 집에서 3년 간 머슴살이를 한 뒤에 3년치 새경을 받아 가지고 고향으로 향하였다.

그는 집으로 오는 도중에 아주 용하다는 점쟁이를 만났다. 그는 앞일이 궁금하여 점을 치고 싶었다. 그래서 많은 돈을 내고 점을 치니, 점쟁이는 '참을 인(忍) 자'를 써서 옷고름에 달아 주면서, "오늘은 무슨 일을 보든지 참으시오." 하고 말했다.

그가 밤중에 집에 당도하여 보니, 안방 문 앞에 남자 신발 하나와 여자 신발 하나가 나란히 놓여 있었다. 그는 아내가 다른 남자와 간통을 하고 있는 것이라 생각하였다. 그래서 마루 밑에서 도끼를 찾아들고 방으로 들어갔다. 그는 화가 치밀어 올라 두 사람을 죽이려고 도끼를 치켜드는 순간, 옷고름에 매달은 참을 인자가 보였다.

그는 밖으로 나와 화를 가라앉힌 뒤에 아내를 깨웠다. 방으로 들어가 불을 켜고 보니, 함께 자고 있던 사람은 중이 된 아내의 여동생이었다. 아내와 처제를 죽일 뻔한 그는 점을 친 것을 천만다행으로 생각하였다.

〈최운식, 『한국구전설화집 5』, 민속원, 2002, 521~523쪽〉

위 이야기에서 남편은 3년 만에 집으로 돌아오면서, 아내가 다른 남자와 정을 통하고 있지는 않을까 걱정하였다. 그는 아내가 바람을 피우지 않을 것이라고 믿으면서도 마음 한구석에 의심하는 마음이 있었다. 그래서 방문 앞에 놓인 남자 신발을 보고 아내가 통간하고 있는 것이라 단정하였다. 그는 두 사람을 죽이려고 마음먹고서, 마루 밑에서 도끼를 찾아들고 방으로 뛰어든다. 그는 도끼를 치켜들다가 옷고름에 매달은 '참을 인' 자를 보고, 일단 참기로 한다. 그는 방에서 나와 마음을 가라앉힌 뒤에 아내를 부른다. 알고 보니, 아내의 옆에서 자고 있던 사람은 중이 된 처제였다. 그는 점괘 때문에 살인을 면할 수 있었다.

　부부는 신의로 맺어진 관계이다. 그러므로 상호간에 굳게 믿고 의지하는 마음이 있어야 한다. 신뢰하는 마음이 약해지면, 의심하는 마음과 오해가 생겨 원만한 부부 관계를 유지할 수 없게 된다. 위 이야기의 주인공은 아내를 의심하는 마음이 있었기에 신발을 보고, 오해하였다. 그래서 아내와 처제를 죽이는 범죄를 저지를 뻔하였다. 끔찍한 사고를 막아준 것은 비싼 돈을 주고 얻은 점괘였다. 그는 부부 관계에서 신의가 중하다는 것을 머슴살이 3년의 새경을 지불하고서 깨달았다.

자녀 얻어 잘 기르기

생명체는 개체유지와 종족번식이라는 두 가지 본능적 욕구를 가지고 있다. 사람 역시 두 가지 기본적 욕구를 가지고 있다. 먹고·자고·입는 것과 관련된 것은 개체를 유지하는 데에 필요한 욕구이고, 자녀 갖기를 원하는 것은 자기와 같은 존재를 이어가는 종족 번식의 욕구이다. 사람이 성장한 뒤에 배우자를 만나 혼인하고, 자녀를 얻는 것은 종족 보존의 본능적 욕구의 충족이면서, 삶의 전통과 문화를 이어갈 후속 세대를 만드는 숭고한 일이다. 자녀는 자기의 존재를 이어줄 분신이며, 사랑과 보살핌을 주어야 할 귀한 존재이다. 자녀를 낳아 기르는 일은 힘들고 어려운 일이기도 하지만, 기쁨과 보람을 얻어 행복을 느끼게 해 주는 일이기도 하다.

1. 자녀 얻기

새 생명의 탄생에는 발달한 현대의학이나 생물학적 지식으로도 다 설명하기 어려운 '생명의 신비'가 있다. 과학이 발달하지 못하였던 옛날에는 이러한 생명의 신비를 어떻게 이해하고, 설명하였을까? 먼 옛 날에 형성된 신화로부터 최근까지 이야기되는 민담의 주인공들의 회 임(懷妊)과 출생 과정은 어떠한가를 간단히 살펴보려고 한다.

가. 신이한 존재가 직접 낳음

아주 먼 옛날에 나라를 세웠거나 통치를 잘한 신화의 주인공들은 천신(天神)이나 지신(地神)이 직접 아들을 낳음으로써 이 세상에 태어 난다. 이러한 이야기 구성은 건국의 시조나 왕, 씨족의 시조를 신성한 인물로 성화(聖化)시키려는 의식에서 나온 것이다.

하늘에서 알로 내려온 박혁거세

3월 초하루에 6부의 조상들이 각기 자제들을 데리고, 알천 언덕에 모여 서 의논하였다.

"우리에게 백성을 다스릴 군주가 없어 백성들을 제대로 다스리지 못하고 있어요. 그래서 백성들은 모두 방자(放恣)하여 저 하고 싶은 대로 하고 있지요. 덕이 있는 사람을 찾아 임금으로 삼아 나라를 세우고, 도읍을 정하는 것이 어떠하겠소?"

그들이 의논을 마치고 높은 곳에 올라 남쪽을 바라보니, 양산 아래 나정 (蘿井)이라는 우물가에 번개가 번쩍이는 것처럼 이상한 기운이 하늘로부터 땅에 닿도록 비치고 있었다. 그곳에 백마 한 마리가 꿇어앉아 절하는 형상 을 하고 있었다.

그곳으로 달려가 살펴보니, 거기에 자주색 알이 하나 있었다. 말은 사람 을 보더니, 길게 울다가 하늘로 올라가 버렸다. 그 알을 깨어보니, 모양이 단정한 아름다운 남자아이가 있었다. 놀라고 이상히 여겨 그 아이를 동천 (東泉)에 목욕시키니, 몸에서 광채가 나고, 새와 짐승이 따라 춤을 추며 천지가 진동하고, 일월이 청명하여졌다.

그를 왕으로 추대하고, 혁거세왕(赫居世王)이라 하였다.

〈『삼국유사』 권제1 신라시조 혁거세왕〉

위 이야기는 신라의 시조 박혁거세왕의 탄생 신화이다. 이에 따르면 박혁거세는 하늘이 알의 형태로 낳은 신이한 인물이다. 고대인은 하늘로부터 생기는 밤과 낮의 변화, 계절의 변화, 여러 가지 기상(氣象)의 변화와 그에 따른 천재지변(天災地變), 수렵·어로와 농사의 풍흉(豊凶) 등을 보고 겪으면서 하늘을 두려워하고, 신성시하며 숭배하였다. 그래서 하늘을 공경과 두려움의 대상으로 여겨 신성시하고, 신격(神格)을 부여하여 신으로 받들어 모시는 하늘숭배신앙을 갖게 되었다. 그래서 천신은 우주(宇宙) 만물(萬物)의 창조자이고, 우주 만물의 운행을 주관하는 초월적 존재로 인식하였다. 그리고 하늘은 천신이 거처하는 신성한 공간으로 여겼다. 천신숭배신앙을 가진 고대인은 인간 생명의 근원은 하늘에 있고, 하늘[천신]은 직접 사람을 낳을 수 있다는 생각을 가졌다.

『삼국유사』 권제1 「신라시조 혁거세왕」조에는 혁거세의 탄생에 대한 기사 앞에 알천 양산촌의 촌장인 알평(謁平)을 비롯한 육촌(六村)의 촌장은 모두 하늘에서 산으로 내려와 이(李)·정(鄭)·손(孫)·최(崔)·배(裵)·설(薛) 씨의 시조가 되었다는 기사가 실려 있다. 이것은 인간의 생명의 근원이 하늘에 있고, 하늘이 스스로 인간을 낳아 지상으로 내려 보냈다고 하는 사고의 표현이라 하겠다.

박혁거세는 하늘에서, 알의 형태로, 백마를 타고 내려왔다. 이것은 박혁거세가 가장 신성하고 존귀한 하늘, 즉 천신의 아들임을 뜻한다. 혁거세는 왜 알로 태어났다고 하였을까? 옛사람들은 하늘을 마음껏 날

아다니는 새들을 보면서 부러움과 함께 신성하게 여겼을 것이다. 그리고 신성하게 여기는 새들이 알에서 깨어나는 것을 보면서 알을 생명의 근원이라고 생각하였을 것이다. 그런데 새의 알은 둥근 모양으로, 신성시하는 태양의 모양과 비슷하다. 그래서 옛사람들은 알을 신성시하면서 생명의 근원으로 인식하였다. 박혁거세가 하늘에서 내려온 알에서 태어났다고 하는 것은, 그가 신이한 출생을 하였음을 의미한다. 이것은 신라 시조 박혁거세의 탄생을 성화(聖化)하기 위해 하늘이 자발적으로 아이를 낳았다고 하는 관념과 알을 생명의 기원으로 보는 관념을 접목한 것이다.

말은 부지런하고 민첩하며, 왕성한 활동력을 지니고 있다. 말은 화살의 빠르기에 비교할 만큼 빨리 달릴 수 있고, 영리하고 예민하여서 판단이 빠르다. 특히 말의 발은 레이더장치와 같은 역할을 하는데, 밟을 것과 밟지 않을 것을 신속하고 정확하게 판단한다고 한다(오창영, "말의 생태와 관련 민속," 제16회 학술세미나 발표요지, 국립민속박물관, 1990. 1. 22. 참조). 이처럼 말은 특이한 능력을 지녔으므로, 민간에서는 신성시하였다. 고대로부터 말이 신성시되었음은 고고유물이나 고려 시대 및 조선 시대의 마제(馬祭)에 대한 기록(고려사 예지 5권 吉祀小祀 및 조선왕조실록 태종, 세종, 단종, 영조, 정조 시대의 기록 참조)을 통하여 알 수 있다. 요즈음에도 행하여지고 있는 말과 관련된 민속제의(천진기, "말에 대한 한국인의 관념과 태도," 제16회 학술세미나 발표요지, 국립민속박물관, 1990. 1. 22. 참조)가 이를 뒷받침해 준다.

말은 신성한 동물로 신앙의 대상이 됨에 따라 설화 속에서 신이한 능력을 지닌 존재로 형상화되었다. 그래서 말은 박혁거세나 주몽과 같은 개국시조의 탄생을 예시해 주고, 앞일을 예시해 주며, 하늘을 날

아다닌다. 말의 민첩하고 빠른 동작은 말을 신이한 동물로 보는 사고
와 결합되어 말이 하늘을 날아다닌다는 사고로 이어졌을 것이다. 박
혁거세 신화에서 말이 하늘에서 내려와 알을 두고 갔는데, 그 알에서
나온 혁거세가 여섯 부족장의 추대를 받아 왕이 되었다는 것은 '기마
민족의 후예인 혁거세가 진한의 땅으로 옮겨와서 원주민의 추대를 받
아 왕이 되었다는 사실의 설화적 구성'(최운식, 「설화에 나타난 말」, 『한국
의 馬민속』, 집문당, 1999, 57쪽)이라고 볼 수도 있다.

박혁거세가 하늘에서 타고 내려온 말은 백마이다. 왜 많은 색 중에
서 흰색 말이라고 하였을까? 흰색은 태양의 빛을 색으로 표현한 것이
다. 태양을 숭배하는 의식을 지녔던 옛사람들은 흰색을 밝음과 끊이
지 아니하며 순결함을 지닌 색으로 보아 신성시하였다. 우리 민족을
백의민족(白衣民族)이라고 하는 것은, 흰색을 숭상하여 흰옷을 즐겨 입
었기 때문이다. 박혁거세가 하늘에서 타고 온 말을 백마라고 한 것 역
시 흰빛을 신성시하는 의식의 표현이라 하겠다. 따라서 박혁거세가
하늘에서, 알로, 백마를 타고 내려왔다고 하는 것은, 신라의 건국시조
인 박혁거세를 비범한 인물로 성화하기 위해 신이한 설화 요소들을
접목하여 꾸민 것이라 하겠다.

고대 국가의 건국시조나 영웅의 출생에 신이한 출생담이 들어 있는
예는 많이 있다. 다음에는 가야의 시조인 김수로왕의 출생담을 살펴
보겠다.

하늘에서 알로 내려온 김수로왕

가야 지방의 구간(九干, 아홉 추장)이 3월 계욕일(禊浴日)에 백성들 2~3백
명과 함께 있었다.

그때 그들이 살고 있는 북쪽 구지(龜旨)에서 무엇을 부르는 듯한 소리가 들렸다. 그들이 가까이 가서 보니, 형상은 보이지 않고, 말소리만 들렸다. "여기에 사람이 있느냐?" 하므로, 구간이 "우리들이 여기 있습니다." 하였다.

"여기가 어디인가?"

"구지입니다."

"하늘이 나에게 명하기를 '이곳에 나라를 세우고 임금이 되라.'고 하셔서 내가 내려왔다. 그대들은 산봉우리에서 흙을 파면서 '거북아 거북아 머리를 내어라. 내지 않으면 구워 먹을래.' 하고 노래를 부르며 춤을 추어라. 그러면 대왕을 맞이하여 기뻐 뛰놀게 될 것이다."

구간을 비롯한 여러 사람들이, 그 말과 같이 기뻐하며, 노래하고 춤을 추었다.

얼마 있다가 하늘을 쳐다보니, 자주색 줄이 하늘에서 내려와 땅에 닿았다. 그 줄의 끝을 보니, 자주색 보자기에 금빛 상자가 싸여 있었다. 상자를 열어보니, 해같이 둥근 황금알 여섯 개가 있었다. 사람들은 모두 놀라고 기뻐하며, 함께 절하였다. 조금 있다가 그것을 다시 싸 가지고 아도간의 집으로 가서 탑 위에 올려놓고, 사람들은 각기 흩어졌다.

그 이튿날 사람들이 다시 와서 상자를 열어보니, 여섯 알은 모두 변하여 남자아이가 되었는데, 그 용모가 매우 훌륭하였다. 이들은 뒤에 대가야를 비롯한 6가야의 왕이 되었다. 〈『삼국유사』 권제2, 가락국기〉

위 이야기는 대가야의 시조인 김수로왕을 비롯한 여섯 가야 왕의 탄생담이다. 이 이야기에서 대가야를 비롯한 여섯 가야의 시조는 하늘이 스스로, 알의 형태로 세상에 내려 보냈다. 이것은 가야국 시조의 탄생을 성화하기 위해 하늘이 직접 아들을 낳는다는 관념과 알을 생명의 근원으로 보는 관념을 접목하여 구성한 이야기라 하겠다.

김수로왕이 하늘에서 내려온 것은 후한 광무제 3월 계욕일(禊浴日)

이다. 계욕일은 액(厄, 모질고 사나운 운수)을 없애려는 뜻에서 물가에 모여 목욕하고, 술과 음식을 나누어 먹는 날로, 3월 상사일(上巳日, 음력 정월의 첫 巳日)에 행하였다. 이는 마을의 평안을 기원하는 봄맞이 행사였던 것 같다. 이런 날에 많은 무리가 산봉우리에서 흙을 파면서 "거북아 거북아 머리를 내어라. 내지 않으면 구워 먹을래."하고 노래를 부르며 춤을 추자 수로왕이 하늘에서 알의 형태로, 상자에 담겨 내려왔다. 이때 부른 노래가 널리 알려진 「구지가(龜旨歌)」이다. 임금을 맞이하는 노래라는 뜻에서 「영신군가(迎神君歌)」라고도 한다.

거북은 수명이 길고, 물과 뭍을 오가며 살 수 있는 특징을 지니고 있어서, 예로부터 신이한 동물로 여겨졌다. 그래서 거북은 신과 인간의 매개자, 신의 사자로 인식하였다. 그리고 거북점을 통해 길흉(吉凶)을 점치기도 하였다. 「구지가」에 나오는 거북은 나라를 다스릴 제왕이 나타나기를 촉구하는 백성들의 소원을 천신에게 전달하는 매개자이다.

『삼국사기(三國史記)』 권13 「고구려본기」·『삼국유사』 권1 「기이(紀異) 1 고구려」와 이규보의 『동국이상국집(東國李相國集)』 「동명왕편」을 보면, 주몽은 부여 금와왕의 왕자들과 여러 신하들이 죽이려 하자, 세 친구와 함께 남쪽으로 도망한다. 뒤에서 군사들이 추격해 오는데, 앞에는 엄수(淹水)가 가로막고 있다. 위급한 상황에 처한 주몽이 하늘을 향해 외치자, '물고기와 자라[魚鼈]'가 몰려와 다리를 놓아주어 그들을 건너게 한 뒤에 흩어졌다. 이때의 자라는 거북과 비슷한 것으로, 천신의 사자를 의미한다.

『삼국사기(三國史記)』 권28 「백제본기 의자왕」에는 백제 멸망의 징조를 보인 이야기가 실려 있다. 의자왕 때 백제가 망할 것이라고 외친 귀신이 땅속으로 들어갔다. 그곳을 파보니 거북 한 마리가 있었는데,

거북의 등에 '백제는 만월처럼 찼고, 신라는 초승달과 같다(百濟同月輪 新羅如新月).'고 쓰여 있었다. 무당은 이것을 '백제는 보름달과 같으니 기울 것이고, 신라는 초승달과 같으니 점점 흥할 것'이라고 해석하여 백제의 멸망을 예언하였다. 여기에서 거북은 신의 뜻을 전하는 전달 자이다.

땅이 낳은 금와왕

동부여 왕 해부루(解負婁)는 늙도록 아들이 없었다. 하루는 산천에 제사를 지내어 대를 이을 아들을 구하였다. 왕이 타고 가던 말이 곤연(鯤淵)에 이르 자, 큰 바위를 보고 눈물을 흘렸다. 왕이 이상히 여겨 사람들을 시켜 바위를 들쳐보니, 거기에 금빛 개구리 모양의 아이가 있었다. 왕이 기뻐하며 "이는 하늘이 나에게 아들을 주심이로다." 하고 그 아이를 거두어 기르고, 이름을 '금와(金蛙)'라 하였다. 그가 장성하자 왕은 그를 태자로 삼았다. 부루가 죽은 뒤에 금와는 대를 이어 왕이 되었다.   〈『삼국유사』 권제1 동부여〉

위 이야기에서 금와는 땅이 스스로 낳은 아이이다. 동부여의 해부 루왕은 늙도록 아들이 없자 산천(山川)에 제사를 지내면서 아들을 낳 게 해 달라고 빌어 소원을 성취하였다. 고대인은 땅에서 온갖 식물이 싹터 자라 열매를 맺고, 짐승들이 땅에서 태어나 자라는 것을 보면서, 땅은 모든 것을 낳아 기를 수 있는 '위대한 어머니'로 인식하였다. 여 기서 자연스레 지모신(地母神) 신앙이 형성되었다. 명산대천(名山大川) 을 찾아 아들 낳기를 기원하는 풍습은 이러한 의식의 반영이다. 금와 왕의 출생담은 지모신인 땅이 스스로 아이를 낳을 수 있다는 의식이 반영된 이야기이다.

제주도 제주시에서 남쪽으로 3리쯤 떨어진 곳에 삼성혈(三姓穴)이 있다. 이곳에는 "애초에 사람이 없었는데, 땅에서 세 신인(神人)이 솟아났다."고 한다. 맏이가 양을나(良乙那), 버금이 고을나(高乙那), 셋째가 부을나(夫乙那)이다(현용준, 『제주도신화』, 서문당, 1977, 22쪽). 이들이 제주 양(梁)·고(高)·부(夫) 씨의 시조가 되었다. 삼성혈신화 역시 땅이 직접 인간의 생명을 탄생시킬 수 있다는 사고의 표현이다.

금와가 처음 발견될 때의 모습은 '금빛 개구리 모양의 아이'이다. 금빛은 황금색, 즉 황색을 의미한다. 황색은 방위를 나타낼 때 중앙을 나타내는 색으로, 왕권을 상징하기도 한다. 금빛 개구리 모양의 아이는 왕권을 이어받을 신성한 인물임을 상징적으로 나타낸다. 옛사람들이 개구리를 신이한 동물로 인식한 것은 개구리를 '달동물'로 보았기 때문이라고 할 수 있다.

파평 윤씨 용연(龍淵)

한 노파가 파주군 파평면 눌로리에 있는 못가에 가서 빨래를 하고 있었다. 그때 동쪽에서 솟아오르는 아침 햇빛 같이 찬란한 빛이 못 가운데서 비치고, 갑자기 안개가 못을 덮어 지척(咫尺, 아주 가까운 거리)을 분간하기 어려웠다. 그때 이상하게도 고운 상자 하나가 물 위로 떠올랐다.

노파가 못 속으로 들어가 그 상자를 건져 가지고 나와서 열어보니, 예쁜 옥동자가 들어 있었다. 노파는 그 아이를 데리고 와서 잘 길렀다.

그가 장성한 후 고려조에 등관(登官, 관직에 오름.)하여 큰 인물이 되었다. 그가 파평 윤씨의 시조이다.

그 자손들이 그 연못에 '파평 윤씨 용연(龍淵)'이라는 비석과 제단을 세우고, 해마다 봄가을에 제사를 지낸다.

〈최상수, 『한국민간전설집』, 통문관, 1958, 9~10쪽〉

이 이야기에서 파평 윤씨의 시조는 고운 상자에 담겨서 연못 물 위로 떠올랐다. 그가 들어 있는 상자가 물 위로 떠오를 때에는 못 가운데서 찬란한 빛이 비치고, 안개가 못을 덮어 지척을 분간하기 어려웠다고 한다. 이것은 비범한 인물의 탄생을 알리는 신이한 징조이다.

인천광역시 강화군 하점면 부근리 426-2에는 하음 봉(奉)씨 시조가 탄생하였다는 '봉가지(奉哥池)'가 있는데, 그 앞에 봉가지의 유래를 적은 안내판이 있다. 그 내용을 보면, "고려 예종 2년(1107)에 봉천산 밑에 사는 한 노파가 연못가로 물을 길러 갔다. 그때 홀연히 하늘에 구름이 가득 끼고, 우레 같은 이상한 소리가 나더니, 수면에 석함이 떠올랐다. 이를 건져내어 뚜껑을 열어 보니, 옥동자가 들어 있었다. 이 아이를 왕에게 바치자 기이하게 여겨 궁중에서 양육하고, 봉우(奉佑)라는 성명을 하사하였다."(최운식, 『함께 떠나는 이야기 여행』, 민속원, 2004, 137~139쪽)고 하여, 봉우의 출생 과정을 아주 신비스럽게 표현하였다.

위의 두 이야기에서 파평 윤씨와 하음 봉씨의 시조는 물이 아이를 낳았다고 한다. 물은 생명의 존속을 좌우하며, 생명의 근원이 되는 존재이다. 또 물은 무시무시한 파괴력(破壞力)과 더러운 것을 깨끗하게 해 주는 정화력(淨化力)을 지니고 있다. 그래서 예로부터 물을 경외(敬畏)하면서 신성시하였다. 물에 신격을 부여하여 수신으로 숭앙하기도 하였다.

두 성씨 시조의 탄생담은 신이한 존재인 땅이나 물이 직접 아들을 낳을 수 있다는 의식의 표현이다. 두 성씨의 후손들은 이런 시조신화를 가짐으로써 씨족으로서의 자부심과 긍지를 가질 수 있었을 것이다.

나. 신이한 존재가 여인과 교구하여 낳음

옛이야기 중에는 신이한 존재가 직접 주인공을 낳는 경우가 있는가 하면, 여인과 접촉함으로써 여인의 몸을 빌려 주인공을 낳은 이야기도 있다. 대표적인 예가 고조선을 세운 단군과 고구려를 세운 주몽의 출생담이다.

환웅과 웅녀가 낳은 단군

옛날 환인(桓因)의 작은 아들 환웅(桓雄)이 자주 천하에 뜻을 두고, 사람이 사는 세상에 깊은 관심을 드러냈다. 그의 아버지 환인이 아들 환웅의 뜻을 알아차리고 삼위태백(三危太白)을 내려다보니, 인간을 널리 이롭게 할 만하였다[弘益人間]. 이에 환인은 아들 환웅에게 천부인(天符印) 세 개를 주어 인간세계를 다스리게 했다. 환웅은 무리 3천 명을 데리고 태백산 마루턱에 있는 신단수 밑으로 내려왔다. 그는 풍백(風伯)·우사(雨師)·운사(雲師)를 거느리고 와서, 곡식·수명·질병·형벌·선악을 주관하고, 인간의 360여 가지 일을 주관하며, 세상을 다스리고 교화하였다.

이때, 곰 한 마리와 호랑이 한 마리가 같은 굴속에 살고 있었는데, 이들은 항상 환웅에게 사람이 되게 해 달라고 빌었다. 환웅은 신령스러운 쑥한 줌과 마늘 스무 개를 주면서 말했다.

"너희들이 이것을 먹으며 100일 동안 햇빛을 보지 않으면, 변하여 사람이 될 것이다."

곰과 호랑이는 이것을 받아서 먹었는데, 곰은 3·7일간 금기를 지켰으므로, 여자의 몸으로 변했다. 그러나 호랑이는 금기를 지키지 않았으므로 사람으로 변하지 못하였다.

웅녀는 혼인할 사람이 없었으므로, 매일 신단수 밑에 와서 아기 갖기를 축원하였다. 이에 환웅이 짐짓 변하여 그녀와 혼인했더니, 바로 잉태하여 아들을 낳았다. 그 아기의 이름을 단군왕검이라고 히였다.

  단군왕검은 중국 요(堯) 임금이 즉위한 지 50년인 경인년(庚寅年)에 평양
성에 도읍하여 나라를 세우고, 나라 이름을 조선(朝鮮)이라고 하였다.

〈『삼국유사』 권1 고조선〉

  이것은 우리 민족이 세운 최초의 부족국가인 고조선의 건국신화로,
우리의 조상인 단군 출생의 신성성을 보여주고 있다. 이 이야기에 나
오는 홍익인간(弘益人間)의 정신은 우리의 교육이념이 되어, 오늘을 사
는 우리들의 정신적 지주 역할을 하고 있다.
  이 이야기에서 환웅은 환인 천제의 아들이니, 그 역시 천신이다. 그는
천신으로, 바람·비·구름을 조절할 수 있었고, 곡식·수명·질병·형벌·
선악 등을 비롯하여 인간의 360여 가지 일을 주관할 수 있었다. 환웅이
곡식을 주관했다고 한 것으로 보아 농경신의 성격도 지니고 있다.
  환웅은 지상으로 내려와 웅녀(熊女)와 혼인하여 단군(檀君)을 낳았다.
웅녀는 곰이 변하여 된 여인이다. 곰이 사람으로 변하였다는 것은 실제
로는 있을 수 없는 일이니, 비유적 표현이라 하겠다. 곰은 힘이 세고,
겨울잠을 자는 동물로, 달동물로 보아 신성시하던 동물이다. 고대에는
이러한 곰을 조상신 또는 수호신으로 믿는 곰 토템(totem) 부족이 있었
다. 토템은 미개 사회에서, 부족 또는 씨족과 특별한 혈연관계가 있다고
믿어 신성하게 여기는 특정한 동·식물 또는 자연물로, 각 부족 및 씨족
집단의 상징물이 되기도 하였다. 토템적 사고에서 보면, 곰은 땅의 신이
니, 천제의 아들인 환웅과 웅녀의 혼인은 천신과 지신의 결합이라 하겠
다(최운식, 『전래동화교육의 이론과 실제』, 집문당, 2003, 276~277쪽 참조). 이것
은 태양 토템 부족의 아들과 곰 토템 부족의 딸이 혼인한 사실을 비유적
으로 표현한 것이라 볼 수도 있다.

이 이야기를 역사적 사실과 관련지어 해석하기도 한다. 이에 따르면, 하늘에서 환인으로부터 천부인 3개를 받고, 3천 명의 무리와 함께 내려온 환웅은 다른 지역에서 옮겨온 이주민이다. 이주민인 환웅은 먼저 자리를 잡고 있던 곰 토템 부족과 호랑이 토템 부족 중 어느 쪽과 손을 잡을 잡는 것이 좋을 것인가를 망설이다가 곰 토템 부족과 혼인을 통하여 동맹관계를 맺고, 고조선을 세운 것이다.(최운식,『전래동화교육의 이론과 실제』, 집문당, 2003, 276~277쪽 참조). 이것은 고아시아족과 알타이족의 융합을 신화적으로 표현한 것이라 하겠다(김정학,『한국상고사 연구』, 범우사, 1990, 65쪽).

해모수와 유화의 아들 주몽

천제의 아들 해모수(解慕漱)가 다섯 용이 끄는 수레를 타고 압록강 근처에 내려왔다. 해모수는 물가에 있는 하백(河伯)의 세 딸을 보고, 마음이 끌려 술을 대접하였다. 그는 장녀 유화(柳花)를 붙잡아 두고, 하백에게 청혼하였다. 하백은 해모수와 주술 경쟁을 하여 그가 천제의 아들임을 확인하고, 해모수와 유화의 혼례를 올리게 하였다.

하백은 해모수가 유화와 함께 하늘로 올라가도록 하려고 해모수에게 술을 권하여 취하게 한 뒤에 딸과 함께 가죽수레에 태웠다. 그러나 해모수는 정신이 들자, 유화의 황금비녀로 가죽을 뚫고 나와서, 홀로 하늘로 올라가 버렸다. 하백은 화가 나서 유화를 내쫓았다.

우발수에서 유화를 발견한 부여의 금와왕이 유화를 데려다가 별궁에 두었다. 별궁 안에 있는 유화의 품안으로 햇빛이 비치니, 유화가 임신하였다. 얼마 뒤에 유화가 커다란 알을 낳으니, 금와왕이 상서롭지 못하다고 버리라고 하였다. 알을 마구간에 넣었더니, 말이 밟지 않았다. 산속에 버렸더니, 짐승들이 보호하였다. 구름이 끼고 음산한 날에는 알 위에 햇빛이 비치고 있었다. 왕이 이상하게 여겨 어머니에게 다시 돌려주었다. 그 어머니가 알을 천으로 싸서 따뜻한 곳에 두었더니, 한 아이가 껍질을 깨고 나왔는데, 골격과 외양이 영특하고 기이하였다.

일곱 살이 되니 기골이 준수하여 보통사람과 달랐다. 스스로 활과 화살을 만들어 쏘는데, 백 번 쏘면 백 번 다 적중했다. 그 나라 풍속에 활 잘 쏘는 사람을 주몽이라 하였다. 그래서 그의 이름을 주몽이라 하였다.

〈『삼국유사』 권1, 고구려조와 이규보의 「동명왕편」 참조〉

천제의 아들 해모수(解慕漱)는 수신인 하백(河伯)의 딸 유화(柳花)와 교구하여 주몽(朱蒙)을 낳았다. 따라서 주몽의 출생담은 천신과 수신의 결합에 의해 주몽이라는 신이한 인물이 탄생한 이야기이다.

환웅과 해모수는 천신의 성격을 지닌 신이한 존재인데도 불구하고, 직접 아들을 낳지 않고, 지신인 웅녀와 수신인 유화의 몸을 빌려 단군과 주몽을 낳았다. 이것은 천부지모형(天父地母形) 신화로, 하늘과 땅의 조화와 결합에 의해 인간의 생명이 출생한다는 사고의 표현이기도 하다.

단군이나 주몽은 천신과 지신의 결합에 의해 출생한 인물이기에 고조선이나 고구려의 건국 시조로 부족함이 없는 인물이 되었다. 이러한 신이한 출생담은 건국시조를 성화시키는 중요한 요소이다. 후대로 내려오면, 일상적인 여인이 신이한 존재와 교구하여 아들을 낳는 이야기가 많다. 이러한 이야기를 이류교혼형(異類交婚型) 설화라고 하는데, 후백제를 세운 견훤이나 백제 무왕의 출생담이 이에 해당한다.

지렁이의 아들 견훤

옛날에 한 부자가 광주 북촌에 살고 있었다. 그에게는 딸이 하나 있었는데, 그 딸은 용모와 몸가짐이 매우 단정하였다.

하루는 그 딸이 아버지께 말하였다.

"밤마다 자줏빛 옷을 입은 남자가 와서 관계를 하곤 갑니다."

이 말은 들은 아버지가 "긴 실을 바늘에 꿰어 그 남자의 옷에 꽂아 두라." 고 하였다. 그날 밤, 그녀는 아버지의 말대로 하였다.

날이 밝자 그 실이 간 곳을 따라 찾아보니, 바늘은 북쪽 담 밑에 있는 큰 지렁이의 허리에 꽂혀 있었다. 그 뒤에 그녀는 태기가 있어 사내아이를 낳았다.

그 아이는 열다섯 살이 되자, 스스로 견훤이라 하였다.

〈『삼국유사』 권2 후백제 견훤〉

이것은 후백제를 세운 견훤(甄萱, 867~936)의 출생에 얽힌 이야기이다. 이 이야기에서 견훤은 양가집 처녀가 자줏빛 옷을 입은 남자와 관계하여 낳은 아들인데, 그 남자의 정체는 땅을 상징하는 지렁이였다. 금와왕 이야기에서는 땅이 직접 아들을 낳았다. 그러나 견훤 이야기에서는 땅을 상징하는 지렁이가 남성의 몸으로 여인과 교구하여 견훤을 낳는다. 이것은 남성의 생식력이 인지된 뒤에 형성된 것으로, 땅이 사람과 함께 하여 아이를 낳는다는 사고의 표현이라 하겠다.

지렁이는 습기와 유기물이 충분한 땅에서 자라는 환형동물(環形動物, 몸은 여러 개의 마디로 되어 있고, 가늘고 긴 동물)로 재생력이 뛰어나다. 몸의 일부가 잘리면, 잘린 부분을 원래의 몸과 같이 재생시킨다. 한 가운데가 잘리면, 앞부분의 단면에서 꼬리가, 뒷부분의 단면에서 머리가 나와 두 마리의 지렁이가 된다. 이런 지렁이의 재생력은 고대인의 연상 작용에 의해 불사신(不死身)의 생명력으로 간주되었다. 특히 지렁이는 한 마리의 몸에 암컷과 수컷의 생식기관이 있어 양성구유(兩性具有)라는 신비감과 연계되었다. 그래서 이물교구담(異物交媾談)으로 발전하여, 영웅 탄생 설화를 낳게 되었다(『한국문화 상징사전』, 동아출판사, 1992, 545쪽).
견훤 출생담은 지렁이와 관계된 영웅 탄생 이야기의 대표적인 예이다.

옛이야기에서 사람으로 바뀌는 동물은 뱀, 여우, 호랑이, 용, 지렁이
등이다. 이런 동물들은 신이성을 지니며, 외경(畏敬)의 대상이다. 이 중
에서 뱀·용·지렁이는 남성을 상징하고, 농경민족의 풍년을 비는 다산
제의(多産祭儀)와 관련된다.

앞에서 살펴본 「서동과 선화공주」 이야기에서 서동은 과부가 연못
에 사는 용과 관계하여 낳은 아들이다. 신이한 존재인 용과 여인의 사
이에서 태어난 아이이기에 마를 캐다가 팔아서 먹고 살 정도로 힘든
생활을 하였으나, 재주와 도량이 크고, 비범하였다. 그래서 마침내 신
라의 선화공주를 아내로 얻고, 백제의 왕이 되었다. 신이한 용의 아들
로서 이룬 통쾌하고 장한 일이다.

도화녀와 비형랑

신라 제25대 사륜왕(舍輪王)의 시호는 진지대왕(眞智大王)이다. 사량부에
한 서민의 여자가 있었는데, 얼굴이 하도 예뻐서 사람들이 '도화랑(桃花娘)'
이라고 불렀다.

왕이 그 소문을 듣고, 대궐로 불러 상관하려 하자, 여자가 말하였다.

"여자가 지켜야 할 도리는 두 남편을 섬기지 않는 것입니다. 남편이 있는
데, 다른 남자를 섬기라는 것은 제왕의 위엄으로도 못할 일입니다."

"너를 죽이면 어찌하려느냐?"

"차라리 죽을지언정 다른 일은 원하지 않습니다."

왕이 희롱하여 물었다.

"네 남편이 없으면 되겠느냐?"

"그러면 될 수 있습니다."

왕은 그녀를 놓아 보냈다.

그해에 왕은 폐위되었고, 얼마 안 있어 세상을 떠났다. 그로부터 2년 뒤에 그녀의 남편도 세상을 떠났다. 그로부터 10여 일이 지난 어느 날, 왕이 홀연히 생시와 같이 여자의 방에 나타나 말하였다.

"전에 네가 허락한 말이 있지 않느냐? 지금 네 남편이 없으니, 내 뜻을 받아들이겠느냐?"

여자가 가벼이 허락하지 않고 부모에게 고하니, 부모는 "임금님의 말씀인데 어찌 피할 수 있겠느냐?" 하고, 딸에게 왕이 있는 방에 들어가라고 하였다. 왕이 7일 동안 머물렀는데, 오색구름이 집을 덮고, 향기가 방에 가득하였다. 7일 뒤에 홀연히 왕의 자취가 없어졌다.

여자는 이내 태기가 있었다. 달이 차서 해산할 때 천지가 진동하였다. 한 사내아이를 낳았는데, 이름을 비형(鼻荊)이라고 하였다.

〈『삼국유사』 권1 도화녀·비형랑〉

위 이야기에서 사륜왕은 살았을 때 미모의 여인 도화녀를 품에 안고 싶었다. 그러나 남편이 있음을 들어 거절하는 도화녀의 정절을 꺾지 못해, 뜻을 접었다. 그런 그가 죽은 지 2년여 뒤에 살았을 때의 모습으로 도화녀에게 나타나, 살았을 때 채우지 못한 욕정을 채운다. 도화녀는 죽은 사륜왕의 영혼과 교구하여 비형을 낳았다. 이것은 설화에 많이 나타나는 '정령잉태(精靈孕胎) 모티프(motif, 이야기를 구성하는 최소 단위요소)'를 수용하여 구성한 이야기이다.

한국인의 영혼관을 보면, 죽은 사람의 영혼은 대부분 저승에 가서 편안히 지내면서 후손들을 보살핀다. 그러나 살았을 때 소원하던 일을 미처 이루지 못하고 죽었거나 원한이 남아 있을 경우, 또는 살아 있는 사람에게 꼭 전해야 할 말이 있을 경우에는, 살았을 때의 모습으로 나타나기도 하고, 동물의 모습으로 나타나 산 사람과 교통한다. 또 형체는 보이지 않고 말소리만 내기도 한다(최운식, 『옛날이야기에 나타난 한국인의 삶과 죽음』, 한울, 1997, 88~111쪽). 위 이야기에서 사륜왕은 제왕의 권력으로도 차지하지 못한 미모의 여인 도화녀를 잊지 못해 살아 있을 때의 모습으로 나타나 도화녀와 관계를 맺고, 아들 비형을 낳았다. 비형의 신이한 출생 이야기를 들은 진평왕은 그를 궁중에 데려다가 길렀다. 이것은 진평왕이 사륜왕의 정령 잉태를 믿었음을 뜻한다.

사륜왕의 정령과 도화녀 사이에서 낳은 아들 비형은 비범한 존재이다. 그는 귀신들과 어울려 놀기를 좋아하였고, 귀신의 무리를 동원하여 신원사 북쪽 개천에 다리를 놓았다. 그는 귀신의 무리 중에 정사(政事)를 도울 만한 자가 있으면 추천하라는 진평왕의 말을 듣고, 길달(吉達)을 추천하여 정사를 돕게 한다. 그는 길달이 배신하여 도망할 때 그를 잡아 죽인다. 이처럼 신이한 출생을 한 비형은 비범한 능력을 발휘하여 왕을 돕고, 백성을 편안케 하였다.

다. 사람이나 신이한 존재의 도움에 의한 출생

옛이야기에서 대부분의 부부는 순리적으로 자녀를 얻어 기른다. 그러나 일부 사람들은 자녀를 얻지 못하여 많은 어려움을 겪고, 특별한 과정을 거친 뒤에야 자녀를 얻는 경우가 많다. 이것은 옛날이나 지금이나 같을 것이다. 현대에는 의학적 판단과 수단에 의해 자녀를 얻는 경우가 많지만, 과학이나 의술이 발달하지 못했던 시대에는 다른 사람이나 신이한 존재의 도움을 받아 소원을 성취하려고 하였다.

자라를 살려준 선비

옛날에 한 선비가 과거를 보려고 한양에 오르내리느라 논밭을 다 팔아버리고, 나무를 해다 팔며 근근이 살았다. 어느 날, 그는 나무 한 짐을 팔아서 서 푼을 받았다. 그는 그 돈으로 보리쌀을 사 가지고 가서, 아침도 못먹은 아내와 보리죽이라도 쑤어 먹으려고 싸전(쌀과 그 밖의 곡식을 파는 가게)으로 향했다.

그는 싸전으로 가는 길에서 자라를 사라고 외치는 어부를 만났다. 그가묶여 있는 자라 세 마리를 보니, 살려달라고 말하는 듯이 입을 달막거리며눈물을 흘렸다. 그는 서 푼을 주고 자라 세 마리를 사서, 어부가 잡았다는강으로 가서 놓아주었다. 자라는 고맙다고 인사하듯 고개를 꾸벅하고는물속으로 사라졌다.

그가 빈손으로 돌아와 아내에게 자라를 사서 놓아준 이야기를 하니, 아내는 배가 고파 쩔쩔매면서도, 잘했다고 남편을 위로하였다. 그들 부부는백비탕(白沸湯, 아무것도 넣지 않고 맹탕으로 끓인 물)을 한 그릇씩 마시고 자리에 누워 잠을 청하였다.

그때, 젊은이 셋이 찾아와 말하였다.

"우리는 낮에 어르신께서 살려준 자라들입니다. 원래 용왕의 아들들인데, 바깥세상 구경을 왔다가 그만 그물에 걸리고 말았지요. 죽을 목숨을살려 주셔서 감사합니다. 은혜에 보답하는 뜻에서 갖다 드리라는 아버님의 말씀을 듣고, 이것을 드리오니 받아 주시기 바랍니다."

세 젊은이는 푸른 구슬 한 개를 선비의 손에 쥐어 주고 사라졌다.

선비가 구슬을 아내에게 주니, 아내는 구슬을 빈 쌀독에 넣어 두고 잤다. 아내가 아침에 일어나서 보니, 쌀독에 쌀이 가득하였다. 이상히 여기며 밥을 지어 먹었다. 다음날은 구슬을 궤 안에 넣었더니, 새 옷이 궤 안에 가득찼다. 다시 쌈지 속에 넣었더니, 쌈지에 돈이 가득하였다. 그날 이후로 그들 내외는 필요한 것을 모두 얻었다. 그래서 혼인한 지 10여 년이 되도록 자식이 없는 것을 제외하고는 부러울 것 없이 잘 살았다.

　얼마 뒤, 그의 아내는 소중한 구슬을 잃어버릴까 걱정이 되어 품에 간직하였다. 그녀가 구슬을 품에 간직하던 때부터 태기가 있어 아들 세쌍둥이를 낳았다. 세쌍둥이는 자라서 함께 과거에 급제하였다. 선비 내외는 효성이 지극한 세 아들의 공경을 받으며 행복하게 살았다.

〈최운식, 『한국구전설화집 7』, 민속원, 2002, 269∼273쪽〉

　위 이야기에서 선비가 자라를 산 돈 서 푼은 나무 한 짐을 해다가 팔아 받은 돈으로, 보리쌀을 사 가지고 가서 아내와 함께 보리죽을 쑤어 먹으려던 돈이다. 그 돈이 없으면 내외가 며칠을 굶고 지내야 하니, 내외의 목숨이 걸려 있는 큰돈이다. 그런데 선비는 자라가 살려달라고 애원하는 듯한 모습을 보이자, 자비심을 발휘하여 자기가 가진 돈 모두를 털어 자라를 사서 놓아준다. 대단히 큰 자비심의 발로이다. 아내는 빈손으로 돌아온 남편에게 화를 내거나 원망하지 않고, 잘했다고 칭찬하며 백비탕을 끓여 먹으면 된다고 한다. 아내의 마음씨 역시 착하고 너그럽다.

　선비가 살려준 자라 세 마리는 동해용왕의 세 아들인데, 바깥세상 구경을 나왔다가 그물에 걸려 죽게 되었다. 그들은 자비심 많은 선비를 만나 놓임을 받아 생명을 건진다. 동해용왕이 아들들을 살려준 선비의 은혜에 보답하는 뜻에서 준 파란 구슬은 부족한 것을 채워주는 신이한 구슬이다. 선비 내외는 이 구슬로 필요한 것을 모두 얻음은 물론, 아들 세쌍둥이도 얻는다. 선비 내외는 세쌍둥이를 얻음으로써 혼인한 지 10년이 지나도록 자식이 없어 대가 끊어질까 염려하던 걱정을 씻어 버렸다. 세쌍둥이는 자라서 과거에 급제함으로써 과거에 낙방하고, 재산까지 탕진하였던 이비지의 한을 풀어 드렸다. 이들 부부가 얻은 행복은 근면·성실하며, 아름답고 착한 마음과 행동에 대한 보상이라 하겠다.

위 이야기에서 동해용왕의 아들들은 자라의 모습으로 물가에 나왔다가 어부의 그물에 걸려 잡혀 죽을 뻔하고, 밤에 젊은이의 모습으로 나타난다. 이것은 용이 신이한 존재로 모습을 자유자재로 바꿀 수 있다는 의식과 자라를 신성시하는 의식이 함께 작용하여 구성된 것이라 하겠다. 용은 신이한 존재이기에 선비 내외의 착한 마음과 행실을 알고 복을 준 것이다.

남의 제사로 얻은 아들

옛날에 한 시골 선비가 서울로 과거를 보러 갔다가 낙방하였다. 그는 가지고 간 노잣돈이 떨어져 밥을 얻어먹으며 집으로 오고 있었다. 그가 어느 마을 가까이에 왔을 때 날이 저물었다. 그는 한 부잣집을 찾아가 하룻밤 재워달라고 하였다. 주인은 그를 사랑으로 안내한 뒤에, 저녁밥을 먹었느냐고 물었다. 아직 먹지 못하였다고 하자, 주인은 며느리를 불러 저녁상을 차려 내오라고 하였다.

얼마 뒤, 며느리가 밥상을 차려 내왔다. 그가 이따가 먹겠다며 밥상을 윗목으로 밀어 놓으니, 주인이 의아해 하며 물었다.

"시장하실 터인데, 왜 진지를 잡수시지 않고 상을 치워놓으시오."

"실은 오늘이 저의 어머니 제삿날인데, 과거에 응시하고 오느라고 집에 도착하지 못하였습니다. 이따가 지금 주신 음식을 제물로 하여 간단히 어머니 제사를 지낸 뒤에 먹으려고 합니다."

"제사상은 이따가 따로 차려 드릴 터이니, 염려 말고 어서 진지 잡수시오."

그가 주인의 말을 듣고, 저녁밥을 먹기 시작하였다. 주인은 안으로 들어가 며느리에게 손님을 위해 제사상을 차리라고 하였다.

그가 주인과 이런 저런 이야기를 하는 동안에 어느 덧 밤이 깊었다. 자정이 지난 뒤에 며느리가 와서 말했다.

"아버님, 변변치는 않으나, 제사상을 차려 왔습니다."

그가 제사상을 보니, 떡·과일·생선·탕·술 등 여러 가지 음식을 골고루 장만하였다. 자기 집에서 차린 제사상보다 훨씬 더 잘 차렸다. 그는 그 제사상을 놓고, 어머니 제사를 지낸 뒤에 주인과 함께 음복(飮福, 제사를 지내고 난 뒤 제사에 쓴 음식을 나누어 먹음.)하였다.

며느리는 새로 만든 떡과 음식을 상에 차려 가지고, 시어머니 방으로 갔다. 시어머니는 깜빡 잠에 들었다가 일어나며 말했다.

"조금 전에 깜빡 잠이 들었다가 꿈을 꾸었는데, 한 할머니가 옥동자를 안고 와서 내게 주며, '이 아이를 손자로 삼으십시오.' 하더라. 네가 남의 제사상을 정성껏 차려주었으니, 그 공으로 임신을 하려는가 보다. 참 좋은 꿈이다."

그 집주인은 아들 3형제를 두어 모두 혼인을 시켰는데, 둘째와 셋째 아들은 이미 아들을 낳았지만, 함께 사는 큰아들과 며느리는 나이 40이 가까운데, 자식이 없어 걱정을 하고 있었다. 그런데, 큰며느리가 그 날부터 태기가 있어 아들을 낳았다.   〈홍태한, 『한국의 민담』, 민속원, 1999, 170~172쪽〉

이 이야기에서 큰며느리는 지나가는 나그네의 저녁상을 차리는 일이 번거롭고 귀찮았을 것이다. 그러나 나그네를 정성껏 대접하려는 시아버지의 뜻을 따라 저녁상을 차려 내갔다. 그런데 시아버지는 또다시 나그네 어머니의 제사상을 차리라고 하였다. 대개의 며느리들은 이런 시아버지의 처사가 못마땅하여 이의를 제기하거나, 하는 시늉만 냈을 것이다. 그러나 이 며느리는 정성껏 제사상을 차려 내갔다. 선비가 자기 집에서 차린 것보다 더 잘 차렸다고 감탄할 정도로 차렸으니, 두말 할 것도 없다. 이런 제사상을 받고 감동한 선비 어머니의 영혼은 은혜를 갚는 뜻에서 그 댁 며느리에게 아이를 점지해 주었다. 다른 사람의 딱한 처지를 헤아리는 시아버지의 선한 마음괴 남의 제사상도 자기 집 제사상 못지않게 잘 차려 올리는 며느리의 정성에 대한 보응이다.

한국인은 전통적으로 영육분리(靈肉分離)의 이원적 사고를 지니고 있다(최운식, 『옛날이야기에 나타난 한국인의 삶과 죽음』, 한울, 1997, 66~83쪽). 이에 따르면, 사람은 육신과 영혼이 결합되어 있는 상태가 삶이고, 육신에서 영혼이 벗어난 상태가 죽음이다. 육신은 공간과 시간을 가지고 있으므로, 수명이 다하면 죽어야 하는 유한한 존재이다. 그러나 영혼은 시간과 공간의 제약을 받지 않는 영원한 존재이다. 영혼에는 선령(善靈)과 악령(惡靈)이 있다. 선령은 수명대로 살다 죽은 사람의 영혼으로, 조상들은 대부분 선령이 되어 후손의 곁을 지키며 보살펴 준다. 악령은 비명횡사(非命橫死, 뜻밖의 사고를 당하여 제명대로 살지 못하고 죽음.)한 영혼으로, 원한이 많아 저승으로 가지 못하고 떠돌며 사람을 해친다. 우리가 제사를 정성껏 모시는 이면에는 조상의 영혼이 보살펴주기를 바라는 마음이 깔려 있다. 제사를 정성껏 모시지 않으면, 조상의 영혼이 노하여 화를 내린다고 하는 것이 일반적인 인식이다.

요즈음에는 조상을 숭모(崇慕, 우러러 사모함.)하는 마음이 약해져서 조상의 제사에 정성을 기울이지 않는 경향이 있다. 그래서 자기 조상의 제사 지내는 것을 귀찮게 여기는 사람이 늘어가고 있다. 이러한 때에 남의 부모 제사상까지 정성껏 차려준 며느리의 착한 마음은 많은 것을 생각하게 해 준다.

아들 열다섯을 둘 팔자

옛날에 한 젊은이가 장가를 들어 아들 다섯을 낳았다. 가난한 살림에 식구가 늘고 보니, 먹고 살기가 어려웠다. 그의 아내는 남편에게 아이를 더 낳으면 안 되니, 집을 나가 몇 년 있다가 돌아오면 어떠냐고 하였다. 그는 고민을 하며 마을 앞 정자나무 밑에서 서성이다가 점쟁이를 만났다. 점쟁이는 그를 보고, 아들 열다섯을 둘 팔자라고 하였다. 그가 아내에게 그 말을 하니, 아내는 어서 집을 나가라고 내쫓았다.

집에서 쫓겨난 그는 이리저리 다니다가 사람들이 모인 정자에 들렀다. 그는 자기가 떠돌이 생활을 하게 된 일을 이야기하며 신세한탄을 하였다. 그의 말을 들은 한 부자가 그에게 자기 집으로 가자고 하였다. 부자는 아들을 얻으려고 마누라 열을 얻었으나 소용이 없다고 하면서, 자기 아내와 동침하여 아들을 낳게 해 달라고 하였다. 그는 부자의 요청에 따라 본부인부터 차례로 부자의 여인들과 하룻밤씩 동침하였다. 열 번째 아내의 방에 들어가니, 여인은 그가 이 집에 오기까지의 일을 자세히 묻고, 동침하였다. 그리고 날이 밝기 전에 이 집을 떠나지 않으면 죽을 것이니, 도망하라고 하면서 금붙이를 많이 주었다. 그는 그 여인의 도움을 받아 그 집을 빠져나왔다. 집으로 온 그는 금붙이를 팔아 많은 전답을 사서 부자가 되어 잘 살았다.

20여 년이 지난 어느 날, 그는 옛일이 궁금하여 전에 갔던 부잣집을 찾아갔다. 부자는 이미 죽고, 열 과부가 각각 아들을 장가들여 살고 있는데, 나이가 그만그만하였다. 열 번째 부인의 아들은 그가 친아버지임을 알아차렸다. 그 아들은 아홉 명의 이복형제와 그 어머니들을 모이게 하여 전후 사정을 이야기하고, 함께 모여 그에게 부자(父子)의 예를 갖추어 인사하였다.

그 아들은 형제들과 그 어머니들을 설득하여 아버지와 함께 살기로 뜻을 모았다. 곧 재산을 모두 정리하여 가지고, 그의 고향으로 가서 한 마을을 이루고 잘 살았다. 〈황인덕, 『이야기꾼 구연설화 - 이몽득』, 박이정, 2007, 512~518쪽〉

이 이야기의 주인공은 아들 열다섯을 둘 팔자를 타고 났으나, 자기가 그런 팔자를 타고 난 것을 몰랐다. 그는 집에 있다가 아들을 더 낳으면 안 되겠다는 생각에서 집을 나온다. 그는 떠돌이 생활을 하다가 우연히 만난 부자의 부탁을 받고, 부자의 여인들과 동침한 뒤에 집으로 돌아왔다. 그는 부자의 열 번째 여인이 준 금붙이를 팔아 논밭을 사서 부자가 되었다.

그는 20여 년이 지난 뒤에 그 부자가 살던 마을에 가서, 전에 하룻밤씩 동침한 여인들이 모두 아들을 낳은 사실을 알게 된다. 부자의 열 번째 아내의 아들은 자기 어머니처럼 똑똑하고 생각이 깊었다. 그 아들은 자기가 아버지로 알고 자란 부자의 피를 받지 않은 것이 사실이고, 부자가 이미 세상을 떠난 마당에 마을 사람들의 눈총을 받으며, 그곳에서 그대로 사는 것이 부끄럽다고 하였다. 그래서 그는 이복형제 아홉 명과 그 어머니들을 설득하여 재산을 정리한 다음, 모두 친아버지 집으로 간다. 그는 갑작스레 아들 열과 마누라 열을 더 얻게 되었다. 이렇게 하여 아들 열다섯을 둘 팔자라는 점쟁이의 말은 그대로 실현되었다.

부자는 아들을 둘 팔자가 아니었다. 부자는 팔자에 없는 아들을 얻으려고 아내를 열 명씩이나 얻었지만, 아들을 하나도 얻지 못했다. 부자는 편법을 써서라도 아들을 얻겠다는 생각에서 아들을 많이 둘 팔자를 타고 난 남자의 씨를 받을 결심을 한다. 부자는 그 남자를 열 명의 아내와 동침하게 한 뒤에 죽이려고 하였으나, 열 번째 아내의 방해로 그를 죽이지 못하였다. 부자가 죽은 뒤에 아들 열 명은 모두 자기의 친아버지를 따라 고향을 떠난다. 아들을 두지 못할 팔자를 타고 난 부자가 운명을 거슬러 아들을 두려고 한 노력과 책략은 아주 허망한 것이었다.

사주팔자(四柱八字)란 무엇인가? 이에 관해 간단히 살펴보겠다(최운식, 『한국인의 삶과 문화』, 보고사, 2006, 20~25쪽 참조). 사주는 태어난 해·달·날짜·시각을 각각의 기둥으로 하는 네 기둥, 즉 연주(年柱)·월주(月柱)·일주(日柱)·시주(時柱)를 말한다. 사주는 대개 10간(干) 12지(支)를 조합

한 육십갑자[六甲]로 말한다.

2017년 5월 5일(음력 4월 10일) 낮 12시에 태어난 사람의 사주를 알아보자. 연주는 태세(太歲)라고도 하는데, 해의 차례에 따라 육갑으로 나타낸다. 서기 2017년은 정유년(丁酉年)이니, 이 사람의 연주는 '정유'이다. 월주는 월건(月建)이라고도 하는데, 이 역시 달의 차례에 따라 육갑으로 나타낸다. 2017년 5월의 월건은 을사(乙巳)이므로, 이 사람의 월주는 '을사'이다. 일주는 일진(日辰)이라고도 하는데, 이 역시 하루하루를 차례에 따라 육갑으로 나타낸다. 5월 5일의 일진은 임진(壬辰)이다. 시주는 태어난 시각을 시 계산법에 따라 육갑으로 말하는 것이다. 밤 11시부터 새벽 12시 59분까지를 자시(子時)라 하고, 그로부터 두 시간을 단위로 하여 축시(丑時), 인시(寅時), 묘시(卯時), 진시(辰時), 사시(巳時), 오시(午時), 미시(未時), 신시(申時), 유시(酉時), 술시(戌時), 해시(亥時) 등으로 말한다. 시 계산법에 따르면, 5일 낮 12시는 병오시(丙午時)이다. 그러므로 2017년 5월 5일(음력 4월 10일) 낮 12시에 태어난 사람의 사주는 '정유년, 을사월, 임진일, 병오시'이다. 여기서 연·월·일·시란 말을 빼고 말하면, '정유·을사·임진·병오'로 모두 여덟 글자, 즉 팔자(八字)가 된다. 흔히 '그 사람은 아주 팔자 좋은 사람이야.', '내 팔자는 왜 이 모양인가.' 등의 말을 하는데, 이것은 사주를 육갑으로 말하면, 여덟 글자가 되기 때문에 하는 말이다.

사주를 식물과 사람에 비유하면, 연주는 뿌리-조상, 월주는 싹-부모, 일주는 꽃-나, 시주는 열매-자녀에 해당한다. 사주를 건물에 비유해 보면, 집의 네 기둥은 사람이 세상에 태어나면서 정해지는 사주이고, 집은 그 사람의 삶이 된다. 사람이 이 세상에 태어나면 운명의 네 기둥, 즉 사주가 정해지고, 그에 따라 그 사람의 운명이 결정된다고 하는 것을 '운명론(運命論)'이라고 한다. 한국인은 예로부터 이러한 운명론을 지니고 살아왔다. 모든 것을 과학적이고 합리적으로 따지며 사는 현대인들도 이런 의식을 지니고 있다.

사람의 운명은 사주팔자에 따라 결정된다고 하는데, 사주는 이 세상에 태어나면서 정해지는 것이므로, 그 사람의 의사와는 아무 관련이 없는 것이다. 그런데도 그에 따라 그 사람의 운명이 정해진다고 하니, 이것이 타당성이 있는 것인가? 필자가 만났던 역리학자(易理學者, 음양오행설에서, 易의 법칙이나 이치를 연구하는 사람) 중의 한 사람은, "사람의 삶은 '숙명(宿命)'과 '운명(運命)'이 있다."고 하였다. 그에 따르면, 사주로 타고 난 것은 '숙명'이고, 그 외의 여러 가지 요인에 의해 조금씩 변하는 것이 '운명'이다. 그의 말대로라면 숙명은 바꿀 수 없어도, 운명은 자기의 의지와 노력에 의해 바꿀 수도 있다. 우리는 숙명이나 운명에 마음을 빼앗기지 말고, 성실한 삶을 살아야겠다. 좋은 사주를 타고 난 사람은 좋은 일이 이어지도록 노력하고, 나쁜 사주를 타고 난 사람은 나쁜 일이 생기지 않도록 노력하면 될 것이다.

팔자에 없는 아들을 얻은 정성

옛날에 한 재상이 외동딸의 관상을 보니, 자식을 못 둘 상이었다. 재상은 자식을 둘 팔자를 타고난 사람에게 딸을 시집보내면, 그 사람도 자식을 둘 수 없게 하는 것이니, 이것은 도리가 아니라고 생각하였다. 그래서 자식이 태어지 않은 신랑감을 찾아 나섰다. 재상이 한 주막에 이르러 거기에서 심부름하는 청년의 관상을 보니, 자식을 못 둘 상이었다. 재상은 그 청년을 데리고 와서 글을 가르친 후 사위를 삼았다.

그 청년은 정승의 사위가 되어 부러울 것 없이 잘 살았다. 그러나 자식이 없는 것이 한이었다. 그는 정승으로부터 자식을 둘 수 없는 팔자라는 말을 들었다. 그러나 정성을 드리면 자식을 둘 수 있을 것이라는 생각에서 지성으로 천제를 드리며 자식을 빌었다. 백 일이 되던 날 밤, 그의 꿈에 한 신인이 나타나 "너는 자식을 둘 팔자가 아니니, 더 이상 기도를 하지 말라."고 하였다. 그러나 그는 그치지 않고 3년 더 천제를 드렸다.

어느 날, 청년은 꿈속에서 무지개를 타고 내려온 선관을 따라 하늘로 올라가 옥황상제를 만났다. 그는 옥황상제께 병신자식도 좋으니 자식 하나만 달라고 사정을 하였다. 옥황상제는 '장님으로 지체 장애이며, 거지 팔자를 타고 난 아이'를 주겠다고 하였다. 그가 지체장애는 할 수 없지만, 앞을 못 보면 밥을 빌어먹지도 못하니, 한쪽 눈만이라도 달라고 하였다. 옥황상제는 벌을 받아 빼놓은 동해용왕의 눈 하나를 태어날 아이에게 주라고 하였다. 그가 그 꿈을 꾼 뒤에 아들을 낳고 보니, 꿈에서 보던 그대로였다.

20년이 지난 후에 그의 아들은 과거에 응시하여 급제하였다. 아들은 고향으로 오는 길에 관상을 잘 본다는 장님을 찾아갔다. 장님은 아들의 옷을 벗게 한 뒤에 다리부터 만지면서, "다리를 절고, 입이 삐뚤어지고, 코가 주저앉았으며, 한쪽 눈이 멀었으니, 70년 거지 신세를 면하지 못할 것"이라고 하였다. 이어서 남은 한쪽 눈을 만져 보고서는 놀라면서 '용의 눈을 가졌으니, 만인지상(萬人之上) 일인지하(一人之下)의 인물이 될 것'이라고 하였다. 아들은 뒤에 영의정이 되었다.

〈최운식, 『한국구전설화집 10』, 민속원, 2005, 416~424쪽〉

이 이야기에서 재상은 자기의 외동딸이 자식을 두지 못할 상(相)인 것을 알고, 무자식의 상을 지닌 주막집 심부름꾼 청년을 사위로 삼는다. 일자무식으로, 주막집 심부름꾼 노릇을 하던 청년은 정승의 눈에 들어 글공부를 하고, 정승의 사위가 됨으로써 삶의 대변혁을 이룬다. 이렇게 하여 팔자를 고친 청년은 "무자식의 팔자를 타고 났으니, 자식을 가질 생각은 하지 말라."는 정승의 말을 거역하고, 3년간 치성을 드린다. 그의 정성은 옥황상제의 마음을 움직였다. 옥황상제는 병신 자식도 좋다는 그의 말대로 장애가 있는 아들을 주었지만, 그 아들은 자라 과거에 급제하고, 영의정까지 하였다. 이 이야기에서는 사주팔자는 타고난 것이어서 바꾸기가 쉽지 않지만, 본인의 의지와 노력 여하에 따라서는 바뀔 수도 있다는 것을 말해 주고 있다.

오이를 먹고 낳은 아들

예전에 한 처녀가 냇가에서 빨래를 하고 있는데, 오이 하나가 떠내려 왔다. 그녀가 그 오이를 건져 보니, 아주 먹음직스러웠다. 그녀는 그 오이를 먹고서, 빨래를 다 한 뒤에 집으로 왔다. 그런데 임신이 되어 점점 배가 불러오기 시작하더니, 마침내 사내아이를 낳았다.

그 집에서는 양반집 처녀가 아이를 낳은 것을 용납할 수 없어서, 아이를 몰래 산에다 버렸다. 그런데 산비둘기들이 와서 그 아이를 날개로 보호하였다. 이를 보고 아이를 다시 데려다가 길렀다. 아이가 두 살이 되자, 그 집에서는 아이를 절로 보내어 그곳에서 자라게 하였다.

아이가 7~8세가 되었을 때, 중국에서는 조선에 큰 인물이 태어난 것을 알고, 사람을 보내어 찾아서 그를 데려갔다. 그래서 그 아이는 중국에서 자라 어른이 되었다. 중국에서는 이 사람을 다시 조선으로 보내면서, 조선에서 큰 인물이 날 형국(形局)의 지맥(地脈)을 모두 끊으라고 하였다. 이 사람은 조선에 와서 몇 군데의 지맥만 끊고, 자기가 난 고장의 지맥은 끊지 않았다. 그리고 조선의 지맥을 끊게 한 앙갚음으로 중국에 낙태(落胎)의 기(氣)를 보내어 중국인들이 임신만 하면 낙태가 되도록 하였다.

중국에서는 이 사람이 낙태의 기를 보낸 것을 알고, 이 사람을 찾아와 이를 중지해 달라고 간청하였다. 앞으로는 서로 이러한 일을 하지 않기로 약속이 되자, 이 사람은 낙태의 기를 거두었다.

〈최운식, 『한국의 민담 2』, 시인사, 1999, 161~164쪽〉

이 이야기에서 처녀는 냇가에서 빨래를 하다가 냇물에 떠내려 오는 오이를 먹고 임신하여 아들을 낳았다. 부모는 양반집 딸이 처녀의 몸으로 아이를 낳은 것을 용납할 수 없어 산에다 버렸더니, 비둘기들이 아이를 보호하였다. 부모는 그 아이가 보통의 아이가 아님을 알고, 거두어 기르다가 절로 보냈다. 그 아이가 7~8세가 되었을 때, 조선에 이인(異人, 재주가 신통하고 비범한 사람)이 탄생했음을 안 중국이 그를 데려갔다. 그 아이를 중국인으로 길러 그의 비범한 능력을 중국을 위해 쓰게 하려는 속셈이었다. 그는 중국에서 지술(地術, 풍수지리설에 바탕을 두고 지리를 보아 묏자리나 집터 따위의 좋고 나쁨을 알아내는 술법)의 대가(大家)가 되었다.

중국은 그를 조선으로 보내어 큰 인물이 날 형국의 지맥을 끊으라고 하였다. 중국 조정의 명령이 조선을 해치려는 음모임을 아는 그는 조선에 와서 몇 군데의 지맥을 끊어 명령을 수행하는 듯한 행동을 한다. 그리고는 낙태의 기운을 중국으로 보내어 중국인들이 아예 출산을 못하게 한다. 이것은 중국에 내리는 큰 재앙(災殃)으로, 조선에서 큰 인물이 태어나지 못하게 하려는 야비한 술책에 대한 통쾌한 복수이다. 이에 당황한 중국에서는 자기들의 잘못을 사과하고, 재앙을 면하게 해 달라고 청한다. 이처럼 처녀가 오이를 먹고 임신하여 출생한 아이는 자라서 지술의 대가가 되어, 나라를 위해 큰일을 하였다.

이와 비슷한 이야기가 『신증동국여지승람(新增東國輿地勝覽)』 제35권 「영암 고적조」에도 실려 있다. 신라 사람 최 씨의 정원 안에 열린 오이 하나가 길이가 한 자가 넘었으므로, 온 집안 식구가 이를 이상히 여겼다. 최 씨 집 딸이 몰래 그것을 따 먹었더니, 이상하게 임신이 되었다. 달이 차서 아들을 낳으니, 그의 부모는 그 애가 사람과 관계없이 태어난 것이 미워 대숲에다 버렸다. 두어 주일 뒤에 딸이 가서 보니, 비둘기와 수리가 와서 날개로 덮고 있었다. 딸이 돌아와 부모께 고하니, 부모가 이상히 여겨 데려다가 길렀다. 그 아이가 자라서 머리를 깎고 중이 되었는데, 이름을 도선(道詵)이라 하였다. 이것은 신라 말기의 승려로, 풍수설의 대가로 알려진 도선국사(道詵國師, 827~898)의 탄생담이다.

전라남도 영암 지방에는 위 이야기와 비슷한 도선국사 출생담이 구전으로 전해 온다. 영암군 군서면 동구림리에는 성천(聖川)이라는 내가 흐른다. 도선국사의 어머니가 처녀 때 성천에서 빨래를 하다가 떠내려 온 참외를 먹고 임신하여 아이를 낳았다. 그 아이가 도선이라고 한다(최운식, 『다시 떠나는 이야기 여행』, 종문화사, 2007, 281쪽).

처녀가 오이를 먹고 임신한 이야기는 고려 시대에 전라남도 화순 출신으로, 송광사 제2대 조사(祖師, 한 종파를 세워서, 그 宗旨를 펼친 사람)가 된 진각국사(眞覺國師, 1178~1234)와 관련되어 전해 오기도 한다(최상수, 『한국민간전설집』, 통문관, 1958, 165~169쪽 참조). 진각국사의 어머니가 겨울철에 '차천(車泉)'으로 물을 길러 갔다가 샘에 떠 있는 오이를 먹고 임신하여 진각국사를 낳았다고 한다.

처녀가 오이를 먹고 임신하여 비범한 인물을 낳았다고 하는 것은 햇빛에 의한 임신[日光懷妊], 이상한 물체와의 접촉에 의한 회임과 함께 비범한 인물의 출생담에 자주 쓰이는 모티프이다. 여기서 오이는 남근(男根)의 상징으로 볼 수 있다. 오이는 생육이 아주 빠르고, 생김새가 남근과 비슷하므로, 신이성을 지닌 것으로 인식되었다. 오이를 먹고 임신하였다고 하는 이야기는 '비슷한 원인은 그와 비슷한 결과를 가져 온다'는 모방주술(模倣呪術, 類感呪術이라고도 함.) 심리를 바탕으로 꾸며진 이야기이다.

죽은 아들에게서 손자 보는 묏자리

옛날에 곽 정승이 늦도록 혈육이 없어 집안 치성은 물론, 명산대찰(名山大刹, 이름난 산과 큰 절)에 치성을 드린 뒤에 아들 하나를 얻었다. 그는 치사(致仕, 나이가 많아 벼슬을 사양하고 물러남.)한 뒤에 고향에 내려와 살았다.

그가 애지중지(愛之重之, 매우 사랑하고 소중히 여김.)하던 아들이 장가도 들기 전에 죽었다. 그는 많은 재산을 물려줄 사람이 없음을 한탄하며, 전답문서를 아들의 관속에 넣었다. 그는 한 중이 '죽은 아들에게서 손자 보는 묏자리[死子生孫之地]'라며 잡아준 곳에 아들을 묻었다.

얼마 뒤, 그 고을 원이 부임해 오다가 그 묘 근처에서 쉬었다. 부임하는 아버지를 따라 오던 원의 딸도 가마 안에서 쉬었다. 그때, 한 총각이 그 처녀의 가마 안으로 들어와 육체관계를 하고는, 문서 한 보따리를 던져 주고 가버렸다.

그 뒤에 처녀는 임신이 되어 배가 불러왔다. 이를 본 원은 딸에게 임신한 연유를 따져 물었다. 딸은 부임하던 날의 일을 말하고, 총각이 주고 간 문서를 보였다. 원은 문서를 살펴본 뒤에 곽 정승을 찾아가 딸이 준 문서를 보였다. 곽 정승이 그 문서를 보니, 그것은 아들의 관속에 넣어 준 토지문서였다. 일의 전말(顚末, 처음부터 끝까지 일이 진행되어 온 경과)을 안 곽 정승은 원의 딸을 며느리로 맞이하였다. 곽 정승의 며느리는 아들 쌍둥이를 낳아 잘 길렀다. 〈최운식, 『한국구전설화집 4』, 민속원, 2002, 475~479쪽〉

이 이야기에서 곽 정승은 곱게 기른 외아들이 혼인하여 아들 낳기를 간절히 바랐지만, 아들은 혼인을 하기도 전에 죽고 말았다. 정승은 크게 실망하여 아들의 장례도 치르지 못하고 상심(傷心)의 나날을 보낸다. 그때 지술에 능한 스님이 찾아와 그의 마음을 위로하면서, '죽은 아들에게서 손자 보는 묏자리'를 잡아준다. 정승은 그 자리에 아들을 묻고, 혹시나 하는 마음을 가지고 살았다. 그런데 그 무덤에 묻힌 정승의 아들이 그곳을 지나다가 쉬고 있는 원님의 딸과 교구하여 임신하게 한다. 처녀의 몸으로 영혼과 교구하여 임신한 원님의 딸은 누구의 아이를 임신하였느냐고 따져 묻는 아버지께 자기가 겪은 일을 이야기하지만, 아버지는 이를 믿지 않는다. 딸은 자기와 관계를 맺은 총각이 주고 간 토지 문서를 아버지한테 보인다. 처녀의 아버지는 그 문서가 곽 정승의 토지 문서임을 보고, 곽 정승을 찾아가 딸이 겪은 일을 이야기한다. 곽 정승은 그 문서가 아들의 관속에 넣은 토지 문서임을 확인한다. 그래서 원의 딸은 죽은 아들이 상관한 여인임을 인정하고, 며느리로 받아들임으로써 손자를 얻게 된다.

이것은 죽은 이의 영혼이 살아 있는 여인과 정을 통하여 아들을 낳았다는 '정령잉태(精靈孕胎) 모티프'를 바탕으로 하여 구성한 이야기이다. 이 모티프는 『삼국유사』의 도화녀(桃花女)가 진지왕의 영혼과 관계하여 비형(鼻荊)을 낳았다는 이야기, 고소설 「금방울전」의 막씨가 죽은 남편과 정을 통하여 금방울을 낳았다는 이야기를 비롯하여 많은 구전설화와 고소설에 나타난다. 이 모티프가 위 이야기에서는 명당의 영험성을 강조하는 기능을 하고 있다.

2. 자녀 기르기

자녀를 둔 부모는 먼저 자녀가 건강하게 자라기를 바라고, 그 다음으로 온전한 인격을 갖춘 아이로 성장하면서, 세상을 살아가는데 필요한 지식과 기술을 익히기를 바란다. 옛이야기에서 부모는 자녀의 건강을 위해 온갖 정성을 기울이면서 신불(神佛)에게 무병장수(無病長壽)를 기원한다. 자녀의 인격 함양 및 지식과 기술 습득을 위해서는 가정교육 또는 서당교육 등을 통해 이를 이루려고 애를 쓴다.

옛이야기에서 자녀의 건강이나 무병장수를 기원하는 내용은 다른 이야기 속에 포함되어 전해 오는 경우가 많고, 독립적으로 전해 오는 이야기는 그리 많지 않다.

중과 단명한 아이

예전에 이 정승이 3대 독자를 두었다. 그는 아들을 잘 키우기 위해 충청도로 내려가 농사를 지으며 살았다.

어느 날, 한 중이 와서 시주를 청하자, 아홉 살 된 아들이 쌀을 가지고 나가서 주었다. 중은 쌀을 받아 바랑에 넣으면서, "예쁘기는 하다만⋯⋯." 하고 혀를 차며 갔다. 아들한테 이 말을 들은 이 정승은 그 중을 불러오게 하여, 그 연유를 물었다.

"이 아이는 명이 짧습니다."

"이 아이는 3대 독자이니, 명을 이을 수 있는 방법을 알려 주시게."

"이 아이를 살리시려거든 제게 10년간 맡기십시오."

이 정승은 기가 막혔지만, 별 도리가 없었다. 아이한테 옷 몇 가지를 싸서 주면서, 중을 따라가라고 하였다.

아이가 옷 보따리를 짊어지고 중을 따라가는데, 중의 걸음이 빨라서 아이는 따라가기가 힘들었다. 내를 건너고 들길을 지나 산을 넘게 되었는데, 앞서 가던 중이 간 곳이 없었다. 그는 산속에서 어찌할 바를 몰라 울다가 지쳐서 잠이 들었다. 잠에서 깬 그는 돌을 주워서 자기 혼자 들어가 쉴 수 있는 크기로, 제법 높은 성을 쌓았다.

해질 무렵에 그는 산 아래에서 밭을 매고 있는 노파를 보고, 달려가서 자기가 지내온 일을 이야기하고, 하룻밤 재워 달라고 하였다. 노파는 그를 큰 기와집으로 데리고 가서 저녁밥을 지어 준 뒤에 아랫목에 누워서 자라고 하였다. 그가 보따리를 베고 누워 잠이 들었다가 깨어 보니, 노파가 베를 짜고 있었다. 노파가 끊어진 올을 이를 때 보니, 혓바닥이 둘로 갈라져 있었다. 그가 무서워서 밖으로 나가려고 하니, 노파가 나가지 못하게 하였다. 그는 꾀를 써서 밖으로 나와 낮에 쌓은 성 안으로 들어가 숨었다. 노파는 구렁이로 변하여 쫓아와서 성을 '툭툭' 치며 돌다가 돌아갔다.

그는 날이 밝은 뒤에 그 앞을 지나는 김 진사에게 지낸 일을 이야기하고, 도움을 청했다. 김 진사는 그를 자기 집으로 데리고 가서 심부름을 시켰다. 그가 심부름을 잘 하여 김 진사의 사랑을 받으니, 다른 머슴들이 그를 시기하였다. 머슴들은 나무하러 가자고 하여 그를 산으로 데리고 가서, 나무에 묶어놓고 내려왔다. 그가 무서워 울고 있을 때, 노인 셋이 지나다가 묶인 것을 풀어주고, 다른 곳으로 데리고 갔다. 노인들은 바둑을 두는데, 한 노인이 그에게 무릎을 베어 주면서 자라고 하였다. 그가 잠들었다가 깨어 보니, 큰 바위 위에 누워 있었다. 그는 다시 김 진사의 집으로 가서 살았다.

세월이 흘러 그의 나이 열아홉이 되었다. 어느 날, 그는 머리를 감고 빗질을 하려고 그 집 딸에게 빗을 빌려 달라고 하였다. 첫째와 둘째 딸은 호통을 치며 거절하였으나, 셋째 딸은 자기 방으로 들어와 머리를 빗으라며 빗과 거울을 내주었다. 셋째 딸은 그의 인물이 빼어남을 보고, 연정을 느껴 붙잡아 두고 정을 통하였다. 이 사실을 안 김 진사는 집안 망신을 시켰다 하여 두 사람을 죽이기로 작정하고, 토굴 속에 가두었다.

이 정승은 아들이 돌아오기로 기약한 10년이 되자, 아들 소식을 초조하게 기다렸다. 이 정승은 길을 가다가 '1000냥 점방'이라 써 붙인 것을 보았다. 복채로 큰돈을 받는 것이 이상하여 들어가 점을 청하니, 점쟁이가 말했다. "큰일 났습니다. 충청도 어느 곳의 토굴 속에 당신 아들이 갇혀 있는데, 빨리 가서 구하지 않으면 죽습니다.

이 말을 들은 이 정승은 서둘러 김 진사의 집을 찾아가서 아들을 구하였다. 이 정승은 10년 만에 만난 아들을 집으로 데리고 와서 오래도록 잘 살았다.

〈박순호, 『한국구비문학대계 5-4』, 한국정신문화연구원, 1984, 872~878쪽〉

위 이야기에서 이 정승은 아들을 잘 기르려고 충청도로 낙향하여 농사를 지으며 산다. 이것은 아들을 잘 기르기 위한 아버지의 지극한 정성이라 하겠다. 이 정승은 "아홉 살 된 아들의 명이 짧은데, 수명을 연장하려면 자기한테 10년간 맡기라."는 스님의 말을 듣고, 큰 충격을 받는다. 금지옥엽(金枝玉葉, 금으로 된 가지와 옥으로 된 잎이라는 뜻으로, 귀한 자손을 이르는 말.)의 아들을 생면부지(生面不知, 서로 한 번도 만난 적이 없어서 전혀 알지 못하는 사람)의 스님에게 10년을 맡긴다는 것은 정말 받아들이기 어려운 일이었다. 그러나 아들의 수명에 관한 것이므로, 그 말을 따르기로 한다. 이것은 아들의 목숨을 살리기 위한 뼈아픈 결단이었다.

아이는 집을 떠나 10년을 지내는 동안 죽을 고비를 세 번이나 당했다. 첫 번째는 10년 간 도를 닦아 인도환생(人道還生, 사람이 죽어 저승에 갔다가 이승에 다시 사람으로 태어남.)하려는 구렁이한테 물려 죽을 뻔하였다. 두 번째는 그를 시기하는 머슴들이 산으로 데려가 나무에 묶어놓아 호랑이 밥이 될 뻔하였다. 세 번째는 김 진사의 막내딸과 정을 통한 일로 김 진사의 노여움을 사서, 김 진사의 집 토굴에 갇혀 죽을 뻔하였다. 첫 번째 위기에는 스님이 그가 쌓은 석성을 지켜주어 모면하였고, 두 번째 위기에는 스님이 지나는 노인으로 나타나 살려 주었다. 세 번째 위기에는 스님이 점쟁이로 나타나, 이 정승에게 아들이 당한 위험을 말해 주어 죽을 고비를 넘기게 하였다.

이 이야기에서 스님은 아이의 운명을 꿰뚫어 알고 있는 신이한 존재이다. 이 정승은 아이의 운명을 예언하는 스님이 신이한 능력을 지닌 인물인 것을 짐작하고, 그 말을 따른다. 아들은 신이한 능력을 지닌 스님의 보호 아래 세 번의 죽을 고비를 넘기면서, 고난을 극복하는 지혜와 경험을 얻어 어른으로 성장하였다. 이렇게 볼 때, 이것은 어린이가 부모님의 보호에서 벗어나 고난과 시련을 이겨내고 성장하여 어른이 되는 과정을 그린 이야기이다. 이런 이야기를 인류학에서는 '절연(絶緣) – 전이(轉移) – 통합(統合)'의 통과의례 절차를 거쳐 어른이 되는 '입사식담(入社式談, initiation story, A. 반 겐넵 저, 전경수 역, 『통과의례』, 을유문화사, 1985, 6쪽 참조)'이라 한다.

「단명할 소년이 정승 딸을 만나 출세」(최래옥, 『한국구비문학대계』 5-1, 81쪽)와 「삼정승의 딸을 얻은 단명 소년」(조희웅, 『한국구비문학대계』 1-1, 94쪽)에서는 단명할 것이라는 점복자의 말을 들은 아이가 집을 나가 여러 어려움을 극복하고, 정승의 딸과 인연을 맺는다. 그로써 주인공은 단명할 운명을 극복하고, 정승의 딸과 혼인하는 행운을 얻는다. 이 이야기의 주인공은 '이 일을 이루지 못하면 죽는다. 죽지 않으려면 이 일을 이뤄야 한다.'는 일념(一念)으로 과제를 수행한다. 이 역시 단명할 아이가 부모 곁을 떠나 여러 가지 어려움을 극복하고, 행운을 얻는 입사식담이다.

어린아이에게 부모는 우주이고, 세상의 모든 것이다. 어린아이는 부모의 말과 행동을 따라 하면서 자라므로, 아이가 어떤 인물로 자라는가는 부모에게 달려 있다. 바르고 곧은 품성을 지닌 사람의 자녀는 올바른 품성을 지니지만, 그렇지 못한 사람의 자녀는 문제아가 되기 쉽다. '문제아 뒤에는 문제 부모가 있다.'는 말은 이러한 사정을 반영한 말이라 하겠다. 옛이야기에 나오는 인물들은 어떠하였을까?

늦게 된 효자

옛날에 한 사람이 늦게 아들을 두어 금옥(金玉)같이 길렀다. 아이가 걸음마를 시작하자, 부모는 "너의 어머니 한 번 때리고 오너라.", "너의 아버지

한 번 때리고 오너라." 하고 시키고는, 맞아주면서 재미있어 하였다. 이 아이는 그것이 버릇이 되어서 장성한 뒤에도 부모를 때리곤 하였다.

아들한테 매일 맞으면서 살던 부모는 매를 피하기 위하여 아들에게 생선 장사를 하라고 하였다. 그가 생선 짐을 지고 여러 마을을 다니다가 한 마을에 가니, 한 젊은이가 가장 좋은 생선을 고르고서 값을 깎지 않았다. 그런데 작은 생선을 사면서는 값을 깎았다. 그가 그 이유를 몰라 물으니, 청년이 대답하였다.

"처음 것은 부모님 봉양할 것이어서 크고 좋은 것을 고르고, 값을 깎지 않았소. 나중 것은 우리가 먹을 것이므로 값을 깎는 것이오. 값을 좀 깎아 주시오."

"부모님 봉양이 무엇이오?"

"부모님을 잘 받들어 모시는 것이지. 그대는 부모님을 어떻게 모시시오?"

"저는 부모를 자고 일어나서 때리고, 나갔다 들어와서 때리오."

"이런 고약한 사람, 그런 법이 어디 있어. 우리 집에 가 하루 묵으면서 부모 봉양을 어떻게 하는가 배워 가시오."

그가 그 집으로 가서 보니, 젊은이는 좋은 생선을 잘 요리하여 부모님께 드리고, 자기는 나중에 먹었다. 밤에는 부모님 방에 불을 때서 따뜻하게 하고, 이부자리를 깔아놓은 뒤에 그 속에 들어가 따뜻하게 해 놓고서, 안녕히 주무시라고 인사하고 나왔다.

그는 생선을 다 팔기도 전에 집으로 왔다. 부모는 아들이 때릴까 봐 무서워 벌벌 떨었다. 그는 생선지게를 받쳐놓자마자 좋은 생선을 가지고 부엌으로 들어갔다. 생선을 깨끗이 씻은 뒤에 맛있게 조리하여 가져다 드리면서 잡수시라고 하였다. 부모는 아들이 밥을 먹은 뒤에 때리려는 것으로 알고 긴장하고 있었는데, 밥을 다 먹은 뒤에도 때리지 않았다.

저녁이 되자 그는 불을 때서 방을 따뜻하게 한 뒤에 이부자리를 깔고서는, 그 속으로 들어가 누워 있었다. 이를 본 부모는 "저 녀석이 얼마나 불효하려고 저러나?" 하면서 지켜보았다. 이불 속이 따뜻해지자, 그는 부모님께 주무시라고 하였다.

　그는 생선장수를 하면서 부모 봉양을 어떻게 하는 것인가를 배워 왔다고 하면서 그동안의 잘못을 용서해 달라고 하였다. 그 후로 그는 마을 사람들에게 칭찬받는 효자가 되었다. 〈최운식, 『한국의 민담 2』, 시인사, 1999, 232~235쪽〉

　위 이야기에서 어린아이는 부모가 장난삼아 '엄마·아빠를 때려보라'고 한 것이 습관이 되어 장성한 뒤에도 부모를 때렸다고 한다. 보고 배울 것이 없는 외딴 시골에서 자란 아이는 부모의 말과 행동을 보고 그대로 따라서 하였다. 「효자가 된 불효자」(조희웅, 『한국구비문학대계』 1-6, 490쪽)에서는 부모가 싸우는 것을 보고 자란 아이가 커서 어머니를 때리는 불효자가 되었다고 한다. 어렸을 때 부모의 말과 행동이 아이의 교육에 매우 중요함을 말하는 이 이야기는 전국적으로 전해 온다. 그런데 아이가 부모를 때리는 전반부는 비슷한데, 잘못하는 아이를 가르치는 방법을 이야기하는 후반부에서는 차이를 보인다.

　「자식 버릇 고친 이야기」(박계홍, 『한국구비문학대계』 4-2, 94쪽)에서는 매를 맞던 어머니가 같은 마을의 이 진사를 찾아가 아들의 버릇을 고쳐 달라고 부탁한다. 이 진사는 그를 자기 집으로 보내게 하여, 자기가 부모님께 조석으로 문안 인사하면서 절하는 것을 보고 배우게 한다.

　「불효자 교육」(조희웅, 『한국구비문학대계』 1-6, 432쪽)에서는 부모를 때리는 불효자를 효자의 집에 보내어 며칠을 묵으면서 배우게 한다. 불효자가 효자의 집에 가서 보니, 그 집 효자 아들이 밭으로 김을 매러 가면서, 아내에게 점심을 준비해서 밭으로 가져오라고 하였다. 그 부인이 점심 준비를 위해 디딜방아를 찧으러 간 사이에 효자의 어머니가 호박구덩이의 풀을 뽑았다. 그리고는 요강의 오줌을 준다는 것이

들기름 병을 가지고 와서 거기에 부었다. 손녀는 이 광경을 보고서도 아무 말을 하지 않았다.

부인이 들어오면서 보니, 호박 넝쿨의 잎이 시들시들하였다. 딸에게 그 이유를 물으니, 할머니가 들기름을 부어 그렇다고 하였다. 부인이 딸에게 "호박 구덩이에 부은 것이 기름이란 말을 할머니한테 하였느냐?"고 물으니, 딸은 말하지 않았다고 하였다. 부인은 딸에게 잘했다고 하면서, 기름이라고 말했으면 할머니가 무척 놀라셨을 것이라고 하였다.

효자는 부인이 점심밥을 가져오지 않는 것이 이상하여 집으로 와서 보니, 아내가 그제서야 밥을 하고 있었다. 왜 이렇게 늦느냐고 물으니, 부인은 어머니가 하도 일을 많이 하셔서 기력이 쇠하신 것 같아 닭을 잡아 드리느라고 늦었다고 하였다. 이 말을 들은 효자는 돗자리를 깔고, 자기 아내에게 고맙다며 절을 하였다.

이러한 광경을 모두 본 불효자는 크게 깨닫고, 집으로 와서 부모님을 잘 모셨다고 한다.

「전일귀의 효도」(최래옥, 『한국구비문학대계』 6-8, 270쪽)에서는 불효자가 장가를 들어 아이를 낳았다. 그는 부모에게는 못되게 굴면서도 제 아이는 끔찍이 예뻐하였다. 어느 날, 아버지가 "네 아이가 그렇게도 예쁘냐?" 하고 물으니, 아들은 그렇다고 하였다. 아버지는 "우리가 너를 낳아 기를 때 너를 예뻐한 것은, 지금 네가 네 아들 예뻐하는 정도가 아니었다. 우리는 기다리고 기다리다가 나이 들어 늦게서야 너를 낳았기 때문에 예뻐하는 정도가 아주 대단하였다."고 말하였다. 이 말을 들은 아들은 곰곰이 생각하더니, 방바닥에 엎드려 그동안 저지른 불효를 용서해 달라고 하였다.

이러한 이야기들은 자녀 교육은 부모의 역할이 매우 중요함을 말해 준다. 또 귀한 자식이라고 하여 곱게 키우고 떠받들기만 할 것이 아니라, 많은 것을 보고·듣고·실천하게 해야 함을 일깨워준다.

하늘이 알아주는 효자

옛날에 홀로 된 여인이 아들과 함께 살았다. 그 아들은 가난해서 서당에도 다니지 못하고, 좋지 않은 일만 보아 나쁜 짓을 하고 돌아다녔다. 어머니는 이래서는 안 되겠다 싶어 도학이 높은 서당 훈장님을 찾아가서, 어떻게 하면 아들이 바른 길을 걷도록 가르칠 수 있겠는가 물었다. 선생님은 애를 데리고 오라고 하였다.

다음날, 어머니는 아들을 데리고 서당으로 갔다. 훈장님은 의관(衣冠)을 정제(整齊, 격식에 맞게 차려입고 매무시를 바르게 함.)하고 계셨는데, 학동(學童, 글방에서 글 배우는 아이)들은 공손한 태도로 공부하고 있었다. 학동들은 훈장님이 시키는 대로 하고, 잘못하면 종아리를 맞으며 용서를 빌었다. 그는 이상히 여겨 어머니께 말했다.

"저 노인은 뭐하는 사람인데, 여러 사람들이 맞고 있지? 저깟 노인네 한 번만 때려 자빠뜨리면 될 텐데."

"저 노인이 여기서 제일 높은 어른이다. 이 근처 사람들은 모두 이 서당에 와서 저 어른한테 공부하여 훌륭한 선비가 되고, 과거에 급제하여 벼슬도 한단다. 우리는 돈이 없어 이 서당에 다니지 못하므로, 구경이라도 하라고 너를 데리고 온 것이다. 잘 보고 배워라."

"저 노인이 그렇게 훌륭한 사람이어요?"

"그래. 임금님 빼고는 제일 높은 분이다."

"나도 그렇게 될 수 있을까요?"

"암, 잘만 배우면 그렇게 될 수 있지."

훈장님은 다음날도 애를 데리고 오라고 하였다.

다음날 또 서당에 가니, 훈장님은 준비해 두었던 참외 10여 개를 그의 옷옷 주머니와 가슴에 넣어 주면서, 자기를 따라오라고 하였다. 더운 여름철에 그 무거운 참외를 안고 훈장님을 따라다니자니, 무척 힘이 들었다. 그가 힘이 들어 더는 못 가겠다고 하니, 훈장님은 앉아서 참외를 깎아 주어 하나씩 먹으면서 말했다.

"힘이 드느냐?"

"예. 세상에 다른 것은 다 해도 이것은 힘들어서 못 하겠습니다."

"내 말 잘 들어라. 너의 어머니는 열 달 동안 너를 뱃속에다가 넣고 다니셨다. 너는 하루도 힘들어 죽겠다고 하는데, 너의 어머니는 열 달 동안 너를 뱃속에 넣고 다니며 집안일도 하고, 품을 팔러 다니기도 하셨다. 너를 낳은 뒤에는 잠도 편히 못 자고, 제대로 먹지도 못하며 너를 길렀다. 그런데 네가 좀 커서 기운이 세졌다고, 어머니를 때리고 욕하면 되겠니? 또 사람들을 두드려 패고, 남의 것을 훔쳐서야 되겠니? 네 어머니를 잘 생각해 봐라."

그는 아무 말도 못하고 눈물을 흘리다가 잘못하였다고 하였다. 그 뒤에 그는 어머니를 잘 모시는 효자가 되었다.

하루는 그가 먼 곳에 가서 편찮으신 어머니께 드릴 약을 지어 가지고 오다가 소나기를 만났다. 비가 그치기를 기다려 집에 가려고 하니, 물이 불어 내를 건널 수 없었다. 그는 물가에 약과 고기를 놓고, 하늘을 향해 울부짖으며 빌었다.

"저는 빨리 가서 어머니께 약을 다려드려야 합니다. 제발 속히 내를 건널 수 있게 해 주세요."

그러나 냇물은 줄지 않았다. 그는 어머니가 돌아가시면 안 되니, 빨리 건너야겠다고 하면서 내로 들어섰다. 그러자 물이 양쪽으로 갈라져서 무사히 건널 수 있었다. 그 뒤로 사람들이 그의 별호를 물이 짝짝 갈라졌다 하여 물 수(水), 물리칠 척(斥), '수척(水斥)'이라 하였다고 한다.

〈김영진 외, 『한국구비문학대계』 3-2, 한국정신문화연구원, 1981, 459~461쪽〉

이 이야기는 불효자가 훈장의 가르침을 받아 천하가 알아주는 효자가 되었다는 내용이다. 이 이야기에 나오는 훈장은 유교 도덕에 관한 학문을 깊이 연구하는 도학자(道學者)이다. 그는 세상의 명리(名利)를 탐하지 않는 고고한 선비로, 과부의 어려움을 듣고, 그녀의 아들을 바른 길로 인도하는 어른이다. 더운 여름에도 의관을 정제하고, 잘못한 사람에게 종아리를 때리는 엄격한 면도 있지만, 참외를 품안에 안고 길을 걸어 스스로 깨닫게 하는 자상한 스승이다. 참 스승의 모습을 보여주는 인물이다.

유당 어머니의 엄한 교육

유당의 어머니는 맏딸로 태어났고, 그 밑에 남동생이 있었다. 그녀의 부모는 동생인 아들에게는 글을 가르쳤으나, 누나인 그녀에게는 글을 가르치지 않았다. 그녀는 동생이 공부할 때 어깨너머로 공부하여 상당한 수준에 이르렀다.

그녀는 홍씨 집안으로 시집가서 아들 하나를 낳았는데, 남편이 죽었다. 그녀는 남편의 삼년상을 치르는 동안 아침마다 축문을 새로 지어 올리곤 하였다.

그녀는 아들이 일곱 살이 되자 글을 가르쳤다. 그녀는 아들이 조금만 잘못하여도 회초리로 종아리에 피가 나도록 때렸다. 아들이 "어머니, 잘못했습니다." 하고 빌면, 그제야 매를 그쳤다. 그녀는 귀한 아들을 때린 것이 마음 아파 구석방에 가서 대성통곡하곤 하였다. 방을 나올 때에는 눈물을 닦고 근엄한 얼굴을 하였다. 그 다음날에도 아들이 잘못하면 또 종아리에 피가 나도록 때리고는 울었다.

아이가 자라 열세 살이 되니 글을 제법 읽었다. 아들이 글 읽는 것을 봐달라고 하자, 그녀는 얼굴을 가리고 앉아 아들 글 읽는 것을 보았다. 아들이 왜 얼굴을 가리고 있느냐고 하자 어머니는, "네가 글을 잘 읽으면 내가 자연적으로 기뻐서 웃음이 나올 텐데, 네가 그것을 보고 마음이 해이해질까 봐서 그런다.”고 하였다. 이렇게 엄격한 어머니 밑에서 자라며 공부한 아들은 공부를 열심히 하여 과거에 급제하고, 판서를 역임하였다.

<최래옥, 『한국구비문학대계』 5-1, 한국정신문화연구원, 1980, 113~116쪽>

이 이야기에서 유당의 어머니는 어렸을 때 딸이라는 이유로 제대로 공부를 하지 못하고, 동생이 공부하는 곁에서 어깨너머로 공부하였다. 그러나 워낙 재주가 있고, 열심히 공부하였기 때문에 상당한 수준의 실력을 갖추고 시집을 갔다. 그녀는 아들 하나를 두고 남편을 잃는 고난을 당하였으나, 아들을 제대로 가르쳐 성공하게 함으로써 고난을 극복하고 행복하게 살았다.

이 이야기는 우리에게 두 가지를 시사해 준다. 첫째, 자녀의 성공은 어머니의 교육에 관한 열정과 신념이 뒷받침되어야 한다. 둘째, 자녀 교육은 엄격하면서도 사랑이 뒷받침되어야 한다. 어머니는 아들의 종아리에서 피가 나도록 매질을 하고서는 마음이 아파 통곡한다. 눈물을 머금고 내리치는 회초리는 아들에게 아픔과 함께 마음에 깊은 감동을 주었을 것이다. 그녀는 마음이 아플 때에도, 기쁠 때에도 엄숙한 표정을 지음으로써 아들의 마음이 해이해지지 않도록 하였다. 이 이야기는 자녀의 개성을 존중한다 하여 아이들이 요구하는 것은 무엇이든지 다 들어주고, 자녀의 인격을 존중한다 하여 옳고 그른 것을 제대로 가르치지 않는 일부의 젊은 부모가 유념하였으면 좋겠다.

부모의 회초리와 관계되는 이야기 한 편을 소개한다.

효자가 종아리 맞고 운 까닭

옛날에 한 효자가 홀어머니를 모시고 살았다. 그는 몹시 가난하였지만, 어릴 때부터 어머니에 대한 효성이 지극하였다. 어머니가 글을 읽지 않는다고 꾸중을 하시면, 더욱 열심히 공부하였다. 어머니는 그가 조금만 잘못하여도 회초리로 종아리를 때렸는데, 어머니가 아무리 힘껏 때려도 그는 아픔을 참고 울지 않았다.

몇 년의 세월이 흐른 뒤에, 그는 예절 바르고 착한 소년이 되었다. 어느 날, 그가 작은 잘못을 하였는데, 어머니는 꾸중을 하시며, 회초리를 꺾어 오라고 하셨다. 그가 회초리를 한 줌 마련해 오자, 어머니는 그에게 바지를 걷고 목침 위에 서라고 한 뒤에, 종아리를 때렸다. 그런데 전에는 그날보다 더 아프게 때려도 울지 않던 그가 자꾸 울었다. 이를 본 어머니가 이상하게 생각하여 우는 이유를 묻자, 그는 이렇게 말했다.

"전에는 어머니께서 회초리로 종아리를 때리면 무척 아팠습니다. 그래도 어머니가 저를 옳게 가르쳐 주시고, 저 잘 되라고 때리는 것이니까 울 것 없다고 생각해서 울지 않았습니다. 그런데 오늘은 어머니께서 힘껏 때리시는데도 아프지가 않습니다. 이것은 어머니가 기운이 줄어서 그런 것이므로, 그게 슬퍼서 웁니다."

어느 날, 밖에 나가서 놀던 그가 안으로 들어오면서 울음을 터트렸다. 이를 본 어머니가 깜짝 놀라 우는 까닭을 물었다. 그의 대답은 좀 엉뚱하였다.

"제가 오늘 산 밑에서 놀다가 양두사(兩頭蛇)를 보았습니다. '그 뱀을 본 사람은 곧 죽는다.'고 하니, 제가 죽는 것은 괜찮지만, 어머니가 계신데 제가 먼저 죽으면 어떻게 하나 싶어서 웁니다."

이 말을 들은 어머니가 양두사를 어떻게 하였느냐고 묻자, 그는 그 뱀을 때려 죽였다고 하였다. 어머니가 죽인 이유를 묻자, 그는 이렇게 말했다.

"저는 이왕에 양두사를 봤으니 죽을 것 아닙니까? 그런데 만약 그 뱀이 살아 있으면, 또 다른 사람이 볼 것이고, 그러면 그 사람도 죽을 것 아닙니까? 그래서 제가 억지로 그 뱀을 때려 죽였습니다."

이처럼 효성이 지극하고, 남을 생각할 줄 아는 그는 착실히 공부하여 과거에 급제하였다. 그는 벼슬이 올라 높은 벼슬을 하면서 어머니를 모시고 오래오래 살았다. 〈최운식, 『옛날 옛적에』, 민속원, 2008, 108~109쪽〉

위 이야기에서 아들은 어머니의 회초리를 '사랑의 매'라고 생각하여, 종아리를 맞으면서 울지 않았다. 그가 청소년이 된 뒤에 종아리를 맞으면서는 울었다. 그 까닭은 어머니가 나이 들어 힘이 약해졌기 때문이라고 한다. 어머니의 회초리가 덜 아프게 느껴진 것은 자기가 장성하여 힘이 세어졌기 때문일 수도 있다. 그러나 그는 그 까닭을 어머니의 힘이 약해진 탓이라고 여긴다. 여기서 어머니가 노쇠해짐을 안타까워하는 아들의 착한 마음이 느껴진다.

그는 양두사를 죽인 날에 또 울었다. 양두사란 몸뚱이 하나에 머리가 둘인 뱀을 말하는데, 그 뱀을 보면 그 사람이 곧 죽는다는 말이 전해 내려온다. 머리가 둘인 뱀은 특이하기 때문에 신이(神異)하게 여겨 이런 말이 생겼을 것이다. 어린 그는 이 말을 믿었으므로, 어머니가 계신데 먼저 죽게 된 것이 슬퍼서 울었다. 죽을 각오를 한 그는 또 다른 사람이 그 뱀을 봄으로써 화를 당하는 일이 없도록 해야 한다는 생각에서 위험을 무릅쓰고, 그 뱀을 죽였다. 효심과 함께 남을 배려하는 너그러운 마음이 정말 갸륵하다.

이 이야기를 보면, 회초리로 종아리를 때리며 기른 어머니의 곧은 정신은 아들에게 그대로 전수되어 아들을 효성이 지극하고, 남을 배려할 줄 아는 사람으로 성장하게 하였다. 이 이야기는 '미운 자식 떡 한

개 더 주고, 예쁜 자식 매 한 대 더 때리라.'는 속담의 의미를 되새기게 해 준다. 이 이야기의 어머니처럼 자녀를 가르치면, 부모의 훈계와 매가 싫어 부모를 폭행죄로 처벌해 달라고 경찰에 신고한 자녀의 이야기가 신문의 사회면을 장식하는 일은 생기지 않을 것이라는 생각이 든다.

어머니의 자녀 교육에 관한 이야기 중에는 중국 한(漢) 나라 때의 문헌 인『열녀전(烈女傳)』에 있는 맹자의 어머니 이야기가 가장 널리 알려졌 다. 맹자(孟子) 어머니가 아들과 함께 공동묘지 근처에서 살았다. 어머니 가 보니, 어린 아들이 장례 치르는 흉내를 내며 놀았다. 어머니는 아들 교육상 안 되겠다 싶어 시장 근처로 이사를 하였더니, 아들이 물건을 사고파는 흉내를 내며 놀았다. 다시 서당 근처로 이사를 하였더니, 아들 이 글 읽는 흉내를 내며 놀았다. 맹자는 그로부터 학문에 뜻을 두고 공부하여 큰 인물이 되었다고 한다. 이를 흔히 '맹모삼천지교(孟母三遷之 敎)'라고 한다. 자녀교육에서 성장환경의 중요성을 말해 주는 이 이야기 는 자녀교육의 귀감(龜鑑, 거울로 삼아 본받을 만한 모범)이 되었다.

맹자 어머니의 교육과 관련된 이야기 중에는 학문에 뜻을 두고 집을 떠났던 맹자가, 어머니가 보고 싶어 학문을 성취하기 전에 집에 돌아오 니, 짜고 있던 베를 잘랐다는 '맹모단기지계(孟母斷機之戒)'도 있다. 이 이야기는 맹자 어머니의 일로 이야기되기도 하고, 한국의 다른 인물과 관련지어 이야기되기도 한다.

한림학사의 어머니

옛날에 홀어머니가 외아들과 함께 살았다. 어머니는 10년을 기약하고, 아들을 멀리 떨어진 곳에 있는 선생님에게 보냈다. 어머니는 열심히 일을 하여 번 돈으로 아들의 학비와 옷, 양식을 마련하여 보냈다.

8년이 지난 어느 날, 아들이 이제 그만 집에 가겠다고 하였다. 선생님은 "너의 어머니가 10년을 공부하고 오라고 하셨는데, 지금 네 실력이 10년 공부한 사람 못지않으니, 네가 알아서 하라."고 하였다.

그가 집에 돌아와 보니, 어머니는 베를 짜고 있었다. 그가 어머니께 인사를 하자, 어머니는 말없이 짜던 베를 끊어 버렸다. 그가 놀라서 이유를 물으니, 어머니가 말했다.

"네가 글공부를 멈춘 것은 내가 짜던 베를 끊은 것과 같다(여지폐경 여오 지단기사, 汝之閉經 如吾之斷機事)."

그가 어찌하면 좋겠는가 물으니, 어머니는 다시 가서 2년을 더 공부하여 10년을 채우고 오라고 하였다.

그가 느낀 바 있어 다시 가니, 선생님은 "네가 돌아올 줄 알았다."고 하며 반겼다. 그는 2년을 더 열심히 공부한 뒤에 과거에 급제하여 한림학사가 되었다. 〈박순호,『한국구비문학대계』 5-7, 한국정신문화연구원, 1984, 723~725쪽〉

위 이야기는 10년이란 기간을 정해 놓고 온 정신을 집중하여 노력한 뒤에 성공한 이야기이다. 10년 세월은 매우 긴 시간이다. 이때의 10은 인생 설계에서 '완성의 수'를 뜻하는 숫자이다. '십 년이면 강산도 변한다.'는 속담처럼 모든 것이 다 변하는 긴 세월 동안을 한 가지 일에 몰두하면 성공할 수 있음을 뜻한다. 이와 비슷한 이야기가 여러 편 전해 오는데, 이 이야기는 맹자 어머니가 짜던 베를 잘랐다는 고사에서 파생한 이야기인 듯하다.

한석봉과 어머니

한석봉의 어머니가 떡장수를 하면서 석봉을 길렀다. 어머니는 10년을 기약하고 석봉을 유명한 절로 보내어 글씨 공부를 하게 하였다. 몇 년을 공부한 석봉은 어머니가 보고 싶어 집에 왔다.

아들을 만난 어머니는 석봉에게 말했다.

"10년 동안 너는 글씨 공부를 하고, 나는 너를 가르치기 위해 떡장수를 하면서 떡을 썰었다. 이제 너와 내가 솜씨를 겨뤄 보자."

날이 저물어 어두워진 뒤에 불을 켜지 않고, 어머니는 떡을 썰고, 석봉은 옆에서 글씨를 썼다.

얼마 뒤에 불을 켜고 보니, 어머니가 썬 떡은 크기나 두께가 모두 똑같아 보기가 좋았다. 그러나 석봉이 쓴 글씨는 크기가 제각각이고, 모양이 삐뚤삐뚤하였다. 이를 본 어머니가 말했다.

"너는 아직 공부가 부족하니, 돌아가 더 공부하고 오너라."

그는 다시 절로 돌아가 열심히 공부하여 유명한 서예가가 되었다.

〈최운식, 『한국구전설화집 5』, 민속원, 2002, 379~380쪽〉

이 이야기는 조선 중기에 서예가로 크게 이름을 떨친 석봉(石峯) 한호 (韓濩, 1543년~1605년, 중종 38~선조 38)와 관련되어 전해 오는 이야기이다. 이 이야기는 큰 인물이 되기 위해서는 어머니의 결단과 곧은 마음, 이를 따르는 아들의 인고(忍苦)의 노력이 있어야 함을 강조한다. 이것은 전에 초등학교 국어교과서에 실린 적이 있어 널리 알려진 이야기이다.

정승 딸과 혼인한 백정의 아들

옛날에 한 백정이 아들을 두었는데, 재주가 남달랐다. 그는 아들을 서당에 보내고 싶었지만, 백정이란 신분 때문에 서당에 보낼 수가 없었다. 그는 깊이 생각한 끝에, 때때로 훈장님 댁에 나무를 해다 주고, 쌀도 가져다 주었다.

이를 고맙게 생각하는 훈장이 백정을 불러 연유를 물었다. 백정은 아들을 서당에 보내고 싶지만, 신분 때문에 양반집 아들들과 함께 공부하게 할 수가 없으니, 밤에라도 아들에게 글을 가르쳐 달라고 하였다. 그의 정성에 마음이 끌린 훈장은 백정의 아들을 밤에 집으로 불러 글을 가르쳤다.

백정의 아들은 하나를 가르치면 열을 아는 정도로 재주가 비상하였다. 그는 몇 년을 공부한 뒤에 한양으로 가서 과거에 급제하고, 정승의 딸과 혼인하였다.

그는 높은 벼슬을 하면서 아버지와 훈장님을 지성으로 받들어 모셨다.

〈조희웅, 『한국구비문학대계』 1-9, 한국정신문화연구원, 1982, 511~512쪽〉

옛날에 서당은 글을 배우고, 인격을 함양하는 곳이며, 과거를 거쳐 출세할 수 있는 기틀을 마련하는 곳이었다. 그러므로 서당에 다니는 사람은 글을 배우고 인격을 갖춰 삶의 질을 높일 수도 있고, 출세할 수도 있었다. 그렇지만, 서당에 다니지 못하는 사람은 그럴 가능성이 없었다. 따라서 어린이나 그 부모는 자기 아들이 서당에 가서 공부하기를 간절히 원하였다. 서당에 가서 공부하는 것은 경제력이 있는 양반의 자제에게는 쉽고 당연한 일이었다. 그러나 가난한 양반의 자제 또는 양민이나 천민의 자제에게는 이루기 어려운 꿈과 같았다.

위 이야기에서 백정(白丁)은 아들이 남다른 재주를 가진 것을 알았으나, 신분의 제약 때문에 아들을 서당에 보낼 수 없었다. 백정은 소나개, 돼지 따위를 잡는 일을 직업으로 하는 사람을 가리키는 말인데, 조선 시대에는 팔천(八賤, 노비이거나 신분은 양인이지만 천역에 종사하던 여덟 천민. 사노비, 중, 백정, 무당, 광대, 상여꾼, 기생, 장인) 중의 하나였다. 백정은 가축을 잡아 고기를 양반집이나 관청에 납품하고, 시중에 팔았다. 도살한 가축의 가죽을 모아 필요한 곳에 공급하는 일도 하였다. 또 가축의 사육과 증식, 매매에도 관여하였다. 이처럼 백정은 여러 가지 일을 하면서 많은 이득을 챙길 수 있었다. 그래서 신분상으로는 천민이었으나, 경제적으로는 어렵지 않은 생활을 하는 사람이 많았다.

위 이야기에서 백정은 꾸준히 훈장을 돕고, 훈장은 아들을 공부시키고 싶어 하는 백정의 간절한 마음을 듣고, 저녁에 그 아들을 불러 글을 가르친다. 그 후에 백정의 아들은 과거에 급제하여 정승의 사위가 되고, 아버지와 훈장님을 지성으로 모셨다 한다. 신분제도가 엄격하던 시대에 백정의 아들이 정승의 사위가 되는 일은 대단히 어려운 일이었다. 그가 정승의 사위가 되기까지는 우여곡절이 많았을 터인데, 모든 것을 이겨내고 정승의 사위가 되었다고 한다. 이것은 신분의 제약을 벗어나기를 갈망하는 민중들의 강렬한 의지의 표현이라 하겠다.

양아들의 슬기

옛날에 높은 벼슬을 한 대감이 늦도록 아들을 두지 못하였다. 대감은 양자로 들일 아이를 찾기 위해 가난한 동성동본(同姓同本)의 일가를 찾아갔다. 그 집에서는 없는 살림에 손님상을 차려 내놓았는데, 여섯 살짜리 아이가 달려들어 먹으려 하였다. 아이의 부모가 손님이 드시고 나서 먹으라고 하니, 아이는 남이 먹다 남은 걸 먹으란 말이냐고 불평을 하였다.

대감이 식사를 마치고 나오니, 아이가 칼을 들고 소의 뒤꽁무니를 왔다 갔다 하였다. 대감이 그 까닭을 물으니, "맛있는 것은 손님을 주고, 나에게는 찌꺼기를 준다고 하니, 소의 불알이나 하나 떼어서 구워 먹으려 합니다."라고 하였다. 대감은 그 아이를 비범한 아이라 여겨, 그를 양자로 삼기로 하였다.

대감은 아이를 집으로 데리고 와서 서재에 있는 많은 책을 보여 주고, 공부를 하게 하였다. 그러나 아이는 영 공부할 생각을 하지 않았다. 대감은 아이를 돌려보내고 싶었지만, 그럴 수도 없었다. 그래서 어려운 문제를 내 주고, 그것을 풀지 못하면 죽이려고 하였다. 대감은 담배씨 한 되를 주고 외출하면서 "내가 돌아올 때까지 이게 모두 몇 알인지 세어 놓지 않으면 죽여 버리겠다."고 하였다. 아이는 그 말을 듣고도 태연하게 놀았다.

해질 무렵이 되자, 아이는 하인을 불러 담배씨 1,000알을 세어 무게를 달게 하였다. 그리고 남은 것을 달아 금방 전체 개수를 계산하였다.

대감은 그가 보통이 넘는 아이라고 생각하여 그대로 두었다. 그러나 그 뒤에도 공부할 생각은 전혀 하지 않았다. 하인들이 공부만 하면, 그 많은 재산을 다 차지할 터인데, 왜 그러느냐고 하자, 그는 말했다.

"책을 읽으려면 많은 시간을 바쳐야 하고, 내 한 평생 읽어도 집에 있는 책을 다 읽을 수 없을 터인데, 왜 골치 아프게 책을 읽고 있겠는가!"

대감은 그를 마을의 좌수 집에 다시 수양아들로 보냈다. 그가 좌수의 집에 가니, 좌수에게는 아주 예쁘고 박식(博識)한 딸이 있었다. 그녀는 그의 사람됨을 알아보고, 공부란 책을 다 읽어야 되는 것이 아니고, 요점만 몇 마디 들으면 파악이 되는 것이라고 하였다. 그리고는 재미있게 이야기하는 형식으로, 자기가 배운 학문을 2년 동안 전수해 주었다. 그리하여 그는 책을 직접 다 읽지 않고 이야기로만 듣고도, 책의 내용을 알게 되었다.

그는 과거를 보아 장원을 하였다. 이 소식을 들은 대감은 그럴 리가 없다면서, 그가 남의 글을 빌려 부정행위로 급제하였을 것이라고 하였다. 그래서 사실 확인을 해 보고, 사실이 아니면 살려 두지 않겠다고 하였다. 대감은 그를 불러 운(韻)을 불러주고, 글을 지어보라 하였다. 그가 아주 빼어난 글을 지으니, 아까운 인재를 죽일 뻔하였다고 하였다. 그는 훗날 높은 벼슬을 하였다. 〈조희웅, 『한국구비문학대계』 1-6, 한국정신문화연구원, 1982, 503~504쪽〉

위 이야기에서 아이는 여섯 살 때, 남이 먹다 남겨주는 음식은 싫다면서 소불알을 떼어 구워 먹겠다고 할 정도로 영리하고, 배포가 있었다. 그는 낟알의 크기가 아주 작은 담배씨 한 되의 개수를 일일이 세지 않고, 일부의 개수와 무게를 확인한 뒤에 전체 개수를 환산할 정도로 지혜가 있었다. 그러나 그는 책을 읽는 것은 재미없는 일이고, 골치 아픈 일이어서 싫다고 한다. 그래서 양아버지인 대감에게 버림을 받고, 배 좌수의 양자가 되었다. 배포와 지혜가 있는 아이가 공부를 싫어한 까닭은 무엇일까? 그것은 암기 위주의 학습 방법에 문제가 있었다. 좌수의 딸이 재미있는 이야기를 해 주는 방법으로 그에게 학습을 시키자, 큰 효과가 있었다. 그는 이러한 방법으로 실력을 배양하여 과거에 급제할 수 있었다.

글자를 익힌 뒤에 책을 읽고 외우는 것도, 이야기를 듣고 책의 내용을 이해하는 것도 하나의 학습 방법이다. 담배씨 한 되의 낟알을 일일이 세지 않고 개수를 파악하는 방법은 창의적인 학습 방법이다. 이러한 학습 방법을 그 사람에 맞게 적용할 때 교육의 효과를 얻을 수 있는 것이다.

이와 비슷한 이야기가 『동상기찬(東廂紀纂)』 권2에도 실려 있다(이우성 외, 『이조한문단편집(중)』, 일조각, 1978, 76~89쪽). 김안국은 대제학 김숙의 아들로 태어났는데, 용모와 체격이 빼어나 칭찬이 자자하였다. 김 대감은 그를 애지중지(愛之重之)하였다. 어려서 문자를 가르치니, 석 달이 지나도록 '하늘 천(天)'과 '따 지(地)' 두 글자도 익히지 못하였다. 몇 년이 지난 뒤에 다시 글을 가르쳤으나, 소용이 없었다. 김 대감은 열네 살이 되도록 글자를 익히지 못하는 그가 보기 싫었다. 그래서 안동통판(通判)으로 가는 종제(從弟)를 딸려 보내면서, "절대로 서울에 오지 마라. 오면 죽이겠다."고 하였다. 안동에 간 통판은 그를 안동 좌수의 딸과 혼인시켰다.

신부는 시서(詩書)와 육예(六藝), 제자백가서(諸子百家書)에 통달한 사람이었다. 그는 그녀에게 "나는 글공부만 생각하면 머리가 아프다."고 하였다. 그녀가 글공부를 싫어하는 그에게 중국의 역사 이야기를 해 주니, 그는 아주 재미있어 하였다. 그녀가 들은 이야기를 외워서 말해 보라고 하니, 그는 들은 내용을 틀리지 않게 모두 말했다. 그녀는 그가 탁월한 재주가 있으나, 글을 배우는 것에 대한 심리적 부담이 있는 것을 알았다. 그래서 그녀는 역사 이야기에서 출발하여 경전의 내용까지 이야기하고, 외우게 하였다. 그는 이런 이야기들이 어디에 있는가 물었다. 그녀가 문자로 적은 책에 있다고 하자, 그는 글이 이렇게 재미있는 거냐며, 글을 배워야겠다고 하였다. 그는 신부에게 글자를 배워 책을 읽기 시작하였다. 그렇게 10년을 공부하고 나니, 그는 유교 경전·역사서·시문을 통달하여, 모르는 것이 없었다.

그는 글을 잘하는 장인·처남들과 시문을 겨뤄 인정을 받았다. 그리고 서울로 올라가 과거에 급제하였다. 아버지는 그가 급제하였다는 말을 듣고, 14살까지 한 글자도 익히지 못하던 그가 급제한 것은, 남의 손을 빌려 글을 짓고 쓴 것이라며 믿지 않고, 죽이려 한다. 시관(試官)은 그를 다시 불러 시험한 뒤에 그의 실력을 인정한다. 김 대감도 그의 재주를 인정하고, 그의 재능을 발휘하게 한 며느리를 예를 갖추어 맞이한다. 그는 벼슬이 차츰 올라 대제학까지 하였다고 한다.

이 이야기는 과거를 보기 위한 암기 위주의 전통적 학습 방법에 문제가 있음을 꼬집는다. 자녀 교육은 전통적인 학습 방법만을 고집할 것이 아니라, 학습자가 흥미를 갖게 하고, 성취동기를 불러일으켜야 한다. 그런 뒤에 그 사람에게 맞는 학습 방법으로 공부시킬 때 성과를 거둘 수 있을 것이다.

은항아리를 다시 묻은 어머니

옛날에 한 여염집 여인이 젊은 나이에 남편을 잃고, 아들 형제를 길렀다. 그녀는 살림 형편이 어려워 끼니를 걱정하며 근근이 살았다.

하루는 그녀가 텃밭을 매고 있는데, 호미 끝에 무엇이 닿는 듯하고, 이상한 소리가 들렸다. 그녀가 넓고 깊게 파 보니, 거기에는 은이 가득 든 항아리 하나가 있었다. 그녀는 그것을 팔면 살림 걱정 하지 않고, 아들들을 잘 키울 수 있을 것 같아 기뻤다. 그녀는 그것을 꺼내어 팔려고 하다가 깊이 생각하고는 다시 묻어 두었다.

그녀는 온갖 고생을 다 겪었지만, 두 아들을 잘 길러 재상가의 겸인(傔人, 청지기)이 되었다. 그들은 영민하고, 문장이 능하며, 마음이 맑고 깨끗하였다. 그들은 재상의 총애를 받아 형은 선혜청의 서리, 동생은 호조의 서리가 되었다. 집안 형편도 아주 좋아지고, 7~8명의 손자도 장성하여 권력가의 청지기가 되기도 하고, 시전 상인 노릇을 하기도 하였다.

어느 날, 그녀는 가족들에게 텃밭에 있는 은항아리 이야기를 하였다. 그러자 아들들이 이구동성(異口同聲, 입은 다르나 목소리는 같다는 뜻으로, 여러 사람의 말이 한결같음을 이르는 말)으로 말했다.

"어머니, 왜 그 은을 팔아서 쓰지 않으셨어요? 그랬더라면, 어머니께서 저희들 공부시키시느라고 그렇게 고생하시지 않아도 되었을 것 아닙니까?"

이 말을 들은 그녀가 조용한 목소리로 말했다.

"그 은을 팔아서 쓰면 고생을 면할 수 있다는 생각을 난들 왜 안 했겠니? 그러나 그때, 그 은을 팔아서 썼더라면, 너희들이 근검·절약하면서 열심히 공부하여 지금처럼 되었겠니? 나는 너희들이 마음이 해이해져서 열심히 공부하지 않거나, 잘못될까 걱정이 되어 그 은을 그대로 묻어 두었단다. 이제 그 은을 불쌍한 사람을 위해 쓰자."

이 말을 들은 아들들은 어머니의 깊은 생각에 머리를 숙이며 감사하였다.

그 집에서는 은을 팔아 수만 냥을 얻어 큰 부자가 되었다. 그녀는 착한 일하기를 좋아하여 굶주린 사람에게 먹을 것을 주고, 헐벗은 사람에게 옷을 나누어 주었다. 또 어려운 일을 당한 사람을 적극적으로 도와주었다.

그녀는 80세까지 건강하게 살았고, 자손들은 벼슬이 올라 잘 살았다.

〈최웅 주해, 『청구야담(靑邱野談)』 II, 국학자료원, 1996, 52~55쪽〉

이 이야기 속의 어머니는 가난하지만, 부지런히 일하고 절약하는 생활을 하였다. 그리고 스스로 노력하여 얻은 돈이 아니면, 그 돈이 오히려 자녀 교육을 그르칠 수 있다고 생각하였다. 정말 생각이 깊은 어머니였다. 아들들은 자라면서 어머니가 열심히 일하여 어려운 살림을 꾸려가는 것을 보았다. 그래서 어머니를 더욱 사랑하며 존경하고, 근검·절약을 생활화하며, 부지런히 공부하였다. 그래서 인격적으로 훌륭하고, 어려운 사람들의 형편을 이해하는 사람이 될 수 있었다.

요즈음 초·중·고 학생 중 일부가 비싼 외제 학용품을 쓰고, 값비싼 신발·옷·스마트폰을 좋아하며, 용돈을 물 쓰듯 한다는 이야기가 심심치 않게 나돌고 있다. 일부 어머니들은 자녀들의 기를 꺾지 않고 살려 준다는 생각에서 자녀들이 원하는 것은 무엇이든지 다 해준다고 한다. 또 자녀들에게 좋은 음식을 먹이고, 좋은 옷을 입히고, 호사스럽게 해 주는 것이 어머니로서의 역할을 잘 하는 것이라고 생각한다고 한다. 그래서 자녀들에게 사치와 낭비는 가르치면서, 근검·절약과 절제는 가르치지 못한다고 한다. 이런 이야기를 들으면서 「은항아리를 다시 묻은 어머니」의 의미가 더욱 뜻깊게 느껴진다.

아들을 잘못 가르쳐 망한 사람

옛날에 한 마을에 사는 두 사람이 아주 친하게 지내면서, 한 사람이 어렵게 살면 잘 사는 사람이 도와주기로 약속하였다. 그 중 한 사람이 멀리 전라도로 이사 가서 부자가 되었다.

오랜 세월이 흐른 뒤에 고향에서 가난하게 살던 사람이 전라도로 친구를 찾아갔다. 그가 길에서 한 학동을 만나, 친구의 이름을 말하며 집을 물었다. 학동은 노인이 반말하는 것이 거슬려서,

"늙은이 말하는 것 좀 봐. 어디서 애만 키워 봤나 봐!"

하면서 무안을 주고는 가버렸다. 이때 옆을 지나던 목동이 친절하게 가르쳐 주어서, 그는 친구의 집을 찾아갔다.

그가 친구의 집을 찾아가니, 집 주인은 버선발로 뛰어나와 그를 반가이 맞이하였다. 주인은 그를 자리에 앉힌 뒤에, 손자를 불러 "할아버지 친구가 왔으니, 인사하라."고 하였다. 손자가 들어와 절하자, 그는 얼른 일어나 돌아섰다. 이를 본 주인이 말했다.

"내 손자가 절하는데, 자네는 왜 돌아서나?"

"내가 맞절을 해야 할 텐데, 허리가 안 구부러져 맞절할 수가 없어서 그러네."

"그게 무슨 말인가?"

"내가 저 사람을 길에서 만나 '아무개네 집에 가려면 어디로 가니?' 하고 물었더니, 반말한다고 무안을 주더군. 저런 사람의 절을 받다가 내가 무슨 창피를 당할지 몰라 그러네."

이 말을 들은 주인이 놀라 손자를 꾸짖고, 회초리를 꺾어 오라고 하였다. 주인이 회초리로 손자의 종아리를 때리려고 하자, 손자는 할아버지한테는 훈육을 받지 않겠다며 대들었다.

이 일을 당한 주인은 아들을 불러 자식 잘못 가르친 것을 꾸짖은 뒤에, 재산을 모두 정리하여 절에 기부하고, 죽을 때까지 거기서 살았다. 집 주인의 아들은 자식 잘못 가르친 벌로 아버지의 재산을 하나도 받지 못하여 일시에 가난뱅이가 되었다. 〈최운식 외, 『한국구전설화집 10』, 민속원, 2005, 413~415쪽〉

위 이야기에서 학동은 길에서 할아버지를 찾아온 노인이 길을 물을 때 반말을 하였다는 것을 빌미로 무안을 준다. 우리말은 경어법이 매우 발달한 언어이다. 그래서 높임말과 낮춤말을 잘 활용해서 말해야 예의에 벗어나지 않는다. 반말을 하거나 낮춤말을 한 것 때문에 다툼이 일어나는 일도 비일비재(非一非再, 같은 현상이나 일이 한두 번이니 한둘이 아니고 많음.)하다. 위 이야기에서 노인은 길에서 만난 학동이 손자 뻘 되는 아이였으므로 반말을 하였다. 그러나 학동은 반말한 것을 트집 잡아 자기 할아버지를 찾아온 노인에게 무안을 주고는, 길도 알려 주지 않고 가 버렸다. 친구를 보고 싶은 마음에 먼 길을 온 노인은 학동의 언행에 큰 충격을 받고, 마음의 상처도 입었을 것이다.

윗사람을 처음 만났을 때 인사는 큰절을 하는 것이 보통이다. 큰절을 주고받을 때, 절하는 사람이 손아랫사람이면 앉아서 받지만, 비슷한 연배 이상일 때에는 맞절을 하는 것이 기본예절이다. 그는 친구의 손자가 절하는 것이니, 그대로 앉아서 절을 받아도 된다. 그런데 친구의 손자라며 자기에게 절하려는 사람이 길에서 만나 자기에게 충격과 상처를 준 학동인 것을 보고는 얼른 일어나 돌아서 버렸다. 이를 이상히 여긴 친구가 그 연유를 묻자, 그는 길에서 있었던 일을 이야기한다. 이 말을 들은 주인은 놀랍고 부끄러워, 친구를 대할 면목이 없었다.

할아버지가 화를 참고, 종아리를 때리면서 훈계하려고 하자, 손자는 "나는 아버지와 선생님의 훈육을 받고 있으니, 할아버지의 훈계까지 받을 필요가 없다."며 대든다. 할아버지는 돈을 벌어 부자가 되기는 하였지만, 아들 교육을 통한 손자의 교육에는 실패하였음을 깨닫는다. 할아버지는 아이의 훈육을 제대로 못한 아들을 꾸짖은 뒤에 재산을 정리하여 절에 기부하고, 절에 몸을 의탁하고 있다가 그곳에서 생을 마감한다. 아버지 재산에 기대어 살던 아들은 자식을 잘못 가르친 벌로 가난뱅이가 되어 고단한 삶을 살아야 했다.

이 이야기는 자식 귀한 줄만 알고, 제대로 가르치지 못한 결과는 비참할 수 있다는 것을 보여주며, 자녀 교육을 똑바로 하라는 것을 일깨워 준다.

건강과 수명

　사람은 누구나 건강하게, 오래 살기를 원한다. 유교에서는 수(壽), 부(富), 강녕(康寧), 유호덕(攸好德), 고종명(考終命)의 다섯 가지를 오복(五福)으로 꼽는다. 그 중 수, 강녕, 고종명의 셋은 건강과 수명에 관련된 것이다.

　옛이야기에서 수명을 연장하는 방법에는 몇 가지가 있다. 첫째, 사람이 태어날 때 정해진 수명을 적어 놓은 수명부(壽命簿)의 내용을 고쳐서 수명을 연장한다. 둘째, 죽어서 저승에 간 사람이 염라대왕의 배려로 다시 살아나 수명을 연장한다. 셋째, 귀신의 장난으로 죽은 사람이 그 귀신을 쫓아내니, 살아나서 수명을 연장한다. 넷째, 주술에 걸려 죽은 사람이 주술을 풀어내자 살아나서 수명을 연장한다. 다섯째, 정성과 선행으로 건강을 회복하고, 수명을 연장한다. 이런 이야기들은 한국인의 수명관(壽命觀), 질병관(疾病觀), 영혼관(靈魂觀), 내세관(來世觀)을 바탕으로 꾸며낸 것이다.

1. 수명부를 고쳐 장수

사람의 수명은 타고날 때 이미 수명부에 기록되어 있다. 이것은 천기(天機, 하늘의 기밀 또는 조화의 신비)에 속하는 것이므로, 알 수가 없다. 그러나 신이나 수도를 많이 한 사람, 관상이나 점복에 능한 사람은 그 사람의 수한(壽限)을 알 수 있다. 그런 사람들은 수명부에 적혀 있는 수명이 짧아 젊은 나이에 죽을 것을 알고, 그에 대처하는 방법도 알려 주어 수명을 늘리게 한다.

북두칠성에게 빌어 수명을 늘린 소년

옛날에 어떤 사람이 외아들을 두었다. 하루는 지나던 신승(神僧)이 들어와 아이의 상을 보고, "이 애는 열아홉을 넘기지 못하겠습니다." 하고 말했다. 이 말을 들은 아이의 아버지가 아이를 구하여 달라고 애걸하였다. 두 차례나 사양하던 신승은 세 번째에야 이렇게 말했다.

"내일 아이를 남산 꼭대기로 올려 보내십시오. 거기서 중 둘이 바둑을 두고 있을 터이니, 절하고 '살려 주십시오.' 하고 빌라고 하십시오. 그러면 무슨 방도가 있을 것입니다."

이튿날 아침, 아이가 남산 꼭대기로 올라가니, 과연 두 중이 바둑을 두고 있었다. 아이는 엎드려서 '살려 주십시오.' 하고 애원하였다. 한 중의 얼굴은 곱고, 다른 중의 얼굴은 추하였다. 추한 얼굴을 가진 중은 듣고도 못 들은 체하였다.

한참 지난 뒤에 고운 얼굴을 가진 중이 불쌍하고 가련하다는 듯이 소년을 보더니, 추한 얼굴을 가진 중에게 말하였다.

"정상이 너무나 불쌍하니, 살려주도록 합시다 그려."

추한 얼굴의 중은 머리를 좌우로 흔들며 반대하였다. 이 일로 두 중 사이에 말다툼이 벌어졌다. 한동안 다툰 뒤에 고운 얼굴을 가진 중의 간청으로 서로 화해하고, 소년을 구해 주기로 하였다. 고운 얼굴을 가진 중은 남두칠성이고, 추한 얼굴을 가진 중은 북두칠성이었다.

북두칠성은 품에서 사람의 수명부를 꺼내어 소년의 수명 '十九' 세를 '九十九' 세로 고쳤다. 소년은 백배치사(百拜致謝, 거듭 절을 하며 고맙다는 뜻을 나타냄.)하고 집으로 돌아왔는데, 과연 구십구 세까지 살았다고 한다.

〈손진태, 『조선민족설화의 연구』, 을유문화사, 1947, 11~12쪽〉

이 이야기에서 신승은 도를 닦아 신이한 능력을 지녔기에, 아이의 수명이 짧은 것을 알아, 이를 아이의 아버지에게 알려 준다. 아이의 아버지는 "사람의 명을 아시니, 명을 늘려 살 길도 알 것 아닙니까? 제발 아이를 구하여 우리 가문이 끊어지지 않도록 해주십시오." 하고 간절히 부탁한다. 신승은 "수명의 길고 짧음은 알 수 있지만, 사람의 명을 구할 수는 없습니다." 하고 거절한다. 아이 아버지가 정중하고 진심어린 부탁을 세 번씩이나 하자, 북두칠성을 찾아가 사정해 보라고 한다. 소년의 정성어린 부탁을 들은 남두칠성은 수명을 관장하는 북두칠성에게 아이의 수명을 늘려줄 것을 제안한다. 북두칠성은 이를 거절하다가 수명부에 적힌 아이의 수명 '十九' 앞에 '九' 자를 적어 넣어 '九十九'로 만든다. 그래서 그 아이는 구십구 세까지 살았다고 한다.

이 이야기에는 한국인의 수명에 관한 의식이 잘 나타난다. 사람은 이 세상에 태어날 때에 그의 수명이 수명부에 기재된다. 그 수명부를 관리하는 일은 북두칠성으로 표상(表象)되는 신이 맡는다. 수명부의 내용은 함부로 볼 수도 없고, 고치지 못하는 것이 원칙이다. 이 이야기에서 수명부의 수한을 고친 것은 이야기의 흥미를 위해 꾸며낸 것이라 하겠다.

1947년에 간행된 손진태의 『조선민족설화의 연구』에 실려 있는 이 이야기는 조선 후기에 이희준(李羲準)이 편찬한 『계서야담(溪西野談)』에도 실려 있고, 최근에 채록한 설화 자료집에도 여러 편 실려 있다. 이로 보아, 사람의 수명은 북두칠성이 관장한다는 의식이 오래 전부터 이어져 온 것임을 알 수 있다.

『계서야담』에는 신이한 능력을 지닌 북창(北窓) 정렴(鄭磏)이 자기의 수명을 친구에게 나누어 주어 10년을 더 살게 하였다는 이야기가 실려 있다. 북창의 친구 한 명이 위독하여 여러 가지 약을 썼으나 효험이 없었다. 그의 아버지는 북창을 찾아가 아들을 살릴 방도를 알려 달라고 조른다. 북창은 친구 아버지의 정을 뿌리칠 수 없어서 남산에 올라가면, 붉은 옷과 검은 옷을 입은 노인이 있을 터이니, 그 분들께 사정해 보라고 일러준다. 그의 아버지가 두 노인을 만나 사정하니, 검은 옷을 입은 중이 소매 속에서 수명부를 꺼내어 붉은 옷을 입은 중에게 주었다. 붉은 옷을 입은 중이 수명부를 고쳐 쓰고, "공의 아들은 10년을 더 살 것이오. 북창을 만나거든 천기를 누설하지 말라고 전해 주시오." 하고 말했다. 그 후 그의 아들은 10년 후에 죽었고, 북창은 삼십여 세에 죽었다. 검은 옷을 입은 사람은 북두성이고, 붉은 옷을 입은 사람은 남두성이라고 한다.

이 이야기 역시 사람의 수명은 북두성이 관장한다는 사고를 바탕으로 구성하였는데, 신이한 능력을 지닌 정렴이 자기의 수명을 나눠 주어 친구를 살린다는 구성이 매우 흥미롭다. 이와 비슷한 이야기가 조선 후기에 이원명(李源命)이 쓴 『동야휘집(東野彙輯)』에도 수록되어 있다.

삼천 년을 산 소사만

가난하지만 마음씨 착한 포수 소사만이 산으로 사냥을 갔다가 풀숲에서 사람의 해골을 발견하였다. 그는 해골을 곱게 싸서 집으로 가지고 와서 곳

간의 큰 독에 모셔놓고, '조상님'이라 하여 정성으로 위했다. 그 뒤로 사만
이는 하는 일이 잘 되어 부자가 되었다.

몇 년이 지난 어느 날, 사만이는 비몽사몽간(非夢似夢間, 완전히 잠이 들지
도 잠에서 깨어나지도 않은 어렴풋한 순간)에 백발노인이 곳간에서 나오는 것
을 보았다. 곳간에 모셔 두었던 해골 조상이 현몽한 것이었다. 노인은 사
만이 부부에게 말했다.

"얘들아, 어찌 그리 무심히 잠만 자느냐? 사만이의 정명(定命, 정해진 수
명)이 서른셋이야. 그래 저승 염라대왕의 세 차사가 모레 밤이면 내려올
것이다. 사만이는 이 위의 삼거리에 가서 병풍을 두르고 상위에 향촉을
켜고, 많은 음식을 차려 놓아라. 상 밑에는 네 이름을 써 놓은 다음, 100보
밖에 가서 엎드려 있어라. 그리고 네 아내는 집에서 정성껏 시왕맞이굿을
하여라."

사만이 내외는 백발노인이 꿈에 시킨 대로 하였다.

그날 밤, 삼경이 되자 염라대왕의 분부를 받은 세 차사가 내려왔다. 세
차사는 음식상을 보고, 술이며 음식을 정신없어 먹어댔다. 배가 부른 차사
들은 상 밑에 사만이 이름이 있는 것을 보고, "사만이가 대접하는 음식을
먹었으니, 사만이를 잡아갈 수 없고, 안 잡아갈 수도 없으니, 어찌하면 좋
으냐?"고 걱정을 하였다.

세 차사가 사만이를 불러 앞세우고 그의 집으로 가보니, 집에서 큰굿을
하고 있었다. 세 차사는 거기서 음식을 받아먹고, 신발을 얻어 신고, 옷을
얻어 입은 뒤에, 그대로 저승으로 돌아갔다.

세 차사가 저승에 가보니, 염라대왕과 동자판관(童子判官)은 시왕맞이굿
을 받으러 가고 없었다. 세 차사가 그 틈을 이용하여 수명부를 꺼내어 보
니, '소사만 三十三歲'로 쓰여 있었다. 그들은 얼른 붓을 들어 十(십) 자 위
에 한 획을 더 그어 千(천) 자로 만들었다.

이윽고 염라대왕이 돌아와 세 차사에게 소사만을 잡아왔느냐고 물었다.
세 차사는 소사만의 수한이 다하지 않았으므로, 잡아들이지 않았다고 하

였다. 동자판관이 수명부를 다시 보니, 三千三歲(삼천삼세)로 되어 있었다. 판관은 염라대왕에게 자기가 사만이의 수한을 잘못 보았다고 하였다. 이렇게 하여 사만이는 삼천삼 년을 살았다.

〈현용준, 『제주도신화』, 서문당, 1977, 141~149쪽〉

이 이야기는 제주도에서 큰굿인 시왕맞이굿이나 신년가제(新年家祭)인 '맹감' 때 부르는 무가(巫歌)이다. 이 이야기에서 가난하지만 착한 사만이는 산으로 사냥을 갔다가 사람의 해골을 발견하고, 잘 싸서 집으로 가지고 와서 곳간의 큰독에 모셔놓고, 조상님으로 위한다. 풀숲에 뒹구는 해골은 비명횡사(非命橫死, 뜻밖의 사고를 당하여 제명대로 살지 못하고 죽음.)하여 장례도 치르지 못한 사람의 해골일 가능성이 높다. 시신을 묻어줄 사람도 없이 죽은 사람은 세상에 남은 원한 때문에 저승으로 가지 못하고, 원혼(冤魂)이 되어 이리저리 떠돌고 있었을 것이다. 사만이는 이러한 사람의 해골을 고이 싸서 가지고 와 자기의 조상으로 받들어 위한다. 풀숲에 버려져 있어 원한을 품고 떠돌던 해골의 영혼은, 뜻하지 않게 만난 사만이에게 감사의 마음이 아주 컸을 것이다. 그 영혼은 사만이가 하는 일마다 잘 되게 하여 부자가 되게 해 주고, 오래 살도록 해주고 싶었다. 그러나 사만이의 수한이 다하였으므로, 저승차사가 잡으러 올 날이 며칠 남지 않았다.

영혼은 비몽사몽간에 사만에게 나타나 저승차사들이 오는 길목에 음식상을 차려놓게 하고, 집에서는 큰굿을 하게 한다. 먼 길을 온 저승차사들은 시장하던 차에 길가에 차려 놓은 음식을 배불리 먹은 뒤에, 그 음식이 사만이가 차려놓은 것임을 안다. 사만이의 집으로 간 저승차사들은 거기서 또 융숭한 대접을 받고, 그대로 저승으로 돌아간다. 저승차사들은 염라대왕과 수명부를 관리하는 동자판관이 없는 틈을 이용하여 사만이의 수한 '三十三'의 '열 十' 자 위에 획 하나를 더하여 '三千三'으로 고쳐 놓았다. 그래서 사만이는 삼천삼 년을 살 수 있었다.

이 이야기에는 한국인의 수명에 대한 여러 가지 관념과 착한 일을 한 사람은 복을 받는다는 의식이 잘 반영되어 있다. 특히 저승사자를 잘 대접하면, 그 덕으로 수명을 연장할 수 있다는 의식이 잘 나타나 있다. 우리나라에서는 초상을 치를 때 상가에서 문간에 '사잣밥 세 그릇'과 '짚신 세 켤레'를 준비해 두는 민속이 있다. 이것은 이 이야기에 나타난 바와 같이 사람이 죽는 것은 저승사자가 잡아가기 때문이다. 그러므로 저승사자를 잘 대접해야 하는데, 저승사자는 셋이 함께 온다는 관념에 의해 생긴 것이다.

수명부를 고쳐 오래 산 부자

옛날에 열아홉 살 먹은 부자가 용하다는 관상쟁이한테 관상을 보니, 스물한 살 되는 해 정월 대보름날 자손도 없이 죽을 것이라고 하였다. 이 말을 들은 부자가 관상쟁이에게 살 방도를 가르쳐 달라고 사정을 하니, 관상쟁이는 어려운 사람을 많이 도와주라고 하였다.

그는 관상쟁이의 말대로 주막을 지어놓고, 길가는 사람을 열심히 도와주는 한편, 어려운 일을 당한 사람을 찾아 도와주곤 하였다. 그때 그 고을 원님이 부친상을 당하였는데, 원님은 워낙 청렴하게 살았으므로, 장례비용도 없었다. 그는 이를 알고, 원님에게 장례비용을 대 주었다.

어느 날, 원님이 꿈에 저승에 불려갔다. 염라대왕은 낡은 수명부를 다시 작성하라고 하였다. 수명부를 보니 자기를 도와준 그 부자가 자녀도 없이, 스물한 살 정월 대보름에 죽게 되어 있었다. 이를 본 원님이 문서를 덮고 앉아 있으니, 염왕이 왜 빨리 작성하지 않느냐고 물었다. 원이 나를 크게 도와준 이 사람의 수명을 그대로 적을 수 없다고 하니, "그 사람만 빼고 적으라."고 하였다. 원은 슬그머니 그의 수명을 칠십 세로 고치고, 자녀도 3남 2녀를 두는 것으로 고쳐서 작성해 놓고 왔다.

그해 대보름날, 관상쟁이가 그의 집에 와 보니, 죽은 줄 알았던 그가 원님과 같이 앉아 이야기하고 있었다. 관상쟁이가 전에 관상을 잘못 보았음을 사과하니, 원님이 꿈 이야기를 하였다. 그 말을 들은 관상쟁이가 그의 관상을 다시 보니, 그 사람은 칠십 수에 3남 2녀를 두고 살 것으로 나타났다.

〈최운식, 『한국의 민담 1』, 시인사, 1999, 190~193쪽〉

이 이야기에서 짧은 수명을 늘릴 방도를 묻는 부자에게 관상쟁이는 적선(積善, 착한 일을 많이 함.)하라고 한다. 부자는 어려운 사람들을 돕던 중 부친상을 당한 고을 원님이 장례비용이 없음을 알고, 장례비용을 대 주었다. 원님은 꿈에 염라대왕의 부름을 받고, 염라국에 가서 낡은 수명부를 정리하다가 부자의 수한을 고쳐놓고 돌아왔다. 그래서 부자는 3남 2녀를 두고, 70세까지 살았다고 한다.

이 이야기를 보면, 사람의 수명을 적은 수명부는 오래도록 보존되는데, 낡아서 보기 어렵게 되면, 글을 아는 사람을 시켜 다시 작성한다. 수명부를 재작성하는 일을 맡은 원님은 부자에게 입은 은혜를 갚기 위해 그의 수한을 고쳐 쓴다. 21세에 죽을 운명을 타고났던 부자는 착한 일을 많이 한 덕으로 수명을 늘일 수 있었다. 이 이야기에는 선행을 하면, 어떤 계기에 의해 수한이 연장되어 오래 살 수 있다는 의식이 반영되어 있다.

2. 염왕의 배려로 다시 삶

한국인은 예로부터 영육분리(靈肉分離)의 이원적 사고를 갖고 있다. 사람은 육신과 영혼의 결합으로 존재하는데, 육신과 영혼이 결합되어 있는 상태가 삶이고, 육신과 영혼이 분리된 상태가 죽음이다. 육신은 공간과 시간을 갖고 있어서 눈으로 볼 수 있으나, 영구적으로 존재할 수 없는 유한한 존재이다. 영혼은 형체가 없어서 눈으로 볼 수 없으나, 오래도록 존속할 수 있는 영원한 존재이다.

육신을 벗어난 영혼은 저승사자의 안내를 받아 저승으로 간다. 저승에 가면, 염라대왕이 그 사람의 생전 행적(行蹟, 평생 동안 한 일이나 업적)을 심판한다. 염라대왕은 수명부를 관리하는 최 판관을 시켜 수한을 확인하고, 그의 행적에 따라 그를 저승으로 보내기도 하고, 이승으로 다시 돌려보내기도 한다.

선율의 부활

망덕사 중 선율(善律)은 시주받은 돈으로『육백반야경(六百般若經)』을 이루고자 하였다. 그런데 일이 다 끝나기도 전에 갑자기 저승사자에게 붙들려 저승으로 갔다.

저승에 가니, 염라대왕이 선율에게 물었다.

"너는 인간 세상에 있을 때 무슨 일을 하였느냐?"

"저는 만년에『대품반야경』을 만들려고 하다가 일을 다 마치지 못하고 왔습니다."

이 말을 들은 염왕은 "수명부에 의하면 너의 수명은 이미 끝났다. 그러나 가장 큰 소원을 마치지 못했다 하니, 다시 인간 세상으로 돌아가서 귀한 책을 끝내어 이루도록 하라."고 하면서 놓아 보냈다.

선율은 돌아오는 도중에 한 여자를 만났다. 그 여자는 그에게 자기의 부모를 만나, 몰래 차지한 금강사의 땅을 돌려주라는 말을 전해 줄 것과 자기가 감춰 두고 온 베와 참기름을 찾아 부처님께 바치고, 자기의 명복을 빌어 달라고 부탁하였다. 그는 그 여자의 집이 어디인가를 묻고 돌아왔다.

그가 돌아와 보니, 자기가 죽은 지가 벌써 열흘이 지나 남산 동쪽에 장사 지낸 뒤였다. 그가 무덤 속에서 사흘을 외치니, 지나가던 목동이 이 소리를 듣고 절에 알려, 중들이 와서 무덤을 파고 그를 꺼냈다.

그는 중들에게 그동안의 일을 자세히 이야기하고, 그 여자의 집을 찾아 갔다. 그 여자는 죽은 지 열다섯 해가 지났는데, 베와 참기름은 그 자리에 그대로 있었다. 그는 그 여자의 부탁대로 명복을 빌어주었다. 얼마 뒤에 여자의 영혼이 찾아와서 "저는 법사의 은혜를 입어 이미 고뇌를 벗어났습니다."하고 말했다.

그때 사람들은 이 말을 듣고 감동하지 않는 이가 없었다. 그래서 서로 도와 『반야경』을 완성시켰다. 그 책은 지금 동도(東都) 승사서고(勝司書庫) 안에 있는데, 매년 봄과 가을에는 돌려가며 읽어 재앙을 물리친다.

〈일연, 『삼국유사』 권5, 선율환생〉

이 이야기에서 망덕사의 중 선율은 시주를 받아 『육백반야경』을 간행 하던 중 타고난 수명이 다하였다. 육신을 벗어난 그의 영혼은 저승사자 에게 붙들려 저승으로 간다. 염라대왕은 그가 불경을 간행하는 일을 하다가 마치지 못하고 왔다는 말을 듣고, 불경을 완성하고 오라면서 그의 수명을 연장하여 돌려보낸다. 이것은 불교적으로 윤색된 이야기 이므로, 중생을 구제하는 데에 중요한 역할을 하는 불교 경전의 간행을 매우 중요한 사업으로 간주한다. 그래서 수한이 다한 사람의 수명을 연장하여 돌려보내기까지 한다.

그의 영혼이 육신을 벗어나 저승에 갔으니, 그의 육신은 당연히 죽 었다. 그런데 저승에 갔던 영혼이 돌아왔으니, 그의 육신은 바로 살아날 수 있게 되었다. 그러나 그동안에 절에 남아 있던 사람들이 그의 육신을 땅에 묻었으므로, 그는 바로 살아날 수 없었다. 죽었다가 다시 살아난 그는, 사흘 동안 무덤 속에서 소리쳤고, 지나던 목동이 이를 절에 알려 무덤을 파헤치고 그를 꺼냈다. 다시 살아난 그는 저승에 갔다 오는 도중에 만난, 15년 전에 죽은 여인의 부탁을 실행에 옮긴다. 이 이야기는 불교적으로 윤색되기는 하였으나, 한국인의 영혼관과 내세관이 잘 나타나 있다.

영암 원님의 부활

옛날에 덕진이라는 처녀가 덕진천변의 길목에서 주막을 운영하였다. 그녀는 자기 집에 오는 손님을 친절하게 대하였다. 돈이 떨어진 사람에게는 돈을 받지 않고 재워 주고 먹여 주었으며, 노잣돈을 보태주기도 하였다. 그녀는 사람들이 통행에 어려움을 겪는 덕진천에 다리를 놓겠다는 생각으로 한 푼 두 푼 저축을 하였다.

어느 해에 영암에 원님이 새로 부임하였는데, 그는 탐관오리(貪官汚吏, 백성의 재물을 탐내어 빼앗는, 행실이 깨끗하지 못한 관리)였다. 그가 갑자기 죽어 염라대왕 앞에 가서 심판을 받게 되었다. 염라대왕은 그가 나쁜 짓을 많이 하였음을 크게 꾸짖은 다음, "그의 수명이 다하지 않았으니, 이승으로 돌려보내라."고 하였다. 명을 받은 저승의 관리들은 "올 때는 마음대로 왔으나, 갈 때는 마음대로 못 간다."고 하면서 인정(人情, 예전에, 벼슬아치들에게 몰래 주던 선물)을 쓰고 가라고 하였다. 그가 갑자기 오는 바람에 가진 것이 아무것도 없다고 하자, 저승관리가 말했다.

"사람은 이승에서 선행을 하면, 그만큼 저승곳간에 재물이 쌓인다. 그대의 저승곳간에 있는 재물을 꺼내어 인정을 쓰면 어떻겠는가?"

그가 좋다고 하니, 저승관리들은 그를 그의 저승곳간으로 데리고 갔다.

그가 저승곳간에 가보니, 그의 곳간은 텅 비어 있고, 그 옆에 있는 덕진 처녀의 곳간은 재물이 가득하였다. 이를 본 저승관리가 말했다.

"그대는 형편이 좋은데도 착한 일을 하지 않아 곳간에 아무것도 없다. 덕진 처녀는 그대보다 가난하고 어렵게 살지만, 좋은 일을 많이 하였으므로, 재물이 이렇게 많이 쌓여 있다. 덕진 처녀의 곳간에 있는 재물을 꾸어서 인정을 쓰고, 이승에 가서 갚겠는가?"

"덕진 처녀의 곳간에서 돈을 좀 빌려 주십시오. 살려만 주신다면 꾼 돈을 반드시 갚고, 좋은 일을 많이 하겠습니다."

그는 덕진 처녀의 곳간에서 재물을 꾸어 저승관리들에게 인정을 쓰고, 이승으로 돌아왔다.

다시 살아난 원님은 약속대로 덕진을 찾아가 저승에서 꾼 돈이라며 큰돈을 내놓았다. 덕진은 꾸어준 적이 없는 돈을 받을 수 없다며 사양하다가 할 수 없이 그 돈을 받았다. 그녀는 그 돈을 남을 위해 쓰기로 하고, 그 돈으로 덕진천에 다리를 놓았다. 사람들은 덕진의 착한 마음을 기리기 위해 다리 이름을 '덕진다리[德津橋]'라고 하였다. 그 뒤에 원님은 마음을 고쳐먹고, 착한 일을 많이 하였다.

〈최운식, 『다시 떠나는 이야기 여행』, 종문화사, 2007, 273~275쪽〉

이 이야기는 전라남도 영암군 덕진면과 영암읍 사이를 가로질러 흐르는 덕진천에 있는 옛 덕진교(德津橋)에 얽힌 전설이다. 지금의 덕진교는 콘크리트로 놓은 4차선의 다리인데, 20m쯤 위쪽에 옛날에 건너다니던 다리의 흔적으로 보이는 큰 돌 몇 개가 냇바닥에 박혀 있다. 지금은 강어귀에 둑을 쌓아 영산강 물이 올라오는 일이 별로 없지만, 전에는 영산강 물이 덕진교 위쪽에 있는 산 밑까지 차올라 오곤 하여 통행에 어려움이 많았다고 한다. 옛 덕진교 위쪽에는 옛 다리를 놓는 데에 공이 큰 덕진 여사의 공덕을 기리는 비석이 비각 안에 있다. 비석에는 '대석교창주덕진지비(大石橋創主德津之碑)'라고 쓰여 있다. 이곳에서는 해마다 단오절에 덕진 여사의 공덕을 기리는 '덕진제(德津祭)'를 올린다고 한다. 이것은 덕진 여사의 덕을 기리는 마음이 오늘까지도 이어지고 있음을 말해 준다.

위 이야기에서 영암 원님은 백성의 고혈(膏血, 사람의 기름과 피)을 빼는 탐관오리였기 때문에 수명이 다하기 전에 저승으로 불려갔다. 그는 이승으로 다시 보내준다는 말을 듣고 매우 기뻤다. 그런데 저승관리가 "인정을 써야 보내준다."고 한다. 그는 가진 것이 없어 당황한다. 그는 저승곳간의 재물을 꺼내어 인정을 쓰고 가라는 말에 일말(一抹)의 기대를 가졌었지만, 자기의 저승곳간이 텅 비어 있는 것을 보고, 기가 죽어 말을 못한다. 그는 덕진 처녀의 저승곳간에 있는 재물을 꾸어서 저승관리들에게 인정을 쓰고 돌아와서 덕진에게 저승에서 꾼 돈을 갚고, 마음을 고쳐 선행을 하였다고 한다. 그는 저승에 가서, 이승에서의 선행이 저승곳간에 그대로 쌓인다는 것을 알고 돌아왔으므로, 마음을 고쳐먹고 선행을 하며 새로운 삶을 살았다.

이것은 제6차 교육과정기부터 최근까지 초등학교 6학년 2학기 국어 교과서에 실려 있었으므로, 널리 알려진 이야기이다. 이 이야기에는 좋지 않은 여건에서 고된 일을 하면서도, 불쌍한 사람·어려움에 처한 사람을 돕는 덕진 여사의 마음이 잘 나타나 있다. 또 남을 돕고 착한 일을 하면, 그 선행이 반드시 저승에 기록되어 죽은 뒤에 그 상을 받게 된다는 의식이 나타나 있다. 우리 모두 가끔씩 '나의 저승 곳간에는 얼마만큼의 재물이 쌓여 있을까?'를 생각하며 각자의 생활을 되돌아보았으면 좋겠다.

연미사와 돌미륵

예전에 '연이'라는 처녀가 연미사 앞에 있는 주막집에서 일을 하였다. 그녀는 가난하여 쌀을 적게 가져오는 사람에게는 자기 쌀을 보태서 밥을 해주고, 빨래를 해주기도 하면서, 손님들을 여러 가지로 도와주었다. 연이의 예쁜 모습과 착한 마음을 아는 사람들은 모두 칭찬을 하였고, 총각들은 연이를 사모하였다.

거기서 5리 정도 떨어진 서후면 이송천 마을에 사는 부자의 아들이 연이를 깊이 사모하였다. 그 총각은 연이를 사모하는 마음이 지나쳐서, 상사병으로 앓다가 죽었다. 그의 영혼이 염라대왕 앞에 가니, 염라대왕은 문서를 살펴본 뒤에 말했다.

"너는 아직 올 때가 안 되었으니, 다시 집으로 가거라."

그가 좋아하며 저승 문을 나서려고 하는데, 문지기가 앞을 가로막으며 말했다.

"위에서 가라고 허락하였지만, 인정을 쓰지 않으면 못 보낸다."

"내가 가진 것이 없는데, 무엇으로 인정을 쓰란 말이오?"

"너의 창고가 있을 것이다. 네가 남을 많이 도와주었으면, 네 창고에 재물이 쌓여 있을 것이니, 네 창고의 재물을 가져오너라."

그가 염라국 사자를 따라서 자기 저승창고에 가보니, 짚 두 단밖에 없었다. 그가 이승에서 남을 도와준 것이 그것뿐이었다.

그는 자기의 육신을 땅에 묻기 전에 빨리 육신으로 돌아가야 할 텐데, 문지기기 보내주지 않으니 큰일이었다. 그래서 어쩔 줄을 모르고 있을 때 저승사자가 말하였다.

"너의 이웃 동네에 연이라는 처자가 있는데, 그 처자의 창고에 가서 빌려라. 이승에 나가서 갚으면 된다."

그가 급한 마음에 그렇게 하기로 하고, 연이의 창고에 가보니, 재물이 그득하였다. 그는 쌀 200가마를 빌려서 마음껏 인정을 쓰고 돌아왔다.

　그가 돌아와 보니, 육신은 아직 땅에 묻지 않고 그대로 있는데, 가족이 모여 울고불고 하였다. 그의 영혼이 다시 육신으로 돌아오니, 그는 잠자다가 깨는 것처럼 일어났다.

　그는 연이를 찾아가서 자초지종(自初至終, 처음부터 끝까지의 과정)을 이야기하고, 저승에서 꾼 재물을 갚겠다고 하였다. 연이는 빌려준 적이 없는 재물을 받을 수 없다고 거절하였지만, 그는 자꾸 받으라고 하였다. 불심이 깊은 연이는 그 재물로 미륵님이 비를 맞지 않도록 절을 짓자고 하였다. 두 사람은 돌미륵의 둘레에 높은 기둥을 세우고, 지붕을 올린 다음, 기와를 올렸다. 그런데 올라가면서 내려올 궁리를 하지 않고 작업을 하였기 때문에 내려올 수가 없었다. 그래서 두 사람은 뛰어내렸는데, 땅으로 떨어지지 않고 제비가 되어 공중으로 날아갔다. 그래서 그 절을 '연미사(燕尾寺)'라고 하고, 연이가 일하던 주막을 '연미원(燕尾院)'이라고 하였다. 그때 지은 절은 없어지고, 연미사 지붕에 있던 기왓장만 둘레에 흩어져 있다. 지금은 돌미륵 옆에 새로 지은 연미사가 있다.

〈최운식, 『다시 떠나는 이야기 여행』, 종문화사, 2007, 160~164쪽〉

　이 이야기는 경상북도 안동 시내에서 영주 쪽으로 4.5km 정도 떨어진, 안동시 이천동에 있는 돌미륵과 연미사에 얽힌 전설이다. 「연미사 전설」로 알려진 이 이야기는 앞에 적은 「영암 원님의 부활」과 같은 이야기인데, 불교적으로 윤색되었다. 그래서 앞 이야기에서 덕진 처녀가 여러 사람을 위하여 덕진다리를 놓았다고 하는 것이 이 이야기에서는 돌미륵이 눈과 비를 맞지 않을 높은 건물을 짓는 것으로 바뀌었다.

　이와 비슷한 이야기가 제주도 지방의 무가 「세민황제본풀이」, 고소설 「당태종전」에도 전해 온다. 이러한 이야기를 통하여 한국인의 영혼관과 내세관, 선악에 대한 관념의 일면을 알 수 있다.

3. 귀신을 쫓아 살려냄

옛이야기에서 훌륭한 장수나 학자, 또는 정치가는 사람들에게 닥칠 액운을 미리 알아서 막을 수 있는 것으로 나타난다. 그런가 하면, 다른 사람을 해치려 하는 잡귀나 수명을 다한 사람을 잡으러 오는 저승사자가 이런 큰 인물을 만나면 피해 간다. 그래서 액운을 당할 사람이 그 사람의 보살핌 덕으로 액운을 물리치고, 오래오래 산다. 그 한 예로 이항복과 관련된 이야기를 살펴보겠다.

귀신을 쫓아 친구를 살린 오성

문학적 재능과 재치, 덕행을 겸한 오성 이항복은 어릴 때 이웃 재상의 아들과 친하게 지냈다. 그런데 그 친구가 병석에 누워 차도가 없었다. 재상은 외아들의 병이 위중해지자 걱정이 되어, 용하다는 맹인 점복자를 찾아가 물었다. 맹인은 그가 불행하게도 어느 달, 어느 날에 죽을 것이라고 하였다. 재상이 아들을 살릴 수 있는 방도를 물으니, 맹인은 한 가지 방도가 있긴 하나, 그것을 말하면 자기가 죽게 되기 때문에 말할 수 없다고 하였다.

이 말을 들은 재상이 더 묻지 못하고 울고 있을 때, 재상의 부인이 들어와 맹인의 목에 칼을 대고 말했다.

"당신이 병자를 살릴 수 있는 방도를 말하고 죽으나, 말하지 않아 내 손에 죽으나 죽기는 매한가지다. 그럴 바에는 살릴 수 있는 방도를 말하여 한 사람이라도 살리는 것이 낫지 않겠는가?"

일이 이렇게 되자 맹인이 말했다.

"오늘부터 병자를 이항복과 함께 있도록 하되, 잠시도 떨어지지 않도록 하십시오. 그러면 무사할 것입니다. 이 말을 하였으니, 나는 죽을 것입니다. 내가 죽은 뒤에 내 처자를 잘 보살펴 주십시오."

재상이 오성을 찾아가 강청(強請, 무리하게 억지로 청함.)하니, 오성은 그를 자기 집으로 오게 하여 함께 지내면서, 그의 곁을 떠나지 아니하였다. 그날 밤 삼경이 되자 음풍(陰風, 흐린 날씨에 음산하고 싸늘하게 부는 바람)이 문으로 들어오더니, 촛불이 가물가물하였다. 병자는 혼미 중이어서 아무것도 모르는데, 오성이 누워서 보니, 한 귀졸(鬼卒)이 칼을 들고 서서 말했다.

"병인을 내게 주시오."

"무슨 일이냐?"

"이 사람은 나와 숙세(宿世, 전생)의 원한이 있어서 오늘 원수를 갚으려고 합니다. 만일 오늘 원수를 갚지 못하면 언제 다시 원수를 갚을 수 있게 될지 모릅니다."

"이 사람의 아버지가 이 사람을 내게 맡겼는데, 내 어찌 이 사람을 너에게 주어 죽이게 하겠느냐?"

"당신이 이 사람을 넘겨주지 않으면, 나는 당신과 함께 죽일 수밖에 없습니다."

"내가 죽은 뒤에는 모르겠거니와 죽기 전에는 넘겨 줄 수 없다."

그러자 귀졸이 크게 노하여 칼을 빼어 들고 달려들 듯하다가 홀연히 몸을 떨며 물러섰다. 그렇게 하기를 세 번을 거듭한 뒤, 귀졸은 칼을 던지고 오성의 앞에 엎드려 말했다.

"원하옵건대 대감은 저의 정황을 가련히 여기시어 저 사람을 제게 넘겨주십시오."

"왜 나를 죽이지 않느냐?"

"대감은 나라의 동량(棟梁, 기둥과 들보를 아울러 이르는 말)이고, 정인군자(正人君子, 마음씨가 올바르며 학식과 덕행이 높고 어진 사람)로, 그 이름이 역사에 오래 남을 분인데, 제가 어찌 해할 수 있겠습니까? 다만 원하는 것은 저 사람을 제게 내어 달라는 것입니다."

"나를 죽이는 것 외에는 다른 방도가 없을 것이다."

오성이 이렇게 말하고, 병자를 안고 누웠다.

이때 멀리서 닭 우는 소리가 들렸다. 귀신은 통곡하며 "언제 원수를 갚게 될지 모르게 되었으니, 참으로 원통하구나! 이것은 아무데 사는 맹인이 가르쳐 준 것이 틀림없다. 이제 그를 죽여 원통함을 조금이나마 풀리라." 하면서 칼을 들고 밖으로 나갔는데, 간 곳을 알 수 없었다. 그때 혼절해 있던 병자는 따뜻한 물을 먹이니 깨어났다. 이튿날 아침, 재상집에 맹인 점복자가 죽었다는 부고가 왔다. 그 집에서는 점복자를 후히 장사지내고, 처자를 잘 보살펴 주었다.

〈이희준, 『계서야담』 권4〉

위 이야기에서 오성의 친구에게 원한을 품은 귀신은 그 친구를 해하려고 왔다가 오성이 그를 보호하고 있으므로, 그대로 돌아간다. 이 이야기에는 병의 원인을 귀신의 작용에 의한 것으로 보는 질병관(疾病觀)이 자리 잡고 있다. 귀신은 오성과 같은 비범한 인물이 있을 때에는 그 사람을 해치지 못한다.

옛이야기에서 원한을 품고 사람을 해하려는 귀신을 막아 그 뜻을 실행하지 못하고 돌아가게 만드는 비범한 인물로는, 오성 외에 권람·남이·최명길·이완·허미수 등이 있다. 이들은 모두 역사적으로 이름을 날린 정치가나 장군 들이다. 이들은 사람을 해하려던 귀신이나 저승사자를 물리쳐 그 사람의 수명을 연장하게 해 준다.

남이 장군의 혼인

조선 세조 때 병조판서를 지낸 남이(南怡)는 의산위 남휘의 아들이고, 태종의 외손인데, 용맹이 뛰어났다.

청년 시절의 어느 날, 남이가 길을 가다가 보니, 한 젊은 여자가 청색 보자기에 덮인 작은 목판을 이고 가는데, 그 위에 분으로 분장한 여귀(女鬼)가 앉아 있었다. 그가 이상히 여겨 뒤를 따라가 보니, 그 여자는 어느 재상가의 집으로 들어갔다. 얼마 지나지 않아 그 집에서 슬피 우는 소리가 났다. 그가 그 까닭을 물으니, 재상의 딸이 갑자기 세상을 떠났다고 하였다. 이 말을 들은 그가 "내가 들어가 보면, 낭자를 살릴 수 있을지도 모르겠습니다." 하고 말했다. 그 집에서는 처음에는 믿지 않다가, 한참 지난 뒤에 들어오라고 하였다.

그가 방문을 열고 들어가니, 아까 본 여귀가 낭자의 가슴을 누르고 있다가, 그를 보고 급히 달아났다. 잠시 후 낭자가 정신을 차리고 일어나 앉았다. 이를 본 그가 방을 나오니, 낭자는 다시 죽었다. 그가 다시 방으로 들어가니, 낭자는 다시 살아났다. 그가 그 집 사람에게 물었다.

"아까 가져온 목판에 무엇이 들어 있었습니까?"

"목판에 홍시를 담아 왔는데, 낭자가 먼저 먹고 갑자기 숨이 막혀 쓰러 졌습니다."

이 말을 들은 그가 주인에게 목판 위에 분을 바른 여귀가 앉아 있는 것을 보고 뒤따라 온 이야기와 자기가 들어가면 낭자의 가슴을 누르던 여귀가 달아나는 일을 자세히 이야기하였다. 그리고 요망한 것을 쫓는 약을 써서 치료하게 하니, 낭자는 건강을 회복하였다. 그 낭자는 좌의정 권람(權擥) 의 제4녀였다.

권람은 남이를 넷째 딸과 혼인시키려고 복자(卜者, 점쟁이)에게 그의 앞날이 어떠한가 알아보라 하니, 복자가 말했다.

"이 사람은 반드시 아주 귀하게 되겠습니다만, 횡사(橫死, 뜻밖의 재앙으로 죽음.)를 면할 길이 없으니, 정혼(定婚)은 불가합니다."

이번에는 그 딸의 점을 쳐보라 하니, 복자가 말했다.

"따님은 아주 명이 짧아서 저 사람보다 먼저 죽을 것입니다. 그래서 복은 함께 누리고, 화는 보지 않아도 될 것이니, 두 사람은 혼인시켜도 좋겠습니다."

권람은 그를 사위로 삼았다. 그는 17세에 무과에 급제하고, 이시애의 난을 평정하였다. 또, 건주에 있는 적을 물리칠 때 먼저 나아가 싸워 큰 공을 세워 병조판서를 제수 받았다.

남이는 북쪽 오랑캐를 정벌할 때 다음의 시를 지었다.

백두산의 돌은 칼을 갈아 다 닳고(白頭山石磨刀盡),
두만강의 물은 말을 먹여 다 마른다(豆滿江水飮馬無).
남아로 태어나 이십에 나라를 평정하지 못하면(男兒二十未平國),
후세에 누가 대장부라 칭하리오(後世誰稱大丈夫).

예종 때에 간신 유자광이 남이의 재능을 시기하여 '平國(평국)'의 '平' 자
를 '得(득)' 자로 고쳐 모반으로 몰아 주살하였다. 그때 그의 나이는 28세
였다. 그의 처는 몇 년 전에 이미 죽었다.

〈최동주, 『오백년기담』, 박문서관, 1913, 13~14쪽〉

이 이야기는 『오백년기담』에 '분귀위매(粉鬼爲媒)'라는 제목으로 실려
있는 이야기인데, 조선 후기에 쓰여진 야담집 『계산담수(鷄山談藪)』 권1
과 『역대유편(歷代類編)』 제74편에도 실려 있다.

이 이야기에서 여귀는 홍시목판에 붙어 정승인 권람의 집에 들어가
서 그의 딸을 죽게 한다. 소년 남이는 여귀의 실체를 알아볼 수 있는
비범한 인물이다. 신이나 잡귀·잡신은 신이한 능력을 가진 사람, 비범
한 인물, 앞으로 크게 될 인물을 알아본다. 그런 인물은 해치지 않을
뿐만 아니라, 잘 대접하고 도와준다. 여귀가 남이를 보고 급히 도망을
한 것은, 그가 장차 크게 될 비범한 인물이기 때문이었다. 권람의 딸이
죽은 것은 홍시를 먹고 관격(關格, 먹은 음식이 갑자기 체하여 가슴 속이 막히
고 위로는 계속 토하며 아래로는 대소변이 통하지 않는 위급한 증상)이 되었다고
하는 것과 같은 합리적인 이유가 아니고, 여귀의 장난으로 죽었다고
한다. 그녀는 여귀의 장난으로 죽었는데, 앞으로 크게 될 인물인 남이

가 와서 여귀를 쫓아주었으므로, 다시 살아난 것이다.

이 이야기에서 당시의 재상인 권람은 죽었다가 살아난 딸을 남이와 혼인시켰다. 남이가 범상하지 않은 인물인데다가, 환자와 의사의 처지로 있기는 하였지만, 딸과 같은 방에서 하룻밤을 지낸 총각이다. 그러하니, 권람이 그를 사위로 삼은 것은 당연한 처사라 하겠다. 이 이야기는 소년 남이의 비범성을 드러내면서, 여귀가 남이와 권람의 딸이 혼인하도록 매개 역할을 한 것을 중심으로 구성되어 있어 매우 흥미롭다.

새재 서낭신과 최명길

최명길이 소년 시절에 안동부사로 있는 외숙을 보러 가는 길에 문경 새재를 넘게 되었다. 그때 마침 젊고 예쁜 여인이 따라오면서, 혼자 가기가 무서우니 같이 가자고 하였다.

그가 여인과 함께 가면서 이야기하는 중에 그 여인이 말했다.

"저는 사람이 아니고 문경 새재 서낭신입니다. 안동에 사는 모 좌수가 서울에 갔다 오다가 서낭 앞을 지나면서, 서낭당에 걸려 있는 치마를 보고 욕심을 내어, 치마를 가져다가 자기 딸을 주었습니다. 그래서 좌수의 딸을 죽이러 가는 길입니다."

그는 서낭신에게 "좌수 딸의 목숨을 빼앗는 일만은 하지 않았으면 좋겠다."고 하였다.

그가 여인과 헤어져 안동의 모 좌수를 찾아가니, 좌수의 딸이 급사하였다고 하였다. 그가 좌수를 만나 죽은 딸을 살릴 수 있을지 모르니, 딸의 방으로 가자고 하였다. 그가 딸의 방에 들어가니, 새재에서 본 서낭신이 좌수 딸의 목을 누르고 있다가 인사를 하고 방을 나갔다.

그는 좌수에게 서낭당에서 가져온 치마를 불사르고, 정성껏 제사를 드리라고 하였다. 좌수가 그의 말대로 하니, 딸이 건강을 되찾았다.

〈유증선, 『영남의 전설』, 형설출판사, 1971, 168~170쪽〉

위 이야기는 병자호란 때 강화파(講和派)의 대표로, 우의정·좌의정을 거쳐 영의정을 지낸 최명길(崔鳴吉)이, 젊었을 때 서낭신의 노여움을 사서 죽게 된 안동 좌수의 딸을 살린 이야기이다. 이 이야기에서 안동 좌수 딸의 죽음은 문경 새재 성낭신의 징벌에 의한 것이다. 서낭신은 머지않아 그가 정사공신(靖社功臣, 1623년에 일어난 인조반정의 공신에게 내린 칭호)이 되어 영의정에 오르고, 병자호란이 일어나면 큰 공을 세울 인물임을 알았다. 그래서 그의 권유를 받아들여 징벌을 철회하기로 한다. 그는 안동 좌수에게 새재 서낭당에서 가져온 치마를 불태우고, 새재 서낭신에게 정성껏 제사를 지내게 하여 서낭신의 노여움을 풀게 하였다.

죽은 울진 현령이 다시 살아남

지금으로부터 500여 년 전에 경북 울진의 현령으로 백극재(白克齋)가 부임하였는데, 부임한 지 사흘 만에 갑자기 죽었다.

불교의식으로 장례를 올리기 위해 시체를 불영사(佛影寺) 법당 앞의 3층 무영탑 앞에 놓고, 그 부인이 밤낮을 가리지 않고 정성으로 100일 기도를 올리고 있었다.

부인이 닷새째 기도를 드리고 있는데, 비몽사몽간에 웬 흉측한 여인이 관속에서 나오면서, "내가 평생을 따라다니며 원한을 풀려고 했더니, 부인의 정성엔 못 이기겠군요." 하고서 달아났다. 그러자 백 현령이 다시 살아났다.

그 후 백 현령은 부처의 은혜에 보답하기 위하여 탑 앞에 환생전(還生殿)을 건립하고, 법화경 12질을 모셨다. 그런데 임진왜란 때 환생전은 다 타버리고, 지금의 법당 앞에 주춧돌만 남아 있다.

〈유증선, 『영남의 전설』, 형설출판사, 1971, 122~123쪽〉

이 이야기에서 백 현령은 원한을 품은 여귀의 작용으로 인해 죽었다. 그런데 여귀가 부인의 정성과 부처님의 위력에 의해 달아나자, 다시 살아난다. 이것은 경북 울진에 있는 불영사의 「3층 무영탑 전설」로 전해 오는 이야기로, 불교적으로 윤색되었다. 그러나 사람은 귀신의 장난으로 죽을 수도 있는데, 그 사람을 죽음에 이르게 한 귀신을 쫓아내면, 다시 살아난다는 '축귀부활(逐鬼復活)'의 모습은 그대로 지니고 있다.

4. 주술·도술로 살려냄

주술(呪術)은 과학이나 합리적인 수단이 아닌, 초자연적인 존재나 신비한 힘을 빌려 인간의 뜻을 이루려는 방법을 가리키는 말이다. 주술은 주문(呪文), 주구(呪具), 주적 행위(呪的行爲)로 구성되어 있다. 주문은 주술에 따르는 언어 행위를 말한다. 주구는 주술에 쓰이는 물질적 요소를 가리키는데, 이는 인간으로부터 모든 도구에 이르기까지 형태가 다양하다. 주적 행위는 주문과 주구로 주술을 행하는 모든 것을 가리킨다. 따라서 주술이라는 말은 주적 행위를 뜻한다고 볼 수도 있다.

주술은 그 원리에 따라 '모방주술(模倣呪術, imitative magic)'과 '접촉주술(接觸呪術, contagious magic)'로 나눌 수 있다. 모방주술은 비슷한 것은 그와 비슷한 결과를 가져 온다는 주술심리에서 나온 것으로, '유감주술(類感呪術)'이라고도 한다. 접촉주술은 한 번 접촉한 사실이 있는 것은 접촉 관계가 끝난 뒤에도 시간과 공간을 초월하여 상호작용을 계속한다는 주술심리에서 나온 것으로, 전염주술(傳染呪術)이라고도 한다.

도술(道術)은 도교에서 도사(道士)나 술사(術士) 등이 행하는 축지법

(縮地法), 둔갑술(遁甲術) 등의 방술(方術)을 뜻하는 말이다. 도술을 행하는 도사나 술사는 오랜 동안 도를 닦아 높은 경지에 이른 사람들로, 보통사람과 다른 특별한 능력을 지닌 사람으로 인식되었다.

옛이야기에는 주술이나 도술과 관련된 이야기가 많이 있다. 그 중에서 수명의 연장과 관련된 이야기 두 편을 소개한다.

말하는 꾀꼬리와 춤추는 소나무

옛날에 3남매가 계모를 모시고 살았는데, 계모는 의붓자식들을 미워하여 죽이려고 마음먹었다. 계모는 두 아들에게 금강산에 가서 말하는 꾀꼬리와 춤추는 소나무를 구해 오라고 하였다.

큰아들은 몇 년이 지나도 돌아오지 않았다. 계모는 이어서 둘째아들을 보냈는데, 둘째 역시 몇 년이 지나도 오지 않았다. 막내 여동생은 몇 해를 기다려도 오빠들이 오지 않자, '계모가 이제는 나를 죽이려고 할 텐데 어찌하면 좋을까?'하고 궁리하였다.

어느 날, 아버지가 딸에게 술상을 차리라고 하였다. 막내는 오이 속을 긁어내고, 그 자리에 모래를 넣은 다음, 아버지 술상에 올려놓았다. 오이를 먹다가 모래를 씹은 아버지가 웬일이냐고 물었다.

"아버지, 오이 속이 바뀐 것은 아시면서, 아들 둘이 어떻게 되었는가는 모르십니까?"

이렇게 말하고는, 남장(男裝)을 하고 길을 떠났다.

그녀가 말을 달려서 금강산을 찾아가니, 머리가 하얀 할아버지가 어디를 가느냐고 물었다. 그녀가 오빠를 찾아온 일을 이야기하니, 할아버지가 말했다.

"산을 올라갈 때 뒤에서 무슨 소리가 나도 뒤를 돌아보지 마라. 뒤를 돌아보면 너도 오빠들같이 된다."

그녀가 산을 중턱쯤 올라가니까, "저놈 잡아라!"하는 소리가 사방에서 나는데, 무섭고·시끄럽고·궁금하여 참고 견디기 어려웠다. 그녀는 옷의 솜을 뜯어서 귀를 막으며 간신히 정상까지 올라갔다.

산꼭대기에 올라가니, 과연 말하는 꾀꼬리와 춤추는 소나무가 있었다. 꾀꼬리는 그녀의 품에 와 안기며 "아가씨, 나를 찾아오느라고 고생 많았소." 하고 인사를 하였다. 꾀꼬리는 산 중턱부터 꼭대기에 즐비하게 서 있는 비석 모양의 바위를 가리키며 말했다.

"저것은 다 나를 만나러 오던 사람들이 죽어서 된 바위입니다. 저 아래 골짜기로 가면 샘이 있는데, 그것은 약수입니다. 그 물을 떠다가 한 방울씩만 떨어뜨리십시오."

그녀가 약수를 떠다가 한 방울씩 떨어뜨리니, 바위가 변하여 사람이 되었다.

그녀는 거기서 죽었던 두 오빠를 만나서, 말하는 꾀꼬리와 춤추는 소나무와 함께 집으로 돌아왔다. 사건의 전모를 안 아버지는 계모를 내보내고, 마음씨 착한 여자와 재혼하여 삼남매와 함께 행복하게 살았다.

〈최운식, 『한국의 민담』 2, 시인사, 1999, 66~69쪽〉

이 이야기에서 금강산에 있다는 '말하는 꾀꼬리'와 '춤추는 소나무'는 신이한 힘을 가진 새와 나무이다. 많은 사람들이 이를 보고 싶어 금강산에 갔다. 그 새와 나무를 보기 위해 금강산에 오르는 사람에게는 뒤에서 어떤 소리가 나도 '돌아보지 마라.'는 금기(禁忌)가 주어진다. 그 금기는 대단히 힘들고 어려운 것이어서 대부분의 사람들이 이를 파기하고, 그 징벌로 바위가 된다. 그러나 막내는 이를 파기하지 않고 산꼭대기에 올라, '말하는 꾀꼬리'와 '춤추는 소나무'를 만난다. 그리고 꾀꼬리의 말대로 약수를 떠다가, 죽어서 돌이 된 사람들을 살려내고, 두 오빠를 만난다.

계모는 전실 소생의 아들에게 금강산의 말하는 새와 춤추는 소나무를 구해 오라고 한다. 그 새와 나무는 모든 사람이 보고 싶어 하고, 갖고 싶어 하는 것이지만, 뜻을 이룬 사람은 없었다. 계모가 전실 자식들에게 이 과제를 준 것은 수행하기를 기대한 것이라기보다는 그들을 제거하는 데에 목적이 있었다. 막내는 계모가 오빠 둘을 제거하였으니, 이제 자기를 해하려 할 것이라는 것을 알아차리고 대비한다. 그녀는 이러한 사실을 아버지에게 말하고 싶었지만, 계모의 번지르르한 말과 행동에 넘어간 아버지가 들을 리 없다고 생각하였다. 그래서 오이 속을 바꿔 넣는 방법으로 강한 메시지를 전한 뒤에 스스로 금강산으로 출발한다.

그녀는 노인이 준 금기를 되뇌며 금강산에 오른다. 그녀의 뒤에서 들리는 소리는 그녀를 불안과 공포에 휩싸이게 하고, 당장이라도 뒤를 돌아보고 싶은 충동을 느끼게 하였다. 그러나 그녀는 옷 속에 있는 솜을 꺼내어 귀를 막으며, 이를 참고 산에 오른다. 그녀는 참으로 지혜롭고, 용기와 인내심이 강한 여인이다.

그녀는 금기를 파기하지 않고 산에 올라, 말하는 꾀꼬리와 춤추는 소나무를 만난다. 그녀는 신이한 능력을 지닌 꾀꼬리와 춤추는 소나무를 만남으로써 주술에 걸려 바위가 된 사람들을 살려내고, 오빠들을 만난다. 그래서 가정의 행복을 되살린다.

경을 읽어 호환을 면케 하다

서화담이 제자들과 강론할 때 홀연히 도승 하나가 와서 인사를 하였다. 화담은 중을 보낸 뒤에 홀로 탄식하였다. 옆에 있던 제자가 그 연유를 묻자, 화담이 말했다.

"그 중은 아무 산에 사는 범이다. 아무 곳에 사는 아무개가 오늘 딸을 시집보내는데, 오늘 밤에 신부가 그 범에게 잡혀가게 되었다. 참으로 가련한 일이다."

"선생님이 이미 그 일을 아시는데, 구할 도리가 있지 않겠습니까?"

"있기는 있다마는, 보낼 사람이 없구나."

이때 한 제자가 나서며 자기가 가겠다고 하였다. 화담은 그에게 책 한 권을 주면서 말했다.

"이 책은 경문(經文)이다. 이 책을 가지고 그 집에 가서, 처녀가 있는 방문을 잠그고, 건장한 하인 5~6명이 지키게 하여 나오지 못하게 하여라. 너는 향을 피우고 촛불을 켜 놓은 상 앞에 앉아 이 경문을 읽어라. 닭이 울 때까지 한 자도 틀리지 않게 읽어야 한다."

그 제자가 그 집에 가니, 신랑이 도착하여 혼인예식을 시작하려고 하였다. 그가 집 주인을 만나 오늘 밤에 호환(虎患, 호랑이에게 당하는 화)이 있을 것이라고 말하니, 주인은 믿으려 하지 않았다. 그가 누누이 설득하자, 주인은 그의 말을 따르기로 하였다. 그는 화담이 말한 대로 여인 몇 사람을 처녀와 함께 방 안에 있게 하고, 방문 앞에는 장정을 세워 지키게 한 다음, 대청에 앉아서 경문을 읽기 시작하였다.

삼경(三更, 하룻밤을 오경으로 나눈 셋째 부분. 밤 열한 시에서 새벽 한 시 사이)이 되자, 홀연 벼락이 치는 듯한 소리가 나더니, 큰 호랑이 한 마리가 뛰어 들어와 사납게 소리치며 날뛰었다. 모든 사람이 무서워 피하였으나, 그는 태연히 앉아 경문을 읽었다. 방 안의 처녀는 대변이 마렵다며 밖으로 나가려고 하였다. 옆의 사람들이 나가지 못하게 강제로 붙드니, 한사코 나가겠다고 날뛰다가 드디어 혼절하였다. 호랑이가 홀연 크게 소리 지르며 창 앞에 있는 나무를 세 번 물어 흔들더니, 어디론가 가버렸다. 그제야 집안의 사람이 정신을 수습하여 처녀의 입에 물을 흘려 넣으니, 처녀가 깨어났다.

그가 경문 읽기를 그치니, 그 집에서는 그를 신인(神人)이라고 치하하며, 사례금으로 많은 돈을 주었다. 그는 그 돈을 받지 않고 돌아와 화담에게 겪은 일을 보고하였다. 〈최인학, 『조선조말 구전설화집』, 박이정, 1999, 111~112쪽〉

화담(花潭) 서경덕(徐敬德, 1489~1546)은 조선 중종·인종 때의 유학자이다. 그는 과거에 급제하기는 하였으나 벼슬길에는 나아가지 않고, 일생을 송도 화담에서 초막을 짓고 청빈하게 살며 학문에만 정진하였다. 황진이, 박연폭포와 함께 송도삼절(松都三絶, 송도에서 뛰어난 재주를 가진 세 인물)로 불렸다. 그는 만물의 근원과 운동변화를 기(氣)로써 설명하고, 그 기를 능동적이고 불멸하는 실체로 보았다. 그의 기일원론(氣一元論)은 유학의 근본 입장에서는 받아들이기 어려운 것이어서 퇴계 이황의 격렬한 비판을 받았다. 그러나 율곡 이이는 독서에만 의존하지 않고, 스스로 연구하고 탐구하는 서경덕을 높이 평가했다. 그의 제자로는 『토정비결(土亭秘訣)』의 저자로 알려진 토정 이지함(李芝菡)을 비롯하여 여럿이 있다. 1578년 선조는 그를 우의정에 추증하고, 문강(文康)이라는 시호를 내렸다.

화담에게는 학문적인 주장이나 이론 외에 기이한 일화가 많이 전해 온다. 그 중에는 도술과 관련된 이야기도 많이 있다. 이런 이야기는 사실 여부를 떠나서, 그의 학문적 취향과 관련지어 흥미본위로 꾸민 것이라 생각한다.

위 이야기에서 화담은 도술에 능하였으므로, 함께 있던 제자들은 그 중의 실체를 알아차리지 못하였지만, 그는 중으로 변신한 호랑이를 알아보았다. 호랑이 역시 도술을 알아 중으로 변신하기도 한다. 그러나 화담의 도술에는 미치지 못하기 때문에 화담을 찾아와 그날 밤에 신부를 잡아갈 것을 미리 알린다. 화담의 승인이나 묵인이 없이는 사람을 잡아먹을 수 없기 때문이었다. 화담은 이를 막기 위해 제자를 보내서 경문을 읽게 한다. 호랑이는 처녀를 밖으로 나오게 하여 해하려 하지만, 처녀는 여러 사람들에게 제압당하여 밖으로 나가지 못한다. 호랑이는 화담의 방비와 그 제자가 읽는 경문에 막혀 더 이상 힘을 발휘하지 못하고 물러난다. 화담은 호랑이와의 도술경쟁에서 이김으로써 신부를 죽음의 위기에서 벗어나게 하여 오래 살도록 해 주었다.

5. 정성·선행으로 수명을 늘림

옛이야기에는 병이 깊어 죽게 된 부모를 살린 효녀 이야기, 불치병에 걸린 남편을 살린 이야기가 있고, 선행으로 아들을 살리거나 수명을 늘려 오래 산 이야기가 있다.

효녀와 산신령

옛날에 한 소녀가 오막살이집에서 어머니와 함께 살았다. 어느 날, 어머니가 우연히 병이 들어 자리에 누웠다. 소녀는 밥을 빌어다 어머니께 드리며 병구완을 하였으나, 3년 동안 일어나지 못하였다.

어느 추운 겨울날, 어머니가 민물고기를 끓여 먹으면 병이 나을 것 같다고 하였다. 그녀는 산골짜기에 연못이 있는 것을 본 생각이 났다. 그래서 바구니 하나를 들고서 눈길을 헤치며, 그 연못으로 향했다. 그녀가 산길을 갈 때 어디선가 큰 개 한 마리가 나오더니, 앞서서 가며 길을 인도해 주었다. 그녀가 쌓인 눈 속에 난 개의 발자국을 따라 밟으니, 발이 빠지지 않아 걷기에 좋았다.

산을 넘어 연못 가까이에 가니, 한 노인이 서 있다가 어디를 가느냐고 물었다. 그녀가 어머니께 드릴 물고기를 잡으러 간다고 하자, 노인은 그녀의 머리를 쓰다듬으며 "참 효녀로구나. 신통하고 기특하다!"고 칭찬해 주었다.

그녀는 연못에 당도하여 얼음을 깨고 물 속으로 들어가려고 하였다. 그때 앞서서 온 개가 먼저 들어가 커다란 잉어를 잡아가지고 나와, 그녀의 바구니에 넣어 주었다. 개는 다시 들어가 작은 잉어 한 마리를 물고와 바구니에 넣어 주었다. 그녀는 개의 머리를 쓰다듬으며 말했다.

"산신령님이 너를 보내주셨구나. 정말 고맙다!"

그녀가 집으로 돌아올 때에도 개가 앞서서 인도하였다. 갈 때 노인을 만났던 곳에 오니, 그 노인이 다시 나타나 칭찬을 하며, "너의 효성이 지극하니 어머니의 병이 곧 나을 것이다." 하고 말했다. 그녀가 노인과 헤어져 집 가까이 오니, 개는 숲속으로 가버렸다.

그녀가 집에 오니, 어머니가 어디서 물고기를 구해 왔느냐며 깜짝 놀랐다. 그녀는 잉어를 솥에 넣고 고아서 어머니께 드렸다. 어머니는 그걸 먹고 병이 씻은 듯이 나았다. 효녀에게 길을 인도하고 잉어를 잡아준 것은 개가 아닌 호랑이이고, 길에서 만난 노인은 산신령이었다고 한다.

〈최운식, 『한국의 민담 2』, 집문당, 1999, 197~200쪽〉

위 이야기에서 어린 소녀는 어머니의 병구완에 3년 동안 온 힘을 기울였지만, 효험이 없었다. 어느 추운 겨울날, 어머니는 민물고기를 넣고 끓인 생선국을 먹으면 병이 나을 것 같다고 한다. 한 길 가까이 눈이 쌓인 때에 어린 소녀가 민물고기를 구한다는 것은 불가능에 가까운 일이다. 그러나 소녀는 망설임 없이, 봄에 마을의 언니들을 따라 산으로 나물을 뜨러 갔을 때 본 적이 있는 연못으로 향한다. 입은 옷과 신발이 변변치 않은 소녀가, 눈이 쌓여 분간하기조차 어려운 산길을 가는 것은 참으로 힘든 일이었다. 눈 속에 파묻혀 죽을지도 모르는 험하고 위험한 일이었다. 그러나 그녀는 어머니를 낫게 할 물고기를 구하겠다는 일념으로, 무모하기 짝이 없는 모험을 한다. 그때 큰 개가 나타나 앞서서 길을 인도하고, 잉어를 잡아준다. 그녀는 길에서 노인을 만나 칭찬과 격려를 받는다. 여기에 등장하는 노인은 산신령이다. 소녀가 본 개는 실은 호랑이인데, 소녀가 놀랄까봐 개로 보인 것이다.

우리의 민속에서 산신령은 호랑이를 타고 다니기도 하고, 데리고 다니면서 시중을 들게 하기도 한다고 한다. 민간에 전해 오는 산신도(山神圖)나 사찰의 산신각에 걸려 있는 산신도를 보면, 산신령 옆에 호랑이가 있다. 이것은 이러한 민간의 의식을 반영한 것이다. 위 이야기에서 호랑이는 산신령의 사자로서 눈이 쌓인 산길에서 소녀를 안내하고, 연못에 뛰어들어 잉어를 잡아준다. 산신령은 직접 소녀에게 나타나 그녀의 효심을 칭찬하고, 어머니의 병이 곧 나을 것이라는 희망을 준다. 이것은 산신령이 소녀의 효심에 깊이 감동하여 보여준 이적(異蹟)이다.

옛이야기를 보면, 효도를 하는 사람에게는 신이나 사람은 물론, 동물이나 식물을 포함한 자연물까지도 효행에 감동하여 그를 돕는다. 효행에 감동한 신이나 사람, 또는 자연물이 효를 행하는 사람을 도울 때에는 합리적인 방법으로 돕기도 하지만, 이적을 일으켜 효를 완성하게 하는 경우도 많이 있다. 이것은 한국인이 '효감만물사상(孝感萬物思想)'을 지니고 있었음을 말해 준다. 효감만물사상은 효행에 따른 이적(異蹟)을 동반한다.

효자와 동자삼

옛날에 젊은 부부가 홀아버지를 모시고 살았다. 첫아들을 낳은 뒤에 아들을 하나 더 낳고 싶었지만, 아들이 하나 더 있으면 홀아버지를 모시는 일에 소홀해질 것 같아 낳지 않고 있었다. 외아들이 자라자, 내외는 그를 이웃 동네의 훈장님께 보내서 그곳에서 숙식을 하며 공부하게 하였다. 그런데 홀아버지가 병이 나서 자리에 누웠는데, 온갖 약을 썼으나 효험이 없고, 병세는 위독해졌다.

어느 날, 남편은 용하다는 점쟁이한테 가서, 어떻게 하면 아버지의 병을 고칠 수 있는가 점을 하였다. 점쟁이는 이렇게 말했나.

"아들이 있지요? 아버지의 병에는 그 아이를 푹 고아서 먹이면 살아날
까, 달리 방법이 없소."

이름난 한의사를 찾아가 물어도 대답은 같았다.

남편은 집에 돌아와 아내에게 이 말을 하며 눈물을 흘렸다. 한참 동안
깊은 생각에 잠겼던 아내가 말했다.

"부모 없이 자식이 태어날 수 없소. 우리는 아직 젊으니까 자식은 또 낳
으면 되지만, 아버지는 한 번 돌아가시면 다시 뵙지 못하오. 우리 아들
을 고아서 드립시다. 나는 가마솥에다가 물을 끓일 터이니, 당신은 가서
아이를 데려 오시오."

해질 무렵에 남편이 아이를 데려오려고 서당으로 가니, 아들이 나와 반
갑게 인사를 하였다. 서당 아이들도 그에게 인사를 하였다. 그가 눈물을
흘리며 아들을 안고 집에 오니, 아내는 눈물을 흘리며 아이를 받아다가 가
마솥에 넣고, 다시 불을 땠다. 한참 불을 땐 뒤에 솥뚜껑을 열고 보니, 아
이의 형체는 간데없고, 풀잎만 동동 떠 있었다. 이상한 생각이 들었지만,
달리 어찌할 수가 없어 눈물을 흘리며 그 물을 떠다가 아버지께 드렸다.
이튿날 아침에 그 물을 다시 떠나 드렸다. 그 약을 잡수신 뒤에 아버지의
병은 차도를 보였다. 내외는 아버지의 병이 나아 기뻤으나, 아들을 잃은
슬픔을 억제하기 힘들었다.

남편은 아들의 책상과 책을 가져다가 불태우려고 서당으로 갔다. 그가
서당에 가니, 아들이 '아버지!' 하고 달려 나오며 반겼다. 그는 그 아이가
아들일 리가 없다는 생각이 들어 "내 아들은 죽었는데, 네가 왜 내 나를
아버지라고 하느냐?"고 하였다. 아이는 "아버지가 왜 날 모르는 척하세
요?"하고 따졌다.

이렇게 부자가 다투는 것을 본 훈장이 그를 불러 연유를 물었다. 그가
어제 이곳에 와서 아들을 안고 가서 가마솥에 넣고 고아서 아버지께 드린
이야기를 하였다. 이 말을 들은 훈장이 말했다.

"여기 동자삼(童子蔘)이 하나 있었는데, 어제 동자삼이 당신 아들로 변해

가지고 간 것이오. 어제 그 가마솥 뚜껑을 열었을 때 풀잎이 둥둥 떠 있

지 않았소? 당신 효성이 지극하니까 동자삼이 스스로 그렇게 변해서 간

거요." <최운식, 『한국구전설화집 7』, 민속원, 2002, 39~41쪽>

이 이야기는 <산삼동자(山蔘童子) 설화>로 널리 알려진 이야기로, 전국
적인 분포를 보이고 있다. 이 이야기에서는 부모의 중병에 그의 아들이
명약이라는 것을 알려준 사람이 점쟁이다. 다른 이야기에서는 스님·도
사·명의(名醫)의 말, 또는 산신령의 계시를 통해서 알게 되었다고 하여
차이를 보인다. 그런데 그것은 별다른 노력 없이 알게 된 것이 아니고,
효자가 온갖 정성과 노력을 다하고, 부모님의 병을 고치고야 말겠다는
결의를 보인 뒤에야 알게 된 정보이다.

위 이야기에 나오는 부부는 자기 아들을 희생해야만 아버지의 병이
나을 수 있다는 말을 듣고, 무척 놀랍고·두렵고·안타깝고·슬펐을 것이
다. 부부는 고심 끝에 아버지를 살리기 위해서는 사랑하는 외아들을
희생시킬 수밖에 없다는 결론을 내리고, 이를 결행한다. 아들을 희생하
여 아버지를 살리려는 부부의 지극한 효심은 신, 또는 어린아이 모양의
동자삼을 감동시켰다. 그래서 동자삼이 그의 아들로 변신하여 가마솥
에 들어가 약이 되었다. 그래서 아버지는 완쾌하여 오래오래 살았다.

어머니의 나병을 고친 효자

옛날에 진주에 사는 곽철룡이라는 사람이 어머니의 나병을 고치기 위해
백방으로 약을 구하여 써보았으나, 효험이 없었다. 그는 황해도에 사는 황
의가 용하다는 말을 듣고, 어머니를 지게에 지고, 집을 나섰다. 그는 한
달 가량 밥을 얻어먹고, 남의 집 추녀 밑이나 바위 밑에서 잠을 자기도 하면
서 황해도에 갔다. 그러나 황의는 어머니를 진맥도 하시 않은 재 돌아가라

고 하였다. 그는 어머니를 다시 지게에 지고 집으로 향했다.

집으로 오는 길에 그는 어머니를 산속에 두고, 마을로 밥을 얻으러 갔다. 그가 없는 사이에 어머니는 갈증이 심하여 물을 찾다가 굴러 떨어졌다. 어머니가 정신을 차려 보니, 그 앞에 그릇에 담긴 물이 있으므로, 얼른 마셨다. 그것은 오래된 해골에 고여 있는 물인데, 지렁이 아홉 마리와 산새가 빠져 죽은 물이었다. 어머니는 그 물을 먹은 뒤에 병이 다 나았다.

그는 어머니의 병이 완쾌된 뒤에 열심히 공부하여 과거를 보아 장원급제 하였다. 그는 어머니를 업고 황해도에 갔을 때 진맥도 하지 않고 돌려보낸 황의를 벌하기 위해 황해감사를 자원하였다.

황해감사로 부임한 그는 황의를 불러 어머니를 모시고 왔을 때 진맥도 하지 않고 되돌려 보낸 이유를 따져 물었다. 황의는 차근차근 말하였다. "감사님 어머님의 병환은 '천 년 묵은 해골에 고여 있는, 아홉 마리 용과 봉황새가 빠져 죽은 물'을 먹어야 낫는 병이었습니다. 약은 알았으나 제 재주로는 그 약을 구할 수가 없어 되돌려 보낸 것입니다. 감사님의 효성이 지극하시므로, 하늘이 도와주셔서 그런 물을 구해 잡수셨기 때문에 어머님 병이 나은 것입니다."〈최운식 외, 『한국구전설화집 10』, 민속원, 2005, 347~350쪽〉

위 이야기에서 경상남도 진주에 사는 곽 씨는 어머니의 병을 고치기 위해 어머니를 지게에 지고 황해도에 사는 의원을 찾아간다. 한 달 이상을 밥을 빌어먹으며 가는 그 길은 정말 멀고 힘들었다. 그러나 어머니의 병을 고치겠다는 일념으로 어려움을 참고 견디며 찾아갔다. 그런데 황의는 진맥도 하지 않은 채 돌려보낸다. 곽 씨가 어머니의 병 치료에 대한 희망을 접고 돌아오는 길은 절망감과 함께 분노가 끓어올라 정말 고통스럽고, 힘든 길이었다. 그는 어머니가 시장하실 것을 염려하여 어머니를 산속에 두고, 마을로 밥을 얻으러 간다. 그 사이에 심한 갈증을 느낀 어머니는 물을 찾다가 언덕 밑으로 굴러 떨어졌다. 어머니는 그 앞에 있는 물을 보고 마셨는데, 그 물을 먹고 병이 나았다.

황의는 어머니의 병에 '천 년 묵은 해골에 고여 있는, 아홉 마리 용과 봉황새가 빠져 죽은 물'이 효험이 있다는 것을 알았다. 그러나 그는 그 약을 구할 길이 없었으므로, 진맥도 하지 않고 돌려보낸 것이다. 그런데 곽 씨의 지극한 효심에 감동한 신이 어머니를 골짜기 아래로 굴러 떨어지게 하고, 거기서 물을 발견하여 마시게 한다. 그 물은 '오래된 해골에 고여 있는, 지렁이 아홉 마리와 산새가 빠져 죽은 물'이었다. 지렁이를 용·산새를 봉황의 상징으로 보면, 의사가 아는 처방에 부합되는 물이었다. 이 이야기에서 신은 효자 곽 씨의 지극한 효성에 감동하여, 용하기로 소문난 의원도 구하지 못하는 약을 주어 어머니의 병을 낫게 하였다.

이 이야기에서 어머니의 병을 고치려고 기울이는 곽 씨의 정성과 노력은 정말 지극하고 갸륵하다. 이에 감동한 신이 도와주어 어머니의 병이 완쾌되고, 과거에 급제하여 행복한 삶을 산다. 이 이야기에는 효를 인간이 지켜야 할 최고의 가치라고 하는 효지상주의적(孝至上主義的) 사고와 효는 만물을 감동시켜 효행이적을 일으킨다는 의식이 바탕에 깔려 있다.

「바리공주」 이야기에서는 딸이라 하여 버림을 받은 바리공주가 온갖 고난을 무릅쓰고 서천서역국에 가서 약수를 구해다가, 한 날 한 시에 죽은 아버지와 어머니를 살려내어 오래 살게 한다. 이 외에도 효성스런 자녀가 부모님의 병을 낫게 하여 오래 살게 하였다는 이야기는 많이 있다.

죽은 아이를 살린 효심

옛날에 이리저리 떠돌던 노인이 친구의 주선으로, 부모 없이 자라 혼인한 젊은 부부의 수양아버지가 되었다. 젊은 부부는 그를 친아버지 이상으로 잘 모셨다.

어느 여름날, 아들 내외는 밭을 매러 가면서 "아버님, 술상을 차려 놓았으니 잡수시고, 아이가 깨거든 업고 밭으로 젖을 먹이러 오세요."라고 하였다. 그는 차려놓은 술을 다 먹고 나니, 더 먹고 싶었다. 그래서 부엌으로 나가 술항아리를 찾아 실컷 마시고, 얼큰하게 취했다. 얼마 뒤에 잠자던 아이가 깨어 울었다. 그는 아이를 업고 밭으로 가던 중 외나무다리를 건너다가 발을 헛디뎌 다리 밑으로 떨어졌다. 그는 다리 밑에서 아기를 깔고 누운 채 잠이 들었다.

며느리는 밭을 매면서 아기를 기다리다가 궁금하여 집으로 오다가, 외나무다리 밑에서 잠든 그를 발견하였다. 쫓아가 보니, 밑에 깔린 아이는 죽었는데, 그는 코를 골며 자고 있었다. 부부는 잠든 그와 죽은 아이를 집으로 업고와 방에 눕혔다.

얼마 뒤 그는 잠에서 깨어 물을 달라고 하여 마시고서, "아기는 자느냐?"고 물었다. 며느리는 아기가 자고 있다고 하여, 그를 안심시켰다. 부부는 그가 이 사실을 알면 괴로워서 집을 나갈 것이라며, 이 사실을 알리지 말고, 날이 저문 뒤에 몰래 아이를 산에 묻자고 하였다. 아기가 죽은 줄을 모르는 그는 "아기가 아직도 자고 있느냐?"고 물었다. 며느리는 아기가 젖을 먹고 또 잠이 들었다고 하였다.

날이 저문 뒤에 아이를 묻으려고, 아내는 죽은 아이를 업고, 남편은 연장을 들고 집을 나섰다. 그런데 청명하던 하늘에 갑자기 구름이 일더니, 뇌성벽력(雷聲霹靂, 천둥소리와 벼락)과 함께 소나기가 쏟아졌다. 부부는 하는 수 없이 집으로 들어왔고, 아기엄마는 아이를 방 안에 눕혔다.

얼마 뒤 비가 그치고, 하늘에 별이 보였다. 다시 나가려고 아기를 안아보니, 아기의 몸이 따뜻하였다. 깜짝 놀라 아기를 지켜보고 있는데, 조금 있으니 아기가 울기 시작하였다. 그가 사랑방에서 아기 우는 소리를 듣고, "아기가 왜 이렇게 우느냐?" 하고 물었다. 며느리는 아기가 잠들었다가 깼

다고 하였다. 수양아버지를 잘 모시는 부부의 효심에 감동한 하늘이 죽은
아이를 살려 준 것이다. ⟨최운식, 『한국의 민담 2』, 시인사, 1999, 208~211쪽⟩

위 이야기에서 젊은 부부는 일찍 부모를 여의어 부모의 사랑을 받
아보지 못하였다. 그들은 부모와 함께 사랑을 나누며 살기를 원하여
의탁할 곳 없는 노인을 수양아버지로 모셨다. 수양아버지는 정성을
다하는 아들과 며느리의 효성에 감사하며 행복한 나날을 보냈다. 그
런데 술을 과하게 먹는 바람에 손자를 깔아 죽이는 결정적인 실수를
한다. 그러나 수양아들 내외는 아버지가 이런 사실을 알면, 괴로움을
이기지 못하여 집을 나갈 것을 염려한다. 그래서 이런 사실을 숨기고,
아버지 몰래 아이를 산에 묻으려 한다. 이들 부부의 마음속에도 수양
아버지에 대한 원망과 미움이 없지 않았을 것이다. 이를 억제하고, 조
용히 일을 수습하려한 부부의 효심에 감동한 하늘은 죽은 아이를 살
려주는 이적을 보였다.

살을 베어 남편의 병을 구하다

경상도 진주에 사는 정 씨가 최 씨와 혼인하여 살았는데, 아주 금실이
좋았다. 몇 년 뒤에 정 씨가 우연히 병이 들어 자리에 눕게 되었다. 최 씨
는 일곱 해 동안 성심으로 남편을 간호하면서 백방으로 좋다는 약을 구하
고, 밤이면 하느님께 병 낫기를 축원하였다. 그러다 보니, 본래 넉넉지 못
한 집안 살림은 더욱 어려워졌다.

어느 날, 그녀는 이웃사람으로부터 남편의 병은 '인육(人肉)을 먹으면 당
장 나을 것'이라는 말을 들었다. 이는 근거 없는 말이었지만, 그녀에게는
이 말이 복음처럼 들렸다. 그녀는 '남편의 병만 낫는다면 나는 죽어도 여
한이 없다'고 생각하였다.

　그날 저녁에 그녀는 남편을 위로한 뒤에 후원으로 갔다. 그녀는 하느님께 정성껏 빈 뒤에 칼로 자기의 허벅지 살을 베어내다가 혼절하여 쓰러졌다. 얼마 뒤에 정신을 차려 보니, 없던 달이 떠올랐고, 샛별이 떠 있었다.

　그녀는 치마폭을 찢어 상처를 싸맨 뒤에 베어낸 살을 고아서 '쇠고기에 다른 약을 섞은 것'이라면서 남편에게 주었다. 남편은 그것을 먹은 뒤로 병세가 호전되어 며칠 뒤에는 자리를 떨고 일어났다. 그 뒤에 내외는 건강하게 살면서 재산도 늘고, 자손도 번성하여 남의 부러움을 샀다.

〈최인학, 『조선조말 구전설화집』, 박이정, 1999, 16~17쪽〉

　이 이야기에서 최 씨 부인은 남편의 병을 치료하기 위해 7년 동안 온갖 정성을 다 기울인다. 그녀는 지성으로 남편의 병을 간호하면서 집안 살림을 하고, 밤이면 남편의 쾌유를 비는 기도를 한다. 그러나 남편의 병은 차도가 없어 답답하기 짝이 없었다. 그때 그녀는 이웃사람으로부터 남편의 병에는 인육을 먹어야 한다는 말을 듣는다. 이 말을 들은 그녀는 지금까지 자기의 모든 것을 다 바쳤는데, 이제 자기 몸마저 바쳐야 한다는 것을 깨닫는다. 그래서 자기 허벅지 살을 도려내는, 무모하기 짝이 없는 행동을 감행한다. 그녀는 정신을 잃고 쓰러졌다가 정신을 차려 자기 살을 고아 남편에게 준다. 남편은 그 약을 먹고 병이 나았다.

　이 이야기에서 남편의 건강 회복을 위해 모든 것을 바치는 그녀의 정성과 희생정신에 감동한 신은 그녀의 소원대로 남편의 병을 낫게 해 준다. 정 씨는 부인 최 씨의 정성과 희생에 의해 병이 나아 수명을 연장한다. 배우자를 위한 지극한 정성과 희생은 이적이 일어나게 하여 뜻을 이루었다.

적덕으로 아들 살린 사람

옛날에 시골에 사는 한 양반이 외아들을 장가보냈다. 당시에 장가간 신
랑은 신부 집에서 한 달 이상을 묵은 뒤에 신부를 데리고 집으로 오는 풍
습이 있었다. 그는 아들이 신행(新行)하여 돌아올 날을 기다리고 있었다.

하루는 그가 볼 일이 있어 어디를 갔다 오다가 보니, 길에 엽전 꾸러미가
떨어져 있었다. 그는 그 돈을 그냥 가지고 가자니 도둑놈이 될 것 같고,
그대로 두고 가자니 다른 사람이 가져갈 것 같아 길을 가지 못하고 망설였
다. 그는 돈 임자가 돈을 찾으러 올지도 모른다는 생각에서 그 근처에 앉
아 있었다. 얼마 뒤에 한 노인이 헐레벌떡 뛰어 오더니, 그 근처를 왔다
갔다 하며 무엇을 찾는 듯하였다. 그는 그 노인이 돈 임자일 것 같은 생각
이 들어 무엇을 찾느냐고 물으니, 노인이 말하였다.

"내가 몹시 가난하여 무엇을 좀 해 보려고 딸네 집에 가서 사정을 하여
돈 50냥을 얻어서 가지고 오는 길이었소. 얼마나 좋은지 그 돈을 보고,
또 보면서 오다가 이곳에 이르렀는데, 갑자기 뒤가 마려워 저 옆에 가서
볼일을 보았지요. 그리고는 돈 꾸러미를 깜빡 잊고 그대로 가다가 생각
이 나서 돌아와 찾는 중이오."

그가 잃어버린 돈이 얼마냐고 물으니, 50냥이라고 하는데, 자기가 주운
돈과 같았다. 그래서 그 돈을 내어 주니, 노인은 고맙다는 인사를 수없이
하였다.

노인은 집으로 가다가 주막에 들러 비를 피하고 있었다. 비는 그치지 않고
점점 세차게 쏟아져 사방에 물이 넘쳤다. 그때 내 건너편에서 당나귀를 탄
신랑이 앞서 오고, 그 뒤에 가마를 탄 신부가 이쪽으로 오고 있었다. 그런데
당나귀가 발을 헛디뎌 미끄러지는 바람에 신랑이 냇물에 휩쓸려 떠내려가고
있었다. 누가 가서 도와줘야 할 텐데, 물살이 세니 선뜻 나서는 사람이 없었
다. 그때, 노인이 돈 꾸러미를 들어 보이며 말했다.

"누구든지 저 신랑을 구해주는 사람에게는 이 돈 50냥을 주겠소. 어서

저 사람을 구해 주세요."

그러자 힘이 센 장정이 냇물에 뛰어들어 그를 끌어올렸다. 신부와 가마꾼
도 무사하였다. 기절하였던 신랑은 가까스로 정신을 차린 뒤에 노인에게
감사의 인사를 하고, 노인을 억지로 자기 집으로 모시고 갔다.

그 집에서는 잔치를 하려고 신랑 일행을 기다리고 있다가 흙탕물에 젖은
옷을 입고 오는 신랑을 보고 깜짝 놀랐다. 신랑은 죽을 뻔하였다가 살아난
이야기를 하고, 아버지께 "생명의 은인을 모시고 왔습니다." 하고 노인을
소개하였다. 노인이 보니, 신랑의 아버지는 자기가 잃어버린 돈을 찾아준
사람이었다. 신랑의 아버지와 노인은 서로를 알아보고, 크게 놀랐다. 신랑
의 아버지는 특별한 인연에 감탄하면서 노인에게 후사(厚謝)하였다.

〈김균태 외, 『금강 본류 유역의 구비설화 (1)』, 금산문화원, 2005, 263~265쪽〉

위 이야기에서 양반은 길에서 주은 돈 꾸러미의 주인을 찾아 돌려
주었다. 아무도 보는 사람이 없는 길에서 주운 돈을 자기가 차지하지
않고 주인을 찾아 준 그의 행동은 견물생심(見物生心, 어떠한 실물을 보게
되면 그것을 가지고 싶은 욕심이 생김.)의 유혹을 물리치고 한 선행이었다.
잃어버렸던 돈을 찾은 노인은 돈을 찾게 해 준 양반에게 마음 깊이 감
사하면서, 자기도 남을 위해 좋은 일을 할 것을 다짐한다. 노인은 급
류에 휩쓸려가는 신랑을 보자, 그 돈을 걸고, 신랑을 구하라고 한다.
그래서 죽을 지경에 이르렀던 신랑의 목숨을 건진다. 그 신랑은 자기
의 돈을 찾아준 양반의 아들이었다.

길에서 주은 돈의 주인을 찾아 돌려준 양반의 선행은 아들의 목숨
을 살렸다. 신랑을 살린 노인의 선행은 신랑과 그 아버지의 치하와 함
께 큰 보상을 받았다. 이처럼 선행은 서로 연결 고리가 되어 좋은 결
과를 가져왔다. 이것은 예로부터 선행을 하면, 그에 대한 보상이 따른

다는 것을 믿는 한국인의 의식이 나타난 것이다.

음덕으로 수를 늘리다

정승 상진(尙震)이 젊었을 때 신통하기로 이름난 점쟁이 홍계관(洪繼寬)에게 일평생 길흉화복(吉凶禍福)을 점쳤다. 그런데 지나면서 보니, 점괘가 귀신같이 들어맞았다. 상진은 홍계관이 말한 날에 죽을 것이라 믿고, 자기의 장례에 필요한 것들을 준비해 놓고 기다렸다. 그런데 그 날이 지난 지 1년이 다 되도록 아무 일이 없었다.

홍계관은 자기의 점괘가 맞지 않은 것을 괴이하게 여겨 상진을 찾아갔다. 홍계관을 본 그는 "내가 그대의 점을 믿어서 올해에 꼭 죽을 줄 알았는데, 어찌 맞지 않는가?" 하고 물었다.

"옛사람 중에 음덕(陰德, 남에게 알려지지 아니하게 행하는 덕행)으로 길흉(吉凶)이 변한 자가 있습니다. 아마 공께서 무슨 음덕을 베푸신 때문인 듯합니다."

그는 이 말을 듣고, 한 가지 생각이 떠올라 말했다.

"내가 한 가지 한 일이 있기는 하지만, 그걸 음덕이라고 할 수 있을지 모르겠소."

"무엇인가 말씀해 주시지요."

"내가 수찬(修撰, 조선 시대에 홍문관에 둔 정육품 벼슬)으로 있을 때에 길에서 홍색 보자기에 싼 것을 주웠는데, 그 속에 순금 술잔 한 쌍이 들어 있었소. 그래서 그것을 감춰 두고, 궐문에 광고를 붙여 '아무 날 아무 곳에서 물건을 잃은 사람이 있거든 나를 찾아오라.'고 하였소. 이튿날 한 사람이 와서 '소인은 대전 수라잔별감(水剌盞別監, 임금께 수라상을 올리는 벼슬아치)인데, 자식의 혼인날 어주(御酒, 임금이 신하에게 내리는 술)의 금잔을 몰래 빌려 쓰고, 도로 갖다 두려 하였습니다. 그런데 도중에 잃었으니, 소인의 죄가 죽임을 면치 못할 것이오. 공이 주우신 것이 혹시 이 물건 아닙니까?'하기에, 내가 그렇다 하고, 내어준 적이 있소."

이 말을 들은 홍계관은 "상공(相公, 재상을 높여 이르던 말)의 수(壽)를 늘리심은 반드시 그 까닭입니다." 하고 말했다. 그는 그 후에 십오 년을 더 살았다.   〈최인학, 『조선조말 구전설화집』, 박이정, 1999, 24쪽〉

위 이야기에 나오는 상진(尙震, 1493~1564)은 조선 중기의 문신으로, 명종 때 우의정·좌의정을 거쳐 영의정에 올라 14년 동안 조선의 재상으로 국정을 총괄하였던 인물이다. 홍계관은 조선 중기에 생존했던 유명한 점술가(占術家)인데, 생몰연대는 확실하지 않다. 홍계관은 아주 유명한 점술가였기 때문에 그의 점술에 관한 이야기가 왕을 비롯한 여러 유명 인사와 관련되어 전해 온다.

위 이야기에서 삼정승을 거친 상진 대감은 젊었을 때 홍계관이 봐 준 점괘가 착착 맞는 것을 보았기 때문에 그의 말을 전적으로 신뢰하였다. 그는 홍계관이 말해 준, 자기의 죽을 날도 맞을 것이라 생각하고, 스스로 장례 준비까지 해 놓았다. 그러나 그 날이 1년이나 지났는데도 아무 일이 없었으므로, 매우 의아하게 생각하고 있었다. 홍계관 역시 자기의 점괘가 틀린 적이 없었는데, 상진 대감이 죽을 날을 1년이나 넘긴 것이 이상하여 상진 대감을 찾아간다. 홍계관은 타고난 수한의 연장은 덕행을 한 사람에게나 가능한 것을 알기에, 살아오는 동안에 어떤 선행을 하였는가를 묻는다.

상진은 정6품의 수찬 벼슬을 할 때 수라잔별감이 대궐의 금잔을 개인적인 용도로 쓰려고 가지고 나갔다가 잃어버린 것을 찾아준 적이 있었다. 상진은 이 일을 조용히 해결하고, 발설하지 않음으로써 수라잔별감의 잘못이 드러나지 않게 해 주었다. 상진은 이러한 선행을 한

공으로 자기의 수명을 연장하였다.

　이 이야기에서 홍계관은 용한 점쟁이여서 타고난 운명을 알아맞히는데, 틀리는 일이 거의 없었다고 한다. 홍계관이 상진의 운명을 점친 뒤에 죽을 날을 예언하였는데, 상진이 그보다 더 오래 산 것은 그가 선행을 하였기 때문이다. 홍계관이 다시 점을 쳐보니, 그의 수한이 늘어나 있었다고 한다. 이것은 한국인이 '사람의 수명은 타고나는 것인데, 선행을 하면 수한이 연장될 수도 있다.'고 생각하였음을 말해 주는 것이다. 이를 뒤집어서 말하면, 악행을 한 사람은 타고난 수명대로 살지 못하고 먼저 죽을 수도 있다는 말이 된다.

지위와 명예

　사람은 혼자 사는 것이 아니라 더불어 사는 사회적 존재이기에, 자기가 속한 사회에서 일정한 지위나 명예를 갖고 싶어 한다. 따라서 지위나 명예를 갖느냐, 그렇지 못하냐에 따라 느끼는 행복감도 다를 것이다. 지위는 개인의 사회적 신분에 따르는 위치나 자리이다. 명예는 세상에서 훌륭하다고 인정되는 이름이나 자랑, 또는 그런 존엄이나 품위를 가리키는 말이다. 현대사회는 매우 다변화되었으므로, 각자가 속한 사회에서 차지하는 위치나 자리가 다양하고, 그에 따르는 명예 역시 천차만별(千差萬別, 여러 가지 사물이 모두 차이가 있고 구별이 있음.)이다. 그러나 옛이야기의 배경이 되는 시대는 단순한 1차 산업 사회였기 때문에 지위와 명예는 대부분 관직에 나가야 얻을 수 있는 것이었다. 관직에 나가기 위해서는 권문세가(權門勢家, 벼슬이 높고 권세가 있는 집안)의 자식이 아니면, 과거에 응시해야 하였다. 그래서 옛이야기에 나타나는 지위와 명예에 관한 것은 과거 응시와 합격에 관한 것이 주를 이룬다.

　전라북도 정읍 시내에서 북쪽으로 3km쯤 떨어진 곳에 두승산(斗升山)이 있다. 두승산의 지맥인 망제봉(望帝峰) 중턱에 높이 4m 가량의 석불(石

佛)이 있다. 이 석불은 고려 시대에 조성된 것으로 추정되는데, 전라북도 유형문화제 제118호로 지정되어 있다. 이 석불은 원형이 잘 보존되어 있는데, 머리에 돌로 된 갓을 쓰고 있는 것이 다른 불상에 비해 특이하다. 갓 바로 아래의 머리 부분은 깨져서 시멘트로 때운 흔적이 보인다.

석불 옆에는 여산 송씨 재실(齋室, 무덤이나 사당 옆에 제사를 지내기 위하여 지은 집)이 있는데, 망제산 중턱에 자리 잡고 있어서 공기가 맑고, 물이 좋으며, 경관이 아름답다. 그래서 조용히 생활하거나, 세상의 복잡한 일을 잊고 공부에 전념하기 좋은 곳이라 생각된다. 이러한 입지 조건을 갖춘 곳이기에, 전에도 이곳으로 공부하러 오는 선비들이 있었던 모양이다. 이곳에는 조용한 곳을 찾아와 공부하던 선비와 석불에 얽힌 흥미로운 이야기가 전해 온다.

석불의 계시로 급제한 선비

옛날에 김 선비와 이 선비가 여산 송 씨 재실에 와서 과거 공부를 하였다. 이 선비는 낮에는 열심히 공부하고, 저녁을 먹고 날이 저물어 어두워지면, 석불 앞에 공손히 무릎을 꿇고 앉아 과거에 급제하게 해 달라고 빌었다. 이 일이 계속되자, 김 선비가 친구 이 선비에게 말했다.

"공부를 열심히 해야지, 거기 가서 빌면 뭐하나? 그러지 말고 열심히 공부나 하게."

김 선비가 이렇게 말하며 놀렸건만, 이 선비는 그 말을 듣지 않고, 석불 앞에 가서 빌기를 계속하였다.

하루 저녁에는 김 선비가 먼저 그곳에 가서 석불 뒤에 숨어 있었다. 잠시 뒤에 이 선비가 와서 기도하니, 김 선비가 목소리를 가다듬고 말하였다.

"네 정성이 갸륵하구나! 경서 제 몇 장 무슨, 무슨 구절을 주시하거라." 그리고는 몇 군데를 더 말하였다.

이 말을 듣고 온 이 선비는 그날 들은 구절을 책에다 표시해 놓고, 그곳을 중점적으로 공부하였다. 이를 본 김 선비가 이 선비에게 말했다.

"그날 말한 것은 내가 장난으로 그런 거야. 그곳은 그만하고, 다른 곳을 공부해."

"아니야. 미륵님은 말을 못하니까, 자네를 통해서 나한테 알려 준 것이 야. 나는 그렇게 알고 공부하는 거야."

그렇게 공부한 이 선비는 얼마 뒤에 과거에 합격하였다.

나주목사가 된 이 선비가 부임하려고 말을 타고 내려왔다. 정읍 가까이 오니, 타고 가던 말이 무릎을 꿇었다. 그가 깜짝 놀라 이곳이 어디인가 물으니, 마부가 '고부'라고 하였다(옛날에는 그곳이 고부 고을이었다). 그러자 그는 수하 사람들에게 명을 내렸다.

"두승산 망제봉 중턱에 가면, 미륵님이 계실 것이다. 미륵님이 갓도 안 쓰고 있으니, 비나 눈보라가 치면 그대로 맞는다. 갓을 해 드려라."

그래서 그때 갓을 새로 올린 것인데, 갓을 올리다가 뒤로 떨어져 버렸다. 그래서 미륵님 머리의 뒷부분이 떨어졌다고 한다.

〈최운식, 『함께 떠나는 이야기 여행』, 민속원, 2004, 180~181쪽〉

위 이야기에서 과거에 급제하게 해 달라고 매일 석불 앞에 가서 기도 한 사람과 석불 뒤에 숨어서 말한 사람이, 지금의 여산 송씨 재실에 와서 공부하던 이 선비와 김 선비라고 한다. 그 이 선비가 어느 시대의 누구인지는 정확하게 말할 수 없다. 그런데 김동필 씨가 쓴 『정읍의 전설』(신아출판사, 1991)의 「대암석불의 계시」에는 그 이 선비가 인근 마을에 살던 익재(益齋) 이희맹(李希孟, 1475~1516, 성종 6~중종 11)이라고 하였다. 정읍문화원에서 발행한 『정읍의 역사와 문화』(1996)에는 "정읍시 망제동 대암석불에 이익재의 소년 시절 등과설화(登科說話)가 전해 온다."고 하였다.

위 이야기에서 이 선비는 "공부를 열심히 해야지, 거기 가서 빌면 뭐하냐?" 하는 친구의 놀림 섞인 충고를 물리치고, 매일 밤 돌미륵 앞에 가서 과거에 급제하게 해 달라고 빈다. 미륵신앙은 불교신앙의 한 형태인데, 민간에 널리 퍼져 민간신앙의 성격을 띠게 되었다. 이 선비가 유학을 공부하는 선비이면서 석불 앞에 가서 과거에 급제하게 해 달라고 빌었다고 하는 것은, 조선 시대의 선비들도 민간신앙의 성격을 띤 미륵신앙을 가지고 있었음을 말해 준다.

이 선비는 열심히 공부하는 한편, 밤마다 돌미륵 앞에 가서 기도한다. 이것은 이 선비가 미륵님께 정성을 다하여 기도하면, 반드시 이루어질 것이라는 믿음이 있었기 때문이다. 이 선비의 이러한 믿음을 우습게 여긴 김 선비는 미륵 뒤에 숨어서 장난으로 "경서의 어느 어느 곳을 잘 익히라."고 한다. 이 선비는 이것을 미륵님의 계시로 믿고, 그 부분을 더 열심히 익혔고, 마침내 과거에 급제하였다. 이것은 이 선비가 자기 할 일을 열심히 하면서, 그 일의 성취를 위해 신앙의 대상에게 의지하고 기도하였음을 의미한다. 만일 이 선비가 미륵님께 기도하는 일에만 힘쓰고 열심히 공부하지 않았다면, 과거에 급제하지 못하였을 것이다. 이것은 자기가 목표하는 일에 최선을 다하면서 신앙의 대상에 의지하고 기도하면, 반드시 그 일을 성취할 수 있다는 우리 조상들의 의식을 표현한 것이다.

이 이야기에서 나주목사로 부임하던 이 선비는 말이 멈추는 것을 보고, 가까운 곳에 자기를 도와준 석불이 있음을 알고, 석불이 눈과 비를 맞지 않도록 갓을 만들어 주었다고 한다. 이것은 이 선비가 석불의 은혜를 잊지 않고 있었음을 의미한다. 사람은 부귀공명(富貴功名, 재산이 많고 지위가 높으며 공을 세워 이름을 떨침.)을 얻고 나면, 지난 일을 잊어버리고,

둘레 사람들의 충고나 조언을 들으려 하지 않는다. 그러나 이 선비는 그러지 않았다. 이것은 이 선비는 은혜를 잊지 않으며, 백성을 잘 보살필 목민관(牧民官)의 자질을 지니고 있음을 말해 주는 것이기도 한다.

처녀에게 종아리 맞고 급제한 사람

옛날에 한 선비가 서당에 다니면서 공부하였다. 저녁이면 집에서 목청을 가다듬고 글을 읽곤 하였다. 그가 글을 읽다가 들으니, 이웃집에서도 글을 읽는 소리가 들리는데, 고운 여자의 음성이었다. 그는 밤마다 들리는 여인의 글 읽는 소리에 마음이 흔들렸다.

어느 날, 그는 용기를 내어 담을 뛰어넘어 들어가 여자가 글 읽는 방의 문을 열었다. 예쁜 처녀가 글을 읽다가 멈추었다.

"어찌 그리 고운 음성으로 글을 잘 읽으십니까! 나는 그 글 읽는 소리에 마음이 끌려 잠을 이루지 못하다가 이렇게 찾아왔습니다."

이 말을 들은 처녀는 그에게 들어오라고 하였다. 그는 그녀가 자기를 반기는 줄 알고 얼른 들어갔다.

"밖에 잠깐 나갔다 올 테니, 기다리시오."

잠시 후, 처녀는 뽕나무 가지를 한 줌 가지고 들어왔다. 처녀는 그에게 댓님을 풀고 목침 위에 서라고 하더니, 종아리를 때렸다. 그가 바로 나갈 테니 그만 때리라고 말해도, 처녀는 들은 척도 않고 20여 대를 때린 뒤에 말했다.

"지금 맞은 자리에 상처가 생겨서 푸르스름한 자국이 날 테니, 그것을 보면서 마음을 다잡아 공부하시오. 성공한 뒤에 우리 집에 통혼하여 나하고 백년가약을 맺읍시다. 그렇지 않으면, 당신과 내가 만나도 아무 소용이 없어요. 어서 가시오."

그는 매를 맞고 돌아와 누구에게도 그 일을 말하지 못하고, 상처를 몰래 치료하였다. 얼마 뒤에 겉으로 난 상처는 아물었으나, 종아리에 파랗게 난

자국은 없어지지 않았다. 그는 3년 동안 상처를 보면서 마음을 다잡고, 열심히 공부하였다. 그는 과거에 급제하여 어사화를 꽂고 집으로 왔다.

그는 아버지한테 지난 일을 이야기하고, 그 집 처녀와 혼인하게 해 달라고 하였다. 그의 부모는 그의 종아리에 남은 파란 멍 자국을 보고, 그 처녀의 인물됨을 짐작하고 기뻐하였다. 그의 아버지가 청혼을 하자, 처녀의 아버지는 기쁜 마음으로 허락하였다.

〈이기형, 『이야기꾼 이종부의 이야기 세계』, 보고사, 2007, 191~193쪽〉

위 이야기에서 선비는 이웃집 처녀의 글 읽는 소리에 반하여 담을 뛰어넘어 처녀의 방으로 간다. 그는 공부하는 선비로서, 이웃집 처녀의 방에 침입한 불온(不穩, 온당하지 아니함.)한 행동에 대한 벌로, 종아리의 상처와 함께 마음의 상처를 안고 돌아온다. 그는 종아리에 남은 멍 자국을 보면서 마음에 깊이 새겨진 상처를 되새기고, 여색(女色)에 흔들리지 말 것을 수없이 다짐하였을 것이다. 그래서 마침내 과거에 장원급제하는 기쁨을 누리게 되었다. 그러고 보면, 처녀의 회초리는 그의 성공에 결정적인 역할을 한 귀한 약이었다.

위 이야기에서 이웃집 처녀는 그의 글 읽는 소리를 듣고, 더 큰 소리로 글을 읽었다고 한다. 그는 처녀의 글 읽는 소리를 들으며 글을 읽다가 마음이 끌려 찾아간다. 이로 보아 이웃집 처녀는 그의 주의를 끌기 위해 큰 소리로 글을 읽었다. 그녀의 예상대로 그의 마음은 흔들렸고, 마침내 담을 넘었다. 그녀는 담을 넘어온 그의 종아리를 때려 여색에 흔들리지 말고 공부에 전념하면, 좋은 날이 올 것이라고 알려준다. 그러고 보면, 이웃집 처녀는 장래성이 있는 그가 흔들리지 않고 공부하여 과거에 급제하게 한 뒤에, 그와 인연을 맺은 지혜로운 여인이다. 이 이야기는 공부하는 사람은 여색에 마음을 빼앗기지 말고 공부에 전념해야 한다는 것을 일깨워 준다.

산신의 도움으로 급제한 휴암

수원 백 씨네 조상 중에 휴암(休庵)이란 분이 있다. 휴암이 소시 적에 과거를 보려고 길을 떠났다. 그는 어느 산골을 지나다가 소나기를 만났다. 그는 길가에 있는 초가집을 발견하고, 그 집 추녀 밑으로 가서 비를 긋고 서 있었다. 그런데 도무지 비가 그치지 않았다. 저녁때가 되니, 방 안에서 소복한 젊은 여인이 나와 방으로 들어오라고 하였다. 그는 젊은 여인이 혼자 있는 방에 들어갈 수 없다며 사양하였다. 그러나 여인은 비는 그치지 않고, 날은 저물어 가는데, 따로 유할 곳이 없으니 들어오라고 하였다. 그가 하는 수 없이 방으로 들어가서 보니, 방이 하나밖에 없었다. 그는 차려주는 저녁밥을 먹은 뒤에 아랫목에 눕고, 여인은 윗목에 누웠다.

그는 잠을 청하였으나, 절세가인(絶世佳人, 세상에 견줄 만한 사람이 없을 정도로 뛰어나게 아름다운 여인)이 방 안에 있으니 잠이 올 리 없었다. 그는 잠결에 그러는 것처럼 윗목으로 굴러가 다리를 여인의 배에 올려놓았다. 여인은 혼잣말로 "선비가 무척 고단한 모양이군!" 하고, 그의 다리를 내린 뒤에 그를 아랫목으로 밀쳤다. 그가 잠시 후에 다시 다리를 올려놓으니, 이번에도 여인은 혼잣말로 "잠을 험하게 자는 선비로구나!" 하며 그의 다리를 내리고, 그를 아랫목으로 밀쳤다. 그가 세 번째 다리를 올려놓으니, 여인이 벌떡 일어나 불을 켠 뒤에 말했다.

"나는 두 번까지는 손님이 잠을 험히 자서 그런 줄 알았소. 세 번째 그러는 것을 보니, 그게 아니군요. 나라의 동량지재(棟梁之材, 기둥과 들보로 쓸 만한 재목이라는 뜻으로, 한 집안이나 한 나라를 떠받치는 중대한 일을 맡을 만한 인재)가 되려고 과거를 보러 가는 사람이 시묘(侍墓, 상중에 3년간 그 무덤 옆에서 움막을 짓고 삶.)하는 부녀한테 음심(淫心)을 품어 되겠소?"

그녀는 이렇게 꾸짖은 뒤에 다시 말을 하였다.

"젊어서 혈기가 왕성할 때에는 그럴 수도 있는 일이시요. 내가 글을 지을
테니 글로 화답해 보시오. 화답을 하면 내가 당신의 청을 들어줄 것이나,
그렇지 못하면 회초리로 종아리를 맞아야 할 것이오. 그리 하겠소?"
이 말을 들은 그는 여인의 글재주라면 당할 수 있을 것이라는 생각이 들
어 그러겠다고 하였다.

여인은 '금야성어신정(今夜成於新情, 오늘 밤에 우리 둘이 새로운 정을 이으
면)'이라고 말하고, 대구를 지으라고 하였다. 그러나 그는 아무리 생각해
도 짝을 이룰 만한 글귀가 떠오르지 않았다. 그래서 여인의 말대로 회초리
를 꺾어다 주고, 종아리를 실컷 맞았다. 이튿날 아침, 그는 여인이 차려주
는 아침밥을 먹고, 길을 나섰다. 그가 몇 발자국 가다가 뒤돌아보니, 집은
간데없고, 바위만 있었다. 간밤의 일은 산신의 조화였던 모양이다.

서울에 도착한 그는 어느 큰 집에 가서 청하여 과거를 볼 때까지 묵기로
하였다. 그가 그 집에서 저녁에 글을 읽고 있는데, 소복한 여인이 주안상
을 차려 가지고 들어와 말하였다.

"이 집 주인은 이번 과거에 상시관(上試官, 과거 시험의 시관 가운데 우두머리)
으로 뽑힌 대감입니다. 저는 대감의 며느리인데, 초년 과부가 되어 외롭게
지내고 있습니다. 오늘 그대를 보고 연모하는 마음을 이기지 못하여 들어
왔으니, 술을 한 잔 드시고, 저의 외로움을 풀어 주십시오."

이를 본 그는 산속에서 비를 긋다가 당한 일을 떠올리며 마음을 가다듬
었다. 그리고는 언성을 높여 "대갓집 며느리로, 죽은 남편의 복을 입은 사
람이 외간남자를 탐하다니, 있을 수 없는 일이오!" 하고 꾸짖은 뒤에, 조용
히 말했다.

"내가 글 한 구를 줄 테니, 그에 화답해 보시오. 화답을 잘 하면 내가
오늘 부인의 청을 들어 줄 것이나, 그렇지 못하면 종아리를 때리겠소.
그리 하겠소?"
부인이 그러겠다고 하였다. 그는 '금야성어신정(今夜成於新情)'이라 말하
고, 화답하라고 하였다. 부인은 그에 맞는 글귀를 짓지 못하여 땀을 뻘뻘

흘리고 있었다. 이를 보고, 그가 다시 말했다.

"오늘 내가 당신과 새로 정을 맺으면, '고부곡어황천(故夫哭於黃泉, 옛남편이 황천에서 운다.)' 할 것 아니오? 그걸 모르는 당신은 종아리를 맞아야하니, 회초리를 가져오시오."

부인은 꼼짝없이 회초리를 가져와서 종아리를 맞았다.

집주인 대감이 자기 전에 집 안을 순행(巡行)하던 중 이 일을 목격하였다. 대감은 선비의 반듯한 언행을 보고, 이런 사람이 과거에서 장원을 하였으면 좋겠다고 생각하였다. 그래서 과거시험의 글제목을 '금야성어신정(今夜成於新情)'으로 하였다. 이런 내막을 아는 사람은 그 밖에 없었으므로, 그가 장원으로 뽑혔다.

〈김영진, 『한국구비문학대계』 3-4, 한국정신문화연구원, 1984, 405~410쪽〉

이것은 조선 중기의 문신으로, 사림파 정치인이며 성리학자인 휴암 백인걸(白仁傑, 1497~1579)과 관련지어 전해 오는 이야기이다. 이 이야기에서 과거를 보러 가던 휴암은 산속에서 소나기를 만난다. 그는 작은 집을 발견하고 추녀 밑에서 비를 긋다가 소복한 여인의 호의로 저녁밥을 얻어먹고, 잠자리에 들었으나 잠이 오지 않았다. 그는 예쁜 여인을 탐하는 색욕(色慾)을 채우기 위해 접근하려다가 종아리를 맞는 수모를 당한다. 그는 이 일을 겪으면서 색욕을 조절하고, 색마(色魔)를 경계하지 않으면 낭패를 당할 수 있다는 것을 절실히 깨달았다. 이것은 산신령이 소복한 여인으로 나타나 일깨워준 귀한 가르침이었다.

서울에 도착한 그는 어느 대감 집에 숙소를 정하였다. 그런데 나중에 알고 보니, 그 집 주인은 이번 과거에서 상시관으로 내정된 대감이었다. 옛이야기에서는 서울의 대감들이 지방에서 과거를 보러 오는 선비들에게 숙소를 제공하는 일이 많다. 그것은 지방에서 오는 선비에게

편의를 제공하는 뜻도 있지만, 선비의 인품이나 자질을 미리 알아 인연을 맺어 인맥을 확장하려는 뜻도 있었을 것이다.

　그는 저녁에 글을 읽던 중 청상과부가 된 대감 며느리의 유혹을 받는다. 그는 며칠 전에 산속에서 만난 여인에게 종아리를 맞으며 배운 가르침 덕분에 대감 며느리의 유혹을 물리친다. 이를 본 대감은 그의 올곧은 언행에 감복하여 과거시험에서 그를 뽑기로 한다. 그래서 그가 겪은 일을 소재로 글을 짓도록 하여 그를 장원으로 뽑는다.

　위 이야기에서 휴암은 산신령의 출현을 통해 색욕 자제에 대한 교훈을 얻고, 이를 실천하였다. 이를 계기로 휴암은 상시관의 인정을 받아 장원급제에 한걸음 다가서게 되었다. 이 이야기는 젊은 시절에 색욕을 자제할 줄 알고, 색마의 유혹에 넘어가지 말아야 앞길이 열린다는 것을 말해 준다. 다른 한편으로는 과거시험은 산신이나 절대자의 도움이 있어야 한다는 것을 말해 준다.

당신(堂神)의 도움으로 급제한 윤 도령

　옛날에 해남 윤 씨 집안의 선비 윤 도령이 논 서마지기를 판 돈 서른 냥을 여비로 가지고, 과거를 보러 길을 떠났다. 그는 충청도 어느 마을의 큰 정자나무 밑에서, 그곳의 농사꾼들과 함께 더위를 식혔다. 그는 한참을 쉰 뒤에 길을 떠나면서 말했다.

　"이 정자나무 참 좋다. 좋은 정자나무 그늘에서 잘 쉬었다 간다."
이 말이 끝나자마자 옆에 있던 동자가 말했다.

　"이 정자나무가 좋기는 한데, 일본 놈한테 팔려서 곧 베어집니다."
그가 이 말을 듣고, 놀라서 사정을 물으니, 동네 빚 때문에 이 나무가 베어질 운명에 처해 있다고 하였다. 그는 가지고 있는 돈 30냥을 내놓으며, 이 나무가 팔려가지 않도록 해 달라고 하였다. 그래서 그 나무는 베어지지 않고, 정자나무의 역할을 계속하게 되었다.

그는 다시 서울로 가다가 초립둥이(草笠을 쓴 사내아이. 초립은 주로 어린 나이에 관례를 한 사람이 쓰던 갓)를 만나 함께 가다가, 같은 숙소에 들었다. 두 사람은 예상되는 과거 시험문제에 관해 이야기하였다. 초립둥이는 그가 시험장에서 지으려는 글을 보고, 잘못된 곳을 가르쳐 주었다.

초립둥이는 정자나무를 베지 못하게 한 마을의 당신이었다. 당신은 정자 나무를 베지 못하게 해 준 은혜를 갚는 뜻에서 그가 과거에 합격하도록 도와 주었다. 그러나 그의 조상신이 도와주지 않아 낙방하고 말았다. 당신은 그 해결책으로 조상의 묘를 이장할 명당자리를 알려 주었다.

그는 고향으로 돌아와 당신이 알려준 곳으로 조상의 묘를 이장하였다. 그리고 더 열심히 공부하여 3년 뒤에 장원급제하였다.

〈박순호, 『한국구비문학대계』 5-7, 한국정신문화연구원, 1984, 166~168쪽〉

위 이야기에서 과거를 보러 가던 윤 도령은 오래된 정자나무가 베어지 게 된 것을 알고, 가지고 있는 돈을 모두 내놓아 이를 막는다. 이 이야기에 서 정자나무는 마을의 안녕과 풍요를 지켜주는 당신(堂神)이다.

시골마을에서 마을 사람들은 마을의 신당(神堂)에 수호신(守護神)을 모셔놓고, 제의를 올리며 마을의 평안과 풍요(豊饒)를 기원한다. 이를 동신신앙 또는 마을공동체신앙이라고 한다. 마을의 신당은 당나무만 있는 신수(神樹) 형태, 신수 밑에 바위로 된 제단이 있는 형태, 신수와 당집이 함께 있는 형태가 있다(김태곤, 『한국민간신앙연구』, 집문당, 1983, 79쪽 참조). 정자나무가 있는 마을의 경우에는 그 나무를 영검한 신으로 믿는다. 이런 마을에서는 당신나무의 모습을 보고, 마을의 운세를 점치 기도 한다. 예를 들면, 잎의 색이 곱고 짙으면 풍년·풍어가 되고, 병든 색이면 흉년이 들고, 전염병이 돈다고 한다. 당신나무의 잎이 가을이 되기 전에 갑자기 떨어지면, 불길한 일이 일어나고, 당신나무가 우는 소리를 내면, 재난이 온다고 한다. 이처럼 당신나무는 마을을 지켜주는 신격(神格)이므로, 이 나무를 함부로 꺾거나 자르는 일은 금기로 여긴다.

위 이야기에서 정자나무는 당신나무인데, 마을의 빚 때문에 일본인에게 팔려 베어지게 되었다고 한다. 마을의 수호신인 정자나무를 베는 것은 마을에 재앙을 가져올지도 모르는 큰일이다. 그런데도 마을 사람들은 마을의 빚을 갚을 수 없어 이를 지킬 수 없게 되었다. 이렇게 절박한 상황에서 윤 도령은 자기가 가진 돈을 모두 내놓아 이를 막아준다. 머나먼 서울 길을 다녀올 노자를 몽땅 내놓는 일은 그로서도 쉽지 않은 결정이었다. 그러나 남의 어려운 일을 보고, 그대로 지나치지 못하는 그의 착한 마음이 이러한 결단을 내리게 하였다.

그의 착한 마음에 감동한 당신은 그의 과거 합격을 도우려 한다. 그러나 조상신의 방해로 뜻을 이루지 못한다. 당신은 차선책으로 조상의 묘를 이장할 명당을 알려준다. 조상신은 명당으로 이장하여 평안해 진 뒤에야 그가 과거에 급제하도록 도와준다. 여기에는 자기 조상을 잘 위하여 조상신의 가호(加護, 신 또는 부처가 힘을 베풀어 보호하고 도와줌.)를 받아야 앞길이 열린다는 의식이 바탕에 깔려 있다.

이 이야기는 우리에게 '선행은 남을 돕는 일이면서 동시에 자기를 위하는 길이기도 하다. 선행은 베풀면 베풀수록 자기에게 돌아오는 복도 커진다.'는 것을 일깨워준다.

낙방만 하던 시골선비의 합격

옛날 숙종 때에 시골 선비가 과거에 아홉 번을 응시하였으나, 모두 낙방하었나. 그러는 동인에 가산을 탕진하고, 나이도 50을 바라보게 되었다.

그는 열 번째 응시하려고 한양으로 떠나며 아내에게 말했다.

"나는 그동안 하는 일 없이 과거만 보러 다니다가 살림을 망쳤는데, 이번이 마지막이오. 만약에 내가 안 돌아오거든 한강에 빠져 죽은 줄 알고, 집을 떠나는 오늘을 제삿날로 쳐서 물밥(무당이나 판수가 굿을 하거나 물릴 때에, 귀신에게 준다고 물에 말아 던지는 밥)이나 떠 놓으시오."

그는 비장한 각오로 열 번째 응시하였으나, 또 떨어졌다. 그는 집으로 돌아가기를 포기하고, 한강에 빠져 죽으려고 마음먹었다. 그는 마지막으로 서울 구경이나 하고 죽으려고 남산으로 올라갔다. 남산에 올라 한강을 내려다보던 그는, 분하고·억울하고·슬퍼서 대성통곡(大聲痛哭, 큰 소리로 몹시 슬프게 곡을 함.)하였다. 그때 점잖은 차림의 선비가 그에게 다가와 슬피 우는 이유가 무엇이냐고 물었다. 그가 말하지 않겠다고 하니, 선비는 술을 한잔하자며, 그를 어느 잔치 자리로 데리고 갔다. 그가 술을 몇 잔 마신 뒤에, 선비는 대성통곡한 이유를 물었다. 그는 열 번째 과거에 응시하였으나 낙방하여, 한강에 빠져 죽으려고 하다가 통곡한 일을 이야기하였다.

옆에서 이 말을 들은 한 선비가 그를 위로한 뒤에, 이 자리에 있는 사람 모두 글을 지어 보라면서 운(韻)을 불렀다. 그도 다른 사람들과 마찬가지로 운에 맞춰 글을 지으니, 그 선비는 잘 지었다고 칭찬하면서 말했다.

"며칠 뒤에 임시 과거가 있다고 하오. 그때 다시 응시해 보고, 또 떨어지면 죽더라도 이번만은 죽지 마시오."

"그런 말은 못 들었는데요."

"그건 서울에 사는 우리가 더 잘 알지요. 이번 시험은 글을 짓는 것이 아니라 물건을 감춰놓고, 무엇인가 알아맞히는 문제라오."

"그런 시험도 있나요? 너무 쉬운 거 아니오?"

"내가 살짝 알려 줄 터이니, 잘 들으시오. 이번에는 '억뛰귀'를 감춰 놓고, 무엇인가 알아맞히라고 한다오."

"'억뛰귀'가 무엇이오?"

"그건 몰라도 되니, '억뛰귀'라고 대답하기만 하면 되오."

그는 반신반의(半信半疑, 얼마쯤 믿으면서도 한편으로는 의심함.) 하면서 돌아왔다.

그 잔치자리는 임금님이 과거를 주관한 시관(試官)들을 위로하는 자리였다. 임금은 잔치 중에 그의 통곡소리를 듣고, 그를 불러오게 하였던 것이다. 임금은 시를 짓게 하여 그의 글공부 수준을 알아본 뒤에, 그가 운이 없어 과거에 불합격한 것을 알았다. 그래서 임시과거를 시행하여 그를 뽑아 줄 요량으로 답을 슬쩍 일러준 것이었다.

그는 '억뛰귀'를 수없이 되뇌면서 과거장으로 갔다. 시험장에 들어가니, 과연 시험관이 상자를 가리키며 그 속에 무엇이 있는지 알아맞히라고 하였다. 그런데 너무 긴장한 탓인지 '억뛰기'란 말이 도무지 생각나지 않았다. 그는 생각나지 않아 쩔쩔매다가 엉겁결에 '학새끼'라고 하였다. 그는 시험장에서 나온 뒤에야 그 말이 생각났다. 그는 자기 뒤에 있는 젊은 사람이라도 합격하였으면 좋겠다는 생각에서 말했다.

"오늘 문제의 답은 '억뛰귀'인데, 내가 '학새끼'라고 잘못 말하였소. 당신은 '억뛰귀'라고만 말하시오. 그러면 합격할 것이오."

젊은이는 고맙다고 인사하고, 시험장 안으로 들어갔다. 젊은이는 "이것이 무엇인지 말해 보시오." 하는 시험관의 말을 듣고, 엉겁결에 '학새끼'라고 대답하였다. '억뛰귀'와 '학새끼'를 바꿔 말한 것이다. 뒤늦게 이를 깨달은 그는 얼른 고쳐서 말했다.

"그것은 '억뛰기'인데, 우리 시골에서는 사투리로 '학새끼'라고 합니다." 임금의 뜻에 따라 그를 뽑아 주려던 시험관은 젊은 선비의 말을 듣고, 둘다 합격시켜 주었다.

〈최래옥, 『한국구비문학대계』 5-3, 한국정신문화연구원, 1983, 167~174쪽〉

위 이야기에서 시골선비는 열 번째 과거에 낙방하고, 남산에 올라 한강물을 바라보다가, 자기의 팔자를 탓하며 대성통곡한다. 그의 통곡소리는 끊임없이 이어지는 불운과 고난을 끝내게 해준 '의외의 행운'을 가져왔다. 그는 임금님이 주관하는 잔치자리에 불려가서 열 번씩이나 떨어진, 자기의 불운한 처지를 말한다. 임금은 그 자리에 모인 사람 모두에게 시를 짓게 하여, 그의 글공부 수준을 파악한다. 임금은 그의 글공부 수준이 괜찮은 것을 확인하고, 임시과거를 시행하기로 한다. 그리고 시험 문제의 답을 슬쩍 알려주어 그를 합격시키려고 한다. 그러나 그는 시관 앞에서 생각이 막혀 엉뚱한 대답을 하는 바람에 의외의 행운을 놓쳐 버리고 말았다. 그는 자기의 불운을 탓하면서, 다음 차례의 젊은이에게 문제의 답을 알려준다. 그런데 그 젊은이 역시 알려준 답을 바꿔 말하여, 우연히 얻은 행운을 놓치게 되었다. 젊은이는 그것을 깨닫고, 조금 전에 말한 답이 바른 답의 사투리라고 둘러대는 재치를 발휘하여 다시 행운을 잡는다. 그 바람에 그도 영영 달아난 줄 알았던 의외의 행운을 다시 잡아 시험에 합격한다. 그래서 그는 오랫동안 그를 괴롭히던 불운에서 벗어나 행복을 얻는다.

그가 오랫동안 따라다니던 불운을 씻어내고, 행운을 잡을 수 있었던 것은 두 가지 이유에서이다. 하나는 과거시험을 열 번 보는 동안 많은 실력을 쌓은 때문이다. 그는 시관들이 모인 자리에서 임금님이 낸 운자에 맞춰 시를 지어 실력을 인정받았다. 이것은 그가 실력을 갖추었으나, 그동안 운이 따르지 않아 과거에 불합격하였음을 말해 주는 것이다. 그 다음으로, 그는 남을 배려할 줄 아는 착한 마음을 가졌기 때문이다. 시관 앞에 선 그는 갑자기 생각이 막혀 버려 대답을 잘못함으로써 뜻밖에 찾아온 행운을 놓치고 말았다. 그는 자기의 불합격을 직감하고, 자기 뒤에 있는 젊은이라도 합격하게 해주려고 하였다. 그의 이러한 마음은 놓칠 뻔했던 행운을 다시 잡는 계기를 마련해 주었다.

상가승무노인탄(喪歌僧舞老人嘆)

옛날에 젊은 부부가 홀로 된 아버지를 모시고 살았다. 부부는 효심이 깊었으나, 가난하여 아버지께 끼니도 제대로 챙겨드리지 못하였다. 어느덧 아버지의 환갑날이 다가오는데, 내외는 환갑상 차릴 일을 의논하였으나, 방도가 없었다. 그래서 아내가 머리를 잘라 팔아서 간단한 환갑상을 마련하였다.

환갑날 저녁에 상을 차려 들여왔는데, 평소에 못 먹던 쌀밥과 반찬·술이 있었다. 아버지는 고맙고 미안하면서도 감격스러워 말을 못하고, 아들과 며느리를 보았다. 옷이 없는 아들은 어머니 상을 당했을 때 입었던 상복을 입고 있고, 며느리는 머리에 수건을 쓰고 있었다. 아버지는 며느리가 머리를 잘라 팔아서 환갑상을 차린 것을 직감하였다. 아들이 아버지의 환갑을 축하하는 노래를 부르자, 며느리가 춤을 추었다. 이를 본 아버지는 감사와 기쁨의 눈물을 흘리며 탄식하였다. 이 장면을 한자말로 하면 '상가승무노인탄(喪歌僧舞老人嘆, 상제는 노래 부르고, 중은 춤을 추며, 노인은 탄식한다.)'이다.

이때 마침 미복(微服, 지위가 높은 사람이 무엇을 몰래 살피러 다닐 때에 남의 눈을 피하려고 입는 남루한 옷차림) 차림으로 잠행(潛行, 임금이 비밀리에 나들이함.)하던 숙종대왕이 이 장면을 목격하였다. 왕은 무슨 일인가를 물어 일의 전말(顚末, 처음부터 끝까지 일이 진행되어 온 경과)을 파악한 뒤에, 상복을 입고 있는 아들에게 물었다.

"글공부는 좀 하셨소?"

"예, 조금 공부하였습니다."

"그럼 잘 되었소. 며칠 뒤에 경과(慶科, 나라에 경사스러운 일이 있을 때, 이를 기념하고자 보게 하던 과거)가 있다고 하니, 응시해 보십시오."

경과가 있는 날, 그가 시험장에 가서 보니, 시제(試題, 과거의 글제)가 '상가승무노인탄'이었다. 그는 자기가 겪은 일이었으므로, 글을 잘 써서 제출하였다. 그는 장원급제하여 벼슬을 하고, 잘 살았다.

〈최운식, 『한국의 민담 2』, 시인사, 1999, 212~213쪽〉

위 이야기에서 효자 내외는 홀아버지 환갑상을 차릴 궁리를 하다가 아내가 머리를 잘라 팔아서 환갑상을 마련한다. 조선 시대에 왕실이나 양반가의 여인들은 머리를 치장할 때 큰머리(궁중에서 예복을 입을 때 어여 머리 위에 얹는 커다란 장식용 머리), 어여머리(부인이 예장할 때 하던 머리 모양), 다리(머리숱이 많아 보이라고 덧 넣었던 딴머리) 등을 사용하였다. 이를 만들기 위해 다른 사람의 머리카락을 비싼 값으로 구입하였다. 그래서 옛이 야기를 보면, 가난한 여인이 자기의 머리를 잘라 팔아서 시아버지의 환갑상을 마련하기도 하고, 남편이 과거를 보러 갈 때 쓸 노자(路資)로 주기도 하며, 남편의 장사밑천에 보태주기도 한다. 이것은 가난한 여인이 목돈을 마련하는 유일한 방법으로, 최대의 희생과 봉사를 의미한다.

효성이 지극한 며느리와 아들의 효심은 하늘을 감동하게 하였다. 그래서 하늘은 미복 차림의 왕이 '상가승무노인탄'의 결정적 순간에 그 집을 방문하게 하였다. 이를 본 왕은 그를 위해 경과를 배설하고, 그만이 아는 문제를 출제하여, 그를 급제하게 만들었다. 그것은 효성이 지극한 사람에게 오는 행운이었다.

위 이야기에서 미복차림으로 순행하는 임금이 '숙종'이라고 한다. 다른 이야기에서도 잠행하는 왕이 숙종인 경우가 많다. 숙종(1661~1720)은 13세에 왕위에 올라 46년 동안 나라를 다스렸다. 이때는 조선 중기 이래 계속되어 온 붕당정치(朋黨政治)의 폐해가 심화되어 많은 어려움이 있던 시기이다. 그러나 임진왜란 이후 동요된 사회적 문제의 수습과 재정비 과정을 일단 마무리 짓고, 평온을 유지하던 시기라고 할 수 있다. 국내외의 어려운 문제를 대강 해결한 숙종은 민생을 안정시키기 위해 많은 노력을 하였으므로, 그런 분위기를 반영한 잠행 이야기가 많이 전해오는 것 같다. 왕은 잠행하면서 백성들의 삶의 현장을 직접 살펴보고,

그들이 당한 어려움을 해결해 주었다. 왕인 줄 모르고 어려움을 토로한 백성은 난제를 해결하는 행운을 얻었다.

한무대와(恨無大蛙)

옛날에 숙종 임금께서 미복 차림으로 순행하였다. 임금이 어느 마을에 가니, 자정 무렵인데도 불이 반짝이고, 글 읽는 소리가 나는 집이 있었다. 임금이 주인을 찾아, 초가집의 조그마한 방으로 들어갔다. 한 선비가 글을 읽고 있는데, 벽에 '한무대와(恨無大蛙, 개구리 없는 것이 한이다.)'라고 쓴 글귀가 붙어 있었다. 임금이 그 글귀를 보고 이상히 여겨 그 연유를 묻자, 선비는 이렇게 말했다.

옛날에 꾀꼬리와 황새가 만나서, 서로 자기가 노래를 잘 한다고 자랑을 하였답니다. 그러나 쉽게 결론이 나지 않았습니다. 길게 다투던 둘은 부엉이의 판결을 받아보자고 하였습니다.

꾀꼬리와 황새는 부엉이를 찾아가 말하였습니다.

"내일 아침에 우리가 와서 노래를 부를 터이니, 부엉이님께서 누가 노래를 더 잘하는가를 판가름해 주십시오."

"좋아. 내일 아침에 와서 노래를 불러봐. 내가 들어보고, 말해 줄게."

황새는 자기의 노래 실력으로는 꾀꼬리를 이길 수 없다는 것을 알았습니다. 그래서 겨울철이라 구하기 어려운 개구리 한 마리를 구해서 부엉이한테 가져다주면서, 잘 봐 달라고 부탁하였습니다. 겨울에 큰 개구리를 얻어먹은 부엉이는 아주 고맙게 생각하였습니다.

노래 시합을 하는 날, 꾀꼬리는 고운 목소리로 노래를 부르고, 황새는 '벅-' 하고 소리를 질렀습니다. 부엉이는 황새의 소리가 꾀꼬리의 소리에 미치지 못하는 것을 알았습니다. 그러나 뇌물을 받아먹었기 때문에 이렇게 판결을 하였습니다.

"꾀꼬리가 노래는 잘 하였지만, 소인지성(小人之聲)이라 간사스러워 못 쓰겠다. 황새의 '벅-' 하는 소리는 장군지성(將軍之聲)이다. 그러므로 장군의 소리가 이겼다."

선비는 말을 계속하였다.

"저는 공부를 많이 하였습니다. 그러나 가난하여 고위 관리나 시험관에게 바칠 돈이 없어 번번이 낙방하고 말았습니다. 개구리를 구하지 못하여 노래 시합에서 진 꾀꼬리의 처지와 제 처지가 같습니다. '개구리 없는 것이 한'이지요. 그래서 '한무대와'라고 써 붙였습니다."

이 말을 들은 임금은 선비에게 말했다.

"나는 서울 자하골에 사는 이 서방이오. 나도 당신과 같은 경우를 당한 적이 있어 당신의 원통한 마음을 잘 알겠소. 내가 들으니 머지않아 별과(別科, 임시로 시행하는 과거)가 있을 거라고 합니다. 그때 나도 응시할 생각이니, 함께 응시해 봅시다.

얼마 뒤에 정말 별과를 시행한다는 방이 붙었다. 그 선비가 시험장에 가 보니, 글 제목이 '한무대와'였다. 그는 자기의 일이므로, 글을 잘 써서 별과에 급제하여 벼슬을 하였다.   〈최운식, 『한국의 민담 2』, 시인사, 1999, 340~343쪽〉

위 이야기에서 가난한 선비는 열심히 공부하여 과거에 응시하였으나, 번번이 낙방하였다. 그것은 실력이 모자라서가 아니라 권력자에게 뇌물로 쓸 돈이 없고, 뒤에서 받쳐 주는 사람이 없었기 때문이다. 그는 인재 선발을 위한 과거에 뇌물과 청탁이 횡행하는 현실을 개탄한다. 그리고 자기의 처지를 '황새와의 노래 겨루기에서 재판관인 부엉이에게 뇌물로 개구리를 바치지 못해 패한 꾀꼬리'에 비유한다. 그는 자기의 한스러운 처지를 나타내는 '한무대와'를 써서 벽에 붙인다. 이러한 그의 한(恨)은 잠행 중이던 숙종 임금의 방문으로 해결의 전기를 맞는다. 그의 인품과 꾸준한 노력에 마음이 끌린 숙종은 그를 발탁하기 위한 별과를 시행하기로 하고, 응시할 것을 권유하여 급제하게 한다.

이 이야기는 과거와 인사 문제에 뇌물과 청탁이 횡행하는 세태를 꼬집는다. 그러면서 곧은 마음을 가지고 꾸준히 노력하며 기다리면, 잠행 중이던 임금을 만나는 것과 같은 행운을 얻을 수 있다는 것을 말해 준다. 이 이야기의 앞부분에는 공직자가 뇌물이나 청탁에 흔들리지 않고 공정하게 일을 처리하는 사회가 되기를 바라는 마음이 나타나 있다. 뒷부분에는 힘을 가진 깨끗한 인물이 나타나 잘못된 일을 바로잡아 주기를 기대하는 마음이 나타나 있다.

뺨 치고 얻은 벼슬

옛날에 숙종 임금이 밤중에 미복차림으로 순행을 나갔다. 숭례문에 이르니, 웬 건장한 남자가 웃옷을 벗어 가슴을 덮고, 잠을 자고 있었다. 함께 간 별감을 시켜 깨우니, 눈을 비비며 일어났다. "웬 사람이기에 이런 데서 자느냐?"고 물으니, 시골에서 벼슬하러 왔다고 하였다. 무슨 벼슬을 하러 왔느냐고 물으니, 아무 벼슬이든 하려고 한다고 하였다.

"군수시키면 하겠소?"

"하지요. 그까짓 거."

"감사시키면 하겠소?"

"그까짓 걸 못 하겠소? 하지요."

"판서라도 주면 하겠소?"

"하지요. 그까짓 거 무어 어려워서 못 하겠소. 그런데 남 고단해 자는데, 웬 사람이기에 자꾸 말을 시키오?"

"미안하오. 몇 마디 더 묻겠소이다. 그럼 정승이라도 주면 하겠소?"

"시켜 주기만 한다면야 하지요."

"좋은 배짱이오. 그럼 임금도 시켜 주면 하겠소?"

그 찰나에 소댕 같은 그의 손이 임금의 뺨을 '철썩' 하고 후려치는데, 눈에서 불이 번쩍 나고, 목이 돌아가 붙을 지경이었다.

"이놈이 날더러 역적질하란 말이냐? 이런 놈을 그냥……."

옆에 있던 무예별감이 달려드는 것을 본 임금이 제지하며 말했다.

"어찌 알지 마시오. 말이 좀 빗나갔소이다."

"그렇다면 모를까. 또 그따위 주둥일 놀리면, 가만두지 않겠소."

일행은 그 자리를 떠나며 어이없어 웃었다.

이튿날 새벽에 군관 몇 사람이 숭례문으로 가서 그를 찾았다. 임금 앞에 불려 간 그는 우선 대궐을 수직하는 군관으로 임명되었다. 그 뒤에 그는 벼슬이 차츰 올라 높은 자리에 올랐다.

<이훈종, 『한국의 전래소화』, 동아일보사, 1969, 80~82쪽>

위 이야기에서 숙종 임금이 잠행하다가 만난 노숙자는 벼슬을 얻으러 왔다고 한다. 임금은 그에게 무슨 벼슬을 하고 싶으냐고 묻는다. 그는 군수, 감사, 판서, 정승 등 무슨 벼슬이든지 주기만 하면 할 수 있다고 자신 있게 대답한다. 임금은 "그럼 임금도 시켜 주면 하겠소?" 하고 물어 그의 결기(곧고 바르며 과단성 있는 성미)와 배짱이 어디까지인가를 시험한다. 자기에게 그런 질문을 하는 사람이 임금인 것을 모르는 그는, 임금의 뺨을 때리며 "날더러 역적질하란 말이냐?"고 호통하며 꾸짖는다. 뺨을 맞음으로써 그의 충성심을 확인한 임금은, 그를 불러 대궐을 지키는 군관으로 임명하고, 차츰 진급시켜 높은 벼슬을 하게 한다.

이 이야기에서는 먼저 벼슬을 하려는 사람이 벼슬을 얻기 전에 겪는 고통이 얼마나 큰가를 보여준다. 그 다음으로는 벼슬하려는 사람은 결기와 배짱이 있어야 하고, 충성심이 있어야 함을 일깨워준다. 이 이야기는 벼슬을 하려는 사람은, '그에 합당한 올바른 마음과 충성심을 가지고 힘써 노력하라. 그러면 뜻하지 않은 상황에서 인정을 받아 관직을 얻을 수 있는 기회가 온다.'는 것을 말해 준다.

서울에 가서 보름을 뒹군 소년

옛날 어느 농촌에 부부가 열한 살 먹은 아들과 함께 어렵게 살았다. 그런데 남편이 갑자기 병을 얻어 세상을 떠났다. 아내는 아들과 함께 지관이 잡아주는 자리에 남편을 매장하였다.

얼마 뒤에 그 마을에 사는 한 양반이 소년의 아버지 묘가 있는 등줄기에 자기 아버지 묘를 썼다. 이를 본 마을 사람들은 매우 못마땅하게 여겼으나, 말을 하지 못하였다. 그의 어머니는 몹시 속이 상하였으나, 어찌할 도리가 없어서 속을 끓이고 있었다. 이를 본 그가 어머니에게 무슨 일이냐고 물으니, 어머니가 말했다.

"너의 아버지 묘 위쪽에다가 저 양반들이 묘를 썼는데, 이것은 있을 수 없는 일이다. 그 묘를 파야만 하겠는데, 방법이 없어서 그런다. 이대로 당하고 마는 것 같아서 심화(心火)가 가라앉지 않아 힘들구나!"

이 말을 들은 그가 마을의 어른들에게 "어떻게 하면 저 묘를 팔 수 있나요?" 하고 물었다. 한 사람이 그에게 "그 묘를 팔려면, 서울 가서 한 보름 뒹굴어야 한다."고 하였다.

그는 그 말을 곧이곧대로 듣고, 서울 종로에 가서 뒹굴었다. 열사흘 동안 땅바닥에서 뒹굴었지만, 아무런 소식이 없었다. 그는 달리 어찌해야 할 바를 몰라, 그 다음날도 또 종로에 가서 뒹굴었다.

14일째 되던 날, 왕이 순행하다가 그를 보고, 뒹구는 연유를 물었다.

"저는 시골 사는 아무갠데, 우리 아버지 묘 뒤에다가 아무개 양반이 묘를 썼어요. 그런데 서울 가서 한 보름 뒹굴어야만 그 묘를 팔 수 있다고 해서 지금 열나흘째 구르고 있어요. 내일이면 보름입니다."

왕은 이 아이의 순수한 마음과 정성에 감동하여 부드럽게 말했다.

"내일 아침에 일찍 이 서방네를 찾아가거라. 저쪽에 있는 제일 큰 집이 이 서방네다. 이 서방이 혹 그 묘를 파게 해 줄지 모르겠다."

이 서방은 왕을 가리키고, 큰 집은 대궐을 뜻한 것인데, 아이는 알지 못하였다.

그는 날이 새자마자 큰 집으로 가서 이 서방을 만나게 해 달라고 하였다. 지키는 사람들이 못 들어가게 하였으나, 그는 어젯밤에 만난 사람이 찾아오라고 해서 왔다고 하며, 이 서방을 만나게 해 달라고 졸랐다. 그는 마침내 이 서방을 만나, 지금까지 있었던 일을 자세히 이야기하였다. 그의 말을 들은 왕은 고을 원에게 이 일을 잘 처리해 주라고 지시하는 글을 써 주었다. 그는 그 편지를 받아 가지고 고향으로 내려와서, 고을 원에게 편지를 보였다. 편지를 본 원은 그 양반을 불러 그 뫼를 당장 옮기라고 하였다.

소년의 어머니는 감사하는 마음에서 서울 이 서방에게 호박떡과 버선을 선물로 보냈다. 왕은 하찮은 선물이지만 기쁜 마음으로 받고, 그 소년에게 열심히 공부하도록 하여 벼슬을 주었다.

〈최운식, 『한국의 민담 2』, 시인사, 1999, 359~363쪽〉

위 이야기에서 소년의 어머니는 지관이 좋은 자리라며 잡아준 뫼자리에 남편을 묻었다. 그런데 그 묘의 바로 위에 그 지역의 양반이 묘를 쓴다. 그곳은 소년 아버지의 묘 바로 위여서, 위로부터 소년 아버지 묘로 내려오는 생기(生氣)를 차단하게 된다. 지맥을 통해 내려오는 생기가 멈추는 곳을 명당으로 생각하는 풍수설의 입장에서 보면, 이것은 소년 아버지의 묘를 아주 못 쓰게 만드는 못된 처사이다. 동네 사람들은 이를 알고 못마땅하게 여기고 안타까워하였지만, 양반의 횡포를 막을 방법이 없어서 어쩌지 못하고 있었다. 이를 본 소년의 어머니는 심화가 나서 죽을 지경이었다. 열한 살짜리 소년이 이를 알고 동네 사람들에게 해결 방법을 물었지만, 속 시원한 대답을 듣지 못하였다. 마을의 한 선비는 서울에 가서 한 보름 묵으면서 힘 있는 사람을 찾아다니며 부탁하면 될지도 모른다는 생각을 하였다. 그러나 어린 소년에게 그 말을 세세히 할 수 없었다. 그래서 "그 뫼를 팔려면, 서울 가서 한 보름 뒹굴어야 한다."고 하였다. 소년은 그 말을 곧이곧대로 믿고, 서울 종로에 가서 보름을 작정하고 땅바닥에서 뒹굴었다. 억울한 일을 바로잡겠다는 천진난만한 아이의 굳은 의지와 정성은 하늘을 감동시켜 그가 잠행하는 임금의 눈에 띄게 하였다. 임금은 그가 당한 억울한 일을 해결해 주었을 뿐만 아니라, 소년을 도와 열심히 공부하게 한 뒤에 벼슬을 내렸다.

이 이야기는 중앙이나 지방의 관아에서 벼슬을 하는 양반이나 향반(鄕班, 시골에 내려가 살면서 여러 대 동안 벼슬을 못하던 양반)들이 가난하고 불쌍한 백성들 위에 군림(君臨)하면서 횡포를 일삼던 당시의 현실을 꼬집는다. 그러면서 양반의 그릇된 횡포에 맞서서 바로잡으려는 노력을 하는 소년과 같은 굳은 의지와 지혜·정성이 있으면, 이를 해결할 수도 있다는 가능성을 제시하여 준다.

출세한 종의 아들

옛날에 낙향한 이 정승이 집에 훈장을 모셔놓고 아들들을 가르쳤다. 그런데 그 집 종의 아들이 정승 아들들의 심부름을 하면서 어깨너머로 글공부를 하였다. 훈장이 보니, 그 아이의 재주가 정승의 아들들보다 나았다. 과거 때가 다가오자 정승 아들들이 과거를 보러 서울로 올라가게 되었는데, 훈장이 보기에는 종의 아들만이 급제할 실력이 되었다. 훈장은 그에게 동접(同接, 같은 곳에서 함께 공부한 사람)들과 함께 과거를 보러 가라고 하였다. 그는 남루한 옷차림으로 동접들을 멀리서 따라갔다.

해가 질 무렵에 동접들이 큰 기와집에 이르러 하룻밤 쉬어가기를 청하였다. 주인 대감의 허락을 받고 들어가니, 그도 따라 들어가 구석에 자리 잡고 앉았다. 동접들은 그가 따라와 같이 가는 것이 싫어서, 그를 떼어 버릴 궁리를 하다가 이렇게 말했다.

"우리는 내일 아침 일찍 길을 떠날 것인데, 우리와 같이 가려면 이 집 뒤꼍에 있는 배나무의 배를 따가지고 오너라. 그래야만 너를 데리고 가겠다."

그가 가만히 생각해 보니, 날이 밝은 다음에는 배를 딸 수 없을 것 같았다. 그래서 주인과 동접들이 잠이 든 뒤에 배나무에 올라갔다. 그는 배나무 가지에 앉아서 한심하기 짝이 없는 자기의 처지를 한탄하다가 깜빡 잠이 들었다. 그 순간에 그 집 주인 대감이 '자기네 배나무에서 용이 하늘로 몸을 뒤틀며 올라가는 꿈'을 꾸었다. 대감은 하인들을 불러 꿈 이야기를 하고서, 배나무를 살펴보라고 하였다. 하인들이 배나무에 앉아 있는 그를 발견하고, 대감에게 데리고 가서 "우리 집에서 자고 있는 선비들 중 한 사람입니다." 하고 보고하였다. 대감은 그를 불러 "그대는 이번 과거에서 장원급제를 할 텐데, 장원하면 내 사위가 돼 주게." 하고 말하면서, 새 옷과 말 한 필을 주었다.

이튿날, 그는 말은 타지 않고 걸어서 동접들 뒤를 따라갔다. 동접들은 그를 따돌리기 위해 이번에는 목화밭에서 목화 따는 아가씨와 입을 맞추고 오지 않으면, 데리고 가지 않겠다고 하였다. 그는 아가씨에게 가까이 가서 막 울며 "눈에 먼지가 들어가 눈을 뜰 수가 없으니, 좀 불어주세요" 하고 부탁하였다. 아가씨가 딱하게 여겨 그의 눈을 불어 주니, 그 틈에 아가씨와 입을 맞추었다. 동접들은 하는 수 없이 그와 동행하였다.

그는 서울에 도착하여 두리번거리다가 동접들과 떨어졌다. 그는 과거 장소를 찾아 이리저리 헤매다가 소나무에 목을 매려는 젊은이를 보았다. 그 연유를 물으니, 그 젊은이는 상시관으로 뽑힌 아버지가 나랏돈 천 냥을 썼는데, 갚지 못하여 죽게 되었으므로, 먼저 죽으려고 그랬다고 하였다. 그는 어머니가 어렵게 마련해 준 여비 천 냥을 내주어 그 사람을 구해 주었다.

그가 과거에 장원급제하고, 배나무에 올라갔던 그 집에 가니, 그 집에서는 약속대로 그를 사위로 맞이하였다. 그런데 색시는 바로 목화밭에서 입을 맞추던 그 처녀였다. 그는 벼슬을 하며 부모님을 모시고 잘 살았다.

〈최운식, 『한국의 민담 2』, 시인사, 1999, 333~339쪽〉

위 이야기의 주인공은 낙향한 퇴임 재상의 집에서 종노릇을 하는 사람의 아들이다. 옛 신분제도에 따르면, 종은 천민(賤民)으로, 신분이 세습된다. 따라서 그는 종의 아들이니, 정승의 아들들과 함께 공부할 수 없는 천민 신분이다. 그러나 공부를 하고 싶어서 정승 아들들이 공부하는 데서 잔심부름을 하면서 어깨너머로 글을 읽혔다. 그런데 그는 하나를 들으면 열을 알 정도로 재주가 있었다. 훈장은 그의 재능을 알아보고, 그가 실력을 쌓도록 도움을 주었다. 재상의 아들들이 과거를 보러 갈 때, 훈장은 과거에 급제할 실력을 갖춘 것은 그 아이뿐이라고 생각하고, 그에게 함께 가라고 한다.

그와 함께 공부한 동접들은 그를 따돌리려고 '대감 집 뒤꼍에 있는 배나무의 배를 따오라.', '목화 따는 처녀와 입을 맞추고 오라.'는 등의 과제를 준다. 그는 앞의 과제는 신의 도움에 의한 대감의 꿈으로, 뒤의 과제는 임기응변의 재치로 해결한다. 그는 서울에 도착하여 길을 잃어 고난을 당하지만, 뜻밖의 장소에서 자살하려는 젊은이를 살려주고, 그의 아버지의 어려움을 해결해 준다. 이처럼 그는 의외의 고난을 의외의 행운과 자기의 지혜로 해결하고, 완전한 행운을 얻었다.

위 이야기에서 주인공은 종의 아들이었지만, 재주가 있고, 고난 극복의 의지와 지혜가 뛰어났다. 그는 모든 고난을 극복하고, 과거에 급제한 뒤에 대감의 사위가 되는 행운을 얻었다. 이것은 엄격하던 신분제가 흔들리던 조선 후기의 사회상을 반영한 것이라 하겠다.

김 백정과 박 어사

조선 영조 때 서울 장안에 김씨 성을 가진 큰 부자가 살았다. 그는 백정 노릇을 하며 돈을 모아 큰 부자가 되었는데, 서울에서 그를 모르는 사람이 없을 정도였다. 그는 부자가 된 뒤에 양반이 되고 싶었다. 그래서 학식과 덕행이 뛰어나지만, 생활이 어려운 선비를 몰래 집으로 모셔놓고, 양반으로서 갖춰야 할 학문과 지식, 언행과 교양 등을 잘 배워 익혔다.

그는 아는 사람이 많은 서울에서는 양반 행세를 할 수 없음을 알고, 안동으로 내려가 양반 노릇을 하면서 살았다. 그는 당시에 암행어사로 이름을 날리던 박문수 어사가 자기 생질이라고 거짓 소문을 내었다. 인근의 양반들은 매일 그의 사랑방에 모여 술과 음식을 나누며 시를 짓고, 담소하며 즐거운 시간을 보내곤 하였다.

그때 마침 박문수 어사가 영남 지방에 암행을 나갔다가 안동에 들렀다. 박 어사는 고을 원과 이야기하는 중에 자기 외숙이 그 고을에 산다는 말을 들었다. 박 어사는 '어떤 사람이 나의 외삼촌 행세를 하고 있을까?' 궁금하였다. 그래서 그를 만나보려고, 그의 집으로 사람을 보냈다. 그는 박 어사가 부른다는 말에 '이거 큰 일이 났구나!' 하고 속으로 걱정을 하면서도, 심부름 온 사람에게 태연스럽게 큰 소리로 말했다.

"제가 여기까지 왔으면, 찾아와서 외숙한테 인사를 하고 가야지. 감히 나를 오라고 해. 이런 고약한 놈이 있나! 나는 안 갈 테니, 그냥 가거라."
그를 데리러 왔던 관리는 머쓱하여 돌아갔다. 그의 언행을 본 그곳 사람들은 박 어사의 외숙이라는 말을 진짜로 믿었다.

박 어사는 자기의 외숙이라며 큰소리치는 그가 어떤 인물일까 궁금하였다. 그래서 이튿날 고을 원과 함께 그의 집으로 갔다. 박 어사가 가서 보니, 그 사람은 서울에서 돈을 많이 벌었다던 김 백정이었다. 박 어사는 그가 어떻게 하는가를 보려고, 그 앞에 가서 절을 하였다. 그는 태연스럽게 절을 받고, 가족에 관한 안부도 물었다. 이 광경을 지켜본 사람들은 모두 그가 박 어사의 외숙이라고 믿어 의심하지 않았다. 고을 원이 가겠다고 하자, 그가 박 어사에게 말했다.

"너는 오래간만에 왔으니, 여기서 하루 저녁 유하고서, 내일 가도록 해라!"
박 어사는 그의 처신을 보려는 심산에서, 그렇게 하겠다고 하였다.

손님이 모두 가자, 그는 박 어사를 안사랑에 모셨다. 자정쯤 되니, 그는 사랑 앞의 마당에 거적을 깔고 꿇어 엎드려 말했다.

"대감님, 살려 주십시오. 나는 서울에서 돈을 많이 벌은 뒤에 양반이 되고 싶어서, 여기 와서 양반 행세를 하였습니다. 오늘은 대감님을 생질이라고 하면서 진짜 양반 노릇도 하였으니, 이제는 죽어도 여한이 없습니다. 처분대로 하십시오."

박 어사는 마음속으로 '나만 눈감아 주면 그가 훌륭한 양반 노릇을 하면서 살 텐데, 이를 들춰낼 필요가 있을까?' 하는 생각이 들었다. 그래서 그를 불러들인 뒤에, '내가 타내지 않을 터이니, 양반 노릇을 잘 하라.'고 당부하였다.

서울에 온 박 어사가 동생과 대화하던 중 그 이야기를 하였다. 동생은 신분제도를 파기한 그를 벌주어야 한다면서 안동으로 내려갔다. 박 어사는 그에게 동생이 간다는 것을 알리고, 알아서 대처하라고 하였다. 이 소식을 들은 그는 동네 사람들에게 말했다.

"정신이상인 내 작은 생질이 온다는구려. 그 애는 나만 보면 '백정놈'이라고 한다오. 그의 병을 고칠 수 있도록 침을 잘 놓는 사람 몇을 천거해 주시오."

그는 힘이 센 장정 몇 명을 대기시켜 두었다가 박 어사의 동생이 도착하기가 무섭게 꽁꽁 묶어서 뜨거운 골방에 가두었다. 그리고는 침놓는 이를 시켜 생침을 놓게 하였다. 밤이 되자, 그는 거적을 깔고 엎드려 말했다.

"큰 양반도 나를 용서해 주셨는데, 나하고 무슨 원수가 져서 이러시오. 작은 마님이 가만히 계시면 나는 이곳에서 양반 노릇 잘 하며 살다 죽을 것이오."

뜨거운 골방에 가둬놓고, 낮이면 미친병을 치료한다며 생침을 놓고, 밤이면 회유하는 일이 사나흘 동안 반복되었다. 박 어사의 동생은 이런 고통을 견디기 힘들었고, 이러다가는 여기서 죽을지도 모른다는 생각을 하게 되었다.

닷새 째 되는 날, 박 어사의 동생은 그를 '외삼촌'이라고 부르며, 살려달라고 하였다. 그는 사람들을 다 내보낸 뒤에 방 안으로 들어가 말했다.

"신분을 속인 죄가 얼마나 큰지 잘 압니다. 눈감아 주시면 양반 노릇 잘하며 살겠습니다."

이 말을 들은 박 어사의 동생은 진심으로 말했다.

"내가 그대를 용서하고, 외삼촌이라고 하면서 입 조심하며 살 테니, 제발 살려 주시오."

박 어사의 동생은 며칠 동안 후한 대접을 받은 뒤에 서울로 돌아갔다. 그는 양반 노릇을 하며 잘 살았다. 〈최운식, 『한국의 민담 2』, 시인사, 1999, 327~332쪽〉

위 이야기는 여러 가지 점에서 매우 흥미롭다. 첫째, 백정이 큰 부자가 되었다고 한다. 앞에서 살펴본 바와 같이 백정은 가축의 도축(屠畜, 고기를 얻기 위하여 가축을 잡아 죽임.)과 고기 판매, 가죽의 공급, 사육과 증식, 매매에 관여함으로써 많은 이득을 챙길 수 있었다. 그래서 신분상으로는 천민이었으나, 경제적으로는 어렵지 않은 생활을 하는 사람이 많았다. 위 이야기에서 김 백정은 이러한 경제적 여건을 이용하여 부자가 된, 수완이 뛰어난 인물이다.

둘째, 신분제도의 변화를 보이고 있다. 신분제 사회에서 양반은 벼슬을 하지 않더라도 사회적으로 존경과 대접을 받으며 살 수 있지만, 천민은 무시와 학대를 받으며 살 수밖에 없었다. 김 백정은 돈을 모아 부자가 된 뒤에 신분의 질곡(桎梏, 몹시 속박하여 자유를 가질 수 없는 고통의 상태)에서 벗어나기 위해 양반이 되려고 하였다. 그는 양반의 자질을 갖추기 위해 학식과 덕행이 뛰어난 선비를 초빙하여 양반이 갖춰야 할 학문과 지식, 교양과 언행 등을 잘 배워 익혔다. 그는 이러한 양반 학습을 통해 양반의 기본 소양과 덕행을 익힌 뒤에, 지방으로 가서 양반 행세를 하였다. 그는 자기의 위상을 강화하기 위해 박 어사가 생질이라고 거짓말을 한다. 그 일로, 그는 박 어사와 박 어사 동생의 시험을 치러야 했다. 박 어사는 그의 인품과 수완을 평가한 뒤에 그가 양반 노릇하는 것을 인정하였다. 박 어사 동생은 이를 인정할 수 없다며 완강히 저항하다가 그의 수완과 힘에 꺾이고 만다. 이것은 신분제도가 동요하던 조선후기의 사회 현실을 반영한 것이다.

셋째, 지위와 명예를 얻으려면 능력과 수완이 뛰어나야 한다. 김 백정은 백정이 처한 여건에서 뛰어난 능력과 수완을 발휘하여 큰 부자가 되었다. 그는 부자가 된 뒤에는 양반이 되기 위해 철저한 양반 학습 과정을 거친다. 그래서 안동에 가서 양반 행세하면서 언행을 당당하게 하였기에, 누구도 그가 양반을 참칭(僭稱, 분수에 넘치는 칭호를 스스로 이름.)하고 있을 것이라는 의심을 하지 않았다. 그는 그 지방 양반들의 의심을 받기는커녕 신망을 얻었다. 또, 뛰어난 지혜와 수완으로 박 어사 형제가 주는 시험을 무사히 통과함으로써, 양반으로서의 삶을 보증 받았다. 그는 박 어사 형제를 그의 변화된 신분을 인정하고, 보증해 주는 인물이 되게 하였다.

이와 비슷한 이야기가 조선 후기에 나온 『청구야담(靑邱野談)』권5「송반궁도우구복(宋班窮途遇舊僕)」(최웅 주해, 『청구야담(靑邱野談)』I, 국학자료원, 1996, 362~372쪽)에도 실려 있다. 이 이야기에서 몰락한 양반 송 씨의 종 '막동'은 고생을 하며 주인의 부인과 어린 아들을 섬기다가 도망을 하여 많은 돈을 벌어 부자가 되었다. 그는 강원도 지방으로 가서 몰락한 양반 최 씨 행세를 하며 반듯한 생활을 하고, 선행을 많이 하여 많은 사람들로부터 훌륭한 양반이라는 평을 받는다. 몇 번 이사를 하여, 그 마을 사람들이 전에 살던 곳에 행적을 조회하여도 탈이 없게 하였다. 그는 공부를 열심히 하여 과거에 급제한 뒤에 벼슬도 하였다. 자제들도 과거에 급제하고 출사(出仕)하여 명문가로 칭송을 받았다.

그로부터 30~40년이 지난 어느 날, 그의 상전인 송 생은 가난을 이기지 못하여 강원도 지방의 원으로 있는 지인을 찾아가다가, 부잣집에 들어가 하룻밤 유하기를 청하였다. 그 집은 바로 가짜 양반 막동의 집이었다. 그는 송 생을 알아보고, 종으로 상전을 받들지 않고 도망한 죄, 성명을 바꾸고 양반 노릇을 한 죄, 부자가 된 뒤에도 옛 상전을 찾지 않은 죄, 상전이 온 것을 알고서도 바로 나와 예를 갖추지 않은 죄를 청한다. 송 생은 그의 잘못을 다 덮어주고, 많은 재물을 얻어 부자가 되어 잘 산다. 이를 안 송 생의 종제(從弟)가 이를 밝혀 막동을 벌하겠다고 나서지만, 미친 사람 취급을 하며 침을 놓고, 회유하는 막동의 힘에 굴복하고 만다. 이 이야기는 사건의 구성과 표현 면에서 「김 백정과 박 어사」보다 더 절실하게 표현하였다. 이것은 신분제가 동요되던 조선 후기 사회상을 반영한 것이다.

재상의 부인이 된 상민의 딸

조선 연산군 때에 이 교리(校理, 홍문관의 정5품 벼슬)가 죄를 짓고 도망하던 중 보성 땅에 이르렀다. 그는 갈증이 심하여 우물에서 물을 긷는 여인에게 물을 좀 달라고 하였다. 그 여자는 바가지로 물을 뜨더니, 버들잎을 한 줌 훑어 물에 띄워 주었다. 그가 괴이히 여겨 그 연유를 물으니, 여인이 대답하였다.

"제가 보건대 손님은 매우 목이 마르십니다. 냉수를 급히 마시면 병나기

쉬운 고로 버들잎을 불면서 천천히 마시게 하려고 그랬습니다."

그는 그녀의 지혜가 놀랍고 신기하여, 그 여자가 사는 동네와 부모를 물었다. 그녀는 건너 마을에 사는, 유기장이(고리장이. 키버들로 고리짝이나 키 따위를 만들어 파는 일을 직업으로 하는 사람)의 딸이라 하였다. 그 처녀를 따라간 그는 부모께 청하여 사위가 되어, 몸을 의탁하였다.

그는 고리장이 일을 모르니, 할 일이 없어 밥 먹고 낮잠을 잤다. 장모는 일을 돕지 않는 사위가 미워서 구박하며, 밥도 반 그릇씩만 주었다. 그의 아내는 이를 민망히 여겨 매양 솥 밑의 누룽지를 긁어 먹였다.

몇 년 뒤에 중종반정(中宗反正, 연산군을 폐위하고 중종을 새 임금으로 추대한 사건)이 일어나 전조(前朝)에 죄를 지은 자를 사면하고, 벼슬을 회복시켜 주었다. 이 교리도 복직 대상인데, 어디 있는지를 몰라 그를 찾는다는 소문이 돌았다. 이 소문을 들은 그가 장인에게 "이번에 관가에 드리는 그릇은 제가 바치겠습니다." 하고 말했다. 그러자 장인은 "내가 직접 가도 트집을 잡아 받지 않아 쫓겨나는 일이 많은데, 아무것도 모르는 네가 가서 되겠느냐?"며 허락하지 않았다. 이를 본 그의 처가 시험 삼아 보내보라고 하니, 장인은 마지못해 허락하였다.

그가 버들로 만든 그릇을 지고 관청에 가서, 그릇을 바치러 왔다고 하였다. 그때 고을의 원은 이 교리와 친한 사람이었다. 원은 그를 알아보고 반기며, "어느 곳에 숨었다가 이제야 오십니까? 조정에서 찾은 지 오래되었습니다." 하며 속히 상경할 것을 권했다. 그는 지금까지 의탁하여 지낸 처부모께 인사하고 갈 터이니, 내일 아침에 자기 있는 곳으로 와 달라고 하였다.

이튿날, 그는 아침 일찍 일어나 문 앞과 마당을 쓸고, 마당에 자리를 폈다. 장인이 "무슨 일이냐?"고 물었다. 그가 고을 원이 찾아올 것이라고 하니, 장인은 냉소(冷笑)하였다. 조금 뒤에 원이 오는 것을 본 장인과 장모는 황망히 울타리 밑으로 숨었다.

원이 형수님을 뵙겠다고 하니, 그가 처를 불러 인사하게 하였다. 원이 그의 처를 보니, 옷차림은 남루하나 용모가 매우 단아하여(단정하고 아담하여) 천한 티가 없었다. 원은 그가 오늘까지 무사하게 지낼 수 있게 해준 부인의 노고를 치하하였다. 원은 그의 장인과 장모를 불러, 그동안 그를 무사하도록 보호해준 노고를 치하하였다. 이 소식을 들은 인근 고을의 수령들이 와서 그에게 치하하였다. 이 광경을 지켜보는 사람들이 인산인해(人山人海, 사람이 산을 이루고 바다를 이루었다는 뜻으로, 사람이 수없이 많이 모인 상태를 이르는 말)를 이루었다.

그가 원에게 말했다.

"저 여자가 비록 천하나 나와 이미 부부가 되었고, 여러 해 나를 위해 정성을 기울였으니, 버리지 못할지라. 가마에 태워 가기를 원하오."

원은 곧 교자와 행구를 준비하여, 그녀를 서울로 보냈다.

그가 서울에 가서 임금을 뵈니, 임금은 그가 숨어 지낸 일을 물었다. 그가 전말을 이야기하니, 임금이 크게 경탄하며 "이 같은 여인은 천첩(賤妾)으로 대접함이 불가하다." 하시고, 명하여 부인을 삼게 하였다. 그는 그 여인과 해로하며 벼슬이 정승에 이르렀고, 자녀도 많이 두었다.

〈최인학, 『조선조말 구전설화집』, 박이정, 1999, 29~32쪽〉

위 이야기는 교리 이장곤(李長坤, 1474~1519)의 이야기라고 전해 온다. 이장곤은 조선 전기에 학문과 무예에 뛰어났던 인물이다. 연산군 때 과거에 급제하여 교리로 있던 중 갑자사화(甲子士禍)에 휘말려 거제로 귀양 갔으나, 함흥으로 도주하여 양수척(楊水尺, 사냥을 하거나 고리를 만들어 파는 것을 업으로 삼던 사람들)의 무리에 끼어 살면서 목숨을 부지했다. 1506년 중종반정 이후 박원종(朴元宗)의 추천으로 다시 관직에 임명되어 교리와, 장령, 동부승지, 대사헌, 이조판서, 좌찬성 등을 역임했다.

위 이야기에서 이 교리는 물바가지에 버들잎을 띄워주는 처녀의 지혜에 감복한다. 그는 저렇게 지혜로운 여자라면, 쫓기는 자기를 감싸줄 수 있을 것이라고 생각하였다. 그래서 신분의 차이가 있음에도 불구하고 혼인하였다. 장인·장모는 그가 버들그릇 만드는 일을 돕지 않는다 하여 구박하지만, 그녀는 남편을 지성으로 받든다. 중종반정 뒤에 그는 조정으로 돌아가면서, 아내를 가마에 태워 데리고 간다. 그리고 임금의 허락을 받아 부인으로 앉히고, 해로한다. 이 이야기는 삶의 지혜와 사람을 알아보는 안목을 가진 사람은 지위와 명예를 누릴 수 있다는 것과 의리와 인정을 지키는 사람이 되라는 것을 말해 준다.

이와 비슷한 이야기가 조선을 건국한 태조 이성계와 연관되어 전해 오기도 한다. 조선을 건국한 이성계 장군이 왕위에 오르기 전에 황해도 곡산에서 병사들을 훈련시키고 나서 용봉강을 건넜는데, 몹시 목이 말랐다. 우물가에서 물 긷는 처녀에게 물을 청하니, 물바가지에 버들잎을 띄워 주었다. 그 이유를 묻자, 급히 물을 마셔서 탈나지 않도록 하기 위함이라고 하였다. 이성계 장군은 크게 감동하여 은으로 만든 작은 칼을 주고 떠났다. 그 뒤 조선을 건국하여 왕위에 오른 뒤에 그녀를 왕비로 삼았다고 한다(최상수, 『한국민간전설집』, 통문관, 1958, 915쪽 참조).

옛이야기에서 '버들잎 한 줌 훑어 물에 띄우는 모티프'는 여인의 지혜를 강조하기 위해 활용된다. 이런 이야기에 나오는 여인은 그녀가 지닌 지혜로 인해, 위 이야기에 나오는 이장곤이나 태조 이성계처럼 높은 지위에 오른 인물의 아내가 된다.

원만한 인간관계

사람은 더불어 사는 사회적 존재이므로, 사회 속의 집단이나 조직과 관계를 맺으며 산다. 사람이 태어나서 처음 관계를 맺는 사람은 가족이고, 집단은 가족을 구성원으로 하는 가정이다. 사람이 맺는 관계는 가족과의 관계에서 시작하여 친족, 친구로 그 범위를 넓혀 간다. 이를 더 확대하면, 마을을 기본으로 하는 지역사회, 지역사회의 집합체인 국가라는 거대한 조직과 관계를 맺게 된다.

가족·친족·친구와의 관계는 그 밑바탕에 사랑이나 친근감을 느끼는 정(情)이 있어야 하고, 그 위에 질서가 있어야 한다. 정과 질서가 잘 지켜질 때에는 원만한 관계가 형성되지만, 그 중 하나라도 결여되면, 그 관계는 비정상이 되고 만다. 관계가 지배계층과 피지배계층의 관계로 확장되면, 질서와 법이 있어야 한다. 질서와 법이 잘 지켜질 때에는 원만한 관계가 형성되지만, 그렇지 못할 때에는 역시 비정상이 된다. 원만한 관계가 형성되면, 구성원은 행복을 느끼며 살 수 있다. 그러나 관계가 제대로 형성되지 않으면, 그에 따라 다른 문제가 생기고, 불행을 느끼게 된다.

유교에서는 일찍이 사람이 지켜야 할 덕목으로 부자유친(父子有親),

군신유의(君臣有義), 부부유별(夫婦有別), 장유유서(長幼有序), 붕우유신(朋友有信)의 다섯 가지를 제시하였다. 이를 오륜(五倫)이라고 한다. 부모와 자식 사이의 관계는 하늘의 인연으로 정하여진 혈연적 관계로, 친(親)이 기본이다. 친은 부모의 자식에 대한 도타운 사랑과 자식의 부모에 대한 효도를 말한다. 군신관계는 사회적으로 만난 인위적 관계로, 의(義)를 기본으로 한다. 부부는 혼인에 의해 맺어진 관계로, 별(別)이 기본이다. 별은 성별이 다름을 바탕으로, 사랑과 공경이 뒷받침되어야 한다. 장유(長幼)는 나이를 기준으로 한 인간관계로 기본은 서(序)이다. 서는 형제 관계가 중심이지만, 사회적으로 윗사람과 아랫사람의 관계에도 해당하는데, 공경과 사랑이 바탕에 있어야 한다. 친구 사이에는 신(信)이 있어야 한다. 친구는 믿음을 바탕으로 서로 도와 모자람을 보충하고, 충고하여 고쳐가며 살아야 한다.

오륜은 지배계층의 통치이념을 강화하고, 신분질서를 강요하는 도구로 이용되었다는 비판도 있다. 그러나 인간관계를 잘 정리한 것으로, 가정과 사회 질서를 유지해 오는 데에 중요한 몫을 하였다. 우리나라의 경우 조선 시대부터 유교를 치국이념(治國理念)으로 삼고 널리 권장하였으므로, 오랜 동안 한국인의 의식 형성에 큰 영향을 끼쳐왔다.

오륜이 잘 지켜지는 사회는 건전하고 행복한 세상이다. 이런 세상에서 그 구성원은 원만한 인간관계가 형성되어 행복을 느끼게 된다. 그러나 현실은 그렇지 못하였으므로, 뜻있는 사람은 이런 세상을 탄식하기도 하고, 꼬집기도 하였다.

개와 오륜

옛날에 한 선비가 '개새끼'라는 욕이 성행하는 것을 보고, "나는 개새끼

만 되면 좋겠다.”고 하였다. 이 말을 들은 친구가 “사람들은 그런 욕을 들
으면 기분 나빠 하는데, 자네는 왜 그런 말을 하는가?” 하고 물으니, 그가
대답하였다.

“개는 오륜을 지키는데, 사람은 이를 지키지 않아. 그러니 사람이 개만
도 못하지.”

그는 이렇게 말하고는, 개를 두고 글을 지었다.

용사기부(容似其父)하니 부자유친(父子有親)이라. 개는 그 아비를 꼭 빼닮
으니 부자유친이다.

불폐기주(不吠其主)하니 군신유의(君臣有義)라. 개는 주인을 보고 짖지 않
으니, 군신유의이다.

유시상친(有時相親)하니 부부유별(夫婦有別)이라. 개는 발정기에만 교미하
니, 부부유별이다.

소불능대(小不陵大)하니 장유유서(長幼有序)라. 작은 개는 큰 개를 능멸
하지 않으니 장유유서라.

문성상응(聞聲相應)하니 붕우유신(朋友有信)이라. 다른 개가 짖으면 따라
짖으니 붕우유신이라. 〈최운식,『한국의 민담 2』, 시인사, 1999, 240~241쪽〉

개는 외양뿐만 아니라 하는 짓도 어미를 꼭 빼닮는다. 그런데 사람
은 부모의 가르침을 따르지 않고, 제멋대로 행동하며, 부모를 욕되게
하고, 위해(危害)를 가하기도 한다. 개는 주인에 대한 충성심이 강하여
밤에도 주인을 보고 짖지 않는데, 사람은 조직의 상사나 임금에게 마
음으로 순종하지 않고 대든다. 개는 새끼를 낳을 수 있는 신체적 조건
이 되어 발정(發情)하였을 때에만 짝을 찾아 교미하는데, 사람은 때와
장소·상대를 가리지 않고 성욕을 채우려 한다. 작은 개는 큰 개를 능
멸하지 않고, 큰 개는 작은 개를 사랑으로 대하는데, 사람은 연장자나
선배를 공경하지 않으며 후배를 사랑으로 대하지 않는다. 개는 다른

개가 짖으면 수상한 사람이 온 것으로 알고 따라 짖는데, 사람은 친구의 말을 믿지 못하여 의심하고, 속이기까지 한다.

위 이야기는 선비가 장난삼아 지은 글인데, 그 속에는 오륜을 지키지 않는 사람이 많은 현실에 대한 날카로운 풍자가 깔려 있다. '개새끼'라는 욕을 들으면, 섭섭하여 화를 내는 사람이 많은데, "나는 개새끼만 되면 좋겠다."며 장난기 섞인 글을 지은 선비의 마음에 공감이 간다.

우리가 행복을 느끼려면 원만한 인간관계가 형성되어야 한다. 행복을 주는 인간관계의 핵심은 정과 사랑을 바탕으로 한 가족 간의 화목, 형제간의 우애, 친구간의 신의와 우정이다. 이와 관련된 옛이야기를 찾아보겠다.

1. 가정의 화목

가족은 사랑과 공경을 바탕으로 이해하고, 협조하여 화목한 가정을 이뤄야 한다. '가화만사성(家和萬事成)'이란 말이 예부터 전해 온다. 가정이 화목해야 마음이 평안하고, 마음이 평안해야 의욕을 가지고 일을 할 수 있다. 즐겁고 기쁜 마음으로 일을 하면, 하는 일이 잘 되어 뜻을 이루게 된다.

화목한 가정을 이루기 위해서는 어떻게 해야 할까? 그에 대한 지혜를 옛이야기에서 찾아본다.

내 탓

옛날에 나이 어린 색시가 시집을 갔다. 하루는 시어머니가 시키는 대로 빨래 앉힌 솥에 불을 땠다. 그런데 조금 냄새가 이상하다 싶어 살펴보니,

밑에 깔린 빨래가 누렇게 탔다. 색시는 어쩔 줄을 몰라 울고 있었다.

그때 시어머니가 들어와 왜 우느냐고 물었다. 색시가 빨래 태운 이야기를 하며 자꾸 우니, 시어머니가 말했다.

"괜찮다. 내가 나이 들어 정신이 없어 빨래를 잘못 앉혀서 그렇다. 울지 마라."

그러고 있을 때 신랑이 들어와 "왜들 그러세요?" 하고 물었다. 어머니가 까닭을 이야기하니, 신랑이 말했다.

"제가 아침에 들에 가기가 바빠 물을 조금 길어다 놓아서 그랬군요. 제 잘못이니 그만들 두세요."

그때 시아버지가 들어와서 "무엇을 가지고 그러느냐?"고 물었다. 그 얘기 하니까, 시아버지가 말했다.

"얘, 괜찮다. 내가 늙어서 근력이 부쳐 장작을 굵게 패 놓은 탓이다. 네 잘못이 아니다." 〈이훈종, 『한국의 전래소화』, 동아일보사, 1969, 25쪽〉

사람들은 대개 잘된 일은 자기 공으로 돌리고, 잘못된 일은 남의 탓으로 돌리려고 한다. 이것은 가족 간에도 별로 다르지 않다. 가족 간에는 크고 작은 일이 많이 일어나는데, 잘못된 일을 남의 탓으로 돌리고, 자기의 잘못을 인정하지 않으면 다툼이 생기기 쉽다. 다툰 뒤에는 마음속에 앙금이 남아 불화의 씨앗이 된다. 그런데 위 이야기에 나오는 가족은 빨래를 태우고 우는 어린 색시를 위로하며, 서로 자기 탓이라고 한다. 잘못된 일을 서로 자기 탓이라고 하며 허물을 감싸주고 위로하면, 모두 마음이 가벼워질 것이다. 서로 이해하고 잘못을 감싸줄 때 가정은 화목해질 것이다.

화목한 집안과 불화한 집안

어느 집에서 며느리가 물그릇을 마루 끝에다 놓았다. 그런데 나이든 시어머니가 물그릇을 치맛자락으로 스치며 지나는 바람에 뜰 아래로 떨어져 깨졌다.

시어머니는 며느리에게 화를 내며 말했다.

"그릇 깨뜨릴 작정을 하고 가장자리에 놨구먼!"

이에 며느리가 시어머니의 말을 맞받아친다.

"늙었으면 해다 주는 밥이나 먹고 가만히 있을 것이지, 괜히 이일 저일 신칙(申飭, 단단히 타일러서 경계함.)을 하려고 돌아다니다가 일 저질러!"

이렇게 시작하여 묵은 이야기까지 들춰내며 옥신각신한다.

다른 집에서는 시어머니가 깨진 물그릇을 치우며 말했다.

"아이고, 늙은이가 해다 주는 밥이나 먹고 가만히 있을 건데, 공연히 마음은 있어서 움직이다가 이랬구나!

이를 본 며느리가 깜짝 놀라 쫓아 나오면서 말했다.

"아이고 어머니, 어디 다치신 데 없으세요? 제가 물그릇을 좀 안으로 들어놓을 걸, 가장자리에 놓아서 이런 일이 생겼네요. 죄송합니다."

"아니다. 내가 잘못해서 내려뜨렸다. 가장자리에 놓았다고 그런 것 아니다. 애비 보고 말해서 돌아오는 장날 사발을 몇 개 사오라고 하마."

이 집에서는 시어머니와 며느리 사이가 그릇을 안 깨뜨렸을 때보다 더 가까워졌다.

<김균태 외, 『부여의 구비설화(1)』, 보경문화사, 1995, 311쪽>

이 이야기는 며느리가 마루 끝에 놓은 물그릇을 시어머니가 치맛자락으로 쓸어내려 깨뜨린 작은 사건을 소재로 하여 화목한 집안과 불화하는 집안의 차이를 간명하게 보여준다. 화목한 집에서는 시어머니와 며느리가 서로 자기의 잘못이라며 상대를 감싼다. 그러나 불화한

집에서는 자기의 잘못을 인정하지 않고, 상대방 탓만 한다. 그래서 서로 잘했다고 옥신각신한다. 이러한 집안의 시어머니와 며느리의 불화는 온 가족 간의 불화를 가져오고, 되는 일이 없게 만들 것이다.

단합된 가정에 찾아온 복

옛날에 한 사람이 아들 5형제를 두었는데, 가난하여 굶기를 밥 먹듯 하였다. 어느 날 6부자가 앞으로 살아갈 방도를 찾는 회의를 하였다. 그때 10살 먹은 막내아들이 말했다.

"오늘부터 밖에 나갔다가 들어올 때에는 돌 하나씩을 가지고 와서 쌓기로 하지요."

온 가족이 찬성하여 이를 실천하기로 하였다.

그 이튿날부터 식구들은 밖에 나갔다가 들어올 때에는 돌멩이 하나씩을 들고 들어와 쌓기 시작하였다. 빈손으로는 집에 들어오지 못하게 하였다. 두세 번 나갔다가 들어오는 사람도 매번 들고 들어와야 했다. 이렇게 10년을 쌓고 보니, 아주 큰 돌 누리(차곡차곡 쌓은 더미)가 되었다.

그의 집 건너편에 사는 부자가 건너다 보니, 그 집에 번쩍 거리는 금덩어리가 보였다. 가까이 와서 살펴보니, 집 안에 돌 더미가 있는데, 모두 금덩어리였다. 부자는 많은 금덩어리를 차지하려는 욕심에서 많은 논밭 문서를 넘겨주고, 그 돌무더기를 샀다.

부자가 사람을 시켜 돌들을 옮기려 할 때 막내아들이 "이 돌들은 우리 가족이 10년 동안 모은 것이니, 기념으로 한 개 주세요." 하고 말했다. 부자는 무심코 한 개를 주었다. 그런데 그 아들에게 준 돌은 진짜 금덩이이고, 다른 것은 그냥 돌이었다. 그 집은 부자가 되어 잘 살았다.

〈최운식, 『한국의 민담 1』, 시인사, 1999, 272~274쪽〉

위 이야기에 나오는 가정은 끼니를 이을 수 없을 정도로 가난하였으므로, 이를 타개하기 위해 가족들이 의견을 모은다. 이때 10살짜리 막내가 "나갔다가 들어올 때에는 돌을 하나씩 가지고 들어와 쌓자."는 의견을 내자, 온 가족이 이를 받아들이고, 10년 동안 실천한다. 나갔다가 들어올 때마다 돌멩이를 하나씩 가지고 와서 쌓는 일은 당장의 가난을 극복하는 데에 별 도움이 되지 않는 일이다. 그럼에도 불구하고 가족들은 뜻을 모아 무엇인가를 해야 한다는 절박한 심정에서 이 일을 하기로 결정한다.

가족들은 이 일을 계기로 집안일은 물론, 품팔이·나무해다 팔기 등을 더 열심히 하였다. 이렇게 10년을 지내는 동안 형편이 조금씩 나아지기 시작하였고, 마침내는 돌무더기를 팔아 농토를 얻고, 금덩이까지 얻었다. 온 가족이 합심하여 부지런히 일한 결과이면서, 단합된 가정에 찾아온 행운이었다.

전에는 혼인한 자녀가 부모와 같이 사는 경우가 많았으므로, 며느리는 시집살이를 하지 않을 수 없었다. 시집살이는 부계 중심의 대가족 제도 아래에서, 새로 구성원이 된 며느리에게 가풍(家風, 한 집안에 대대로 이어 오는 풍습이나 범절)을 익히고, 가족의식을 갖게 하는 데에 필요한 훈련, 또는 교육의 과정이다. 옛이야기에는 시집살이에 관한 것이 많이 있다. 그 내용을 보면, 시부모가 고되게 시집살이시키는 이야기, 불효하거나 언행이 바르지 못한 며느리를 길들이는 이야기, 며느리와 힘을 합하여 가정을 편안하게 하고 살림을 일으키는 이야기, 며느리가 시부모를 길들이는 이야기 등 다양하다.

시부모 중에는 시집살이 본래의 뜻을 무시하고, 지나친 꾸지람이나 매질, 정신적 학대, 밥 굶기기, 내쫓기 등 불합리하고 부당한 언행으로 며느리를 괴롭히고, 힘들게 하는 사람도 있었던 것 같다. 이런 사람이 많아짐에 따라 사회에는 이를 고발하고, 바로잡아야 한다는 의식이 퍼졌을 것이다. 옛이야기에는 이러한 사회상을 반영한 이야기들이 많이 있다.

쫓겨난 어머니를 구한 아들

옛날에 참봉을 지낸 시골 양반이 생일을 맞아 친구들을 초대하였다. 임신 중인 참봉의 며느리가 방으로 음식상을 들고 들어가다가, 방귀를 참지 못하여 큰 소리를 내고 말았다. 이를 본 참봉은 예절을 모르는 며느리를 그대로 둘 수 없다면서 내쫓았다. 쫓겨난 그녀는 이리저리 떠돌다가 어느 강가에 이르러 비어 있는 쪽배에 올라탔다. 그녀가 탄 쪽배는 한없이 떠내려가다가, 어느 마을 앞에 있는 나무에 걸려 멈췄다. 그녀는 그 마을의 큰집을 찾아가서 도움을 청하였다. 그녀는 그 집 일을 도우면서 행랑에서 살았다. 몇 달 뒤에 그녀는 아들을 낳았다.

아이가 자라 일곱 살이 되자, 아이는 어머니께 홀로 고생을 하며 사는 연유를 물었다. 어머니는 그동안의 일을 그에게 말하였다. 어머니의 말을 들은 그는 어머니의 억울함을 풀어드리겠다면서 참외 씨와 물고기를 가지고 집을 나섰다. 그는 여러 마을을 다니며 "아침에 심어 저녁에 따먹는 참외 씨와 아침에 길러 저녁에 먹는 물고기를 사시오." 하고 외쳤다.

그가 자기 할아버지가 사는 마을에 가니, 참봉이 그를 불러 "네 말이 참말이냐?"고 물었다. 그가 참말이라고 하자, "참말이면 돈을 줄 것이고, 거짓말이면 벌을 주겠다."고 하였다. 참봉은 그에게서 참외 씨와 물고기를 받아 하루를 지냈지만, 아무런 변화가 없었다. 참봉은 거짓말을 한 벌로 그를 붙잡아 자기가 거처하는 사랑방의 다락에 가두고 자물쇠를 채웠다. 그는 다락방에 갇혀 있으면서, 참봉의 일거수일투족(一擧手一投足, 손 한 번 들고 발 한 번 옮긴다는 뜻으로, 크고 작은 동작 하나하나를 이르는 말)을 관찰하였다.

얼마 후, 그는 참봉이 크게 방귀 뀌는 소리를 들었다. 그는 다락에서 큰 소리로 참봉을 부른 뒤에 말을 하였다.

"할아버지도 방귀를 뀌시네요. 성함이 어떻게 되십니까?"

"내 이름은 아무개이다. 왜 묻느냐?"

"할아버지도 방귀를 뀌시면서, 왜 우리 어머니는 방귀 뀌었다고 내쫓았습니까?"

이 말을 들은 참봉은 아이를 내려오게 하여, 누구인가를 물은 뒤에 말했다.

"네가 내 손자로구나. 내가 잘못하였다."

참봉은 그와 함께 며느리를 찾아가 잘못을 사과하고, 집으로 데려왔다.

〈최운식, 『한국구전설화집 5』, 민속원, 2002, 309~311쪽〉

위 이야기에서 시아버지는 손님상을 들고 와서 방귀를 뀌었다는 것을 빌미로 임신한 며느리를 내쫓았다. 방귀는 음식물이 뱃속에서 발효되는 과정에서 생기어 항문으로 나오는 구린내 나는 무색의 기체이다. 이것은 생리현상으로, 자기의 마음대로 조절할 수 없는 경우가 많다. 이러한 사정을 잘 아는 시아버지가 방귀 뀌었다는 것을 빌미로 며느리를 내쫓은 것은 시아버지의 횡포이다. 시아버지의 횡포에 맞설 힘이 없는 며느리는 아무 말도 못하고 쫓겨난다. 그녀가 쫓겨나지 않도록 막아줄 사람은 남편인데, 그는 가정에서 절대적인 권력을 쥔 아버지의 처사에 맞서지 못하고, 방관자가 되고 말았다.

쫓겨난 며느리의 삶은 이루 말할 수 없는 고통과 시련의 연속이었다. 그녀는 온갖 어려움을 겪으면서도 아들을 낳아 잘 길렀다. 이 아이가 자라 일곱 살이 되자, 그는 어머니에게 의지할 사람도 없이 힘들게 사는 연유가 무엇인가를 묻는다. 그녀는 자기의 억울하고 답답한 마음을 토로할 사람조차 없어 서럽던 차에 어린 아들이 묻자, 그동안의 일을 자세히 설명한다. 그는 어머니의 억울함을 풀어드리기로 마음먹고, 지혜를 발휘하여 자기 할아버지에게 접근한다. 그는 할아버지가 방귀 뀌는 장면을 포착하고, 할아버지도 방귀를 뀌면서, 방귀 뀌었다고 어머니를 내쫓은 처사가 부당하였음을 따진다. 할아버지는 손자의 지혜로움에 놀라면서 자기의 잘못을 깨닫는다. 그래서 며느리에게 사과하고, 집으로 불러들인다. 이렇게 하여 일곱 살 먹은 아이는 할아버지의 횡포로 억울한 일을 당한 어머니의 원한을 풀어드리고, 어머니와 함께 행복을 누린다.

진짜 신랑을 알아본 아내

옛날에 벼슬에서 물러난 부자 양반이 스무 살이 채 안 된 외동아들을 장가 들였다. 양반은 아들이 열심히 공부하여 출세하기를 바랐다. 그런데 아들은 장가든 뒤부터 색시와 함께 있기를 좋아하고, 공부에 힘쓰지 않았다. 양반은 아들을 며느리와 떼어 놓으려고, 그를 절로 보내어 공부하게 하였다. 그는 낮에는 공부하고, 저녁이 되면 아버지 몰래 집으로 와서 색시와 시간을 보내곤 하였다. 양반의 부탁을 받고 그를 가르치는 스님은 그의 고집을 꺾을 수 없음을 알고, 그를 집까지 데리고 왔다가 데리고 가곤 하였다. 아버지는 이를 알고, 그가 밤마다 집에 오는 것을 막을 궁리를 하였다.

어느 날, 아버지는 며느리의 방 앞에 자기 신발과 지팡이를 갖다 놓았다. 그날 밤, 집에 온 그는 아내의 방문 앞에 놓인 아버지의 신발과 지팡이를 보고, 아버지가 아내의 방에 들어간 것이라 생각하였다. 그는 '아버지가 나를 공부하라고 절로 보낸 것이 아니라, 내 아내를 차지하려는 속셈이었구나!' 생각하니, 기가 막혔다. 절로 돌아온 그는 모든 것을 포기하고, 정처 없이 절을 떠났다.

아버지는 외동아들이 행방불명(行方不明, 간 곳이나 방향을 모름.)이 되자 크게 상심하면서, 그의 행방을 찾으려고 백방으로 노력하였다. 그러나 그의 행방을 찾지 못해 안타까움만 날로 더해 갔다. 몇 년을 지낸 아버지는, 자기 동생에게 그를 찾아달라고 부탁하였다. 품행이 바르지 못한 그의 삼촌은 형의 돈을 우려내어 쓸 요량으로 선뜻 대답하였다. 그의 삼촌은 여러 곳을 돌아다니며 형한테 받은 돈을 유흥비로 다 써버렸다. 그리고는 다시 형한테 가서 많은 돈을 받아다가 유흥비로 썼다.

어느 날, 그의 삼촌은 길에서 그와 외모가 비슷한 숯구이 청년을 보았다. 그의 삼촌은 그에게 자기의 조카 노릇을 해 주면, 많은 돈을 주어 잘 살게 해 주겠다고 하였다. 삼촌이 숯구이 청년을 그의 집으로 데리고 가니, 그의 아버지와 어머니는 아들이 왔다고 기뻐하며 환영하였다. 그러나 그의 아내는 남편이 아닌 것을 알고, 남편으로 받아들이지 않았다. 이를 본 어른들은 며느리가 다른 남자를 두었기 때문에 남편을 받아들이지 않는 것이라고 속단하고, 그녀를 부정한 여인으로 관에 고발하였다. 관에서는 부모와 삼촌이 인정하는 아들을 남편으로 받아들이지 않는 며느리를 부정한 여인이라 하여 사형에 처하기로 하였다.

그의 이웃에 사는 초립둥이가 시장에 갔다가 오는 길에 날이 저물어 길을 잃었다. 그래서 이리저리 헤매다가 산속에서 한 집을 발견하고 찾아들어갔다. 그 곳은 아내와 아버지의 불륜에 울분을 품은 그가 숨어 지내는 절이었다. 그는 초립둥이가 자기 고향 마을 가까이에서 사는 사람임을 알고, 자기 마을의 소식을 묻다가 자기 아내가 죽게 된 것을 알았다.

그는 그녀의 사형 집행일에 집행 장소로 갔다. 그녀는 마지막 소원으로, 그곳에 모인 사람 중에 자기 남편이 있는가를 찾아보겠다고 하였다. 그녀는 판관의 허락을 받고 살펴, 그곳에 모인 사람 중에서 자기 남편을 찾아냈다. 판관은 숯구이 청년과 그의 삼촌을 문초하여 일의 전말을 밝혔다.

〈최운식, 『한국의 민담 1』, 시인사, 1999, 315~322쪽〉

위 이야기에서 아버지는 아들이 집에 오지 않고 공부에만 전념하게 하려는 뜻에서 며느리 방문 앞에 자기의 신발과 지팡이를 놓아둔다.

이것은 아들의 출세를 바라는 아버지의 욕심에서 나온 것으로, 가정의 평화를 깨는 어리석은 짓이었다. 이 일로 아들은 모든 것을 포기하고 자취를 감추었다. 며느리는 시아버지와 사통하는 부정한 여인이라는 누명을 쓴 채 생과부가 되었고, 아버지는 아들의 행방을 몰라 애를 태우는 딱한 처지가 되었다.

아들의 행방을 몰라 애태우던 아버지와 어머니는 돈에 매수된 숯구이 총각의 연기(演技)에 속아 그를 아들로 인정한다. 그러나 며느리는 그 남자가 남편이 아니라는 것을 알고, 받아들이지 않는다. 이로 인해 며느리는 또다시 부정한 여인이라는 누명을 쓰고, 사형선고를 받는다. 그녀는 자기 남편이 사형장에 올 것이라 확신한다. 그래서 마지막 소원으로 남편을 찾게 해 달라고 하고, 현장에서 남편을 찾아냄으로써 모든 문제를 해결한다.

이 이야기에서 며느리가 진짜 신랑을 알아본 것은 세밀한 관찰력이 있었기 때문이다. 그녀는 가짜신랑이 자기의 방에 들어와서 하는 어설픈 행동을 보고, 의심을 품었다. 그리고 그의 턱밑 오목한 곳에 점이 없는 것을 보고, 그가 가짜신랑임을 알았다. 그녀는 신랑이 자기에게 하는 행동이 전과 같지 않음과 부모도 모르는 신랑의 신체적 특징을 알고 있었기에 진짜 신랑을 찾아낼 수 있었다. 이 이야기에서 며느리는 시아버지의 횡포에 맞서 싸우지는 못하였다. 그러나 진짜신랑을 알아봄으로써 자기 앞에 닥친 불행을 행복으로 바꿀 수 있었다.

시부모가 며느리에게 횡포를 부리는 이야기가 있는가 하면, 며느리의 마음을 고치게 하여 가정의 화목을 이룬 이야기도 있다.

며느리 마음 고치게 한 시부

옛날 어느 농촌에 홀아비가 아들을 장가들여 아들 내외와 함께 살았다. 그런데 며느리가 시아버지를 제대로 모시지 않아, 집안이 편치 않았다.

어느 날, 그는 건너 마을에 사는 친구의 회갑 잔치에 초대를 받는데, 입고 갈 바지저고리와 두루마기가 마땅치 않았다. 그는 며느리가 냇가로 빨래하러 가는 것을 보고, 안방으로 가서 아들의 바지저고리와 두루마기를 꺼내 입고 집을 나섰다.

며느리는 냇가에서 빨래를 하다가 시아버지가 자기 남편의 옷을 입고 가는 것을 보았다. 며느리는 시아버지를 붙잡아 옷을 벗길 요량으로 빨래방망이를 든 채 뒤쫓아 갔다. 그는 며느리가 쫓아오는 것을 보고, 더 빨리 달려서 잔칫집으로 얼른 들어갔다. 그는 방으로 들어가 친구들과 어울려 술을 마시며 담소하였다. 그때 밖에 나갔다가 들어온 친구가, "문밖에 웬 젊은 여인이 방망이를 들고 서 있다."고 하였다. 이 말을 들은 그는, 그녀가 자기 며느리인 것을 직감하고, 이렇게 말했다.

"그녀는 내 며느리일세. 내가 술을 좋아하니까, 여기 와서 과음을 하고 넘어질까 봐 나를 업고 가려고, 미리 와서 기다리는 걸세."

이 말을 들은 친구들은 모두 그녀를 효부라며 칭찬하였다. 주인은 일하는 사람을 불러 "밖에 있는 효부를 안으로 모셔 잘 대접하라."고 하였다.

그 집에서는 그녀를 효부라고 하면서 안채로 모신 뒤에, 크게 한 상을 차려서 대접하였다. 그녀는 시아버지의 옷을 벗기려고 왔다가 효부 대접을 받는 것을 황송해 하면서, 음식을 먹었다. 그때 안주인이 그녀에게 물었다.

"시아버지를 업고 가려고 오는 사람이 방망이는 왜 들고 왔어?"

"시아버지를 업고 갈 때 팔이 짧아 손이 닿지 않으므로, 방망이를 이어 잡으려고 가져왔어요."

이 말을 들은 사람들은 더욱 그녀를 칭찬하였다. 해질 무렵에 그녀는 시아버지를 부축하여 집으로 왔다.

며칠 뒤에 환갑을 지낸 부자 친구가 그의 아들을 만나자고 하였다. 그의 아들이 부자를 찾아가니, 부자는 그를 효자라고 칭찬하면서 말했다.

"효자인 자네에게 산 밑의 논 한 뙈기를 줄 터이니, 농사를 잘 짓게. 도조(賭租, 남의 논밭을 빌려서 부치고 논밭을 빌린 대가로 해마다 내는 벼)는 조금만 가져오면 되네."

그의 아들이 그 논에 모를 심었는데, 폭우로 산이 무너져서 논 한쪽에 흙이 쌓였다. 그가 가을에 그 논에서 거둔 곡식의 일부를 가지고 가니, 부자는 내년 봄에 논의 흙을 쳐내고 농사를 잘 지으라며 받지 않았다.

이듬해 봄에 그는 산에서 흘러내린 흙을 쳐내다가 금덩어리를 발견하였다. 아들은 금은 논임자의 것이라며 부자에게 가지고 갔다. 부자는 "자네가 농사지을 때 산이 무너졌고, 거기서 금덩이가 나왔으니 그것은 자네의 복일세." 하며 받지 않았다. 그 뒤로 며느리는 마음을 고쳐먹고, 효부 노릇을 하며 시아버지를 잘 모시고 살았다.

<홍태한, 『한국의 민담』, 민속원, 1999, 282~285쪽>

위 이야기에서 시아버지는 자기가 입은 아들의 옷을 벗기겠다고 따라온 며느리에 대해 여러 사람 앞에서 사실대로 말하지 않고, 좋은 말로 둘러댄다. 그 바람에 며느리는 갑자기 효부라고 칭송을 받고, 융숭한 대접을 받는다. 그녀는 들고 온 방망이의 용도를 묻는 안주인의 물음에 효부의 행동에 맞는 말로 둘러댄다. 그녀는 그 집에 모인 많은 사람들로부터 효부라는 칭찬을 받고, 그에 걸맞게 술에 취한 시아버지를 부축하여 돌아왔다. 그녀는 돌아오면서 악한 마음을 품고 뒤쫓아 간 자기의 모습을 부끄럽게 여기고, 그동안의 잘못을 반성하였다. 며느리의 잘못을 감싸준 시아버지의 따뜻한 마음은 며느리를 효부라고 칭찬받게 만들었고, 그 칭찬은 그녀가 불효하는 마음을 고치고, 효부가 되는 전기(轉機)가 되었다.

그의 부자 친구는 그의 며느리가 효부이니, 그의 아들 역시 효자일 것이라고 믿는다. 그래서 산 밑에 있는 자기의 논을 부치게 해 주었다. 그의 아들은 산이 무너져 논에 쌓인 흙을 쳐내다가 금덩이를 발견한다. 부자는 그 금덩이가 하늘이 그에게 주는 복이라며, 그에게 준다. 며느리의 잘못을 감싸서 난처한 입장을 모면하게 해 준 시아버지의 너그러운 마음은 며느리를 변하게 하였을 뿐만 아니라, 더 큰 행운을 가져 오게 하였다.

옛이야기 중에는 시부모가 며느리를 호되게 시집살이시키는 이야기가 있는가 하면, 며느리가 시부모를 길들여 행복하게 사는 이야기도 있다. 옛이야기에서 며느리가 시부모를 길들이는 방법으로는 이치를 따져 길들이기, 이상한 행동으로 길들이기, 완력으로 길들이기 등 여러 방법이 있다. 시부모를 길들인 며느리 이야기에는 양반집 며느리 이야기도 있고, 상민의 며느리 이야기도 있다. 먼저 양반집 며느리가 시부모를 길들인 이야기를 소개한다.

시부모 길들인 며느리 (1)

예전에 어느 대갓집에서 며느리를 얻었다. 시부모는 며느리가 마음에 들지 않는다며 내쫓았다. 이런 일이 되풀이되자, 그 집에 시집간다는 처녀가 없었다. 한 처녀가 그 집으로 시집가기를 자청하여, 며느리로 들어갔다.

그때 행세하는 집안에서는 혼정신성(昏定晨省)이라 하여 밤에는 부모의 잠자리를 보아 드리고, 이른 아침에는 부모의 밤새 안부를 물으며 절을 하고, 차를 올렸다. 그런데 새 며느리는 며칠이 지나도록 혼정신성이나 헌다(獻茶, 차를 올림)를 하지 않았다. 이를 매우 못마땅하게 생각한 시부모는 하인에게 그녀를 친정으로 데려다 주라고 하였다. 그녀는 쫓겨나기 전에 시부모를 만나 말했다.

"저를 친정으로 쫓으려는 이유가 무엇입니까?"

"그전 며느리들은 아침 문안을 하고, 차를 올려도 부족하다 하여 보냈다. 그런데 너는 그것도 하지 않았다. 그래서 친정으로 보내려 한다."

"아랫사람한테 인사를 받으려면 웃어른께 먼저 인사를 올린 뒤에 받으셔야지요. 저의 친정에서는 아침에 아버지가 사당에 다녀오신 뒤에 절을 하고, 차를 올립니다. 제가 보니, 아버님께서는 사당에 안 다녀오시기에 아침 인사와 차를 아니 받으시는 것으로 알았습니다."

이 말을 들은 시아버지는 며느리에게 잘못을 사과하고, 이튿날부터 사당에 참배한 뒤에 며느리의 문안과 차를 받았다.

시부모는 사돈댁의 법도가 낫다면서 며느리에게 제사 지낼 때에는 어떻게 하면 좋은가를 물었다. 며느리는 이렇게 대답하였다.

"내외분이 제삿날 삼일 전부터 목욕재계(沐浴齋戒, 부정을 타지 않도록 깨끗이 목욕하고 몸가짐을 가다듬음.)해야 하고, 제수(祭需)를 장만할 적에는 내외분이 아침부터 무릎을 꿇고 앉아 계셔야 합니다. 제사상은 홍동백서(紅東白西, 붉은 과실은 동쪽에, 흰 과실은 서쪽에 놓는 일), 어동육서(魚東肉西, 생선 반찬은 동쪽에 놓고, 고기반찬은 서쪽에 놓는 일)로 격식에 맞게 차려야 합니다. 장롱 속에 고이 간직했던 백포장(白布帳)을 들고 초저녁부터 제상머리에 무릎을 꿇고 앉아 있다가 제상을 차리고, 자시 말이나 축시 전에 제사를 행하셔야 합니다."

이 말을 들은 시부모는 며느리의 말대로 하였다.

시부모는 몇 년은 며느리의 말대로 하였으나, 너무 힘들어서 더는 계속할 수 없었다. 그래서 불필요한 법도 지키기를 스스로 포기하기로 하고, 며느리를 불러 말했다.

"아침 문안 인사도, 헌다도 그만두어라. 제사 때에도 전처럼 할 터이니 그리 알라."

며느리는 그릇된 욕심과 버릇을 고친 시부모를 정성껏 모시며 잘 살았다.

〈최운식, 『한국의 민담 2』, 시인사, 1999, 273〜275쪽〉

이 이야기에서 시부모는 새 며느리가 아침 문안을 하고, 차를 올리는 것을 당연한 것으로 여긴다. 그러나 며느리는 윗사람한테 예를 갖춘 뒤에야 아랫사람한테 인사를 받을 수 있다면서, 아침 문안을 받으시려면 먼저 사당에 참배하라고 한다. 며느리의 논리 정연한 말에 기가 꺾인 시부모는 사당에 참배한 뒤에 아침 문안 인사와 차 대접을 받는다. 시아버지는 며느리에게 책잡히지 않으려는 마음에서 제사 때에는 어떻게 하는 것이 좋은가를 묻는다. 며느리는 격식에 맞아야 하고, 정성을 다해야 한다면서 까다로운 절차를 말한다.

며느리한테 아침 문안 인사를 받고, 차를 대접받는 것은 좋은 일이다. 그러나 먼저 세수하고 옷차림을 단정히 한 뒤에 사당에 참배하는 일은 정말 힘들고 어려운 일이었다. 며느리가 말하는 제사 예절 역시 지키기가 힘들고 어려웠다. 그래서 시부모는 사당참배 뒤에 아침 문안 인사 받는 일과 제사 예절 지키는 일을 계속할 것인가, 포기할 것인가를 놓고 고민하다가 포기하고 만다.

이 이야기는 며느리가 정연한 논리로 시부모를 길들인 예이다. 며느리가 아침 일찍 일어나 단장을 한 뒤에 한복을 입고 시부모께 큰절을 하고, 차를 올리는 일은 매우 힘들고 괴로운 일이다. 그런데 시부모는 새 며느리에게 이를 강요하였고, 이를 이행하지 않으면 예절 교육을 제대로 받지 못했다고 꾸짖고, 심하면 내쫓기까지 하였다. 이 이야기는 이러한 풍조를 바꿔야 한다는 생각에서 만들어진 이야기일 것이다.

다음에는 며느리가 엉뚱한 행동으로 시부모를 길들인 이야기인데, 이것은 상민 며느리의 이야기인 듯하다.

시부모 길들인 며느리 (2)

옛날에 밥술이나 먹는 집에서 외아들을 장가들였다. 시부모는 며느리가 마음에 들지 않아 얼마 뒤에 친정으로 쫓아 보냈다. 그 후 다시 며느리를 얻었으나, 역시 마음에 들지 않아 쫓아냈다. 이런 일이 여러 번 되풀이되니, 그 집으로 시집오겠다는 처녀가 없었다. 그때 이웃마을의 한 처녀가 그간의 일을 다 알아본 뒤에, 자원하여 그 집 며느리로 들어갔다.

혼인한 지 사흘이 되던 날, 며느리는 부엌에 나가 아침밥을 지으면서 일부러 죽처럼 아주 질게 하였다. 며느리는 밥상 위에 찬물 한 그릇과 빈 대접에 조리(笊籬, 쌀을 이는 데에 쓰는 기구. 가는 대오리나 싸리로 결어서 조그만 삼태기 모양으로 만듦.)를 올려 가지고 가서, 시부모 앞에 놓으며 말했다.

"아침밥을 지었는데, 밥이 질거든 조리로 받쳐서 드시고, 되거든 찬물에 말아 잡수십시오."

이 말을 들은 시부모는 기가 막혔다. 시어머니가 불평을 하려고 하자, 시아버지가 아무 말도 하지 말라고 말렸다. 그 날 점심밥은 술밥을 찐 것처럼 되게 한 다음, 아침과 같이 하였다.

그 날 저녁에는 밥은 잘 짓고, 국과 반찬에는 전혀 간을 하지 않았다. 며느리는 상 위에 소금과 찬물 그릇을 올려놓아 가지고 들어가서 시부모 앞에 상을 놓으며 말했다.

"아버님과 어머님의 식성을 몰라 국과 반찬은 간을 하지 않았으니, 싱겁거든 소금을 넣어 드시고, 짜거든 물을 타서 잡수십시오."

그 이튿날은 국과 반찬을 짜서 먹을 수 없을 정도로 한 뒤에 전과 같이 하였다.

며느리는 사흘 동안 이렇게 한 뒤에, 정성껏 음식을 장만하여 가지고 들어가서 시부모께 말씀드렸다.

"이게 제 음식 솜씨입니다. 밥이 어떻다, 국과 반찬의 맛이 어떻다고 말씀해 주시면 제가 입맛에 맞춰 정성껏 해 드리겠습니다. 쓸데없이 트집을 잡지 마시고, 바로 말씀해 주십시오.”

이 말을 들은 시부모는 그동안 괜한 트집을 잡아 며느리를 내쫓은 것을 뉘우치고, 그 며느리와 잘 살았다고 한다.

〈최운식, 『옛날 옛적에』, 민속원, 2008, 64〜65쪽〉

이 이야기에서 며느리는 시부모가 괜한 트집을 잡아 며느리를 내쫓곤 한다는 것을 알면서, 자원하여 그 집 며느리가 된다. 그녀는 시집 온 지 사흘째 되던 날, 죽처럼 진밥을 갖다 놓으며 “밥이 질거든 조리로 받쳐서 드시고, 되거든 찬물에 말아 잡수십시오.” 하고 말한다. 또 국과 반찬에 간을 하지 않은 상을 갖다 놓고서, ‘싱겁거든 소금을 넣어 드시고, 짜거든 물을 타서 잡수십시오.”라고 한다. 이것은 ‘새색시는 시부모께 절대 복종해야 한다.’는 생각을 가진 시부모에게 청천벽력(靑天霹靂, 맑게 갠 하늘에서 치는 날벼락)과 같은 사건이었다. 며느리의 기세에 눌려 어안이 벙벙하던 시어머니가 불평을 말하려고 하자, 시아버지는 아무 말도 하지 말라고 한다. 이렇게 하여 시부모의 기를 꺾어놓은 며느리는 제대로 차린 밥상을 가져다 놓으며 스스로 음식 솜씨가 있는 사람임을 알린다. 그리고 괜한 트집을 잡지 말고, 바르게 지적하면 따르겠다고 한다. 이렇게 시부모를 길들인 며느리는 시부모를 잘 모시고 살았다고 한다.

이 이야기는 시부모와 며느리 사이가 어떠해야 하는가를 잘 말해 주고 있다. 시부모는 괜한 트집을 잡아 며느리를 괴롭힐 것이 아니라, 잘못한 것은 바로 지적하여 고치게 해야 한다. 며느리는 시부모가 괜한 트집을 잡아 괴롭힐 때에는, 지혜로 이를 깨닫도록 해야 한다. 이 이야기는 이것을 일깨워주고 있다. ‘시집살이’가 고달프다고 느끼는 며느리나, 아들·며느리와 함께 사는 '며느리살이'가 괴롭다고 생각하는 시부모는 이 이야기의 의미를 한 번쯤 되새겨 보았으면 한다.

가족 간의 갈등은 시부모와 며느리 사이에만 있는 것이 아니라 계모와 의붓자식 사이에도 존재한다. 계모와 의붓자식 사이의 대립과 갈등을 다룬 이야기는 많이 있다. 「콩쥐와 팥쥐」, 「장화와 홍련」은 널리 알려져 있으므로 생략하고, 잘 알려지지 않은 이야기를 소개한다.

어머니와 딸

옛날에 딸 하나를 둔 과부가 딸 하나를 둔 홀아비와 재혼하였다. 그녀는 자기 딸과 전처 딸에게 내기를 시켰다.

먼저 베 짜기 내기를 하는데, 자기 딸에게는 찰밥을 해주고, 전처 딸에게는 콩을 볶아 주었다. 그랬더니 자기 딸은 찰밥을 먹을 때 손에 눌어붙은 밥풀 때문에 더디게 짜서 내기에 졌다.

다음은 성 쌓기 내기인데, 어머니는 가는 동안 먹으라고 자기 딸에게는 찹쌀떡을 해주고, 전처 딸에게는 콩을 볶아 주었다. 그런데 자기 딸은 그걸 뜯어먹느라고 늦게 가고, 전처 딸은 빨리 가서 쌓아 이겼다.

그 후 전처 딸은 왕비가 되었다.

<최운식, 『한국구전설화집 5』, 민속원, 2002, 345~346쪽>

위 이야기에서 어머니는 베 짜기 내기, 성 쌓기 내기를 하는 친딸에게는 좋은 음식을 주고, 의붓딸에게는 그만 못한 음식을 준다. 친딸이 좋은 음식을 먹고 힘을 내어 이기라는 뜻에서였다. 그러나 친딸은 그 음식 때문에 내기에서 지고 만다. 이것은 어머니가 친딸과 의붓딸을 차별대우한 보응(報應)이다. 차별 대우를 받은 의붓딸은 좋은 배우자를 만나지만, 친딸은 그렇지 못하였다.

지혜로 재판에서 이긴 며느리

그전에 농촌에 사는 한 부자가 외아들을 두고 상처하여 새 장가를 들었다. 후처는 딸을 하나 낳은 뒤부터 전처가 낳은 아들을 학대하였다. 전처의 아들이 장가를 들었는데, 계모는 의붓아들이 며느리와 같이 자지 못하도록 방해하였다. 의붓아들은 서울로 공부하러 올라갔는데, 얼마 뒤에 교통사고로 세상을 떠났다. 의붓아들이 죽은 뒤에 며느리가 임신한 것을 안 계모는 며느리를 제거하기 위해 며느리에게 간부(姦夫)가 있고, 뱃속의 아이는 간부의 아이라고 모함하였다.

며느리는 재판을 받게 되었는데, 재판정에 계모가 매수한 동네 건달이 나타나, 자기는 며느리와 정을 통하는 사이라고 하였다. 그녀는 재판에서 지고, 부정한 여인이라는 누명을 쓰게 되었다. 그녀는 판검사들이 계모의 뇌물을 받고, 자신에게 불리한 판결을 내린 것을 알았다. 그녀는 여러 사람을 찾아다니며 억울함을 호소하여, 다시 재판을 받게 되었다. 그녀는 이번에도 계모의 손길이 뻗칠 것이라고 생각하였다. 그래서 사건을 맡은 판사를 찾아가 거짓말로, 자기 몸의 아랫부분에 결점이 있다고 하였다. 계모로부터 뇌물을 받은 판사는 건달에게 그 정보를 알려 주며, 법정에서 그대로 대답하라고 하였다.

재판하는 날이 되자 그녀는 재판 기간 동안 낳은 아들을 데리고 재판정에 들어갔다. 재판이 시작되자, 자신이 간부라고 주장하는 건달은 그녀와 정을 통했다는 결정적인 증거라고 하면서, "그녀의 몸에는 음모(陰毛)가 없고, 국부 옆에 까만 사마귀가 있다."고 하였다. 재판장이 그녀에게 그의 말이 맞는가를 묻자, 그녀는 치마를 걷어 올리고 자신의 몸에 이상이 없음을 보였다. 건달의 말이 거짓임이 드러남에 따라 사건을 다시 조사하여 모든 일이 계모의 흉계였고, 그 건달은 계모의 간부였음이 밝혀졌다. 그래서 계모와 그 건달은 징역을 살게 되었다.

5년 뒤에 계모가 징역을 살고 풀려나자, 며느리는 건너 동네에 집을 얻어 계모를 살게 하고, 서로 오고가며 잘 살았다고 한다.

〈최운식, 『한국구전설화집 5』, 민속원, 2002, 181~186쪽〉

이 이야기는 재판을 맡은 사람을 판검사라고 하고, 재판을 받은 뒤에 억울함을 호소하여 다시 재판을 받는다고 하는 것으로 보아, 최근의 사법제도에 맞게 윤색되었음을 알 수 있다.

이 이야기에서 계모는 전처가 낳은 아들이 장가를 들어 아들을 낳을 경우, 자기와 자기가 낳은 딸의 입지가 좁아질 것을 염려한다. 그래서 의붓아들 부부가 동침하는 것을 방해한다. 그녀는 의붓아들이 교통사고로 죽은 뒤에 며느리가 임신한 것을 알고, 며느리가 아들을 낳으면 재산이 그 아기에게 갈 것을 염려한다. 그래서 며느리를 부정한 여인으로 낙인찍어 내쫓으려 한다. 그녀는 자기의 정부인 건달을 며느리의 간부로 꾸며 거짓 증언을 하게 하고, 판사와 검사에게 뇌물을 바쳐 자기에게 유리한 판결을 내리게 한다.

계모의 간계를 알아차린 며느리는 다시 열리는 재판을 앞두고 지혜를 짜낸다. 그래서 판사를 찾아가 억울함을 호소하며, 자기 몸의 아랫부분에 대해 거짓말을 한다. 계모의 뇌물을 받은 판사는 그녀의 말이 진짜인 줄 알고, 그 내용을 건달에게 알려주어 법정에서 말하게 한다. 그녀는 법정에서 자기의 하의를 내려 건달의 말이 거짓임을 밝혀 계모의 모함에서 벗어나 누명을 벗는다. 자기를 파멸시키려는 계모의 간계를 파헤치고 승리한 그녀의 용기와 지혜가 놀랍다.

이 이야기의 바탕에는 나쁜 짓을 한 사람은 반드시 벌을 받아야 한다는 의식이 깔려 있다. 그녀는 계모가 형을 마치고 나왔을 때 살 집을 마련해 주고, 왕래하며 잘 지냈다고 한다. 이러한 후일담은 진정한 용서가 무엇인가를 생각하게 해 준다.

2. 효도

인간관계에서 가장 중요한 것은 부모와 자식의 관계이다. 이 둘의 관계는 부모가 자녀에게 주는 희생적인 사랑과 자녀가 부모의 사랑과 은혜에 감사하고 보답하는 효심이 기본이다. 이 두 가지가 제대로 작동하면, 부모와 자식은 원만하고 바람직한 관계를 유지할 수 있다. 그러나 둘 중 어느 하나가 제대로 작동하지 않으면, 그 관계는 파탄을 맞게 된다. 부모와 자식의 관계가 원만하지 않으면, 다른 사람과의 관계를 제대로 유지하기 어렵게 된다.

부모의 자식에 대한 사랑은 타고나는 것으로, 희생적이고 맹목적이다. 그래서 자식 사랑에 대한 교육은 따로 하지 않아도 별 문제가 없다. 이에 비해 효(孝)는 자식이 부모로부터 받은 사랑과 은혜에 감사하면서, 이를 갚아야 한다는 의식을 갖게 하는 생활교육을 통해 형성되고, 강화되는 것이다. 그래서 부모의 은혜에 감사하는 마음이 차곡차곡 쌓이고, 은혜를 갚아야 한다는 의식을 갖게 하는 교육을 직·간접으로 해 왔다. 유교·불교·도교·기독교 등의 종교에서는 효를 강조하고, 이를 강화하는 교육을 하고 있다. 이것은 효가 인간관계에서 가장 중요한 것이므로, 이를 강화해야 온전한 삶을 이어갈 수 있기 때문이다.

우리의 선조들은 생활 속에서 효와 관련된 옛이야기를 주고받으며 효에 대한 관념을 강화하고, 이의 실천을 강조하였다. 이제 효행과 관련된 옛이야기에 나타난 효의 실천 방법을 살펴보려고 한다.

하고 싶은 대로 하시게 하는 효

옛날 어느 시골에 한 젊은이가 살았는데, 효성이 지극하여 마을 사람들의 칭송이 자자했다. 그는 마을 사람들의 추천으로, 고을 원님이 내리는 효자상을 탔다. 얼마 뒤에 그는 서울에 사는 친구가 나라에서 주는 효자상을 탔다는 말을 들었다. 그는 '대체 그 친구는 부모님을 어떻게 모시기에 나라에서 주는 효자상을 탔는가?' 궁금하게 여겨, 서울 효자에게 갔다. 두 효자는 부모 모시는 일에 관해 밤늦도록 이야기하고, 잠을 잤다.

이튿날 아침에 두 효자가 일어나 보니, 눈이 수북하게 쌓여 있었다. 그런데 칠십이 넘은 서울 효자의 아버지가 밖에서 눈을 쓸고 있었다. 이를 본 서울 효자는 얼른 아버지의 방 아궁이에 장작을 지펴 불을 때더니, 숯불을 화로에 담았다. 그리고는 화로를 들고, 눈을 쓸고 있는 아버지의 뒤를 따라다녔다. 아버지는 손이 시리면 화롯불을 쬐곤 하면서, 집 안팎의 눈을 모두 쓸었다. 시골 효자 생각에 그것은 효가 아니라 불효였다. 노인 아버지가 이른 아침에 눈을 쓰는 것을 보았으면, 쓸지 못하시게 해야 할 것이다. 그런데 눈을 쓰시도록 놔두고서, 화로를 들고 따라 다니는 것을 도무지 이해할 수 없었다. 그는 속으로 '허허, 저런 사람이 나라에서 내리는 효자상을 탔구나!' 하고 탄식하였다.

아침밥을 먹으며 시골 효자가 서울 효자에게 물었다.

"여보게, 자네는 나라에서 주는 효자상을 탄 사람인데, 부모가 추운 날씨에 나가서 눈을 쓸면 못 하시게 해야지, 눈을 쓸게 놔두고서는 화로 들고 다니면서 손을 쬐게 하는 게 효도야? 그러고도 효자상을 탔어?"

이 말을 들은 서울 효자가 말했다.

"나는 부모님께 좋은 음식과 옷을 해 드리고, 무조건 편안하게 해 드리기만 하면 된다고 생각하지 않아. 부모님이 마음 편히, 하고 싶은 일을 하시게 해 드리는 것이 효라고 생각하네. 부모님이 무슨 일을 하시려고 하는데, 그걸 못 하시게 하면, 마음이 불편하실 게 아닌가? 나는 아버지

께서 하시고 싶은 일을 하시게 하여 마음을 편안하게 해 드리려고 화롯
불을 들고 따라다닌 걸세."
이 말을 들은 시골 효자는 자기의 생각이 짧았음을 깨달았다.
그는 집으로 돌아와서 부모님의 뜻을 헤아려 더 잘 모셨다고 한다.

<최운식, 『한국의 효행 이야기』, 집문당, 1999, 61~62쪽>

효도에는 부모님의 뜻을 받들어 즐겁게 해 드리는 '양지(養志)'와 부모님
을 잘 받들어 모시는 '봉양(奉養)'이 있다. 양지는 『맹자(孟子)』 권7 「이루(離
婁) 장구(章句) 상」에 처음 나오는 말이다. 맹자는 부모를 섬기는 일에 관하
여 말하면서 효성이 뛰어나기로 이름난 증자(曾子)를 예로 들었다. 증자는
아버지 증석(曾晳)을 섬길 때에 반드시 술과 고기를 드렸다. 상을 물릴
때에는 남은 술과 고기를 누구에게 줄까를 여쭈었고, 술과 고기가 남았는
가를 물으시면, 반드시 "예, 있습니다."라고 대답하였다. 증석이 죽은 뒤
에 아들 증원(曾元)이 증자를 섬겼는데, 증원도 반드시 술과 고기를 드렸
다. 그런데 상을 물릴 때 남은 술과 고기를 누구에게 줄까를 묻지 않았고,
술과 고기가 남았는가를 물으면 없다고 하였다. 또 다시 드리기 위함이었
다. 맹자는 증원과 같이 하는 것은 '입과 몸을 섬기는 것'이고, 증자와
같이 하는 것은 '뜻을 섬기는 것' 즉 '양지'라 하였다.
양지와 관련되어 떠오르는 말이 '반의지희(斑衣之戱)'이다. 이 말을
직역하면 '알록달록한 옷을 입고 논다.'는 뜻이다. 『고사성어사전』(학
원사, 1976)에 따르면, 춘추전국 시대 중국의 초나라 사람 노래자(老萊
子)는 늙은 부모를 위해 알록달록한 옷을 입고 어린아이처럼 기어 다
니며 재롱을 떨었다. 그의 부모는 이른 살이 된 아들이 그렇게 하는
것을 보면서, 나이를 잊은 채 건강하게 오래 살았다고 한다. 이것은
부모님의 뜻을 따르고, 기쁘게 해 드리는 일이 매우 중요함을 일깨워

주는 고사(故事)이다.

사람들은 부모님께 좋은 음식과 옷을 해 드리고, 편안히 모시는 것이 효도라고 생각하는 경향이 있다. 위 이야기는 부모님께 좋은 음식과 옷을 해 드리며 편안히 모시는 일도 중요하지만, 그보다는 뜻을 잘 헤아려 받들어서 마음을 편케 해 드리는 일이 더 중요함을 말해주고 있다.

뙤약볕에서 책을 읽는 아이

옛날에 학용품과 책을 가지고 다니며 파는 사람이 어느 동네의 서당에 갔다. 그 서당의 아이들이 모두 마루에 앉아 글을 읽고 있는데, 한 소년은 햇볕이 쬐는 뙤약볕에 앉아서 땀을 뻘뻘 흘리며 글을 읽고 있었다.

그는 의아한 생각이 들어서 소년에게 다가가 이름과 나이를 물은 뒤에 말했다.

"너는 왜 다른 아이들처럼 시원한 마루에서 글을 읽지 않고, 햇볕이 쬐는 곳에서 땀을 흘리며 책을 읽고 있니?"

"저의 집은 살림 형편이 참 어렵습니다. 그래서 우리 아버지가 남의 집에 가서 품팔이를 하여 저를 가르치십니다. 아버지가 남의 집에 가서 땀을 줄줄 흘리며 일하여 받은 돈으로 저에게 책과 붓과 먹과 종이를 사 주십니다. 아버지는 뙤약볕에서 논을 매고, 밭을 매며 땀 흘리시는데, 저는 시원한 그늘에 앉아서 글을 읽기가 죄송스럽습니다. 그래서 아버지를 생각하며 열심히 공부하려고 뙤약볕에서 글을 읽고 있습니다."

이 말을 들은 그는 그 아이의 갸륵한 마음을 칭찬하였다. 그리고 열심히 공부하여 훌륭한 사람이 되라고 하면서 좋은 붓과 종이를 선물로 주었다. 그 아이는 자라서 훌륭한 사람이 되었다고 한다.

〈최운식, 『한국의 효행 이야기』, 집문당, 1999, 11~12쪽〉

위 이야기에서 소년의 아버지는 소년을 가르치기 위해 품팔이를 한다. 소년은 뙤약볕에서 일하는 아버지를 생각하며 분발하기 위해 자기도 뙤약볕에서 글을 읽는다. 부모가 자기를 위하여 애쓰고 수고하는 것을 생각하며, 그에 맞는 행동을 하는 자녀는 효심이 있는 자녀이다. 부모가 자녀를 사랑하고 희생하는 것은 자녀들이 보답하기를 바라고 하는 것은 아니다. 그러나 자녀가 부모의 노고를 알아주면, 힘이 나서 즐거운 마음으로 일할 것이다. 자녀에게 사랑을 베푸는 부모의 마음과 그 사랑과 수고에 감사하며 그에 걸맞은 행동을 하는 자녀의 효심이 어울릴 때 그 관계는 더욱 도타워지고, 행복하게 될 것이다.

자식 낳고 효도하게 된 효자

옛날에 한 농부가 장가들어 아들을 낳고 행복하게 살았다. 그는 아이가 세 살 되던 해에 아내를 잃고 홀아비가 되었다. 그는 아이와 함께 살 방도를 찾다가, 인정이 많기로 소문난 부자를 찾아가 말했다.

"제 아이를 길러주신다면, 10년 동안 새경을 받지 않고 일하겠습니다." 그의 딱한 처지를 아는 부자는 그를 머슴으로 일하게 하였다. 그의 아들은 안주인의 보살핌을 받으며 잘 자랐다. 그는 아이가 잘 자라는 것을 보면서 더욱 부지런히 일하였다.

그가 머슴살이한 지 10년이 되자, 부자는 그에게 아들을 데리고 나가 독립하라고 하면서 10년치 새경을 모두 주었다. 그는 새경을 사양하였으나, 부자는 부지런히 일해 주어서 고맙다면서 다 주었다. 그는 집을 마련하여 열세 살 먹은 아들과 함께 살면서 부지런히 일하였다. 그는 아들을 끔찍이 사랑하며, 건강하고 바르게 자라도록 가르쳤다. 그러나 아들은 아버지의 기대와는 달리 동네의 불량자들과 어울리곤 하였다.

몇 년 뒤에 그는 아들을 장가들여 함께 살면서 손자를 보았다. 아들은 제 아내와 자식은 아주 예뻐하면서도 아버지께는 데면데면하였다. 아버지는 무척 섭섭하였지만, 꾹 참고 지냈다.

어느 눈 오는 날, 세 살 먹은 손자가 방에서 나와 눈이 쌓인 마당을 뛰어다녔다. 이를 본 아들이 얼른 나와서 "발 얼겠다. 어서 들어가자."고 하면서, 아이를 안고 방으로 들어갔다. 이 광경을 본 그가 말했다.

"네 자식이라 안쓰러운 모양이구나. 나도 너 어렸을 때 그렇게 키웠다."

이 말을 들은 아들이 방에 들어와 누워 있다가 크게 깨달았다.

"우리 아버지도 이 아이처럼 나를 귀하게 길러 주셨는데, 내가 무심하였다. 크게 불효하였구나!"

그날부터 그는 아버지를 극진히 모셨다. 그는 효자로 소문이 나서 고을의 원님, 임금님한테 효자상을 받았다.

<김기창 외, 『한국구전설화집 9』, 민속원, 2004, 309~311쪽>

위 이야기에서 아버지는 머슴살이를 하면서 아들을 그 주인집에 맡겨 기른다. 10년 뒤에 아들과 둘이 살게 되자, 아들을 끔찍이 사랑하면서 건강하고, 바르게 자라도록 가르쳤다. 그러나 아들은 아버지의 기대와 달리 그릇된 길로 가면서, 아버지의 사랑과 희생을 모른 체한다. 장가들어 아들을 낳은 뒤에는 제 아내와 자식만 챙기고, 아버지는 대수롭지 않게 여긴다. 그러다가 어린 아들을 사랑으로 감싸는 모습을 본 아버지가 "나도 너 어렸을 때 그렇게 키웠다."고 하는 말에 정신을 차린다.

자녀는 자라면서 생활 속에서 부모의 헌신적인 사랑과 은혜에 감사하고 보답해야 한다는 유형·무형의 교육을 받는다. 그래서 부모에 대한 예절과 함께 효심을 갖게 된다. 그러나 부모의 헌신적인 사랑을 당연한 것으로 알고, 감사할 줄 모르며 불효하는 자녀도 있다. 이런 사람도 자식을 낳아 기르면서, 이를 깨닫게 된다. 위 이야기는 이러한 사정을 표현한 것이다.

복(卜) 효자와 모쟁이샘

조선 태종 때 충남 홍성군 금마면 신곡리 여수동에 구암(久菴) 복한(卜僩) 선생이 살았다. 선생은 학문이 깊고, 효성이 지극하여 주위 사람들로부터 칭송을 받았다. 사헌부 장령에 임명되자 부모님을 서울로 모시고 올라가 살았다.

얼마 뒤에 선생은 고향에 가서 부모님을 모시는 것이 좋겠다고 생각하여 벼슬을 그만두고, 고향으로 내려와 살았다.

선생은 부모님을 극진히 모시고 살았는데, 아버지가 병이 나셨다. 그래서 매일같이 목욕 후에 하늘에 기도하고, 뒷동네에 있는 샘에 가서 물을 떠다가 약을 달여 드리곤 하였다. 그런데 그 샘까지의 거리가 멀어서 시간이 많이 걸리고, 고생이 이만저만이 아니었다.

어느 날, 선생이 자고 일어나 보니, 집 앞에서 물이 용솟음쳐 올랐다. 그래서 그 물을 떠다가 약을 달여 드리곤 하였다. 사람들은 선생의 효성이 지극하여 하룻밤 사이에 샘물이 솟아올랐다 하여 그 샘을 '효자샘'이라고 하였다. 선생의 아버지는 병이 나은 뒤에 얼마를 더 사시다가 돌아가셨다.

얼마 뒤에 어머니가 병이 나셨는데, '모쟁이(숭어의 새끼)'를 먹고 싶다고 하였다. 선생은 모쟁이를 쉽게 구할 수 없어서 애를 쓰다가, 가까이에 있는 태성산에 올라가서 기도를 드렸다.

며칠 동안 기도를 드리고 있는데, 하루는 비몽사몽간에 한 노인이 나타나서 "효자샘에 가보아라. 모쟁이가 있을 것이다." 하고 말했다. 그래서 부리나케 산을 내려와 효자샘에 가보니, 정말 모쟁이가 헤엄쳐 놀고 있었다. 선생이 모쟁이를 그물로 건져다가 푹 고아서 어머니께 드렸더니, 어머니의 병이 나았다. 그 뒤로 이 샘을 '효자샘' 또는 '모쟁이샘'이라고 한다.

〈최운식, 『함께 떠나는 이야기 여행』, 민속원, 2004, 240~241쪽〉

이 이야기는 조선 태종 임금 때의 실존 인물인 구암(久菴) 복한(卜偹) 선생과 관련되어 전해 오는 「모쟁이샘 전설」이다. 충남 홍성군 금마면 신곡리 여수동에 있는 모쟁이샘은 최근에 새로 단장하여 정결한 느낌을 주었다. 샘 앞에는 이 샘의 유래와 새로 단장하는 뜻을 적은 비문과 안내판이 서 있다.

구암 선생의 효성과 관련된 이야기는 이에 그치지 않는다. 구암 선생은 세종 32년인 1450년에 부친이 세상을 떠나자 묘 옆에 여막(廬幕, 궤연 옆이나 무덤 가까이에 지어 놓고 상제가 거처하는 초막)을 짓고 시묘하였다. 시묘가 끝난 뒤에도 하루에 세 번씩 부친 산소에 성묘를 하였는데, 선생이 성묘 길에 나서면 폭우가 멈추기도 하고, 대설(大雪)이 그치기도 하였다고 한다. 또 선생이 묘 앞 잡초를 뽑을 때에는 까마귀와 까치가 떼를 지어 날아와 풀을 쪼아 뽑기도 하였다고 한다.

단종 원년인 1453년에 조정에서는 당시에 효행이 뛰어난 사람 열 명의 효행 내용을 각각 적은 효자첩을 임금께 올렸다. 임금이 이를 차례로 읽은 뒤에 옥새를 찍었는데, 다른 사람의 효자첩에는 옥새가 찍히지 않고, 맨 밑에 있는 선생의 효자첩에만 옥새가 선명하게 찍혔다. 이를 본 임금이 놀라서 이를 모두 물에 넣어 보니, 선생의 효자첩에 찍힌 옥새의 모양이 더 더욱 선명하게 보였다. 이러한 사실이 중국에까지 퍼지게 되었다. 중국 황제가 이 이야기를 듣고, "이 효자는 조선의 효자일 뿐만 아니라 세계만방(世界萬邦, 세계의 모든 나라 모든 곳)에서 보기 드문 효자이다." 하고, 국서를 보내어 찬양하였다. 그로부터 5년 쯤 뒤에 조정에서는 선생의 고향인 여수동 입구에 선생의 효성을 기리는 정문(旌門, 충신·효자·열녀 들을 표창하기 위하여, 그 집 앞에 세우던 붉은 문)과 비를 세워 표창하고, 효자의 귀감으로 삼았다.

　구암 복한 선생은 조선 태종 때인 1410년에 이곳에서 위룡(渭龍)의 아들로 태어나 도학을 깊이 연구하였다. 학덕과 명성이 널리 알려져 세종 때에 두 번이나 특별 추천되어 호조정랑, 사헌부 장령을 역임하고, 세조 2년인 1456년에 47세로 세상을 떠났다. 유림에서는 숙종 2년인 1676년에 홍성군 홍북면 노은리에 노은서원(魯恩書院)을 세우고, 사육신인 매죽헌 성삼문과 다섯 충신을 함께 모셨다. 그런데 영조 46년인 1770년부터는 구암 선생의 높은 학덕과 효성을 기리는 뜻에서, 선생의 위패(位牌, 단, 묘·원·절 따위에 모시는 죽은 사람의 이름을 적은 나무패)를 노은서원에 모시게 되었다. 그래서 구암 선생은 이질인 매죽헌 성삼문과 함께 노은서원에 봉안되어 향사(享祀)를 받았다.

　위의 이야기들은 실존 인물인 구암 선생의 효성이 지극하였음을 말해 주고 있다. 그런데 위 이야기에서 샘물이 저절로 솟아오른 것, 모쟁이가 떠오른 것, 성묘 길의 편의를 위해 폭우와 대설이 멈춘 것, 까마귀와 까치가 묘지의 잡초를 뽑은 것, 효자첩의 옥새가 선명하게 찍힌 것 등은 일상적으로 일어날 수 없는 이적(異蹟)에 가까운 일이다. 이것은 효를 백행(百行)의 근본으로 삼고, 효를 인간이 지켜야 할 최고의 가치로 여기던 효지상주의적(孝至上主義的) 사고에 의한 것이다. 앞에서 말한 바와 같이 효지상주의적 사고는 효감만물(孝感萬物) 사고와 자연스럽게 연계되었다. 그래서 효성이 지극하면 가족이나 친척·이웃·부자·관리 등 사람의 마음을 감동시킴은 물론, 천지만물을 감동시킬 수 있다고 생각하였다. 구암 선생의 효성에 따른 이적은 효감만물 사고로 보면 아주 자연스러운 일이다.

청주 이씨 세효촌

충남 홍성군 홍동면 효학리에 이장신(李長新)이란 사람이 살았는데, 효성이 지극하기로 소문이 났다. 아버지가 병환으로 누워 계신데, 배[梨]와 잉어를 먹으면 병이 나을 것이라 하였다. 그는 배와 잉어를 구하려고 애를 썼으나, 동지섣달이라서 이를 구하는 일이 쉽지 않았다.

그는 배나무가 있는 곳이면 멀고 가까움을 가리지 않고 찾아다녔다. 얼마 뒤에 그가 한 곳에 가니, 배나무 가지에 거미줄이 두껍게 뭉쳐 있었다. 그가 혹시나 하여 올라가서 거미줄을 걷어내고 보니, 그 속에 배가 있었다. 그는 하느님께 감사하며, 배를 따다가 아버지께 드렸다.

그 다음에 그는 잉어를 잡으러 다녔다. 한 곳에 가니, 꽁꽁 얼은 연못이 있었다. 그가 잉어를 잡으려고 얼음을 깨고 구멍을 뚫으니, 잉어 한 마리가 구멍위로 올라왔다. 그가 잉어를 푹 고아 드렸더니, 아버지의 병이 나았다.

이 소문이 널리 퍼졌는데, 암행어사가 이 동네 가까이에 와서 이 말을 들었다. 암행어사는 이 동네에 와서 사실 여부를 확인한 뒤에, 큰 돌에 '청주 이씨 세효촌(淸州李氏世孝村)'이라고 써 주었다. 지금 마을 앞에 서 있는 돌이 그 돌이다. 이 일이 있은 뒤에 마을 이름을 효동 또는 효학리라고 하였다.

이장신이 세상을 떠난 뒤에 그의 아들이 시신을 초빈(草殯, 사정상 장사를 속히 치르지 못하고 송장을 방 안에 둘 수 없을 때에, 한데나 의지간에 관을 놓고 이엉 따위로 그 위를 이어 눈비를 가릴 수 있도록 덮어 두는 일)한 뒤, 여막을 짓고 조석으로 곡을 하였다.

어느 날, 곡을 하고 여막에 있는데, 호랑이가 와서 올라타라는 시늉을 하였다. 호랑이는 그를 태우고 얼마를 가더니, 그곳에 묘를 쓰라는 시늉을 하므로, 그곳에 묘를 썼다. 이 묘가 참판공 이장신의 묘인데, 효자비가 있는 건너편 산에 있다. 〈최운식,『함께 떠나는 이야기 여행』, 민속원, 2004, 248~250쪽〉

위 이야기는 충청남도 홍성군 홍동면 효학리에 살았던 이장신(李長新)의 효행담이다. 이장신은 조선 효종 때 인물로, 자는 중윤(仲允), 호는 설라옹(薛蘿翁)이다. 관작은 증 가의대부 호조참판 겸 도위도총부 부총관(贈嘉義大夫戶曹參判兼徒尉都摠府副摠管)이다. 이곳을 지나던 암행어사는 김유연(金有淵, 1819~1887, 순조 19~고종 24)이라고 한다. 충청남도 홍성군 홍동면 효학리 입구에는 '淸州李氏世孝村'이라고 새긴 돌과 효자각, '贈嘉義大夫戶曹參判淸州李公諱長新孝行碑(증가의대부 호조참판 청주이공휘장신 효행비)'와 '贈嘉義大夫戶曹參判公孝行碑銘(증가의대부 호조참판공 효행비명)'이 서 있다.

이장신의 효행과 관련된 위 이야기는 효행담과 암행어사의 칭찬담으로 나눌 수 있다. 이장신의 효행이 뛰어났음을 말해 주는 효행담은 겨울철에 배 얻기, 얼음 구멍에서 잉어 얻기, 호랑이가 묏자리 잡아 주기의 세 이야기로 이루어졌다. 이들 세 이야기는 모두 일상에서 일어날 수 없는 이적이다. 이것은 앞에서 말한 효지상주의적 사고와 효감만물 사고가 연계되어 일어난 이적이다.

앞에서 인용한 구암 복한 선생과 설라옹 이장신 선생의 효행담은 두 분의 후손과 마을 사람들 사이에 전해 오면서 자부심과 긍지를 높여 주었으며, 효행을 권장하고, 씨족간의 유대를 강화하는 기능을 하였을 것이다.

위에 적은 이야기 외에도 효의식을 강화하고, 효행을 권장하는 내용의 효행 이야기는 많이 있다. 효행이야기의 유형(類型)은 효자매아형(孝子埋兒型), 효녀자기희생형(孝女自己犧牲型), 산삼동자형(山蔘童子型), 효자호랑이형, 호랑이에게 자식을 준 효부형, 죽은 아들을 묻은 효부형, 양자효자형, 매처치상형(賣妻治喪型) 등이 있다(최운식,『심청전 연구』, 집문당, 1997, 133~145쪽 참조). 그 중 효자매아형 이야기를 살펴보겠다.

효자매아형 이야기는 부모를 봉양하기 위해 아들을 묻으려다가 귀한 물건을 얻어 아이도 살리고, 효도 성취하였다는 내용이다. 이 이야기는 문헌에도 실려 있고, 전국 각지에서 채록된 자료도 여러 편 있다. 그 중 가장 오래된 것은 『삼국유사』에 실려 있는 아래 이야기이다.

손순매아(孫順埋兒)

손순(孫順)은 아버지가 돌아가신 뒤에 아내와 함께 품팔이를 하여 곡식을 얻어다가 어머니를 봉양하였다. 그가 어머니께 음식을 드리면, 어린 아들이 그 음식을 다 빼앗아 먹곤 하였다. 그가 이를 보고, 아내에게 말했다. "아이가 어머니께 드리는 음식을 다 빼앗아 먹으니, 어머니는 굶주림이 심하오. 아이는 다시 얻을 수 있으나, 어머니는 돌아가시면 다시 모시기 어려우니, 차라리 이 아이를 묻어버려 어머니가 제대로 잡수시게 하는 것이 좋을 것 같소."

그는 아내와 함께 아이를 업고 취산으로 가서 아이를 묻으려고 땅을 파는데, 땅속에서 석종(石鐘)이 나왔다. 부부가 놀라고, 이상히 여겨 나무 위에 걸고 두드려 보니, 그 소리가 은은하고 좋았다. 이를 본 아내가 "이처럼 신비한 물건을 얻은 것은 이 아이의 복인 것 같으니, 아이를 묻지 맙시다." 하고 말했다.

부부는 아이를 업고 집으로 돌아와 종을 들보에 매달고 두드리니, 그 소리가 대궐까지 들렸다. 흥덕왕이 그 종소리를 듣고, 좌우에 일렀다. "서쪽 교외에서 이상한 종소리가 들리는데, 그 소리가 매우 맑고 은은하며 아름답기 짝이 없으니, 속히 조사하여 보아라."

사자가 그 집에 가서 조사한 뒤에 전후 사실을 자세히 아뢰었다. 보고를 받은 왕이 말했다. "옛날에 곽거(郭巨, 중국 한나라 사람)가 아들을 파묻으려 할 때 하늘이 금솥을 내렸다 한다. 지금 손순이 아이를 묻으려 하니, 땅은 석종을 솟아냈다. 옛날의 효와 지금의 효가 다 천하의 귀감이다.”

왕은 손순에게 집 한 채를 주고, 해마다 벼 50석을 주어 그의 지극한 효성을 기리게 하였다.

손순은 옛집을 희사하여 절을 삼고 ‘홍효사(弘孝寺)’라 하고, 석종을 안치하였다. 진성왕 때 백제의 도적이 그 마을에 쳐들어와 종은 없어지고, 절만 남았다.

〈『삼국유사』 권5 손순매아〉

위 이야기는 신라 흥덕왕 때의 인물인 손순(孫順)과 관련된 효행 이야기이다. 손순은 어머니를 봉양하기 위해 어린 아들을 땅에 묻으려 한다. 이것은 효를 이루기 위해 자기 아들을 희생하려는 무거운 결단으로, 효의 극치(極致, 도달할 수 있는 최고의 정취나 경지)를 보여준다. 그가 아들을 묻으려는 결정적인 순간에 얻은 돌종은 어린 아들의 생명을 구하는 생명 존중의 징표가 되고, 그의 효행을 알리는 도구가 된다. 손순은 그 종으로 인하여 세 가지를 얻었다. 첫째, 임금이 내린 큰 상으로 어머니를 마음껏 봉양할 수 있게 되었다. 둘째, 중국 한나라 때 부모 봉양을 위해 아들을 묻으려다가 금솥을 얻은 곽거의 효성과 같은 반열에 서게 되었다. 셋째, 어머니를 봉양하기 위해서이기는 하지만, ‘아들을 죽인 아버지’라는 무거운 마음의 짐을 지고 살지 않아도 될 수 있게 되었다. 이것은 그의 뛰어난 효행의 결과이다. 이처럼 그의 효행은 고난과 결핍의 상황을 기쁨과 충족의 상황으로 바꿔 놓았다.

효도의 종류나 방법에는 여러 가지가 있겠지만, 홀로 된 아버지나 어머니를 재혼시켜 드리는 것 역시 소홀히 해서는 안 될 일이다. 이에 관한 이야기 하나를 적어본다.

부모님의 재혼

옛날 어느 고을에 원님이 새로 부임하였다. 원님은 급한 일을 처리한 다음에, 이방에게 "효자상을 내릴 터이니, 부모님을 잘 모시는 사람을 불러오라."고 하였다. 이 말을 들은 이방이 한 젊은이를 데려왔다. 그 사람은 효자라고 소문난 사람으로, 전임 원님한테 몇 차례 효자상을 받은 적이 있는 사람이었다.

원님이 그에게 양친 다 계시냐고 물었다. 그가 아버지 홀로 계신다고 하니, 홀로 되신 지 얼마나 되었느냐고 물었다. 그가 몇 년이 되었다고 하니, 원님이 크게 꾸짖으며 말했다.

"홀로 된 지 몇 년이 된 제 애비를 재혼도 못 시켜 드리는 놈이 무슨 효자냐? 저놈의 볼기를 쳐라!"

그는 원님의 꾸중과 함께 볼기 20대를 맞고, 절뚝거리며 집으로 향했다.

그의 아버지는 원님의 부름을 받고 가는 아들을 보면서, 또 효자상을 받아 가지고 오겠거니 하고 가볍게 생각하였다. 그런데 저녁때가 되도록 아들이 돌아오지 않자, 걱정을 하면서 기다리고 있었다. 해질 무렵에 절뚝거리며 돌아온 아들한테 매 맞은 이야기를 들은 아버지가 말했다.

"응, 이제야 원다운 원이 왔구먼!"

이튿날, 그는 먹이던 소 두 마리를 끌고 장으로 갔다. 한 친구가 웬일로 소를 두 마리나 끌고 왔느냐고 묻자, 그는 "소를 팔아서 어머니를 사려고 한다."고 하였다. 그의 말을 몇 번씩 확인하며 생각에 잠겼던 그 친구가, "그 소를 내게 주게. 내가 자네 새어머니를 구해서 모시고 갈게." 하고 말했다. 그는 그 친구와 굳게 약속을 하고, 소를 넘겨주었다.

약속한 날에 그 친구는 새어머니 될 분을 모시고 왔다. 그가 새어머니 되실 분을 어떻게 그리 속히 찾았느냐고 묻자, 그 친구는 홀로 계신 자기 어머니를 모시고 왔다고 하였다. 그는 새어머니를 모시는 날에 동네잔치를 하느라고 아버지를 다른 때처럼 잘 모시지도 못했고, 방에 군불도 제대로 때지 못했다. 그런데도 아버지는 춥지 않게 잘 잤다고 하면서 기뻐하였다. 그의 아버지는 아주 좋아하면서, 새어머니와 재미있게 지냈다.

　몇 년 뒤 그의 아버지가 세상을 떠나자, 그 친구는 장례비에 보태 쓰라면서 소 한 마리를 끌고 왔다. 남은 소는 어머니 돌아가시면 장례비용으로 쓰겠다고 하였다.　　　　　　〈최운식, 『한국의 민담 1』, 시인사, 1999, 210~213쪽〉

　이 이야기에서 아버지는 새로 온 원님이 아들에게 곤장을 때린 이야기를 듣고, "이제야 원다운 원이 왔구먼!" 하고 중얼거린다. 이 말에는 재혼을 원하지만, 이를 아들한테 말하지 못하고 지낸 아버지의 심정이 잘 나타난다. 아들은 새어머니를 모시는 날, 아버지를 다른 때처럼 잘 모시지도 못했고, 방에 군불도 제대로 때지 못했다. 그런데도 아버지는 춥지 않게 잘 잤다고 하면서 기뻐하셨다. 이 말 속에는 재혼한 뒤에 기뻐하는 아버지의 마음이 잘 나타나 있다.

　나이 들어서 홀로 되면, 자녀가 잘 보살펴서 먹고·입고·생활하는 데에 불편이 없다 하더라도, 외로움은 달랠 길이 없다. '열 효자가 악처만 못하다.'는 말도 있다. 이 이야기에서 원님은 '홀로된 부모께는 재혼시켜 드리는 것보다 더한 효도는 없다.'고 주장한다. 이 이야기는 나이든 뒤에 홀로 되어 쓸쓸히 여생을 보내시는 아버지나 어머니를 어떻게 모셔야 할까를 다시 한 번 생각하게 해 준다.

며느리의 효성을 알아준 판결

　예전에 효성이 지극한 며느리가 홀로 된 시아버지를 모시고 살았다. 그녀는 약주를 좋아하는 시아버지의 생신이 다가오는데, 국법으로 금주령이 내려진 때라 마음 놓고 술을 담글 수가 없었다. 그녀는 고심 끝에 '연로한 시아버지께서 언제 돌아가실지 모르는데, 지금 좋아하시는 약주를 못 해 드리면 언제 해 드리겠는가?' 하는 생각이 들어 술을 담갔다.

생일 아침에 술상을 본 시아버지는 혼자 마시기가 아쉬웠다. 그래서 옆집에 사는 최 노인을 모셔오라고 하였다. 초대받고 온 최 노인은 상에 술이 있는 것을 보고서는 그대로 나갔다. 그녀는 최 노인에게 돈을 주어 입을 막을까 생각하다가 그대로 두었다.

최 노인의 신고를 받은 원님은 세 사람을 불러 그 경위를 물었다. 먼저 그녀가 말했다.

"저는 금주령을 알았지만, 연로하신 시아버지께서 내년 생신을 맞을 수 있을지 몰라, 금년 생신에 좋아하시는 술을 드리려고 술을 담갔습니다. 벌을 내려 주십시오."

원님이 최 노인에게 신고하게 된 경위를 말하라고 하였다.

"저는 술을 대접받고 입을 다물 수도 있었지만, 충성하는 마음에서 신고하였습니다."

끝으로 시아버지가 말했다.

"제가 술을 좋아하는 탓입니다. 제 며느리는 효심에서 그런 것이니, 저를 벌하시고, 며느리는 용서해 주십시오."

세 사람의 진술을 다 들은 원님이 판결을 하였다.

"시아버지는 죄가 없다. 며느리는 국법을 어겼으므로, 벌금 천 냥에 처한다. 그러나 효성을 생각하여 천 냥의 상금을 내리겠다. 최 노인은 그 충성심이 갸륵하다. 그 충성심을 살려 하루 세 건씩 금주령 위반 사례를 고변토록 하라. 만약 이를 이행치 못할 때에는 하루에 석 대씩 매를 맞아야 한다."

그래서 그녀와 시아버지는 무사히 풀려나고, 최 노인은 위반 사례를 찾지 못해 매일 볼기 석 대 씩을 맞아야 했다.

<최운식, 『한국구전설화집 5』, 민속원, 2002, 205~208쪽>

위 이야기에서는 금주령(禁酒令)이 문제의 핵심이 된다. 금주령은 식량을 아끼고, 사회 분위기를 바르게 하기 위해 조선 초기부터 말기까지

계속되었다. 그러나 금주령 시행 강도는 시대에 따라 유동저이었다. 『태종실록』 7년 8월 27일조나 『세종실록』 2년 윤 1월 23일조를 보면, 금주의 기간·적용 대상과 면제 대상의 일면을 알 수 있다. 금주령은 흉년이 들었을 때, 가뭄이나 국가의 재난이 있을 때에는 엄격하였다. 술을 마시는 사람과 취하여 거리를 다니는 사람은 모두 단속의 대상이 되었다. 그러나 늙고 병들어서 약으로 먹는 술, 혼인과 제사 때 마시는 술, 부모형제의 환영과 전송(餞送, 서운하여 잔치를 베풀고 보낸다는 뜻으로, 예를 갖추어 떠나보냄을 이르는 말)에 마시는 술, 술을 빚어 팔아서 생계를 유지하는 사람의 술은 적용 대상에서 제외되었다. 금주령은 국법으로 내려졌는데, 그 법의 위반 여부를 따지는 것은 지방 관리의 책임이었다.

위 이야기에서 효성은 우정과 금주령이라는 국법과 마찰을 일으킨다. 며느리는 약주를 좋아하시는 시아버지의 생일에 술을 드리려고 한다. 그러나 금주령이 내려 있는 상황에서 어떻게 할 것인가를 망설이다가, 연로하신 시아버지가 내년 생일을 기약할 수 없음을 생각하고, 술을 담갔다. 이것은 며느리의 효심의 발로인데, 이를 실천하는 데에는 용기와 결단이 필요하였다. 생일 아침에 술을 본 시아버지는 이웃집의 최 노인을 부른다. 술을 혼자 마시는 것이 적적하기도 하고, 귀한 술이니만큼 금주령으로 그동안 술을 못 마신 최 노인에게 나누어 주고 싶은 마음에서였다. 그러나 며느리의 효심과 시아버지의 우정은 국법을 내세우는 최 노인의 완고(頑固) 앞에서 무너지고 만다.

최 노인으로부터 금주령 위반 사건을 신고 받은 원님은 세 사람을 불러 심문한다. 세 사람의 진술을 들은 원님은 며느리에게는 벌금 일천 냥에 상금 일천 냥을 판결하고, 최 노인에게는 금주령 위반 사건을 신고하게 한다. 그 판결은 국법의 존엄함을 버리지 않으면서 효성을 중요하게 여기는, 매우 지혜로운 판결이다. 원님은 가족 간의 정을 나누는 술, 노약자가 약으로 마시는 술은 금주령 위반 대상에서 제외되는 것을 염두에 두었을 수도 있다. 여하튼 며느리의 효심과 친구의 우정을 무시하고 원님에게 신고한 최 노인의 준법정신은 법의 이름으로 매를 맞게 되었다.

효는 부모와 자식 사이의 관계를 돈독히 하는 기본 요소로, 자녀가 지켜야 할 가치 덕목이다. 그런데 이를 지키지 않고 불효하는 아들이나 며느리가 있을 때에는 원만한 가족관계가 형성될 수 없다. 이런 경우에 슬기롭게 대처하여 문제를 해결하는 이야기를 살펴보겠다.

딸을 개심시킨 친정아버지

옛날에 한 가정에서 딸을 시집보냈는데, 딸이 시집살이를 이겨내지 못하고, 친정으로 쫓겨 오곤 하였다. 그때마다 친정부모는 그녀를 타이르기도 하고, 야단을 치기도 하여 시댁으로 돌려보냈다. 어느 날, 그녀는 "친정에 가서 더 배워 오라."는 시어머니의 호통에 쫓겨 다시 친정으로 왔다. 친정아버지가 시댁으로 돌아가 참고 살라고 하자, 그녀는 차라리 죽어 버리겠다고 하였다.

깊은 생각에 잠겼던 아버지가 딸에게 말했다.

"너의 시어머니만 없으면 아무 문제없지? 내가 너의 시어머니 죽게 하는 약을 구해 줄 터이니, 아침밥과 저녁밥에 몰래 넣어 드려라. 그러면 1년 안에 몸이 말라 죽을 것이다. 그 대신 지금보다 집안일을 더 부지런히 하고, 시부모의 말에 절대 순종하면서 1년만 지내 봐라. 그대로 하겠느냐?"
그녀는 기뻐하며, 그대로 하겠다고 다짐하였다. 아버지는 밀가루를 넣은 작은 봉지를 많이 만들어 그녀에게 주었다.

시댁으로 돌아온 그녀는 아침과 저녁으로 시어머니의 밥에 약을 넣어 드렸다. 그리고 시부모가 뭐라고 해도 대꾸하지 않고, 집안일을 열심히 하였다. 이렇게 몇 달을 지내고 나니, 시어머니가 이웃사람들에게 "우리 며느리가 친정에 갔다 오더니 변했다. 말대꾸도 하지 않고, 집안일도 아주 잘한다."며 칭찬을 하였다. 그리고 며느리가 미워서 거들떠보지 않던 손주들을 잘 돌보고, 집안일도 도왔다.

그녀가 여섯 달쯤 지난 뒤에 친정에 가니, 아버지가 시어머니의 근황을 묻고, "약을 더 마련해 줄까?" 하고 물었다. 그런데 딸의 대답은 엉뚱하였다. "이제 약은 필요 없어요. 저는 시어머니 없으면 아이 키우면서 살림 못해요. 남은 약도 다 버렸어요."

크게 깨달은 그녀는 시부모를 모시고 잘 살았다.

〈최운식, 『한국구전설화집 5』, 민속원, 2002, 267~270쪽〉

시부모는 경제적, 사회적, 문화적 배경이 다른 가정에서 자란 며느리를 맞아 사랑과 이해로 감싸 주어야 원만한 관계를 맺게 된다. 그런데 옛이야기에 등장하는 가정의 시부모는 며느리의 기를 꺾어 복속(服屬, 복종하여 따름.) 시키려는 마음이 앞선다. 그리고 아들의 마음을 빼앗긴 것에 대한 상실감과 질투심이 작용하여 며느리를 따뜻하게 대하지 않는다. 그러면 며느리의 눈에는 시어머니가 편협하고 고집스러우며, 인정머리 없는 사람으로 비치게 된다. 그에 따라 며느리는 시어머니와 마음의 거리를 좁히지 못한 채 원망하고, 반항하게 된다. 그래서 고부간의 갈등은 점점 심화된다.

위 이야기에서 며느리는 친정아버지의 말대로 하면, 시어머니가 빨리 죽을 것이라고 생각한다. 그래서 친정아버지의 말대로 꾹 참고 시어머니의 말에 순종하면서 집안일을 더 열심히 하였다. 그러는 동안에 정이 생겨 서로 이해하고, 감싸게 되었다. 고부간의 갈등을 해소하고 원만한 관계를 갖게 한 친정아버지의 지혜가 놀랍다.

시부모와 며느리 사이의 갈등과 불효나 친부모에 대한 불효는 서로 이해하고 사랑하는 마음이 있으면, 문제가 해결된다. 옛이야기는 가족 간의 이해와 사랑을 일깨우는 지혜를 말해 준다. 앞의 제3절(배우자) 다항(원만한 부부)에서 논의한 바 있는 「시아버지를 팔려다가」, 「남편 불효를 고쳐준 아내」 이야기가 좋은 예이다. 앞에서 살펴본 「며느리 마음 고치게 한 시부」의 시아버지는 넓은 마음으로 며느리를 감싸서 며느리의 불효하는 마음을 고치게 하였다.

3. 우애

부모와 자식 사이의 관계 다음으로 중요한 것은 형제자매 사이의 원만한 관계이다. 옛 사람들은 형제간의 우애를 효 다음으로 꼽으면서, 모든 면에서 최선을 다할 것을 강조하였다.

형제는 수족과 같다는 말이 있다. 형제간은 한 몸의 손과 발 같아서 한 번 잃으면 다시 얻을 수 없으니, 우애하며 살라는 말이다. 장자(莊子)는 "형제는 수족과 같고, 부부는 의복과 같다. 의복은 찢어지면 새 것으로 바꿔 입을 수 있으나, 수족은 끊어지면 다시 이을 수 없다(兄弟爲手足 夫婦如衣服 衣服破時更得新 手足斷處難再繼. 『明心寶鑑』安義篇 참조)."고 하였다.

형제의 우애와 관련된 옛이야기는 많이 있다. 먼저 오래 전부터 전해 오는 「형제투금(兄弟投金)」 이야기를 살펴보겠다.

형제투금(兄弟投金)

고려 공민왕 때 어떤 형제가 함께 길을 걸어갔다. 그때 아우의 눈에 번쩍이는 것이 있어 집어보니, 황금 두 덩어리였다. 아우는 그것을 주워 형과 한 덩이씩 나누어 가졌다.

양천강(陽川江 : 지금의 경기도 김포시 공암진 근처)에 이르러 배를 타고 강을 건너는데, 별안간 아우가 금덩어리를 강물에 던졌다. 형이 그 이유를 물으니, 아우가 말했다.

"내가 평소에는 형을 사랑하였으나, 지금 금덩어리를 나누고 보니 형을 미워하는 마음이 생겼습니다. 이 물건은 상서롭지 못한 물건이니, 차라리 강물에 던지고 잊어버리려고 그랬습니다."

이 말은 들은 형이 말했다.

"네 말이 과연 옳구나."

형 역시 금덩어리를 강물에 던졌다.

그 뒤로 이 강을 투금뢰(投金瀨)라고 부르게 되었다.

<『국역 신증동국여지승람』 권10, 민족문화추진회, 1971>

이 이야기는 『고려사』 열전 권34 「효우정유전(孝友鄭愈傳)」에 처음 전하는 것으로, 『고려사절요(高麗史節要)』와 『신증동국여지승람(新增東國輿地勝覽)』 권10 「양천현산천(陽川縣山川) 공암진조(孔巖津條)」에 실려 있다. 오늘 날에도 전국 각지에서 채록되었으며, 초등학교 국어교과서에도 실린 적이 있으므로, 널리 알려졌다.

이 이야기에서 금덩이 2개를 주운 아우는 하나를 형에게 준다. 이것은 형을 공경하는 아우로서 당연히 해야 할 일이었다. 그러나 내면에서는 금덩이 두 개를 다 차지하지 못한 것에 대한 아쉬움과 원망이 일어났고, 마침내는 형을 미워하는 마음까지 생겼다. 아우는 이런 마음의 싹을 자르기 위해 금덩이를 강물에 던졌다. 아우의 말을 들은 형도 같은 생각이어서 금덩이를 강물에 던졌다. 이 이야기에는 황금보다 우애를 더 중요하게 여기는 형제의 마음이 잘 나타난다.

퇴계(退溪) 이황(李滉) 선생은 「퇴계가훈(退溪家訓)」(최승범, 『선악이 모두 나의 스승이라』, 석필, 1997, 42쪽)에서 "형은 아우보다 먼저 태어났으니, 아우 되는 이는 형을 반드시 공경하라. 아우는 형보다 뒤에 태어났으니, 형 되는 이는 반드시 아우를 사랑해야 한다. 형제간엔 재물을 잊어버리고 언제나 마음을 천륜에 두어야 한다. 만약 이해를 따지면, 불화를 가져오게 될 것"이라고 하였다. 형제간에 재물이 끼어들고, 이해를 따지게 되면 불화할 수밖에 없으니, 그때에는 천륜을 생각하며 마음을 다잡으라는 퇴계 선생의 가르침은 매우 적절하다. 위 이야기에 나오는 형제는 이를 실천한 사람이라 하겠다.

의좋은 형제

옛날에 의좋은 형제가 살았는데, 형은 윗마을에 살고, 동생은 아랫마을에 살았다.

어느 해 가을, 풍년이 들어 많은 수확을 하였다. 형은 동생이 새살림을 차렸으니 소용되는 것이 많을 것이라고 생각하여, 동생에게 많은 벼를 주려고 하였다. 그러나 동생은 조상의 제사를 받들고 있는 형이 더 많이 가져야 한다고 하여, 좀처럼 해결이 되지 않았다.

하루는 밤에 형이 지게로 벼 가마를 져다가 동생의 집에 놓았다. 그날 밤 동생도 벼 가마를 몰래 형의 집에 져다 놓았다. 이튿날 아침, 형이 벼 가마를 세어 보니, 벼 가마가 그대로였다. 형은 '지난밤에 분명히 벼 가마를 동생의 집에 져다 놓았는데, 그대로이니 참 이상하다.'고 생각하였다. 동생 역시 벼 가마를 세어 보니, 그 수가 줄지 않았으므로 이상하게 생각하였다. 두 사람은 이상하게 여기면서 밤마다 형은 동생의 집에, 동생은 형의 집에 벼 가마를 져다 놓곤 하였다.

어느 어두운 밤, 전과 같이 각각 벼 가마를 지고 가던 형과 동생은 마을 앞 다리에서 서로 부딪혀 넘어지게 되었다. 그제야 두 사람은 벼 가마가 줄지 않은 까닭을 알았다. 〈최운식, 『함께 떠나는 이야기 여행』, 민속원, 2004, 224쪽〉

이 이야기에는 아우를 사랑하며 배려하는 형의 마음과 형을 공경하며 사랑하는 동생의 마음이 잘 나타나 있다. 이 이야기는 형제 우애의 극치를 보여주는 이야기라 하겠다. 오랫동안 초등학교 국어교과서에 실려 있었으므로, 모르는 사람이 없을 정도이다.

충청남도 예산군 대흥면사무소 앞에는 수백 년 묵은 느티나무가 서 있고, 그 옆에 '이성만 형제 효제비'가 비각 안에 서 있다. 충청남도 유형문화재 제102호인 이 비는 고려 말에 효자로 이름난 이성만(李成萬)·이순(李淳) 형제의 행적을 기리기 위하여 세운 것이다. 비문의 내용은 다음과 같다.

조선 태종 18년(1418년) 11월 5일 지신사(知申事) 하연(河演)이 주청하였다. "충청도 대흥현 호장 이성만과 이순은 부모가 살아 있을 때에는 맛있는 음식으로 봉양하고, 봄과 가을에는 술과 떡을 하여 부모님이 사랑하는 친척들과 나누어 먹어 부모님의 마음을 기쁘게 해 드렸습니다. 부모가 돌아가시자 형은 어머니의 묘소를 지키고, 동생은 아버지의 묘소를 지켰습니다. 이들은 아침에는 형이 동생의 집에 가고, 저녁에는 동생이 형의 집에 가서 조석으로 함께 식사하였는데, 국 한 그릇이 있어도 함께 하지 않으면 먹지 않았다고 합니다. 이들은 효성과 우애가 지극하니, 상을 내리는 것이 좋겠습니다." 이를 본 왕은 크게 기뻐하며 "이들을 표창하여 자자손

손에게 영원히 모범이 되도록 하라."고 하였다. 이에 따라 1497년(연산군 3년) 2월에 이 비를 세운다.

이성만·이순 형제의 효행과 우애에 관하여는 『신증동국여지승람』 권20 대흥현조에도 실려 있다. 이것은 이들 형제가 실존 인물로, 효행과 우애가 뛰어났음을 알 수 있게 해 준다. 이 비의 안내표지판 아래쪽에는 "이 비는 초등학교 교과서에 실려 있는 「의좋은 형제」를 고증하는 비로, 한때 '우애비'라고도 하였음."이라고 쓰여 있다. 이 비는 우리들에게 효성과 우애의 마음을 가지도록 일깨워 주고 있다.

며느리 삼동서

어떤 동네에 삼형제가 사는데, 형제간 우애가 극진하다고 온 동네에 칭송이 자자하였다. 고을에서 우애의 모범이라고 표창을 받기까지 하였다.

삼형제의 가족이 모두 모여 제사를 지낸 다음날, 남자들은 일하러 나가고, 삼동서가 모여 앉아 공론을 하였다.

"남자 형제들끼리 우애가 좋다고 그렇게들 떠들며, 우리 삼동서의 정리(情理)가 갸륵하다는 말은 한 마디도 없어요. 우리 석 달 기한을 하고, 장난을 좀 해 봅시다."

그래서 전략을 세우고, 헤어졌다.

며칠 뒤 둘째 집에서 닭을 잡았다. 저녁상에 닭고기 국이 올라온 것을 보고, 둘째가 말했다.

"이거 형님 댁에도 좀 보내드렸소? 아우도 좀 오래서 같이 먹었으면 좋겠구먼."

이 말을 들은 둘째의 부인이 말했다.

"나도 그럴 줄은 안다오. 그저께 제사 지내고도 큰댁에서 떡 부스러기 하나도 안 싸 주신 것 아시오? 작은 서방님도 일전에 통닭 잔치를 하면서 우리 애는 안 끼워 줍디다."

"다 까닭이 있겠지. 안에서 그렇게 말하는 게 아니야. 애들이 자라면서 보는데."

이렇게 하기를 세 집에서 번갈아 해 놓으니, 사흘만 못 봐도 서로 찾던 형제들이 뜨악해졌다. 아이들도 잘 안 다니게 되고, 만나야 별로 할 말이 없어 덤덤히 앉아 있다가 헤어지곤 하였다. 동서끼리는 수시로 모여 앉아 전략 결과를 서로 이야기하면서 웃곤 하였다. 그러는 동안에 기한으로 정한 석 달이 지났다.

어느 날, 둘째와 셋째 동서가 각각 남편에게 아이들을 데리고 큰댁에 가자고 하였다. 이 말을 들은 둘째와 셋째가 같은 말을 하였다.

"큰댁 앞을 지나다 보니 무슨 날인지, 기름 냄새를 풍기면서 음식을 장만하는 것 같더군. 아이들 데리고 얻어 먹으러 가는 것 같이 구질구질하게 뭐 하러 가?"

이렇게 남자 쪽에서 꺼리는 것을 여자들이 억지로 끌다시피 하여, 세 집이 모두 모였다.

삼형제의 가족이 모두 모여 음식상에 둘러앉았다. 세 동서는 그동안의 일을 모두 털어놓았다. 화목을 되찾은 삼형제의 가정은 더욱 친밀해 졌고, 하는 일마다 잘 되어 더욱 번창하였다.

〈이훈종, 『한국의 전래소화』, 동아일보사, 1969, 24~25쪽〉

위 이야기에서 형제 우애는 안식구들이 잘 해야 함을 실증적으로 보여준다. 혼인하여 따로 사는 형제자매간의 우애는 본인들이 잘 해야 함은 말할 것도 없다. 그러나 본인들이 아무리 잘 하려고 하여도, 배우자들이 따르지 않으면 화목할 수 없다. 안팎에서 뜻을 같이해야 형제자매간에 우애하면서 원만한 관계를 유지할 수 있는 것이다.

우애 깊은 형수

그전에 형제가 살았는데, 형은 부자로 잘 살았으나, 동생은 가난하여 끼니를 제대로 잇지 못하였다. 형은 동생의 어려움을 모르는 척하고 도와주지 않았으므로, 동네 사람들이 형의 처신을 비웃곤 하였다.

어느 날, 형의 아내가 베를 짜면서 보니, 손아래 동서가 둥구미(짚으로 엮어 만든 둥글고 울이 높은 그릇)에 벼를 담아 가지고 왔다. 마당에 멍석을 깔고 널면서, 닭이 곡식을 먹지 못하게 지키고 있는 시어머니께 말했다.

"어머니, 저희 것까지 닭을 봐 주세요. 저는 일하러 갑니다."

시어머니는 벼가 잘 마르도록 가끔씩 벼를 모았다가 펼쳐 널곤 하였다. 그때마다 큰아들네 멍석의 벼를 작은아들네 멍석으로 조금씩 옮겨놓곤 하였다.

저녁 때, 작은동서가 와서 자기네 벼를 둥구미에 담아보니, 자기가 가져온 양보다 많았다. 그러자 벼를 덜어서 큰집 멍석에 놓고는 자기가 가져온 만큼만 가져갔다. 이를 본 그녀는 작은동서의 착하고 정직한 마음에 감동하여, 작은동서를 도와주기로 마음먹었다.

그녀는 작은 동서를 불러 찹쌀과 누룩을 주면서, 이걸로 술을 담그고, 술이 다 익으면 말하라고 하였다. 며칠 뒤에 술이 익었다고 하자, 그녀는 동서에게 돈을 주면서 고기와 안주를 장만하라고 하였다. 동생 내외는 그녀의 말대로 형을 모셔다가 술을 대접하였다. 형이 크게 취하자, 동생은 형을 업고 형의 집으로 갔다. 형수는 잠긴 궤를 열고서 대대로 장자에게 주는 논문서를 꺼내어 시동생에게 주면서, 가지고 가라고 하였다.

이튿날 아침에 형이 눈을 떠 보니, 늘 잠가두는 궤의 문이 열려 있고, 땅 문서가 이리저리 흩어져 있었다. 그가 아내에게 어찌된 일이냐고 물으니, 그녀가 원망조로 말했다.

"어제 밤에 당신이 술에 취해 동생에게, 대대로 장자에게 주는 땅 문서를 주었소. 다른 논을 주는 것은 몰라도, 그 논을 주는 것은 안 돼요.

다른 논을 많이 주고서 그 논의 문서는 찾아오시오."

그는 술에 취했던 지난밤의 일이 생각나지 않았다. 그러나 아내의 말을 따르지 않을 수 없었다. 그는 동생을 불러 그 논문서를 도로 가져오게 하고, 다른 논을 많이 주어 동생도 잘 살게 해 주었다.

〈최운식, 『한국의 민담 1』, 시인사, 1990, 214~219쪽〉

위 이야기에서 형수는 방 안에서 베를 짜면서, 마당에서 시어머니와 손아래동서가 하는 행동을 찬찬히 보았다. 그녀는 시어머니가 큰 아들네 멍석의 벼를 작은아들네 멍석으로 조금씩 옮겨놓는 것을 보았다. 그녀는 그것을 가난한 작은아들을 생각하는 어머니의 정으로 이해하였다. 그래서 작은동서가 그대로 가지고 갈 것이라 생각하였다. 그러나 저녁때 온 작은동서는 멍석에 펴놓았던 벼를 둥구미에 담아보고, 시어머니가 큰집의 벼를 옮겨놓은 것임을 직감한다. 그래서 자기가 가져온 것보다 많은 양은 덜어서 큰집 멍석에 쏟아놓고, 자기가 가져온 만큼만 가져간다. 이를 본 그녀는 큰 감동을 받았다. 그리고 '저렇게 정직하고 바르게 사는 동서를 돕지 않으면, 내가 벌을 받을 것'이라고 생각한다. 그녀는 시동생 내외로 하여금 자기의 남편에게 술을 대접하게 하고, 남편이 술에 취하여 인사불성(人事不省, 제 몸에 벌어지는 일을 모를 만큼 정신을 잃은 상태)이 되자, 시동생에게 장자에게 물려주는 가장 좋은 논의 문서를 넘겨준다. 그녀는 술에서 깨어난 남편에게 그 문서를 찾는 조건으로 많은 논을 떼어주게 한다.

동생에게 재산을 나눠줄 생각을 하지 않는 남편을 움직여 재산을 나눠주게 한 형수는 참으로 지혜로운 여인이다. 그녀가 재산 나눠주기에 발 벗고 나선 것은 시동생 내외의 건실한 생활태도, 품팔이를 하여 살면서도 자기 것이 아니면 가져가지 않는 동서의 정직하고 올곧은 마음을 보았기 때문이다. 근면, 성실, 정직이 복을 부르는 계기가 된 것이다.

4. 우정

천륜으로 맺어진 부모형제 다음으로 깊은 정을 나누면서 살아가는 사람은 친구이다. 친구는 그 사람의 인격 형성에 큰 영향을 끼치고, 도모하는 일의 성패에도 작용하게 된다. 그래서 좋은 친구를 사귀는 일은 매우 중요하다.

일찍이 공자는 『논어(論語)』(「季氏 제16」)에서 "보탬이 되는 친구가 셋이 있고, 손해가 되는 친구가 셋이 있다. 곧은 벗[友直], 미더운 벗[友諒], 견문이 넓은 벗[友多聞]을 사귀면 보탬이 된다. 치우친 벗[友便辟], 남에게 아첨할 뿐 성실하지 못한 벗[友善柔], 말만 앞세우고 실속이 없는 벗[友便佞]을 사귀면 손해가 된다."고 하였다. 곧은 사람을 사귀면 허물을 들을 수 있고, 미더운 사람을 사귀면 성실한 곳으로 나아갈 수 있으며, 견문이 넓어 지식이 많은 사람을 사귀면 나도 밝은 지혜로 나아갈 수 있으므로 보탬이 된다. 그러나 한쪽으로 치우친 생각이나 습관을 가진 사람, 아첨하기를 좋아하는 사람, 말만 앞세우는 사람을 친구로 두면 망신을 당하거나, 큰 손해를 입을 수 있다. 그러므로 친구는 골라서 사귀어야 한다.

우정이 아주 돈독한 친구 관계를 말할 때 흔히 관포지교(管鮑之交)를 예로 든다. 중국 사마천(司馬遷)이 쓴 『사기(史記)』「관안열전(管晏列傳)」에 관중(管仲)과 포숙(鮑叔)의 사귐에 관한 이야기가 실려 있다(김병총

편역, 『사기 1』, 집문당, 1994, 31~35쪽). 두 사람은 제(齊)나라 사람으로, 죽마고우(竹馬故友, 대말을 타고 놀던 벗이라는 뜻으로, 어릴 때부터 같이 놀며 자란 벗)이다. 두 친구는 정치적으로 다른 길을 걸었다. 포숙은 제나라 공자(公子) 소백(小白)을, 관중은 공자 규(糾)를 모셨다. 그런데 소백이 제위(帝位)에 올라 환공(桓公, BC.685~643)이라 칭하였다. 이에 맞선 규가 소백을 치려다가 패하여 전사하고, 관중은 사로잡혔다. 환공이 관중을 죽이려 하자, 포숙은 재능이 뛰어난 그를 죽이면 안 된다고 한다. 포숙은 관중을 재상으로 추천한 뒤에, 자기는 그 아랫자리에 가 있었다. 재상이 된 관중은 기대에 어긋나지 않게 마음껏 수완을 발휘해 제 나라를 부국으로 만들고, 환공으로 하여금 천하의 패자(覇者)가 되게 했다.

관중은 성공한 뒤에 포숙의 은혜를 잊지 않고, 사람들에게 말하였다. 내가 젊고 가난했을 때 포숙과 함께 장사를 하면서 언제나 그보다 더 많은 이득을 취했다. 그러나 포숙은 나를 탐욕스럽다고 욕하지 않았다. 그는 내가 가난한 것을 알고 있었기 때문이다. 나는 포숙을 위해 일을 꾸몄다가 실패하여 더욱 곤궁하게 되었지만, 그는 나를 어리석다고 말하지 않았다. 그는 시운(時運)에 따라 이로울 때도 있고, 불리할 때도 있음을 이해했기 때문이다. 나는 일찍이 세 번 벼슬에 나아가 세 번 인군(人君)에게 쫓겨났으나, 포숙은 나를 부덕(不德, 덕이 없거나 부족함.)하다고 하지 않았다. 내가 때를 만나지 못했다는 것을 이해했기 때문이다. 나는 전쟁에 세 번 나가 세 번 도망했으나, 포숙은 나를 비겁하다고 하지 않았다. 나에게 노모가 있다는 것을 이해해 주었기 때문이다. 공자 규가 패할 때 친구 소홀(召忽)은 순사(殉死, 죽은 사람을 따라 죽음)했으나, 나는 사로잡혀 부끄러움을 당했다. 그러나 포숙은 나를 '부끄러움을 모르는 사람'이라고 욕하지 않았다. 내가 작은 의리에 벗어남을 부끄러워하지 않고, 천하에 공명을 세워 떨치지 못함을 부끄럽게 여기는 것을 이해했기 때문이다. 그래서 나를 낳아준 것은 부모요, 나를 알아준 이는 포숙이다.

위 이야기에 나오는 것과 같이 관중과 포숙은 서로 깊이 이해하고, 아껴주는 친구였다. 두 사람의 사귐은 모든 사람의 귀감이 될 만하다. 그래서 2,700여 년이 지난 지금까지 우정의 본보기로 회자(膾炙, 칭찬을 받으며 사람의 입에 자주 오르내림.)되고 있다.

우리의 옛이야기에 나오는 친구는 어떤 친구일까?

백정과 선비

옛날 어느 마을에 부자인 백정과 가난한 선비가 살았다. 어린 시절에 친하게 지냈으나, 어른이 된 뒤에는 신분의 벽 때문에 자주 왕래하지는 못하였다. 선비는 책 읽을 줄만 알았지 세상 형편은 전혀 몰랐다.

어느 날, 가난을 이기지 못한 선비가 부자인 백정을 찾아가 동업을 하자고 하였다. 백정은 펄쩍 뛰며 선비에게 십 년 동안 가족을 돌보아 줄 테니, 열심히 공부하라고 했다. 그 뒤로 백정은 선비 집에 양식을 대 주었고, 선비는 생활 걱정 없이 열심히 공부하여 과거에 급제한 후 감사가 되었다.

백정은 하는 일이 잘 안 되어 생활이 어려워졌다. 그는 가난을 면할 길이 없어 한양으로 감사를 찾아갔다. 그러나 감사는 끝내 만나 주지도 않았다. 그는 '어디 두고 보자. 내 기어코 원수를 갚겠다.'고 다짐하며 집으로 돌아왔다. 그가 집에 와 보니, 집은 불에 타서 재가 되었고, 가족들은 모두 온데 간 데 없었다. 동네 사람들 말에 따르면, 감사가 그의 가족들을 어디론가 데리고 갔다고 하였다.

그는 절치부심(切齒腐心, 몹시 분하여 이를 갈며 속을 썩임.)하며 원수 갚을 생각을 하였다. 그는 감사를 죽여 복수하려면, 무술을 익혀야 한다고 생각하였다. 그래서 금강산 도사를 찾아가 무술을 배우기 시작하였다.

십 년 동안 무술을 배운 그는 금강산에서 내려와 한양으로 갔다. 그는 복수하기 위해 한밤중에 정승이 되어 있는 선비의 집 담을 넘어 들어갔다. 그가 정승의 방에 들어가니, 정승은 책상 앞에 앉아 책을 읽고 있었다. 정승은 살기(殺氣)를 띠고 서 있는 그에게 "자네가 올 줄 알고, 기다리고 있었네. 잠시 앉아서 내 말을 듣게." 하고는 주안상을 내오게 하고, 그의 가족들을 불러오게 하였다. 그가 놀라 어쩔 줄 몰라 하자, 정승이 말했다.

"자네, 나를 무척 원망했지? 10년 전 자네가 나를 찾아왔을 때, 내가 도와주었더라면 자네는 평생을 백정으로 살았을 걸세. 그래서 일부러 푸대접했던 걸세. 자네가 훌륭한 무술을 배웠으니, 이제 훈련대장이 되어 그무술을 나라를 위해 써 보도록 하게."

그는 정승이 된 선비의 깊은 뜻을 알고, 눈물을 흘리며 무릎을 꿇었다. 그 뒤 그는 훌륭한 장군이 되었다. 그는 선비와 의형제를 맺고 사이좋게 지냈다.   〈최운식, 『한국구전설화집 7』, 민속원, 2002, 131~134쪽〉

이 이야기에서 선비와 백정은 한 동네에서 함께 놀며 자란 친구이다. 물려받은 재산이 없고, 세상물정도 모르는 선비는 가난을 이기지 못하여 백정 노릇을 하는 친구를 찾아가 동업하자고 한다. 백정은 신분상으로는 천민이지만, 가축을 잡아 팔면서 이익을 챙길 수도 있고, 가축의 사육이나 거래에 관여하여 이득을 얻을 수도 있었다. 그래서 가난한 선비처럼 끼니를 잇지 못하는 일은 겪지 않아도 되었다. 백정은 선비가 동업을 하자고 하자, 10년 동안 생활비를 대 줄 터이니, 과거 공부에만 전념하라고 한다. 그는 매사에 서툰 선비에게 일을 시키고 돈을 주는 것보다는 생활비를 대주어 과거 공부에 전념하게 하는 것이 낫다는 판단을 하였다. 그것은 당시의 신분제도나 생활에 손방인 선비의 능력을 고려한 것으로 현명한 판단이었다.

그는 일이 잘 안 풀려 어려움을 겪다가 참지 못하고, 도움을 청하기 위해 감사를 찾아간다. 그는 10년을 도와준 공이 있었기에 감사가 자기를 환대하고, 도와줄 걸로 생각하였다. 그러나 감사는 만나주지도 않았다. 그가 복수할 마음을 먹고 집으로 와 보니, 자기 집은 불에 타 없어졌고, 가족들마저 선비가 데려갔다고 하였다. 그는 배신감에 몸을 떨며 복수를 다짐하였다. 그래서 10년 동안 무술을 연마하여 뛰어난 무술 실력을 갖추게 되었다. 그는 정승이 된 선비를 죽이려고 찾아갔다가 선비의 깊은 뜻과 치밀한 계획에 감복한다. 그는 선비와 의형제를 맺고, 무장이 되어 나라를 위해 큰일을 한다.

이 이야기에서 백정은 10년 동안 선비에게 생활비를 대 주며 과거 준비에 전념하게 하였다. 선비는 백정인 친구가 10년 동안 복수심을 불태우며 무술 연마에 힘쓰게 하면서, 그의 가족을 보살폈다. 백정과 선비는 서로 그가 처한 상황에 맞는 도움을 주어 삶의 방향을 바꾸게 하였고, 대성공을 거두게 하였다. 두 사람이 주고받은 배려와 신뢰는 참된 우정의 극치를 보여주었다 하겠다.

진실한 친구

옛날에 한 젊은이가 친구들과 어울려 노는 것을 좋아하였다. 이를 본 아버지가 아들에게 친구가 몇이나 되는가를 물으니, 아들은 아주 많다고 하였다. 아버지는, "나는 친구가 하나밖에 없다. 누가 진실한 친구를 두었는가를 시험해 보자."고 하였다. 두 사람은 집에서 기르던 돼지를 잡아 털을 밀고, 베로 싼 뒤에 어깨에 짊어지기 좋게 묶었다.

그날 밤에 아들이 돼지를 지고, 제일 친한 친구의 집으로 가서 말했다. "내가 부득이한 일로 살인을 하였네. 내가 지고 온 시신을 오늘 밤만 자네네 집에 감춰 주면 살아날 방도가 있네. 오늘 밤만 부탁하네."

이 말을 들은 친구는 단번에 거절하였다. 그래서 다른 친구를 찾아가 부탁하였으나, 역시 거절당하였다. 밤늦도록 여러 친구의 집을 찾아가 사정하였으나, 모두 거절하였으므로, 더 이상 찾아갈 친구가 없었다.

이번에는 아버지가 그것을 지고, 하나밖에 없는 친구를 찾아가 사정 이야기를 하였다. 그 말을 들은 아버지의 친구가 말했다.

"친구가 죽게 되었다는데, 오늘 밤만 감춰 주면 살 길이 있다는데, 감춰 줘야지."

친구는 얼른 시신을 한적한 곳에 가져다 놓고, 거적을 덮어 놓았다.

한참 뒤에 아버지는 친구에게 사실을 이야기하고, 돼지를 가져다가 삶아서 맛있게 먹었다. 아버지는 아들에게 말하였다.

"너는 친구가 많다고 하였는데, 살인을 했다고 하니까 도와주는 사람이 하나도 없었다. 나는 친구가 하나밖에 없지만, 이 친구가 나를 살려 주려고 하는 것을 너도 보았지 않니? 어려울 때 도와주는 친구가 진실한 친구란다."

〈최운식, 『한국의 민담 2』, 시인사, 1999, 236~239쪽〉

위 이야기에서 아버지와 아들은 돼지를 잡아 시신처럼 묶어서 짊어지고 가서, 살인을 한 시신을 하룻밤만 감춰 달라고 하여 누가 진실한 친구인가를 시험한다. 아들의 친구들은 모두 이를 거절한다. 그러나 아버지 친구는 시신을 감춰 주겠다고 한다. 아버지는 아들에게 '어려운 일을 당하였을 때 도와주는 친구가 진실한 친구'라고 한다. 살인한 사람을 감싸주고, 시신을 감춰주는 것은 법적으로 문제가 될 수 있으므로, 칭찬할 일이 아니다. 준법정신 강조나 법적 정의 실현에 맞지 않기 때문이다. 그럼에도 불구하고, 이 이야기가 전해 오는 것은 위기에 처한 친구를 도와주려는 마음을 가진 친구가 진실한 친구라는 사실은 변함이 없기 때문이다.

두 친구

예전에 어떤 가난한 사람이 아버지 소상(小祥, 사람이 죽은 지 1년 만에 지내는 제사)이 며칠 안 남았는데, 제사 지낼 돈이 없었다. 그는 생각다 못해 친한 친구를 찾아가서 사정 이야기를 하고, 돈을 좀 꿔 달라고 하였다. 그 친구는 지금 가진 돈이 없으니, 소를 팔아서 쓰라고 하면서, 먹이던 소를 내주었다.

그는 그 소를 시장으로 끌고 가서 팔았다. 그가 소 판 돈을 가지고 집으로 오는 길에 재를 넘게 되었다. 그가 잿마루에 이르니, 어둠 속에서 괴한이 나타나 소 판 돈을 내놓으라고 하였다. 그는 깜짝 놀라 떨다가 말했다.

"이것은 우리 아버지 제사 지내려고 친구한테 꿔서 가져오는 돈인데, 이 돈이 없으면 제사를 지낼 수 없다. 그러니 반만 가져가고, 반은 내가 가 져가서 제사 비용으로 쓰게 해 다오."

그러나 도둑은 다 내놓으라고 하였다. 그가 다시 사정을 하여도, 도둑은 다 내놓으라고 하였다.

그때 마침, 그곳을 지나던 포졸이 무슨 일로 다투느냐고 물었다. 그는 그 사람을 도둑이라고 말하지 않고, 둘러댔다.

"이 사람은 내 친구인데, 아버지 제사 비용이 없어 돈을 꿔 달라고 하였 더니, 소를 팔아 쓰라고 주었어요. 내가 소 판 돈 반은 쓰고, 반은 갚으 려고 가지고 가다가 길에서 친구를 만났어요. 그랬더니, 이 친구는 다 쓰라고 하고, 나는 반만 쓰겠다고 하여 다투고 있습니다."

이 말을 들은 포졸은 둘 다 착한 사람이라는 생각이 들었으므로, 둘이 상의하여 처리하라고 말하고는 가버렸다. 도둑은 그가 포졸에게 자기를 도둑으로 신고하지 않고, 감싸주는 것을 보고 마음에 감동을 느꼈다. 그래서 그의 주소와 성명을 물은 뒤에 돈을 돌려주고 집으로 왔다.

그 사람은 다른 지방에 사는 부자의 손자로, 유흥비를 마련하려고 도둑 질, 강도짓을 하곤 하였다. 그런데, 그날 그의 착한 언행을 보고, 회심(回

형제투금(兄弟投金)

고려 공민왕 때 어떤 형제가 함께 길을 걸어갔다. 그때 아우의 눈에 번쩍이는 것이 있어 집어보니, 황금 두 덩어리였다. 아우는 그것을 주워 형과 한 덩이씩 나누어 가졌다.

양천강(陽川江 : 지금의 경기도 김포시 공암진 근처)에 이르러 배를 타고 강을 건너는데, 별안간 아우가 금덩어리를 강물에 던졌다. 형이 그 이유를 물으니, 아우가 말했다.

"내가 평소에는 형을 사랑하였으나, 지금 금덩어리를 나누고 보니 형을 미워하는 마음이 생겼습니다. 이 물건은 상서롭지 못한 물건이니, 차라리 강물에 던지고 잊어버리려고 그랬습니다."

이 말은 들은 형이 말했다.

"네 말이 과연 옳구나."

형 역시 금덩어리를 강물에 던졌다.

그 뒤로 이 강을 투금뢰(投金瀨)라고 부르게 되었다.

〈『국역 신증동국여지승람』 권10, 민족문화추진회, 1971〉

이 이야기는 『고려사』 열전 권34 「효우정유전(孝友鄭愈傳)」에 처음 전하는 것으로, 『고려사절요(高麗史節要)』와 『신증동국여지승람(新增東國輿地勝覽)』 권10 「양천현산천(陽川縣山川) 공암진조(孔巖津條)」에 실려 있다. 오늘 날에도 전국 각지에서 채록되었으며, 초등학교 국어교과서에도 실린 적이 있으므로, 널리 알려졌다.

이 이야기에서 금덩이 2개를 주운 아우는 하나를 형에게 준다. 이것은 형을 공경하는 아우로서 당연히 해야 할 일이었다. 그러나 내면에서는 금덩이 두 개를 다 차지하지 못한 것에 대한 아쉬움과 원망이 일어났고, 마침내는 형을 미워하는 마음까지 생겼다. 아우는 이런 마음의 싹을 자르기 위해 금덩이를 강물에 던졌다. 아우의 말을 들은 형도 같은 생각이어서 금덩이를 강물에 던졌다. 이 이야기에는 황금보다 우애를 더 중요하게 여기는 형제의 마음이 잘 나타난다.

퇴계(退溪) 이황(李滉) 선생은 「퇴계가훈(退溪家訓)」(최승범, 『선악이 모두 나의 스승이라』, 석필, 1997, 42쪽)에서 "형은 아우보다 먼저 태어났으니, 아우 되는 이는 형을 반드시 공경하라. 아우는 형보다 뒤에 태어났으니, 형 되는 이는 반드시 아우를 사랑해야 한다. 형제간엔 재물을 잊어버리고 언제나 마음을 천륜에 두어야 한다. 만약 이해를 따지면, 불화를 가져오게 될 것"이라고 하였다. 형제간에 재물이 끼어들고, 이해를 따지게 되면 불화할 수밖에 없으니, 그때에는 천륜을 생각하며 마음을 다잡으라는 퇴계 선생의 가르침은 매우 적절하다. 위 이야기에 나오는 형제는 이를 실천한 사람이라 하겠다.

의좋은 형제

옛날에 의좋은 형제가 살았는데, 형은 윗마을에 살고, 동생은 아랫마을에 살았다.

어느 해 가을, 풍년이 들어 많은 수확을 하였다. 형은 동생이 새살림을 차렸으니 소용되는 것이 많을 것이라고 생각하여, 동생에게 많은 벼를 주려고 하였다. 그러나 동생은 조상의 제사를 받들고 있는 형이 더 많이 가져야 한다고 하여, 좀처럼 해결이 되지 않았다.

하루는 밤에 형이 지게로 벼 가마를 져다가 동생의 집에 놓았다. 그날 밤 동생도 벼 가마를 몰래 형의 집에 져다 놓았다. 이튿날 아침, 형이 벼 가마를 세어 보니, 벼 가마가 그대로였다. 형은 '지난밤에 분명히 벼 가마를 동생의 집에 져다 놓았는데, 그대로이니 참 이상하다.'고 생각하였다. 동생 역시 벼 가마를 세어 보니, 그 수가 줄지 않았으므로 이상하게 생각렸다. 그리고 시부모가 뭐라고 해도 대꾸하지 않고, 집안일을 열심히 하였다. 이렇게 몇 달을 지내고 나니, 시어머니가 이웃사람들에게 "우리 며느리가 친정에 갔다 오더니 변했다. 말대꾸도 하지 않고, 집안일도 아주 잘한다."며 칭찬을 하였다. 그리고 며느리가 미워서 거들떠보지 않던 손주들을 잘 돌보고, 집안일도 도왔다.

그녀가 여섯 달쯤 지난 뒤에 친정에 가니, 아버지가 시어머니의 근황을 묻고, "약을 더 마련해 줄까?" 하고 물었다. 그런데 딸의 대답은 엉뚱하였다. "이제 약은 필요 없어요. 저는 시어머니 없으면 아이 키우면서 살림 못해요. 남은 약도 다 버렸어요."

크게 깨달은 그녀는 시부모를 모시고 잘 살았다.

〈최운식, 『한국구전설화집 5』, 민속원, 2002, 267~270쪽〉

시부모는 경제적, 사회적, 문화적 배경이 다른 가정에서 자란 며느리를 맞아 사랑과 이해로 감싸 주어야 원만한 관계를 맺게 된다. 그런데 옛이야기에 등장하는 가정의 시부모는 며느리의 기를 꺾어 복속(服屬, 복종하여 따름.) 시키려는 마음이 앞선다. 그리고 아들의 마음을 빼앗긴 것에 대한 상실감과 질투심이 작용하여 며느리를 따뜻하게 대하지 않는다. 그러면 며느리의 눈에는 시어머니가 편협하고 고집스러우며, 인정머리 없는 사람으로 비치게 된다. 그에 따라 며느리는 시어머니와 마음의 거리를 좁히지 못한 채 원망하고, 반항하게 된다. 그래서 고부간의 갈등은 점점 심화된다.

위 이야기에서 며느리는 친정아버지의 말대로 하면, 시어머니가 빨리 죽을 것이라고 생각한다. 그래서 친정아버지의 말대로 꾹 참고 시어머니의 말에 순종하면서 집안일을 더 열심히 하였다. 그러는 동안에 정이 생겨 서로 이해하고, 감싸게 되었다. 고부간의 갈등을 해소하고 원만한 관계를 갖게 한 친정아버지의 지혜가 놀랍다.

시부모와 며느리 사이의 갈등과 불효나 친부모에 대한 불효는 서로 이해하고 사랑하는 마음이 있으면, 문제가 해결된다. 옛이야기는 가족 간의 이해와 사랑을 일깨우는 지혜를 말해 준다. 앞의 제3절(배우자) 다항(원만한 부부)에서 논의한 바 있는「시아버지를 팔려다가」,「남편 불효를 고쳐준 아내」이야기가 좋은 예이다. 앞에서 살펴본「며느리 마음 고치게 한 시부」의 시아버지는 넓은 마음으로 며느리를 감싸서 며느리 의 불효하는 마음을 고치게 하였다.

3. 우애

부모와 자식 사이의 관계 다음으로 중요한 것은 형제자매 사이의 원만한 관계이다. 옛 사람들은 형제간의 우애를 효 다음으로 꼽으면 서, 모든 면에서 최선을 다할 것을 강조하였다.

형제는 수족과 같다는 말이 있다. 형제간은 한 몸의 손과 발 같아서 한 번 잃으면 다시 얻을 수 없으니, 우애하며 살라는 말이다. 장자(莊 子)는 "형제는 수족과 같고, 부부는 의복과 같다. 의복은 찢어지면 새 것으로 바꿔 입을 수 있으나, 수족은 끊어지면 다시 이을 수 없다(兄弟 爲手足 夫婦如衣服 衣服破時更得新 手足斷處難再繼.『明心寶鑑』安義篇 참조)." 고 하였다.

형제의 우애와 관련된 옛이야기는 많이 있다. 먼저 오래 전부터 전 해 오는「형제투금(兄弟投金)」이야기를 살펴보겠다.

서 우리 애는 안 끼워 줍디다."

"다 까닭이 있겠지. 안에서 그렇게 말하는 게 아니야. 애들이 자라면서
보는데."

이렇게 하기를 세 집에서 번갈아 해 놓으니, 사흘만 못 봐도 서로 찾던
형제들이 뜨악해졌다. 아이들도 잘 안 다니게 되고, 만나야 별로 할 말이
없어 덤덤히 앉아 있다가 헤어지곤 하였다. 동서끼리는 수시로 모여 앉아
전략 결과를 서로 이야기하면서 웃곤 하였다. 그러는 동안에 기한으로 정
한 석 달이 지났다.

어느 날, 둘째와 셋째 동서가 각각 남편에게 아이들을 데리고 큰댁에 가
자고 하였다. 이 말을 들은 둘째와 셋째가 같은 말을 하였다.

"큰댁 앞을 지나다 보니 무슨 날인지, 기름 냄새를 풍기면서 음식을 장
만하는 것 같더군. 아이들 데리고 얻어 먹으러 가는 것 같이 구질구질하
게 뭐 하러 가?"

이렇게 남자 쪽에서 꺼리는 것을 여자들이 억지로 끌다시피 하여, 세 집
이 모두 모였다.

삼형제의 가족이 모두 모여 음식상에 둘러앉았다. 세 동서는 그동안의
일을 모두 털어놓았다. 화목을 되찾은 삼형제의 가정은 더욱 친밀해 졌고,
하는 일마다 잘 되어 더욱 번창하였다.

<이훈종, 『한국의 전래소화』, 동아일보사, 1969, 24~25쪽>

위 이야기에서 형제 우애는 안식구들이 잘 해야 함을 실증적으로
보여준다. 혼인하여 따로 사는 형제자매간의 우애는 본인들이 잘 해
야 함은 말할 것도 없다. 그러나 본인들이 아무리 잘 하려고 하여도,
배우자들이 따르지 않으면 화목할 수 없다. 안팎에서 뜻을 같이해야
형제자매간에 우애하면서 원만한 관계를 유지할 수 있는 것이다.

우애 깊은 형수

그전에 형제가 살았는데, 형은 부자로 잘 살았으나, 동생은 가난하여 끼니를 제대로 잇지 못하였다. 형은 동생의 어려움을 모르는 척하고 도와주지 않았으므로, 동네 사람들이 형의 처신을 비웃곤 하였다.

어느 날, 형의 아내가 베를 짜면서 보니, 손아래 동서가 둥구미(짚으로 엮어 만든 둥글고 울이 높은 그릇)에 벼를 담아 가지고 왔다. 마당에 멍석을 깔고 널면서, 닭이 곡식을 먹지 못하게 지키고 있는 시어머니께 말했다.

"어머니, 저희 것까지 닭을 봐 주세요. 저는 일하러 갑니다."

시어머니는 벼가 잘 마르도록 가끔씩 벼를 모았다가 펼쳐 널곤 하였다. 그때마다 큰아들네 멍석의 벼를 작은아들네 멍석으로 조금씩 옮겨놓곤 하였다.

저녁 때, 작은동서가 와서 자기네 벼를 둥구미에 담아보니, 자기가 가져온 양보다 많았다. 그러자 벼를 덜어서 큰집 멍석에 놓고는 자기가 가져온 만큼만 가져갔다. 이를 본 그녀는 작은동서의 착하고 정직한 마음에 감동하여, 작은동서를 도와주기로 마음먹었다.

그녀는 작은 동서를 불러 찹쌀과 누룩을 주면서, 이걸로 술을 담그고, 술이 다 익으면 말하라고 하였다. 며칠 뒤에 술이 익었다고 하자, 그녀는 동서에게 돈을 주면서 고기와 안주를 장만하라고 하였다. 동생 내외는 그녀의 말대로 형을 모셔다가 술을 대접하였다. 형이 크게 취하자, 동생은 형을 업고 형의 집으로 갔다. 형수는 잠긴 궤를 열고서 대대로 장자에게 주는 논문서를 꺼내어 시동생에게 주면서, 가지고 가라고 하였다.

이튿날 아침에 형이 눈을 떠 보니, 늘 잠가두는 궤의 문이 열려 있고, 땅 문서가 이리저리 흩어져 있었다. 그가 아내에게 어찌된 일이냐고 물으니, 그녀가 원망조로 말했다.

"어제 밤에 당신이 술에 취해 동생에게, 대대로 장자에게 주는 땅 문서를 주었소. 다른 논을 주는 것은 몰라도, 그 논을 주는 것은 안 돼요.

하였나. 두 사람은 이상하게 여기면서 밤마다 형은 동생의 집에, 동생은 형의 집에 벼 가마를 져다 놓곤 하였다.

어느 어두운 밤, 전과 같이 각각 벼 가마를 지고 가던 형과 동생은 마을 앞 다리에서 서로 부딪혀 넘어지게 되었다. 그제야 두 사람은 벼 가마가 줄지 않은 까닭을 알았다. ⟨최운식, 『함께 떠나는 이야기 여행』, 민속원, 2004, 224쪽⟩

이 이야기에는 아우를 사랑하며 배려하는 형의 마음과 형을 공경하며 사랑하는 동생의 마음이 잘 나타나 있다. 이 이야기는 형제 우애의 극치를 보여주는 이야기라 하겠다. 오랫동안 초등학교 국어교과서에 실려 있었으므로, 모르는 사람이 없을 정도이다.

충청남도 예산군 대흥면사무소 앞에는 수백 년 묵은 느티나무가 서 있고, 그 옆에 '이성만 형제 효제비'가 비각 안에 서 있다. 충청남도 유형문화재 제102호인 이 비는 고려 말에 효자로 이름난 이성만(李成萬)·이순(李淳) 형제의 행적을 기리기 위하여 세운 것이다. 비문의 내용은 다음과 같다.

조선 태종 18년(1418년) 11월 5일 지신사(知申事) 하연(河演)이 주청하였다. "충청도 대흥현 호장 이성만과 이순은 부모가 살아 있을 때에는 맛있는 음식으로 봉양하고, 봄과 가을에는 술과 떡을 하여 부모님이 사랑하는 친척들과 나누어 먹어 부모님의 마음을 기쁘게 해 드렸습니다. 부모가 돌아가시자 형은 어머니의 묘소를 지키고, 동생은 아버지의 묘소를 지켰습니다. 이들은 아침에는 형이 동생의 집에 가고, 저녁에는 동생이 형의 집에 가서 조석으로 함께 식사하였는데, 국 한 그릇이 있어도 함께 하지 않으면 먹지 않았다고 합니다. 이들은 효성과 우애가 지극하니, 상을 내리는 것이 좋겠습니다." 이를 본 왕은 크게 기뻐하며 "이들을 표창하여 자자손

손에게 영원히 모범이 되도록 하라."고 하였다. 이에 따라 1497년(연산군 3년) 2월에 이 비를 세운다.

이성만·이순 형제의 효행과 우애에 관하여는 『신증동국여지승람』 권20 대흥현조에도 실려 있다. 이것은 이들 형제가 실존 인물로, 효행과 우애가 뛰어났음을 알 수 있게 해 준다. 이 비의 안내표지판 아래쪽에는 "이 비는 초등학교 교과서에 실려 있는 「의좋은 형제」를 고증하는 비로, 한때 '우애비'라고도 하였음."이라고 쓰여 있다. 이 비는 우리들에게 효성과 우애의 마음을 가지도록 일깨워 주고 있다.

며느리 삼동서

어떤 동네에 삼형제가 사는데, 형제간 우애가 극진하다고 온 동네에 칭송이 자자하였다. 고을에서 우애의 모범이라고 표창을 받기까지 하였다.

삼형제의 가족이 모두 모여 제사를 지낸 다음날, 남자들은 일하러 나가고, 삼동서가 모여 앉아 공론을 하였다.

"남자 형제들끼리 우애가 좋다고 그렇게들 떠들며, 우리 삼동서의 정리 (情理)가 갸륵하다는 말은 한 마디도 없어요. 우리 석 달 기한을 하고, 장난을 좀 해 봅시다."

그래서 전략을 세우고, 헤어졌다.

며칠 뒤 둘째 집에서 닭을 잡았다. 저녁상에 닭고기 국이 올라온 것을 보고, 둘째가 말했다.

"이거 형님 댁에도 좀 보내드렸소? 아우도 좀 오래서 같이 먹었으면 좋겠구먼."

이 말을 들은 둘째의 부인이 말했다.

"나도 그럴 줄은 안다오. 그저께 제사 지내고도 큰댁에서 떡 부스러기 하나도 안 싸 주신 것 아시오? 작은 서방님도 일전에 통닭 잔치를 하면

편역, 『사기 1』, 집문당, 1994, 31~35쪽). 두 사람은 제(齊)나라 사람으로, 죽마고우(竹馬故友, 대말을 타고 놀던 벗이라는 뜻으로, 어릴 때부터 같이 놀며 자란 벗)이다. 두 친구는 정치적으로 다른 길을 걸었다. 포숙은 제나라 공자(公子) 소백(小白)을, 관중은 공자 규(糾)를 모셨다. 그런데 소백이 제위(帝位)에 올라 환공(桓公, BC.685~643)이라 칭하였다. 이에 맞선 규가 소백을 치려다가 패하여 전사하고, 관중은 사로잡혔다. 환공이 관중을 죽이려 하자, 포숙은 재능이 뛰어난 그를 죽이면 안 된다고 한다. 포숙은 관중을 재상으로 추천한 뒤에, 자기는 그 아랫자리에 가 있었다. 재상이 된 관중은 기대에 어긋나지 않게 마음껏 수완을 발휘해 제 나라를 부국으로 만들고, 환공으로 하여금 천하의 패자(覇者)가 되게 했다.

관중은 성공한 뒤에 포숙의 은혜를 잊지 않고, 사람들에게 말하였다. 내가 젊고 가난했을 때 포숙과 함께 장사를 하면서 언제나 그보다 더 많은 이득을 취했다. 그러나 포숙은 나를 탐욕스럽다고 욕하지 않았다. 그는 내가 가난한 것을 알고 있었기 때문이다. 나는 포숙을 위해 일을 꾸몄다가 실패하여 더욱 곤궁하게 되었지만, 그는 나를 어리석다고 말하지 않았다. 그는 시운(時運)에 따라 이로울 때도 있고, 불리할 때도 있음을 이해했기 때문이다. 나는 일찍이 세 번 벼슬에 나아가 세 번 인군(人君)에게 쫓겨났으나, 포숙은 나를 부덕(不德, 덕이 없거나 부족함.)하다고 하지 않았다. 내가 때를 만나지 못했다는 것을 이해했기 때문이다. 나는 전쟁에 세 번 나가 세 번 도망했으나, 포숙은 나를 비겁하다고 하지 않았다. 나에게 노모가 있다는 것을 이해해 주었기 때문이다. 공자 규가 패할 때 친구 소홀(召忽)은 순사(殉死, 죽은 사람을 따라 죽음)했으나, 나는 사로잡혀 부끄러움을 당했다. 그러나 포숙은 나를 '부끄러움을 모르는 사람'이라고 욕하지 않았다. 내가 작은 의리에 벗어남을 부끄러워하지 않고, 천하에 공명을 세워 떨치지 못함을 부끄럽게 여기는 것을 이해했기 때문이다. 그래서 나를 낳아준 것은 부모요, 나를 알아준 이는 포숙이다.

위 이야기에 나오는 것과 같이 관중과 포숙은 서로 깊이 이해하고, 아껴주는 친구였다. 두 사람의 사귐은 모든 사람의 귀감이 될 만하다. 그래서 2,700여 년이 지난 지금까지 우정의 본보기로 회자(膾炙, 칭찬을 받으며 사람의 입에 자주 오르내림.)되고 있다.

우리의 옛이야기에 나오는 친구는 어떤 친구일까?

백정과 선비

옛날 어느 마을에 부자인 백정과 가난한 선비가 살았다. 어린 시절에 친하게 지냈으나, 어른이 된 뒤에는 신분의 벽 때문에 자주 왕래하지는 못하였다. 선비는 책 읽을 줄만 알았지 세상 형편은 전혀 몰랐다.

어느 날, 가난을 이기지 못한 선비가 부자인 백정을 찾아가 동업을 하자고 하였다. 백정은 펄쩍 뛰며 선비에게 십 년 동안 가족을 돌보아 줄 테니, 열심히 공부하라고 했다. 그 뒤로 백정은 선비 집에 양식을 대 주었고, 선비는 생활 걱정 없이 열심히 공부하여 과거에 급제한 후 감사가 되었다.

백정은 하는 일이 잘 안 되어 생활이 어려워졌다. 그는 가난을 면할 길이 없어 한양으로 감사를 찾아갔다. 그러나 감사는 끝내 만나 주지도 않았다. 그는 '어디 두고 보자. 내 기어코 원수를 갚겠다.'고 다짐하며 집으로 돌아왔다. 그가 집에 와 보니, 집은 불에 타서 재가 되었고, 가족들은 모두 온데 간 데 없었다. 동네 사람들 말에 따르면, 감사가 그의 가족들을 어디론가 데리고 갔다고 하였다.

그는 절치부심(切齒腐心, 몹시 분하여 이를 갈며 속을 썩임.)하며 원수 갚을 생각을 하였다. 그는 감사를 죽여 복수하려면, 무술을 익혀야 한다고 생각하였다. 그래서 금강산 도사를 찾아가 무술을 배우기 시작하였다.

다른 논을 많이 주고서 그 논의 문서는 찾아오시오."

그는 술에 취했던 지난밤의 일이 생각나지 않았다. 그러나 아내의 말을 따르지 않을 수 없었다. 그는 동생을 불러 그 논문서를 도로 가져오게 하고, 다른 논을 많이 주어 동생도 잘 살게 해 주었다.

〈최운식, 『한국의 민담 1』, 시인사, 1990, 214~219쪽〉

위 이야기에서 형수는 방 안에서 베를 짜면서, 마당에서 시어머니와 손아래동서가 하는 행동을 찬찬히 보았다. 그녀는 시어머니가 큰아들네 멍석의 벼를 작은아들네 멍석으로 조금씩 옮겨놓는 것을 보았다. 그녀는 그것을 가난한 작은아들을 생각하는 어머니의 정으로 이해하였다. 그래서 작은동서가 그대로 가지고 갈 것이라 생각하였다. 그러나 저녁때 온 작은동서는 멍석에 펴놓았던 벼를 둥구미에 담아보고, 시어머니가 큰집의 벼를 옮겨놓은 것임을 직감한다. 그래서 자기가 가져온 것보다 많은 양은 덜어서 큰집 멍석에 쏟아놓고, 자기가 가져온 만큼만 가져간다. 이를 본 그녀는 큰 감동을 받았다. 그리고 '저렇게 정직하고 바르게 사는 동서를 돕지 않으면, 내가 벌을 받을 것'이라고 생각한다. 그녀는 시동생 내외로 하여금 자기의 남편에게 술을 대접하게 하고, 남편이 술에 취하여 인사불성(人事不省, 제 몸에 벌어지는 일을 모를 만큼 정신을 잃은 상태)이 되자, 시동생에게 장자에게 물려주는 가장 좋은 논의 문서를 넘겨준다. 그녀는 술에서 깨어난 남편에게 그 문서를 찾는 조건으로 많은 논을 떼어주게 한다.

동생에게 재산을 나눠줄 생각을 하지 않는 남편을 움직여 재산을 나눠주게 한 형수는 참으로 지혜로운 여인이다. 그녀가 재산 나눠주기에 발 벗고 나선 것은 시동생 내외의 건실한 생활태도, 품팔이를 하여 살면서도 자기 것이 아니면 가져가지 않는 동서의 정직하고 올곧은 마음을 보았기 때문이다. 근면, 성실, 정직이 복을 부르는 계기가 된 것이다.

4. 우정

천륜으로 맺어진 부모형제 다음으로 깊은 정을 나누면서 살아가는 사람은 친구이다. 친구는 그 사람의 인격 형성에 큰 영향을 끼치고, 도모하는 일의 성패에도 작용하게 된다. 그래서 좋은 친구를 사귀는 일은 매우 중요하다.

일찍이 공자는 『논어(論語)』(「季氏 제16」)에서 "보탬이 되는 친구가 셋이 있고, 손해가 되는 친구가 셋이 있다. 곧은 벗[友直], 미더운 벗[友諒], 견문이 넓은 벗[友多聞]을 사귀면 보탬이 된다. 치우친 벗[友便辟], 남에게 아첨할 뿐 성실하지 못한 벗[友善柔], 말만 앞세우고 실속이 없는 벗[友便佞]을 사귀면 손해가 된다."고 하였다. 곧은 사람을 사귀면 허물을 들을 수 있고, 미더운 사람을 사귀면 성실한 곳으로 나아갈 수 있으며, 견문이 넓어 지식이 많은 사람을 사귀면 나도 밝은 지혜로 나아갈 수 있으므로 보탬이 된다. 그러나 한쪽으로 치우친 생각이나 습관을 가진 사람, 아첨하기를 좋아하는 사람, 말만 앞세우는 사람을 친구로 두면 망신을 당하거나, 큰 손해를 입을 수 있다. 그러므로 친구는 골라서 사귀어야 한다.

우정이 아주 돈독한 친구 관계를 말할 때 흔히 관포지교(管鮑之交)를 예로 든다. 중국 사마천(司馬遷)이 쓴 『사기(史記)』「관안열전(管晏列傳)」에 관중(管仲)과 포숙(鮑叔)의 사귐에 관한 이야기가 실려 있다(김병총이 말을 들은 친구는 단번에 거절하였다. 그래서 다른 친구를 찾아가 부탁하였으나, 역시 거절당하였다. 밤늦도록 여러 친구의 집을 찾아가 사정하였으나, 모두 거절하였으므로, 더 이상 찾아갈 친구가 없었다.

이번에는 아버지가 그것을 지고, 하나밖에 없는 친구를 찾아가 사정 이야기를 하였다. 그 말을 들은 아버지의 친구가 말했다.

"친구가 죽게 되었다는데, 오늘 밤만 감춰 주면 살 길이 있다는데, 감춰줘야지."

친구는 얼른 시신을 한적한 곳에 가져다 놓고, 거적을 덮어 놓았다.

한참 뒤에 아버지는 친구에게 사실을 이야기하고, 돼지를 가져다가 삶아서 맛있게 먹었다. 아버지는 아들에게 말하였다.

"너는 친구가 많다고 하였는데, 살인을 했다고 하니까 도와주는 사람이 하나도 없었다. 나는 친구가 하나밖에 없지만, 이 친구가 나를 살려 주려고 하는 것을 너도 보았지 않니? 어려울 때 도와주는 친구가 진실한 친구란다." 〈최운식, 『한국의 민담 2』, 시인사, 1999, 236~239쪽〉

위 이야기에서 아버지와 아들은 돼지를 잡아 시신처럼 묶어서 짊어지고 가서, 살인을 한 시신을 하룻밤만 감춰 달라고 하여 누가 진실한 친구인가를 시험한다. 아들의 친구들은 모두 이를 거절한다. 그러나 아버지 친구는 시신을 감춰 주겠다고 한다. 아버지는 아들에게 '어려운 일을 당하였을 때 도와주는 친구가 진실한 친구'라고 한다. 살인한 사람을 감싸주고, 시신을 감춰주는 것은 법적으로 문제가 될 수 있으므로, 칭찬할 일이 아니다. 준법정신 강조나 법적 정의 실현에 맞지 않기 때문이다. 그럼에도 불구하고, 이 이야기가 전해 오는 것은 위기에 처한 친구를 도와주려는 마음을 가진 친구가 진실한 친구라는 사실은 변함이 없기 때문이다.

두 친구

예전에 어떤 가난한 사람이 아버지 소상(小祥, 사람이 죽은 지 1년 만에 지내는 제사)이 며칠 안 남았는데, 제사 지낼 돈이 없었다. 그는 생각다 못해 친한 친구를 찾아가서 사정 이야기를 하고, 돈을 좀 꿔 달라고 하였다. 그 친구는 지금 가진 돈이 없으니, 소를 팔아서 쓰라고 하면서, 먹이던 소를 내주었다.

그는 그 소를 시장으로 끌고 가서 팔았다. 그가 소 판 돈을 가지고 집으로 오는 길에 재를 넘게 되었다. 그가 잿마루에 이르니, 어둠 속에서 괴한이 나타나 소 판 돈을 내놓으라고 하였다. 그는 깜짝 놀라 떨다가 말했다.

"이것은 우리 아버지 제사 지내려고 친구한테 꿔서 가져오는 돈인데, 이 돈이 없으면 제사를 지낼 수 없다. 그러니 반만 가져가고, 반은 내가 가져가서 제사 비용으로 쓰게 해 다오."

그러나 도둑은 다 내놓으라고 하였다. 그가 다시 사정을 하여도, 도둑은 다 내놓으라고 하였다.

그때 마침, 그곳을 지나던 포졸이 무슨 일로 다투느냐고 물었다. 그는 그 사람을 도둑이라고 말하지 않고, 둘러댔다.

"이 사람은 내 친구인데, 아버지 제사 비용이 없어 돈을 꿔 달라고 하였더니, 소를 팔아 쓰라고 주었어요. 내가 소 판 돈 반은 쓰고, 반은 갚으려고 가지고 가다가 길에서 친구를 만났어요. 그랬더니, 이 친구는 다 쓰라고 하고, 나는 반만 쓰겠다고 하여 다투고 있습니다."

이 말을 들은 포졸은 둘 다 착한 사람이라는 생각이 들었으므로, 둘이 상의하여 처리하라고 말하고는 가버렸다. 도둑은 그가 포졸에게 자기를 도둑으로 신고하지 않고, 감싸주는 것을 보고 마음에 감동을 느꼈다. 그래서 그의 주소와 성명을 물은 뒤에 돈을 돌려주고 집으로 왔다.

그 사람은 다른 지방에 사는 부자의 손자로, 유흥비를 마련하려고 도둑질, 강도짓을 하곤 하였다. 그런데, 그날 그의 착한 언행을 보고, 회심(回

십 년 동안 무술을 배운 그는 금강산에서 내려와 한양으로 갔다. 그는 복수하기 위해 한밤중에 정승이 되어 있는 선비의 집 담을 넘어 들어갔다. 그가 정승의 방에 들어가니, 정승은 책상 앞에 앉아 책을 읽고 있었다. 정승은 살기(殺氣)를 띠고 서 있는 그에게 "자네가 올 줄 알고, 기다리고 있었네. 잠시 앉아서 내 말을 듣게." 하고는 주안상을 내오게 하고, 그의 가족들을 불러오게 하였다. 그가 놀라 어쩔 줄 몰라 하자, 정승이 말했다.

"자네, 나를 무척 원망했지? 10년 전 자네가 나를 찾아왔을 때, 내가 도와주었더라면 자네는 평생을 백정으로 살았을 걸세. 그래서 일부러 푸대접했던 걸세. 자네가 훌륭한 무술을 배웠으니, 이제 훈련대장이 되어 그 무술을 나라를 위해 써 보도록 하게."

그는 정승이 된 선비의 깊은 뜻을 알고, 눈물을 흘리며 무릎을 꿇었다. 그 뒤 그는 훌륭한 장군이 되었다. 그는 선비와 의형제를 맺고 사이좋게 지냈다.
〈최운식, 『한국구전설화집 7』, 민속원, 2002, 131∼134쪽〉

이 이야기에서 선비와 백정은 한 동네에서 함께 놀며 자란 친구이다. 물려받은 재산이 없고, 세상물정도 모르는 선비는 가난을 이기지 못하여 백정 노릇을 하는 친구를 찾아가 동업하자고 한다. 백정은 신분상으로는 천민이지만, 가축을 잡아 팔면서 이익을 챙길 수도 있고, 가축의 사육이나 거래에 관여하여 이득을 얻을 수도 있었다. 그래서 가난한 선비처럼 끼니를 잇지 못하는 일은 겪지 않아도 되었다. 백정은 선비가 동업을 하자고 하자, 10년 동안 생활비를 대 줄 터이니, 과거 공부에만 전념하라고 한다. 그는 매사에 서툰 선비에게 일을 시키고 돈을 주는 것보다는 생활비를 대주어 과거 공부에 전념하게 하는 것이 낫다는 판단을 하였다. 그것은 당시의 신분제도나 생활에 손방인 선비의 능력을 고려한 것으로 현명한 판단이었다.

그는 일이 잘 안 풀려 어려움을 겪다가 참지 못하고, 도움을 청하기 위해 감사를 찾아간다. 그는 10년을 도와준 공이 있었기에 감사가 자기를 환대하고, 도와줄 걸로 생각하였다. 그러나 감사는 만나주지도 않았다. 그가 복수할 마음을 먹고 집으로 와 보니, 자기 집은 불에 타 없어졌고, 가족들마저 선비가 데려갔다고 하였다. 그는 배신감에 몸을 떨며 복수를 다짐하였다. 그래서 10년 동안 무술을 연마하여 뛰어난 무술 실력을 갖추게 되었다. 그는 정승이 된 선비를 죽이려고 찾아갔다가 선비의 깊은 뜻과 치밀한 계획에 감복한다. 그는 선비와 의형제를 맺고, 무장이 되어 나라를 위해 큰일을 한다.

이 이야기에서 백정은 10년 동안 선비에게 생활비를 대 주며 과거 준비에 전념하게 하였다. 선비는 백정인 친구가 10년 동안 복수심을 불태우며 무술 연마에 힘쓰게 하면서, 그의 가족을 보살폈다. 백정과 선비는 서로 그가 처한 상황에 맞는 도움을 주어 삶의 방향을 바꾸게 하였고, 대성공을 거두게 하였다. 두 사람이 주고받은 배려와 신뢰는 참된 우정의 극치를 보여주었다 하겠다.

진실한 친구

옛날에 한 젊은이가 친구들과 어울려 노는 것을 좋아하였다. 이를 본 아버지가 아들에게 친구가 몇이나 되는가를 물으니, 아들은 아주 많다고 하였다. 아버지는, "나는 친구가 하나밖에 없다. 누가 진실한 친구를 두었는가를 시험해 보자."고 하였다. 두 사람은 집에서 기르던 돼지를 잡아 털을 밀고, 베로 싼 뒤에 어깨에 짊어지기 좋게 묶었다.

그날 밤에 아들이 돼지를 지고, 제일 친한 친구의 집으로 가서 말했다. "내가 부득이한 일로 살인을 하였네. 내가 지고 온 시신을 오늘 밤만 자네네 집에 감춰 주면 살아날 방도가 있네. 오늘 밤만 부탁하네."

그때 이곳을 지나던 황 씨 양반이 관찰사에게 그 연유를 물었다. 관찰사의 말을 들은 그 사람은 돈 1,000냥을 주면 중을 풀어주겠느냐고 물었다. 관찰사가 좋다고 하자, 그는 관찰사에게 1,000냥 어음을 써 주고, 대사를 풀어주게 하였다. 그는 대사를 데리고 집으로 가서 며칠 쉬게 하였다. 대사는 그에게 고맙다고 인사하며, 묏자리를 잡아주겠다고 하였다.

대사가 그와 함께 답산하다가 관찰사에게 잡아주려던 묏자리를 보니, 전과는 달리 명당의 혈이 완연히 보였다. 그는 그 자리에 아버지를 모셨다. 그 후 아들을 낳았는데, 그 아이가 자라 훌륭한 정승이 되었다. 그가 황희 정승이다. 〈황인덕, 『진안지방의 구전설화집』, 진안문화원, 2003, 213~214쪽〉

이 이야기는 전북 진안 지방에서 채록한 이야기로, 장수 황 씨인 황희 정승의 출생과 관련되어 전해 온다. 풍수지리에 밝은 스님이 관찰사가 된 양반의 부탁을 받고, 명당을 찾았으나 찾지 못하였다. 그곳의 지세로 보아 명당임이 분명한데, 혈이 제대로 보이지 않았기 때문이다. 스님은 처음에는 그 이유를 알지 못하다가 나중에야 알았다. 스님을 묶어 말에 매달고 간 관찰사의 행동으로 보아 관찰사나 그의 선대(先代)는 선행과 거리가 먼 사람들이다. 이에 비해 말에 매달려 끌려가는 스님을 보고, 돈 1,000냥을 선뜻 내놓아 스님을 살리고, 집으로 데리고 가서 요양을 하게 한 황 씨 양반은 진정으로 이웃을 사랑하고, 선행을 한 사람이다. 그런 사람에게는 명당을 주어 복을 받게 하였다. 대사가 전에 갔던 그 자리에 다시 갔을 때 명당의 혈이 제대로 보인 것은 황 씨 양반이 적선을 한 사람이었기 때문이다.

명풍수와 산신령

옛날에 전라도의 한 부자가 충청도 제천에 사는 이름난 지관 이삼득을 찾아왔다. 부자는 그와 사귀기 위해 한 달 동안 그 집에 묵었다. 떠날 때에는 많은 패물을 주면서, 자기가 죽거든 좋은 묏자리를 잡아 달라고 부탁하였다.

몇 년 뒤에 그 부자의 아들이 아버지의 유언을 따라 그를 찾아와, 돌아가신 아버지의 묏자리를 잡아 달라고 하였다. 그는 전에 많은 패물을 받은지라 승낙하고, 아들을 먼저 보낸 뒤에 전라도로 향했다. 그가 전라도로 가다가 산속에서 날이 저물어 한 주막집을 찾아갔다. 그 집에는 방이 하나밖에 없어, 먼저 와 있던 스님과 함께 자게 되었다.

밤이 되어 자려고 하는데, 장삼을 벗던 스님이 장삼 자락으로 그의 오른쪽 눈을 쳤다. 그는 무척 아팠지만, 참고 잤다. 이튿날 그는 부자의 집으로 가서 상주들과 산을 둘러보고, 좋은 자리를 잡아 장례를 치르게 하였다.

집으로 돌아오는 길에 또다시 그 집에서 자게 되었는데, 그 스님이 먼저 와 있었다. 자려고 옷을 벗을 때, 스님은 장삼 자락으로 그의 먼저 때렸던 눈을 또 때렸다. 그는 화가 나서 스님에게 따지니, 스님이 조용히 말했다. "나는 이곳의 산신령이다. 네가 묏자리를 잡아준 그 사람은 돈을 벌 때 나쁜 짓을 많이 한 사람이야. 그런 사람에게 좋은 묏자리를 잡아주어서 복을 받게 하면 되겠느냐? 그래서 내가 어제는 네 눈을 어둡게 하느라고 때린 것이고, 오늘은 네 눈을 다시 밝게 해주려고 때린 것이니, 그리 알아라."

이렇게 말한 스님은 문을 열고 밖으로 나가더니, 큰 호랑이로 변하여 산으로 갔다. 〈최운식, 『한국의 민담 1』, 시인사, 1999, 176~180쪽〉

죄가 많으면 명당도 소용없다

옛날에 이름난 지관이 길을 가다가 가난하여 고생하는 사람을 만났다. 그가 그 사람 선대의 묏자리를 가보니, 아주 흉한 자리였다. 그는 그 사람을 도와주려는 생각에서 당대 발복하는 자리를 잡아주면서, "3년 안에 부자가 될 거요." 하고 말했다.

3년 뒤에 그는 그 사람이 어떻게 사는가를 보려고 찾아왔다. 그런데 그 사람의 집은 폭삭 망하여 아들 3형제도 뿔뿔이 흩어졌다고 하였다.

그는 자기가 명당이라고 잡아준 묘를 둘러보면서, "내가 묏자리를 잘못 잡아 주어서 그 집안이 망했구나!" 하고 자책하였다. 그는 자기의 눈을 빼 어 묘 앞에 놓고 죽으려고 하였다.

그때 산신령이 나타나 그에게 말했다.

"너는 자책할 필요 없다. 네가 본 자리는 좋은 자리임이 틀림없다. 그런데 그곳에 들어간 사람은 나쁜 짓을 많이 한 사람이야. 명당이 나쁜 사람의 차지가 되면 좋겠느냐? 명당자리도 나쁜 사람이 들어가면, 아주 못된 자리 가 된단다. 그 사람이 죄가 많아서 그런 것이지, 네 잘못이 아니니 죽을 필요 없다."
<최운식, 『한국구전설화집 5』, 민속원, 2002, 567~568쪽>

위의 두 이야기에는 명당에 관한 의식이 잘 나타나 있다. 명당은 당대 또는 후손이 발복하는 자리인데, 선행을 하지 않은 사람은 차지할 수 없다. 적악(積惡)한 사람이 명당을 차지하게 하지 못하게 하는 방법에는 두 가지가 있다. 하나는 지관의 눈을 어둡게 하여 명당을 찾지 못하게 하는 방법이다. 다른 하나는 지관이 의뢰자의 악행을 모르고 명당을 잡아주었을 때에는 명당이 스스로 명당의 구실을 하지 않는다. 명당 구실을 하지 않을 뿐만 아니라 흉한 자리가 되어 벌을 내린다고 한다. 자기나 자손의 발복을 위하여 명당을 찾는 것도 중요하지만, 그보다 더 중요한 것은 이웃을 사랑하고, 선행을 하는 것이다.

6. 맺음말

옛이야기의 주인공들이 추구하던 행복한 삶의 조건은 ① 재물, ② 배우자, ③ 자녀, ④ 건강과 수명, ⑤ 지위와 명예, ⑥ 원만한 인간관계이다. 이러한 조건을 모두 갖추고 사는 삶은 참된 행복이라 하겠다. 우리 조상들은 참된 행복을 마음에 간직하고, 이러한 삶을 살려고 애를 썼다.

조선 후기에 많이 읽혔던 한글 고소설 「삼사횡입황천기(三士橫入黃泉記)」는 전해 오는 옛날이야기를 바탕으로 꾸민 작품이다. 이 작품에는 저승에 간 세 선비가 염라대왕에게 적어낸 소원을 통해 우리 조상들이 '행복하고 가치 있는 삶'이라고 여겼던 삶의 모습이 보인다.

세 선비의 소원

옛날에 세 선비가 봄철에 경치 좋은 곳에서 술을 마시다가 과음하여 인사불성(人事不省)이 되었다. 그때 마침 그곳을 지나던 저승사자가 이들을 저승으로 잡아갔다. 이들은 저승의 문서를 관리하는 최 판관(判官)에게 살려달라고 애원하였다.

최 판관이 이들의 주소와 성명을 물어 수명부와 대조해 보니, 이들은 10년 뒤에 잡아와야 할 사람들이었다. 이 사실을 염라대왕에게 보고하니, 염라대왕은 수명이 남은 사람을 잡아온 저승사자를 크게 꾸짖고, 이들을 즉시 이승으로 보내라고 하였다. 이 말을 듣고 좋아하던 세 선비는, 영혼이 저승에 와 있는 동안에 자기들의 육신을 매장하여 갈 곳이 없게 된 것을 깨닫고, 염라대왕에게 다시 태어나게 해 달라고 청하였다.

염라대왕은 원하는 대로 다시 태어나게 해 줄 터이니, 소원을 적어내라고 하였다. 첫째 선비는 무관(武官)으로 출세하여 병조판서, 대장군으로 용맹과 위용을 떨치며 살게 해 달라고 하였다. 둘째 선비는 문관으로 크게 출세하여 높은 관직을 두루 걸치고, 명신의 칭호를 들으며 영화를 누리게 해 달라고 하였다. 이를 본 염라대왕은 두 선비의 소원을 바로 들어주었다.

셋째 선비는 좋은 집안에 태어나 효행과 예절을 바르게 익히며 올바르게 성장한 뒤에, 출세하여 이름을 떨치고, 부모님께 효도하며, 자녀를 잘 길러 내외손 번성하며 사는 것을 보고, 친척들과 화목하게 지내면서, 근심걱정 없이 건강하게, 수명대로 오래오래 살다 죽게 해 달라고 하였다. 이를 본 염라대왕은 "성현군자(聖賢君子, 성인과 현인, 행실이 점잖고 어질며 덕과 학식이 높은 사람)도 얻기 어려운 것을 다 달라는 너는 참으로 욕심이 많구나!" 하고 꾸짖었다.

이 작품은 사람의 육신은 죽어도 영혼은 죽지 않는다고 하는 영혼불멸관(靈魂不滅觀)과 재생(再生)에 관한 의식을 바탕으로 하여 꾸며진 이야기이다. 이 이야기는 참된 행복이 무엇인가에 관해 깊이 생각하게 해 준다.

위 이야기에서 첫째 선비와 둘째 선비는 무관(武官)과 문관(文官)으로 높은 벼슬을 하여 권력과 부와 명예를 마음껏 누리고 싶다고 하였다. 염라대왕은 두 선비의 소원을 바로 들어주었다. 그러나 셋째 선비가 적은 소원을 보고는, 욕심이 지나치다며 꾸짖는다.

셋째 선비의 소원은 첫째 생활에 불편이 없을 정도의 재산이 있어야 하고, 둘째 배우자가 있어야 하며, 셋째 자녀를 잘 길러 가정을 꾸미는 것을 봐야 한다. 넷째, 입신양명(立身揚名, 출세하여 이름을 세상에 떨침)하여 세상에 이름을 알린 뒤에, 다섯째, 가족·친족·친구와 원만한 관계를 맺으며, 여섯째 건강하게 수명대로 오래 사는 것이다. 이것은 모든 사람이 원하는 삶으로, 행복의 조건을 다 갖춘 삶이다. 염라대왕은 셋째 선비가 적은 소원을 보고, 성현군자로 얻기 어려운 것을 다 달라고 하는 욕심쟁이라고 꾸짖는다. 이것은 셋째 선비의 소원이야말로 인간이 원하는 참된 행복이라는 것을 반어적으로 표현한 것이다.

우리 모두 셋째 선비처럼 큰 권력이나 많은 재물을 탐하지 말고, 단란한 가정을 이루고, 생활 걱정하지 않으면서, 원만한 인간관계를 맺으며 건강하게 타고난 수명대로 사는 삶이 참된 행복임을 알고, 이러한 삶이 실현 되도록 힘써야겠다.

찾아보기

최운식

약력

충남 홍성 출생, 홍성고등학교 졸업.
서울교육대학교, 국제대학(현 서경대학교) 국어국문학과 졸업.
성균관대학교 대학원 국어국문학과 석사과정 및 박사과정 수료, 문학박사.
한국교원대학교 교수, 국제대학(현 서경대학교) 교수, 중국 중앙민족대학교 객원교수,
    터키 에르지예스대학교 객원교수 역임.
한국민속학회장, 청람어문교육학회장, 국제어문학회장 역임.
현재 한국교원대학교 명예교수.
E-mail : cws4909@hanmail.net

저서

『심청전 연구』(집문당, 1982), 『문학교육론』(공저, 집문당, 1986),
『한국의 민담 1』(시인사, 1987), 『한국의 신화』(공편저, 시인사, 1988),
『한국설화연구』(집문당, 1991), 『민속적인 삶의 의미』(한울, 1993),
『가을햇빛 비치는 창가에서』(계명문화사, 1993), 『한국 구비문학 개론』(공저, 민속원, 1995),
『한국의 점복』(공저, 민속원, 1995), 『백령도-명승지와 민속』(공저, 집문당, 1997),
『홍성의 무속과 점복』(공저, 홍성문화원, 1997), 『옛이야기에 나타난 한국인의 삶과 죽음』(한울, 1997),
『한국의 민담 2』(시인사, 1998), 『한국 민속학 개론』(공저, 민속원, 1998),
『전래동화교육의 이론과 실제』(공저, 집문당, 1998), 『한국의 효행 이야기』(집문당, 1999),
『한국의 말(馬)민속』(공저, 집문당, 1999), 『암행어사란 무엇인가』(공저, 박이정, 1999),
『홍성의 마을공동체 신앙』(공저, 홍성문화원, 1999), 『함께 떠나는 이야기 여행』(민속원, 2001),
『한국 구전설화집 4』(민속원, 2002), 『한국 구전설화집 5』(민속원, 2002),
『한국 구전설화집 6』(민속원, 2002), 『한국 구전설화집 7』(민속원, 2002),
『한국 구전설화집 10』(민속원, 2005), 『전설과 지역문화』(공저, 민속원, 2002),
『설화·고소설 교육론』(공저, 민속원, 2002), 『한국 서사의 전통과 설화문학』(민속원, 2002),
『한국 고소설 연구』(보고사, 2004), 『한국인의 삶과 문화』(보고사, 2006),
『다시 떠나는 이야기 여행』(종문화사, 2007), 『옛날 옛적에』(민속원, 2008),
『외국인을 위한 한국, 한국인 그리고 한국문화』(공저, 보고사, 2009),
『외국인을 위한 한국문학』(공저, 보고사, 2010), 『터키-1000일의 체험』(민속원, 2012),
『능소화처럼』(보고사, 2015).

옛이야기 속 행복 찾기

2017년 11월 25일 초판 1쇄 펴냄

지은이 최운식
펴낸이 김흥국
펴낸곳 도서출판 보고사

책임편집 이순민
표지디자인 손정자

등록 2001년 9월 21일 제307-2006-55호
주소 경기도 파주시 회동길 337-15 2층
전화 031-955-9797(대표)
　　　02-922-5120~1(편집), 02-922-2246(영업)
팩스 02-922-6990
메일 kanapub3@naver.com / bogosabooks@naver.com
http://www.bogosabooks.co.kr

ISBN 979-11-5516-752-6 03810
ⓒ 최운식, 2017